문학을 위해 죽다

문학을 위해 죽다

— 다자이 오사무 깊이 읽기

이종인 지음

도서출판 b

| 일러두기 |

1. 이 책에 나오는 다자이 오사무의 작품은 도서출판 b에서 출간한 〈다자이 오사무 전집〉(전 10권)에서 인용한 것이고 '전집(쪽수)'으로 표기했다.
2. 인용의 [ ] 안에 내용은 저자의 부연 설명임을 밝힌다.

나의 아내에게 이 책을 바친다.

|차 례|

추천사

박노민(전 강릉대 영문과 교수)

나의 오랜 친구 이종인이 책을 낸다며 몇 자 추천의 글을 요청해와 이런 번잡한 글을 쓰게 되었다. 그와는 50년 전 안암의 언덕에서 처음 만나 문학을 같이 공부하면서 많은 대화를 나누었지만, 인촌 동상 앞의 잔디밭에서 나누었던 문학 얘기가 제일 기억에 남는다. 나는 평소 소설책 읽기에 몰두하던 그에게 이런 질문을 던졌다.

"소설을 읽으면 구체적으로 어떤 효과가 있는가? 술 취한 후에 해장국을 먹으면 속이 풀리고 배고플 때 밥을 먹으면 허기가 사라진다. 문학에 그런 구체적 쓸모가 있는가?"

그는 당시에 뭔가 많은 것을 내게 말했으나 석연치 않았고 자신이 꾼 꿈을 제대로 말하지 못해 끙끙거리는 벙어리처럼 답답한 표정이었다. 학교를 졸업한 후에 그는 당시 호황이던 건설회사에 취직하여 중동에도 갔다 오는 등 학문적 공부와는 멀어졌으나, 혼자 계속 공부하면서 나름대로 문학 취미를 유지해왔다.

그는 건설회사를 한 십 년 정도 다니는가 싶더니 전직하여 출판사에 한동안 근무하다가 어느 날 직장생활은 더 이상 자신과는 맞지 않는다면서 마흔 이후에는 번역가가 되어 집안의 서재에 틀어박혀 번역과 문학 공부에만 몰두하면서 오늘에 이르렀다. 한동안 동기들은 골방에 들어앉아 문자와 씨름하는 그를 안쓰럽게 여기기도 했으나, 지금까지 계속 번역을 하면서 노익장을 과시하고 있어서 한길로 가기의 보람이 이런 거구나 하고 느끼게 된다.

이미 20년 가까이 된 것 같은데 한번은 이런 일이 있었다. 강릉대의 이혜경 교수가 펴낸 셰익스피어 논문집 두 권을 읽어보고 싶은데 책을 구하기가 어려우니 혹시 구할 수 있으면 보내달라는 것이었다. 나는 이 교수한테서 직접 그 책을 구하여 그에게 보내주면서 내심 이런 생각을 했다. 학점을 딸 것도 아니요, 시험을 칠 것도 아니며, 학위를 얻으려 하는 건 더더욱 아닐 텐데 왜 셰익스피어 논문집을 읽으려고 할까?

그 후 한참 지나서 그가 셰익스피어 4대 비극을 번역했다는 사실도 알게 되었다. 그냥 번역만 하면서 살기도 벅찰 텐데 셰익스피어 공부에 정진하여 16세기 영어 운문을 마스터했을 뿐만 아니라 번역까지 한 것이었다. 그가 셰익스피어 번역서 뒤에 써 붙인 작품 해제를 읽어 보면 우리가 학교 다닐 때 여석기 선생한테서 수박 겉핥기식으로 배웠던 셰익스피어 강독의 범위를 훌쩍 벗어나 거의 전문가 수준에 도달해 있음을 알 수 있었다. 그는 그 해제에서 인생 공부는 셰익스피어로부터, 라고 말하고 있는데 그런 공부가 다자이 오사무의 소설들을 읽는 데에도 도움이 되었을 것이라고 생각한다.

나는 이 책의 초고를 읽고서 언제 이렇게 많은 일본 소설들을 읽었는지 의아한 생각마저 들었다. 그는 10권짜리 다자이 오사무 전집이 국내에 번역되어 있어서 텍스트를 읽는 데에는 전혀 어려움이 없고 그 외에 일본 저명 소설가들의 책도 대부분 번역되어 있다고 말했다. 일찍이 공자님은 『논어』에서, 노력하는 것은 좋아하는 것만 못하고 좋아하는 것은 즐기는 것만 못하다, 라고 말씀하셨는데, 정말 내 친구는 독서를 즐기기 때문에 자신의 직업과는 무관한 일본 작가들의 소설을 이렇게 많이 읽은 것이다.

그는 이 책에서 다자이라는 일본 작가 얘기를 하면서 그의 생애 중 중요한 사건들을 중심으로 작가의 소설과 그의 죽음이 어떻게 연결되는지 살펴보는 한편, 문학, 인생, 죽음의 3대 화두가 우리 보통 사람들에게 어떤 가르침을 주는지 탐구한다. 그리하여 50년 전 그가 제대로 대답하지 못했던 질문을 다시 소환한다.

"소설을 읽으면 구체적으로 어떤 효과가 있는가?"

그는 이 질문에 대한 답변을 지금껏 잊어버리지 않고 천착해 오다가 마침내 그 대답을 이 책에서 풀어놓았다. 그 결론은 인생이나 소설이나 모두 이야기이며 누구나 다 자신의 이야기를 완결하기 위해, 혹은 그 이야기를 멋지게 끝낼 수 있다면 죽어도 좋다는 생각으로 인생을 살아간다는 것이다. 그리하여 제목도 "문학을 위하여 죽다"라고 정했다는 것이다. 그런 만큼 비록 다자이 오사무를 전혀 읽지 않은 독자라도 이 책의 주제에 흥미를 느낄 것이라고 생각한다. 마지막으로 문학에 대한 열정이 종심의 나이에도 여전히 뜨거운 나의 친구에게 존경과 축하의 말씀을 드린다.

서문

내가 가지고 있는 오래된 『인간 실격』 번역본은 1982년 2월 심지출판사에서 펴낸 것인데 이 책에는 그 장편 이외에 9편의 단편소설이 실려 있다. 1982년이면 내가 대학을 졸업하고 사회에 나와서 회사 생활을 한창 하고 있을 때인데, 아마 대학 시절에 읽었던 다자이가 생각나서 구입한 듯하다. 그동안 여러 번 이사를 다니면서 가지고 있던 책들이 어디론가 사라져버리는 일이 흔했는데 이 책이 아직도 남아 있는 것을 보면 그만큼 애착이 강했던 것 같다. 여기서 그 판본을 얘기하는 것은 그 책 속에 들어 있는 9편의 단편을 말하기 위함인데, 그 중 「아버지」와 「오상」이라는 단편은 아주 인상이 깊었다.

다자이의 단편은 독특한 매력이 있다. 다자이를 만나서 직접 이야기하는 듯한 느낌이 있다. 글을 읽고 있다는 느낌이 들지 않고 다자이 옆에 서서 그가 들려주는 말을 흥미롭게 듣고 있는 것 같다. 가령 「아버지」라는 단편은 씩씩한 아버지와 한심한 아버지를 대비시킨 것인데, 이상하게도 그 무기력한 아버지에게 마음이 끌리는 것이다. 「오상」이라는 단편은 속 썩이는 남편을 인내하는 아내를 다룬 것인데, "아아, 마누라의 가슴에는 도깨비가 사는가, 뱀이 사는가"라는 부분에 이르러서는 정말 고단한 아내의 상황을 어떻게 이리도 잘 표현해 놓았나, 무릎을 치게 된다.

이 1982년 판본 뒤에 들어 있는 오쿠노 다케오라는 일본 평론가가 써 놓은 해설문을 읽어보면 다자이의 우수한 단편들이 9편 이외에 더 많이 있다는 것을 알 수 있었다. 일본어가 서툰 나는 원서를 구입해서 읽을 정도의 실력은 되지 못했고 그래서 이 단편들을 번역해 펴내는 출판사가 어디 없을까 기다리게 되었다. 그런데 마치 나 같은 독자가 있다는 것을 알기라도 하듯이 도서출판 b에서 2012년부터 다자이 오사무 전집 10권을 순차적으로 펴내기 시작하여 2014년에 완간을 보았다. 나는 이 책들이 나올 때마다 사서 읽었고 지금도 내 서가의 한쪽에 단정하게 꽂혀 필요할 때마다 쉽게 꺼내 볼 수 있다.

지난 2020년 가을 무렵에 나는 에머슨의 『자기 신뢰』라는 책을 번역하면서 형이상학적 꽃의 의미를 깊이 명상하게 되었고, 문득 다자이가 왜 장편소설은 물론이고, 단편이나 수필에서 그처럼 꽃 얘기를 많이 했는지에 생각이 미치게 되었다. 이렇게 해서 다자이 전집 중에서 주로 꽃 얘기가 나오는 단편들 가령 「잎」, 「어릿광대의 꽃」, 「젠조를 그리며」, 「추억」, 「산화」 같은 작품들을 다시 꺼내 읽었다. 그중에서도 「산화」가 특히 인상 깊었다. 미다 준지라는 20대 초반의 젊은이가 이처럼 인생을 멋지게 살다가 갔구나, 하고 감탄했다. 미국의 소설가 마이클 커닝엄은 스콧 피츠제럴드의 『위대한 개츠비』를 너무 좋아하여 할 수만 있다면 그 글을 자신의 온몸에다 문신으로 새기고 싶다고 말했는데, 내 경우 「산화」가 그렇지 않을까 싶었다.

「산화」는 간결한 암시가 뛰어난 작품이다. 헨리 제임스의 『나사의 회전』은 주인공에 대하여 서술하는 것이 아니라 암시하기 때문에 성공을 거둔 고전인데, 「산화」 또한 다자이를 화자로 설정하여 미다 준지라는 인물을 암시했기 때문에 성공을 거둔 작품이다. 나는 이 단편을 읽고서 미다 준지의 인생 스토리를 중심으로 글을 한번 써보고 싶다는 강한 충동을 느끼게 되었다. 그리하여 처음에는 짧은 수필을 쓰려 했으나, 점점 이야기의 범위가 넓어져 『인간 실격』과 『사양』 그리고 그 외의 중요한 장편, 단편, 그리고 수필에 관한 얘기도 논의 대상에 포함하게 되었다.

나는 이 책을 쓰기 위해 다자이 전집에 들어 있는 작품들을 다시 꼼꼼히 읽으면서, 1982년 심지 출판사 판본에 들어 있는 9편의 단편과 다자이 전집에 들어 있는 9편도 자연 서로 비교해 보게 되었다. 둘 다 뛰어난 번역이기는 하지만 40년 세월의 흐름을 확연히 느낄 수 있었다. 무엇보다 지난 세월 동안 한국어는 점점 한자어나 사자성어를 배제하는 쪽으로 발전해왔다. 내가 번역 작업을 하면서 무심코 "여하히", "하시라도" 등의 부사를 쓰면 그것은 편집부에 가서 어김없이 "어떻게", "언제라도"로 교정이 되었고 "일의대수"나 "창해일속"이라는 사자성어를 쓰면 "매우 가까운 거리", "아주 조그마한 것"으로 고쳐졌다. 나는 직업상 이런 언어의 변화를 잘 알고 있기 때문에 오늘날의 한국어 흐름을 잘 반영한 다자이 전집이 적기에 잘 출간되었다고 생각했다. 패기만만한 30대의 젊은 번역가들이 구사한 쉬운 한국어 문장은 독자를 매료시키면서 자연스럽게 공감을 끌어내는데 나는 그 쉬운 한국어 문장으로부터 많은 것을 배웠다.

그리고 전집 제10권의 수필 모음집은 다자이를 이해하는 데 없어서는 안 될 좋은 해설서이다. 나는 「다스 게마이네」라는 단편을 재미있게 읽었지만 왜 그런 제목이 붙었을까 이해하지 못했다. 그런데 다자이 자신이 수필집에서 이 「다스 게마이네」라는 용어를 설명해 놓고 있다. 나는 다자이의 짧은 설명을 읽고서 그 뜻을 자세히 파악하기 위해 프리드리히 실러의 대표적 드라마 『군도』, 『돈 카를로스』, 『발렌슈타인』도 찾아서 읽었다. 좋은 책의 독서가 더 많은 독서를 유도해 주었던 것이다.

그 결과 남녀 간의 성적 갈등이 다자이 소설의 중요한 주제라는 것을 알고서 이 책의 한 챕터로 다루게 되었다. 그것 이외에 에로스와 타나토스, 전통의 계승, 일본 문학 속의 죽음 사상 등도 중요한 주제로 다루었다. 이렇게 할 수 있었던 것은 다자이 전집이 제공해주는 풍부한 정보 덕분이었다. 소설가에 대한 결정적 정보는 그가 써낸 소설 그 이상의 것이 없기 때문이다.

특히나 다자이라는 작가는 『인간 실격』이나 몇 편의 단편소설만 읽어서는 전모를 자세히 알기가 어렵다. 다자이는 자신의 문학적 배경이나 사상적 변화를 거의 일기를 쓰듯이 자신의 모든 작품에 투영했기 때문이다. 가령 단편 「유다의 고백」이나 장편 『신햄릿』을 읽지 않으면 그의 슬픔과 불안이 어디서 오는지 그 분명한 기미를 알아내기가 어렵다. 또한 「후지산 백경」, 「아버지」, 「오상」, 「비용의 아내」, 「오바스테」 같은 단편들을 읽지 않으면 그의 가정사가 어떻게 변모해왔는지 파악하기가 어려운 것이다.

1년 가까이 시간을 들여가며 이 책의 원고를 다 써놓기는 했지만, 과연 강호의 독자들이 한번 읽어볼 만한 가치가 있는 내용인지 잘 확신이 서지 않았다. 그리하여 다자이 전집을 펴냈을 뿐만 아니라 이 작가를 잘 알 것으로 짐작되는 도서출판 b에 투고하여 판단을 받아보기로 했다. 편집부의 김장미 실장은 투고 이전에 일면식도 없는 출판인이었지만, 미흡한 원고나마 다자이를 오래 읽어온 정성을 보아 가납해주셨는데, 이 자리를 빌려 그 자상한 배려와 후의에 감사드리고 싶다.

그리고 독자 여러분에게도 한 말씀. 이 책은 오로지 다자이가 매력적인 작가라는 것을 알려드리려는 마음, 그것 하나만으로 집필되었다. 그런 만큼 어떤 작가를 아주 좋아하다 보면 자신의 배움과 재주 같은 건 돌아보지 아니하고 이렇게 긴 글을 쓸 수도 있구나, 하고 가상하게 여기며 읽어주시기를 부탁드린다. 마지막으로 이 책에 과분한 추천사를 써준 다정한 친구 박노민 박사에게도 감사드린다.

2023년 1월
이종인

잘 지내십니까?

머나먼 하늘에서 소식 전합니다.

무사히 근무지에 도착했습니다.

위대한 문학을 위해

죽어주십시오.

저도 죽겠습니다.

이 전쟁을 위해서.

— 마다 준지가 1943년 초 다자이 오사무에게 보낸 엽서. 전집 6 / 신화 / p. 63

제1장

죽음은 나의 오랜 친구

화가이자 친구인 사쿠라이 하마에의 아틀리에에서 그려졌다고 여겨지는 다자이 오사무의 <자화상>, 1947

한 사람이 자살하는 데는 본인이 의식하지 못하는, 뭔가 더 크고 객관적인 원인이 숨겨져 있는 것이라, 이 말이지. 집에선 다들 여자가 원인이라며 난리지만, 난 그게 아닐 거라고 말해뒀어. 여자는 그저 길동무일 뿐이라고. 더 중요한 원인이 있을 거야. —32쪽 다자이 오사무(1909~1948)는 일본 독자들 사이에서 나쓰메 소세키, 아쿠타가와 류노스케와 함께 3대 인기 작가이다. 일본의 문학 평론가 오쿠노 다케오는 다자이의 히트작인 『사양』(1947)과 대표작 『인간 실격』(1948)이 발표될 무렵에 대학생이었는데 그때 이 소설들을 읽은 감격을 이렇게 말하고 있다.

"우리들 당시의 문학청년들은 다자이 오사무와 함께 정신적으로 하나가 되어 있었다. 그리하여 살고 죽는 것을 그의 문학에 기대던 시대가 있었다."

이러한 사정은 일본의 패전 직후뿐만 아니라 그 후에도 계속되었다. 1950년부터 요코하마의 한 사립대학에서 문학을 가르쳐온 교수는 이런 회상을 했다. 그 대학은 문학개론 시간에 대학생의 사기 진작에 좋지 않다고 생각하여 다자이 소설은 강독하지 않았다. 그러면 학생들은 해마다 왜 다자이 작품을 채택하지 않느냐고 항의해왔다고 한다. 교수는 그 학생들을 상대로 5년에 걸쳐서 해마다 가장 좋아하는 일본 작가를 물어보는 앙케트를 한 바 있는데, 그럴 때면 언제나 다자이가 2위와는 상당한 격차가 있는 1위를 차지한다는 것이다. 이처럼 많은 사랑을 받는 이유는 대표작 『인간 실격』과 그의 파란만장한 생애 때문일 것이다.

꼭 안아주고 싶은 작가

도쿄의 젠린지禪林寺에 있는 다자이 무덤에는 많은 사람이 찾아온다. 그들은 꽃다발을 놓고 가기도 하고 병째 맥주와 청주를 놓고 가기도 하고 과자와 껌을 놓고 가기도 하며 간단한 문장을 적은 카드가 든 편지를 놓고 가기도 한다. 해마다 6월 19일, 그의 기일인 앵도기가 돌아오면 그의 무덤을 찾아온 사람들이 묘비석에 음각으로 새겨진 그의 이름 부분에다 버찌를 박아 넣으며 그를 기념한다. 그의 이름을 아예 버찌로 만들어버리는 것이다. 술도 한 잔씩 따르는 것이 아니라 병째 거꾸로 들고 내리붓기도 한다. 그리하여 먼저 사람이 붙여놓고 간 담뱃불과 분향이 그 술의 홍수에 꺼져버리기도 한다. 다자이 애독자들은 이렇게 말한다.

"다자이가 마치 나를 알고서 나한테 말을 걸고 있는 느낌이다."

"나와 아주 친한 친구가 나한테만 마음의 비밀을 말해주는 것 같다."

"다자이는 나와 너무나 닮았다. 그래서 나야말로 다자이의 진정한 이해자이다."

"인간의 허약함을 너무나 잘 알고서 그것을 잘 묘사했다."

"그의 나약함과 순수함이 다 내 일처럼 느껴져 거울 속 내 얼굴을 쳐다보는 듯하다."

"앞으로 무엇을 해야 할지 몰라 막막했을 때, 이 작가를 만나 아직 내가 완전 밑바닥은 아니라는 것을 깨닫고 생의 의욕을 되찾게 되었다."

"이런 어리석은 사나이도 있구나 싶으면서 거기서 묘한 구원의 느낌을 얻는다."

"나처럼 인생에 대하여 어려움을 겪으면서 고군분투한 사람도 있었구나."

다자이 문학을 좋아하는 독자는 여성들이 압도적으로 많다. "여자들로 하여금 꿈을 꾸게 만드는 듯한 분위기"전집 9 / 인간 실격 / p. 172가 있다. 한 여성 독자는 이런 말을 했다. "만약 그가 우리 집 근처에 살고 있는 사람이라면 꼭 껴안아주고 싶은 충동을 억누를 수가 없다."

잡지사 여기자 시즈코는 요조(다자이의 분신)에게 이런 말을 해 준다.

> "당신을 보면 여자들은, 대개 뭔가 해주고 싶어서 안달을 내게 돼. (…) 늘 겁에 질려 있고, 그러면서도 재치가 있거든. (…) 가끔씩 혼자 기분이 너무 가라앉아 있을 때도 있지만, 그런 모습이 여자들 마음을 한층 더 뒤흔들어." 전집 9 / 인간 실격 / p. 207

재일교포 작가로 아쿠타가와상을 받은 유미리는 다자이 오사무를 열네 살에 처음 읽은 이래로 중고교 시절 내내 그의 전집을 즐겨 읽었고 그 후로도 몇 번이나 반복해서 읽고 있지만, 그때마다 새로운 무언가가 가슴에 와닿았다고 회상했다.

이처럼 유명한 다자이 오사무를 내가 처음 알게 된 것은 고등학생이던 1960년대 후반, 동아일보 신춘문예의 당선 소감에서였다. 그 글은 이렇게 시작되었다. "나는 더 이상 다자이 오사무를 읽지 않는다." 오래전에 읽었던 이 짧은 문장을 지금까지도 기억하고 있는 것은 그 문장의 강한 흡인력 때문이었다. 어떤 작가를 열심히 읽는 것이 아니라, 안 읽는다고 한 것이 좀 특이했다. 무엇 때문에 더 이상 읽지 않을까?

예전에는 좋아하다가 이제는 싫어졌다는 뜻인 모양인데 좋아하던 사람을 왜 싫어하게 되었을까? 이러한 의문 때문에 자연스럽게 다자이 소설들을 찾아 읽게 되었다.

다자이를 좋아하는 독자들은 그것을 공개적으로 말하기를 좀 꺼리는 경향이 있다. 소설가 한수산 선생도 과거 5공 시절 일본에 자진 유배 갔을 때, 아오모리현의 쓰가루에 있는 그의 생가를 찾아가서 둘러보고 그 취재기를 발표한 바 있었다. 선생은 그때 어떤 일본인 여배우와 얘기를 나누다가 좋아하는 작가를 물어보게 되었다. 그녀는 잠시 망설이다가 다자이라고 대답했다. 그를 좋아한다는 사실을 공개적으로 말하기에는 좀 부끄럽다는 그런 뉘앙스였다. 아마도 다자이를 좋아하면 다자이 같은 사람으로 비치는 것을 우려했기 때문이리라.

다자이는 기이하게도 우물 속에 비친 내 얼굴을 보는 것과 비슷한 작가이다. 우물 속 내 얼굴을 좋아하다가 어느 순간에는 미워져서 돌아서고 한참 가다가 그 얼굴이 불쌍해서 다시 돌아와 우물 속을 쳐다보게 만드는 그런 작가이다. 나 또한 다자이를 좋아하다가 싫어하는 과정을 거쳐 왔다. 독자는 일반적으로 말해서 두 종류가 있는데 하나는 몰입 독자이고 다른 하나는 구경꾼 독자이다. 전자는 작품의 환경과 메시지에 푹 빠져서 그것을 있는 그대로 받아들이면서 감동하는 독자이고, 후자는 작품의 환경과 메시지를 자신의 생활환경 및 인생철학과 비교하면서 차이가 있으면 그것을 현실과 맞지 않는다고 비판하는 독자이다. 이런 구경꾼 독자는 다자이가 아쿠타가와의 아류이고, 심술궂은 자기중심주의자이고, 병적인 자의식에 사로잡혀 이 세상에서 열심히 살아가는 사람들을 경멸하고 있으며, 유머라고는 전혀 없는 변덕스러운 피에로라고 비난한다.

그러나 훌륭한 작품은 독자의 이런 비판과 관련하여 자기 속에 있는 것을 없다고 하지 않고, 비난의 티끌도 태산처럼 소중히 여기며 다 받아들인다. 다자이의 소설도 분명 싫은 측면과 훌륭한 측면이 동시에 들어있다. 내가 그를 싫어할 때는 구경꾼 독자가 내 안에 있는 것이고, 그를 한없이 연민할 때는 몰입 독자가 내 안에 있는 것이다. 그를 좋아하는 독자는 그의 솔직함, 겸손함, 허약함을 높이 평가하고, 그를 싫어하는 독자는 비겁함, 오만함, 광대 짓 때문에 싫어한다. 이런 야누스적인 양면 중에서 다자이가 실제로 어떤 사람인지 판단하는 문제는 다자이를 읽는 독자의 취향에 따라 달라진다.

알코올 중독자, 여자 중독자, 슬픔 중독자, 죽음 중독자

다자이는 알코올 중독자, 여자 중독자, 슬픔 중독자, 그리고 죽음 중독자였다. 앞의 두 가지는 구체적 상대가 있는 중독이기에 떼려면 뗄 수도 있지만, 뒤의 두 가지는 본인 스스로 만들어내는 추상적이고 형이상학적인 것이어서 본인의 강력한 내면적 결단이 없으면 해결하기가 몹시 어렵다.

다자이는 아무리 술을 많이 마시고, 아무리 여자를 많이 만나고, 아무리 가정의 단란함을 유지하려고 애써도 인생의 슬픔을 견디지 못했다. 보통 사람들 같았으면 그 슬픔을 인생의 상전으로 여기고 그 비위를 맞추며 살아갔을 텐데, 그 슬픔을 상대로 끝까지 1:1로 치열한 대결을 벌였다. 슬픔의 강편치를 무수히 두들겨 맞고 코피를 흘리고 팔이 부러지며 쓰러져도 또다시 비틀거리며 일어서서 그 슬픔을 향해 달려들었다. 그러나 슬픔은 형체가 없는 것이므로 그것을 향하여 아무리 많은 돌을 던져도 명중이 되지 않았다. 다자이가 슬픔에 저항하고 공격하고 이기기 위해 내던지는 돌팔매가 바로 소설 쓰기였다.

그러나 죽음의 하수인인 슬픔은 언제나 소설가보다 한 수 위였다. 슬픔의 풍경에 들어가면 그것이 가야 할 길의 마지막인 줄 알았는데, 언제나 또 다른 길이 시작되었다. 자부심 강한 다자이는 자신의 패배를 인정하기 싫었다. 여기까지 와서 승부를 그만두려 하니 지나온 세월, 목숨 걸고 싸워온 역사가 너무나 허무하고 아까웠다. 그리하여 마지막으로 다섯 번째 도전에 나섰다. 폐결핵과 불면증으로 만신창이가 된 몸이었으나, 끝날 때까지 끝난 게 아니라며 슬픔을 향해 또다시 최후의 싸움을 걸었다.

이렇게 치열하게 싸움을 건 다자이는 이런 생각을 했으리라. 인생은 본질적으로 속임수이다. 인생의 조건은 패배가 필연적이다. 그렇지만 인생을 구제해주는 것은 행복과 쾌락이 아니라 그런 싸움에서 끝까지 물러서지 않았다는 자부심과 만족감이다.

이 지상에서 다자이식의 깊은 슬픔을 이기는 길은 세 가지가 있다. 하나는 종교, 둘은 발광, 셋은 자살이다. 종교는 슬픔의 초월 혹은 저승으로의 이연移延이고, 발광은 슬픔에 대한 무관심 혹은 잊어버리기이고, 자살은 슬픔의 소멸 혹은 완전한 해방이다. 다자이는 맨 나중 방안을 선택했다. 그런 선택을 하기까지, 그는 스스로 죽지 않는다면 자신이 발광해 버릴지 모른다는 불안과 우려를 늘 가슴 한편에 달고 살았다. 신약성경을 깊이 읽으면서 종교에 귀의해 볼까 하는 생각도 했으나, 종교는 추상적이면서 관념적인 도움이라고 생각했다. 그리하여 슬픔을 여자처럼 껴안고 다마가와의 차가운 강에 뛰어들었다.

다자이는 어린 시절부터 죽음에 많이 노출되어 있었다. 중학생 시절에 아버지가 돌아가셨고 고등학생 시절이던 1929년에 세 살 아래 동생

레이지가 17세의 나이로 죽었고 대학생 시절에는 조각가 지망생이던 여섯 살 연상의 셋째 형 게이지가 1931년 28세의 나이로 죽었다. 그 외에도 다자이의 고등학생 시절에 존경하던 작가인 아쿠타가와가 1927년 자살로 생을 마감했다. 일본의 노벨문학상 작가 가와바타 야스나리도 어린 시절 부모가 다 돌아가시고 이어 그를 키우던 조부모마저도 돌아가셔서 장례식의 달인이라는 별명을 얻었는데, 다자이는 그 정도까지는 아니더라도 어릴 적부터 죽음에 많이 노출되었고, 단 한 번의 자살로 끝난 가와바타와는 다르게 죽기 전 여러 차례 자살을 시도했다.

다자이는 고등학생 시절에 그 당시 지식인들 사이에서 열병처럼 번져나가던 공산주의 사상에 영향을 받았다. 2차 대전 종전 이전의 일본 학제는 초등학교 6년, 중학교 5년, 고등학교 3년, 대학 3년으로 되어 있었고 이 고등학교는 오늘날의 대학 예과에 해당했다. 따라서 다자이 소설에 나오는 고등학생은 대학생으로 읽어야 한다. 종전의 일본에는 넘버 고등학교라서 해서 제1고, 제2고, 제3고 하는 식으로 제9고까지 있었는데 이 중에서도 도쿄에 있는 1고와 교토에 있던 3고를 특히 더 쳐주었다. 넘버 고등학교 이외의 고등학교들은 지역명을 따서 야마구치 고교, 히로사키고교(다자이의 모교) 하는 식으로 이름을 붙였다.

중학교 5년 중에서 4년을 수료하면 고등학교 입학시험을 치를 수 있는 자격이 주어졌다. 그래서 과거 일본에서는 중학 4년을 마치고 고등학교에 간 학생을 진짜 수재로 쳐주었다. 다자이도 아오모리 중학 4년을 마치고 히로사키고등학교에 진학했으므로 당시 수재라는 소리를 들었고 아버지가 일찍 돌아가시는 바람에 집안에서 아버지 대역을 하던 열한 살 연상의 큰형 분지로부터 큰 칭찬과 귀여움을 받았다. 일제강점기에 우리나라의 뛰어난 수재들도 이 일본의 고등학교로 진학했는데, 부산항에서 비교적 가까운 야마구치고등학교에 많이 진학했다.

첫 번째 시도

고등학생이 된 다자이는 대지주이던 자기 집안의 환경에 대하여 많은 고민을 했다. 그의 집안은 주변 농민들에게 고리로 돈을 빌려주고 변제하지 못하면 저당 잡은 논밭을 빼앗아 급속히 큰 부자가 된 집안이었다. 물론 그의 아버지는 돈이 많아서 도쿄에 귀족원 의원으로 나가는 등 입신출세를 했지만 동시에 주변 사람들을 많이 도와주기도 했다. 이 아버지의 음덕에 대해서는 다자이의 「귀거래」라는 단편에 나오는 도쿄 양복점 주인 기타 씨 얘기에서도 알 수 있다. 기타 씨는 다자이 아버지의 은덕을 얼마나 많이 입었으면, 그 은덕을 조금이라도 갚으려고 맏형 분지와 다자이(본명은 슈지)를 화해시키려고 아주 애를 많이 썼다는 것이다.

그러나 인생 경험이 많지 않았던 다자이는 자신이 학교나 책에서 배운 지식만을 가지고서 세상을 바라볼 수밖에 없었다. 그는 고향 마을 가나기의 가난한 농민이나 친구의 집에 대한 착취로 자기가 부유한 생활을 하고 있다는 사실을 부끄러워하면서 고민했다. 이런 것들이 어린 마음에 복합적으로 작용하여 1929년 12월에 생애 첫 번째 자살을 시도했으나 미수에 그쳤다. 수면제 과다복용으로 의식불명에 빠진 것을 사람들이 발견하여 살려낸 것이었다.

이 자살은 1927년에 있었던 일본의 귀재 소설가 아쿠타가와의 자살에 어느 정도 영향을 받은 것으로 보이는데 그 후 벌어지는 다섯 번의 자살 시도 중 첫 번째 것이었다. 고교 시절의 공산주의 경향 때문에 그는 도쿄대학에 가서도 대학 1~2년 동안에는 적극적으로 일본 공산당의 행동대원 노릇을 하게 되었다. 도쿄대학에는 히로사키고교 출신의 선배들이 이미 모임을 결성하고 그런 좌익 활동을 벌이고 있었다. 그때 다자이는 정식 당원은 아니었고 심패사이저sympathizer라고 하여 일종의 동반자 역할을 했다.

두 번째 시도

두 번째 죽음은 대학교 1학년이던 1930년 11월 도쿄 긴자의 카페에서 여급으로 일하던 유부녀 다나베 아쓰미(본명은 시메코, 당시 19세)와 이틀간 동거 후에 가마쿠라의 해안 절벽에서 수면제 칼모틴을 삼키고 신주[心中](남녀 동반 자살)를 시도한 것이었다. 결과적으로 여자만 죽고 다자이는 빈사 상태에서 허덕이던 중, 해안으로 돌아오던 배에 구출되어 목숨을 건졌다. 다자이는 이 일로 자살 방조죄로 처벌받을 수도 있었으나, 고향에서 사태 수습을 위해 급거 상경한 큰형의 민첩한 사후 조치로 기소유예 처분을 받았다. 이렇게 된 것은 시메코 남편과 큰형이 합의를 보았기 때문이었다. 큰형은 경찰서에서 가난한 실업자 차림의 아쓰미 남편을 만났는데 남편은 보상금은 필요 없고 같이 죽으려 했던 남자 얼굴이나 한번 보고 싶어 했다. 큰형은 정신적 충격으로부터 아직 회복되지 못했다는 이유를 들어 만나지 못하게 했다. 그래도 큰형은 남편에게 조의금 조로 2백 엔(한화 2백만 원 상당)을 건네주었고, 남편은 화장한 아쓰미의 유골을 안고 도쿄로 돌아갔다(이상은 단편소설 「어릿광대의 꽃」에 서술된 상황을 재구성한 것임).

다자이는 신주의 원인을 여러 소설에서 다루고 있다. 아쓰미가 먼저 죽자고 했고 다자이는 세상에 대한 공포와 번거로움, 돈, 좌익운동, 여자, 학업 등으로 골치가 아프기는 했지만, 아직 죽을 각오까지는 되어 있지 않았는데 예의 그 "광대 기질"이 발휘되어 그래 그럼 어디 한번 해보자, 하는 심정으로 응한 것이라고 밝히는 대목이 있다.

> 그때는 아직, 진심으로 죽을 각오가 섰던 건 아니었습니다. 일종의 '놀이'라는 생각이 있었습니다. 전집 9 / 인간 실격 / p. 187

그러나 다른 이유를 말하기도 한다.

> H 때문에 어머니나 형, 이모도 모두 내게 실망하고 말았다는 자각이, 몸을 내던진 가장 직접적인 이유였다. 전집 4 / 동경 팔경 / p. 89

> 한 사람이 자살하는 데는 본인이 의식하지 못하는, 뭔가 더 크고 객관적인 원인이 숨겨져 있는 것이라, 이 말이지. 집에선 다들 여자가 원인이라며 난리지만, 난 그게 아닐 거라고 말해뒀어. 여자는 그저 길동무일 뿐이라고. 더 중요한 원인이 있을 거야. 전집 1 / 어릿광대의 꽃 / p. 138

> "실은 나도 잘 모르겠어. 세상 모든 것이 원인이었다는 기분이 들어." (…) 요조가 자신의 자살 원인에 대한 질문을 받고 당혹스러워하는 것도 무리는 아니다. 세상 모든 것이다. 같은 책 / pp. 145~146

이어 공산주의 운동에 대한 자신의 능력 한계가 그런 투신자살을 마음먹게 된 한 가지 이유였다는 점도 이야기되고 있다. 이 공산주의 운동에서 탈퇴한 경력을 다자이 문학에서 중요한 상실의 요인으로 파악하는 평론가들도 있으나, 이 운동은 그의 문학에 지나가는 에피소드에 불과할 뿐, 그리 큰 영향을 미치지 않았다고 보는 평론가들도 있다.

다자이는 대학교 1~2학년 때 공산주의 행동대원 노릇을 하면서 자신의 하숙집을 아지트로 내놓는 등 적극적으로 활동에 기여했으나, 고향 아오모리의 형사들이 가나기의 고향집 큰형을 찾아가 동생을 잘 단속해달라고 요청하자, 큰형이 도쿄로 올라와 그 활동을 중단하지 않으면 하숙비와 용돈 송금을 중지하겠다며 탈퇴를 강요했다. 다자이는 일단 탈퇴하겠다고 거짓으로 형과 약속해 놓고서 공산주의 활동을 계속하다가, 1932년 6월 송금이 끊어졌고 결국에는 생활고에 시달린 데다 형의 강권으로 아오모리경찰서에 출두하여 공산주의와 손 끊고 전향하겠다는 서류를 제출했다. 이 모든 게 송금을 계속 받기 위한 것이었는데, 다자이는 형에게 했던 자신의 거짓말, 그리고 돈 앞에 굴복하는 자신의 무기력함, 친지들에게 온갖 거짓말을 하면서 돈을 빌려달라고 한 자신의 비루함에 등에 대하여 깊은 혐오감을 느꼈다. 그는 1932년 12월 하순 아오모리 검사국으로부터 출두를 요청받고 검사 앞에서 좌익운동과의 절연을 서약하고 그날로 도쿄로 돌아왔다.

이후 다자이는 공산주의 활동과는 완전히 손을 끊었다. 비록 형의 강압에 의한 것이긴 했으나 이런 일련의 과정을 살펴보면 그가 철저한 좌익 활동가라고 보기는 어려우며 그 뒤에 그가 한 일련의 행동들에서도 결연한 혁명가의 모습은 찾아보기 어렵다. 따라서 좌익 활동이 그의 문학에 큰 영향을 미치지 않았다고 보는 게 더 타당하다고 판단된다. 평론가에 따라서는 단편 「유다의 고백」에서 유다가 예수를 배신한 것을, 다자이가 공산주의와 절연한 것의 상보관계parallel로 보는 견해도 있으나, 다자이 소설을 어떤 사상의 틀로 이해하려는 작위적인 해석이라는 생각이다.

앞에서 H의 일을 언급했는데, 이 여자는 다자이가 히로사키 시절부터 사귀었던 어린 게이샤로서 네 살 아래인 오야마 하쓰요(1913~1944)를 가리킨다. 하쓰요는 아오모리에서 무작정 도쿄로 상경하여 당시 대학 1년생이던 다자이에게 같이 살자고 요구했다. 당시 이미 지방 정치가의 야망을 키워가던 다자이의 큰형 분지는 명문 도쿄대학을 다니는 막내가 비천한 게이샤와 결혼하는 것을 반대했고 또 그것이 자신의 정치적 앞날에 미칠 악영향도 우려했다. 그래서 큰형은 도쿄로 와서 그녀와 헤어지라고 했으나 잘 안되자 다자이의 분가 제적을 조건으로 마지못해 둘의 결혼을 인정했다.

이 분가 제적 또한 공산주의 활동에서의 탈퇴처럼, 다자이에게 "나는 어떤 걸 해도 따돌림을 당하는 한심한 놈"이로구나 하는 심리를 심어주었다. 큰형의 중재로 하쓰요는 일단 다자이 곁을 떠나 아오모리로 돌아갔다. 그리고 1930년 11월 24일 오야마의 집에 채단이 교환되어 둘은 곧 결혼했다. 이 하쓰요는 다자이의 첫 번째 아내였고, 1931년 초부터 동거를 시작하여 1937년 7월 헤어질 때까지 6년 반을 살았다.

바로 이 무렵인 1930년 11월 25일에 다자이는 카페 여급인 아쓰미를 만났고 이틀 동안 동거한 끝에 11월 28일 가마쿠라 해안의 고유루기미사키 절벽에서 신주를 감행했다.

이 신주 사건은 다자이에게 두 가지 영향을 미쳤다. 하나는 긍정적인 것으로서, 자신이 죽으려고 했는데 살아 돌아왔으므로 일종의 부활을 느꼈고, 그런 만큼 그 소생을 의미 있는 것으로 만들기 위해 좀 더 열심히 살아야 한다는 자각이 생긴 것이었다. 나(다자이)는 죽으려 해도 죽지 못하는 사람, 죽음을 두려워할 게 없는 사람이니 이 세상에서 하지 못할 일이 무엇이랴. 실패를 두려워하지 않는 자만이 성공할 수 있는 게 아닌가. 비난을 두려워하지 않아야 개선을 할 수 있는 게 아닌가. 이런 마음가짐이 그가 『만년』이라는 최초의 단편집에 들어가는 여러 편의 소설을 써내는 원동력이 되었다. 이 단편집에 실린 15편의 소설에서는 과감한 고백, 획기적 실험, 실패를 두려워하지 않는 용기가 눈에 띈다. 그러나 이 긍정적 측면은 일종의 마약 효과가 있어서, 인생의 어려운 일을 만날 때마다 정면 돌파할 생각은 하지 않고 그냥 확 죽어버리면 모든 것이 간단히 끝날 텐데, 하는 안일한 생각을 하게 만들었다.

다른 하나는 부정적인 것으로서, 내가 여자를 죽인 것이나 다름없다는 죄의식이었다. 이 죄의식은 시간이 흘러갈수록 사라져가는 것이 아니라 더욱 강력하게 커져 왔다. 그리고 인생의 실패가 거듭되면 이 모든 낭패가 자신의 원죄 때문에 그런 것이 아닌가 하는 자책감 또한 따라서 커졌다. 가령 「동틀 녘」이라는 단편은 전쟁 중에 가족을 데리고 이리저리 피란 다니던 얘기를 적은 소설인데, 여기서 큰딸이 결막염에 걸려 앞을 잘 보지 못하게 되자, 다자이는 이렇게 탄식했다.

내가 가난뱅이인데다 술꾼인 탓에 자식이 장님이 되었다. 그동안 착실하고 평범하게 살아왔더라면 이런 불행이 닥치지는 않았을 텐데. 부모의 업보를 자식이 갚는다는 말은 이런 걸 두고 하는 말이구나. 벌이다. 만약 이 아이가 이대로 평생 눈을 뜨지 못한다면, 문학이고 명예고 다 필요 없다. 모조리 단념하고 이 아이 곁에만 붙어 있겠다. 전집 7 / 동틀 녘 / p. 160

큰딸은 다행히 좋은 의사를 만나서 완치되었으나, 다자이의 죄의식은 사라지지 않았고 다자이는 그 죄의식으로부터 해방되기 위해 필사적으로 소설을 썼다.

세 번째 시도

세 번째 죽음은 학교를 곧 졸업한다고 큰형을 속이면서 계속 고향에서 송금을 받으며 살아가던 때인 1935년 3월의 일이었다. 그는 대학 졸업 시험에 낙제하고 미야코신문사 입사 시험에도 떨어졌다. 당시 도쿄대학은 고등학교라는 대학 예과를 거쳐 올라온 수재 학생들만 다녔기 때문에 기본 학력을 인정하고 강의는 자유롭게 듣되 졸업 시험의 합격과 논문 통과를 엄격히 규제했다. 일본 소설가 우메자키 하루오(1915~1965)는 후쿠오카의 제5고를 졸업하고 1936년 도쿄대학 국문학과에 입학했는데 그가 쓴 「우울한 청춘」이라는 수필에 보면 이런 글이 나온다. "대학에는 4년간 머물렀다. 강의에 나가지 않고 시험만 치르려 하니 도저히 삼 년은 무리다. 사 년 정도는 걸린다."

다자이가 민주적 성격이 강했던 일간지인 미야코신문사에 지원한 것은 스승 이부세가 그 신문의 고위직 인사에게 미리 말해두어 합격을 자신했기 때문이었다. 그런 기대를 품고 있다가 떨어졌기에 다자이의 실망이 더 컸던 것으로 보인다. 한 해 한 해 고향집의 큰형에게 곧 졸업한다고 거짓말을 하면서 송금을 받아온 다자이는 취직이라도 해서 재정적 어려움을 돌파해 보려 했으나 실패한 것이다. 그는 가마쿠라 산중에서 목을 매었지만, 미수에 그쳤다. 관련 단편에 의하면, 다자이는 팔뚝 굵기의 가지에 새끼줄을 걸고 매달렸다. 목이 조여 오고 너무 아파서 메아리가 울려 퍼질 정도로 소리를 질러댔다. 그러다가 자신이 남보다 훨씬 목이 굵기 때문에 얼굴 전체가 어두운 자주색으로 변하고 입 양쪽의 가장자리에서 새하얀 거품이 나오며 혓바닥을 쑥 내빼는 자신의 우스꽝스러운 모습을 상상하고 자살을 그만두었다고 한다.

그만둬! 나는 팔을 뻗어 아득바득 나뭇가지부터 붙잡았다. 나도 모르게 뱃속 깊은 곳에서부터 맹수의 포효가 터져 나왔다. 외국 담배 한 대가 한 사람의 생명과 같은 가격으로 사고 팔렸다는 이야기가 있다. 내 경우가 그랬다. 새끼줄을 풀고, 그 자리에서 엎어진 채 죽은 사람처럼 축 늘어져서 한 시간쯤 있었다. 전집 1 / 교겐의 신 / p. 508

그는 이어 호주머니 속에 든 고급 외제 담배 한 개비를 꺼내 피우고 나서 저승사자와 작별하고 하산했다.

하지만 그에게는 또다시 나는 아무짝에도 쓸모없는 놈이야, 하는 절망감이 몰려왔다. 이 무렵 다자이는 곧 죽을 거니까 유서를 쓰는 심정으로 「추억」, 「어릿광대의 꽃」, 「로마네스크」, 「역행」 같은 작품을 썼다. 그래서 나중에 이 단편들을 묶어 최초의 단편집을 펴낼 때 27세의 신진 작가답지 않게 『만년』이라는 제목을 붙였다. 죽음을 늘 생각하고 있었으니 하루하루가 만년이었던 것이다.

특히 어릴 때부터 지금에 이르기까지 자신의 짧은 생애를 솔직하게 되돌아본 「추억」 같은 소설은, 이런 심정이 아니었더라면, 쓸 수가 없는 것이었다. 이때 쓴 소설 중 한 편인 「역행」이 1935년 최초로 제정된 제1회 아쿠타가와문학상 최종 5인의 후보까지 올라가게 되었다. 아쿠타가와는 다자이가 어릴 때부터 존경해온 작가였으므로 당연히 이 상을 타고 싶어 했고, 또 상금이 두둑했으므로 금전적으로 크게 쪼들려서 이 사람 저 사람에게 그럴듯한 거짓말을 하면서 돈을 빌려달라고 하던 상황이었으므로, 문학적 인정보다는 빌린 돈 갚는 게 더 절실한 상황이었다. 아쿠타가와상의 상금은 500엔이었는데, 다자이의 단편

「세속의 천사」에 보면 5엔짜리 한 장을 가지고 긴자의 어떤 바에 들어갔는데 다자이에게 호감을 느낀 여급이 계속 술을 가져다주어 술값이 30엔이나 나왔다는 얘기가 있다. 이 술값을 기준으로 하면 상금 500엔은 오늘날의 한화 500만 원 정도가 될 것으로 보인다.

아쿠타가와상과 관련하여 문단의 선배이며 시인 겸 소설가인 사토 하루오(1892~1964)가 쓴 「아쿠타가와상」이라는 실명 소설이 있다. 이 단편소설에는 다자이의 이름이 그대로 나오는데, 이 상을 두고서 신진 작가인 다자이가 전형위원인 사토를 찾아와 입상시켜 달라고 로비 운동을 했다는 내용이다.

이 소설에는 다자이가 사토에게 "저녁에 찾아갑니다, 꾸짖지 마."라는 약간 어리광 섞인 전보를 보냈다는 얘기가 나온다. "꾸짖지 마."라는 말은 개구쟁이 어린아이가 장난치다가 그것을 제지하며 때리려는 어머니의 손을 피해 "때리지 마, 때리지 마."라고 하는 그런 유머러스하면서도 허물없는 어감의 말인데, 다자이가 감히 문단 대선배를 향해 이런 버릇없는 수작을 했다고 폭로하고 있다. 그 후 사토 하루오는 이런 소설을 발표한 일도 있고 해서, 제3회 아쿠타가와상을 다자이가 받을 수 있도록 여러모로 애를 썼으나 결국 이때에도 상을 타지 못했다. 다자이는 그때 이미 첫 단편집까지 냈으므로 신진 작가가 아니라는 이유에서였다.

훗날 다자이가 쓴 「후지산 백경」을 보면, 어떤 문학청년이 다자이가 머물던 야마나시현의 미사카 고개 찻집 찾아왔을 때, 다시 이 사토 하루오 소설 얘기가 나온다. 그 청년은 다자이를 찾아오기 전에 사토 하루오의 「아쿠타가와상」이라는 소설을 정독하고 다자이가 굉장한 퇴폐주의자 혹은 성격 파산자라고 되어 있어서 큰마음 먹고 찾아왔는데 막상 실물을 만나 보니 이렇게 진지하고 성실한 분인지 꿈에도 생각하지 못했다고 말했다.

또 다른 전형위원이었던 가와바타 야스나리(1899~1972)는 제1회 아쿠타가와 문학상 심사평에서 이런 말을 했다. "「역행」보다는 「어릿광대의 꽃」에 작가의 생활과 문학관이 더 많이 담겨 있는데, 내 개인적 의견으로는 작가의 현재 생활에 불쾌한 구름이 끼어 있어 재능을 온전히 다 발휘하지 못한 아쉬움이 남는다." 다자이는 이런 심사평도 아니꼬워서 참지 못하고 이런 수필도 발표했다.

> [당신(가와바타)처럼] 새를 기르고 춤을 보러 돌아다니는 것이 그렇게
> 훌륭한 생활인가? 죽여 버리겠어, 그런 생각도 했다. 전집 10 / 가와바타 야스나리
>
> 씨에게 / p. 72

자신이 죽을 각오로 쓴 작품들에 대하여 작가의 진짜 상황은 모르고 "불쾌한 구름이 끼어 있어…" 운운한 게 너무나 불쾌하고 화가 났다는 얘기이다. 사실 죽으려면 대통령 불알은 못 잡겠느냐는 속담이 있는데 당시 그런 심정이었던 다자이는 문단의 대선배든 신진 전형위원이든 못 할 말이 없는 괴짜였다. 새 기르기를 소재로 한 가와바타의 단편 「금수」나 춤추는 여인을 모델로 한 「이즈의 무희」는 아주 뛰어난 작품이므로 새와 춤 운운하면서 가와바타를 비난한 것은 거의 인신공격에 가까운 참으로 버릇없는 말이었다.

게다가 작가 지망생이 가와바타 같은 영향력 높은 소설가 겸 평론가를 상대로 그런 막말을 했다는 건 정말 있을 수 없는 일이었다. 그러니 문단에서 괴짜, 광인, 파락호, 구제 불능의 악마라고 지탄했던 것이다.

다자이에게 늘 따라다니는 말, 재승덕才勝德 즉 재주는 있으나 덕성은 부족하다, 라는 말도 이때 생겨났다. 그렇지만 이 수필은 그의 심리 상태가 얼마나 황폐했는지 잘 보여주고 있다.

가와바타는 문단 선배답게 자신이 수상에 결정적 영향을 미친 것은 아니며 5명의 후보 중 수상자인 이시가와 다쓰조가 일본인의 브라질 이민 역사를 다룬「창맹」으로 5표를 받았고 나머지 후보들은 1~2표에 그쳤으므로 무슨 개인적 감정이 작용할 상황이 전혀 아니었다고 해명하는 글을 한 문학 잡지에 발표했다. 가와바타는 이 무렵「금수」,「수정환상」,『설국』같은 작품으로 문단의 주목을 받는 중진 작가였는데, 버릇없는 후배지만 그의 앞날을 배려하여 이런 친절한 답변을 해주었다. 그리고 다자이의 자살에 충격을 받았는지 그로부터 20년도 더 지난 시점인 1968년 노벨문학상 수상 연설에서도 다자이의 이름을 거명했다.

네 번째 시도

네 번째 죽음 시도는 다자이와 사돈 관계이자 가족과 다름없이 지내던 화가 지망생 고다테 젠시로가 아내 하쓰요와 간통한 사건이 알려지면서 벌어졌다. 1937년 3월에 다자이 부부는 미나카미온천이 있는 다니가와 다케산의 숲속에서 수면제를 먹고 동반 자살을 시도했으나 미수에 그쳤고 그 후 부부는 헤어졌다.

이 무렵 다자이는 1935년 4월 맹장염으로 시노하라병원에 입원하여 약물치료 받던 중 파비날 중독에 걸렸다. 중독이 심해져서 이상한 언동이 많아지자 그것을 걱정한 스승 이부세와 친지 그리고 아내가 설득하여 다자이를 정신병원에 입원시켰고 그리하여 1936년 10월 13일부터 한 달간 도쿄 이타바시구의 무사시노 정신병원에 입원했다. 그런데

입원하는 동안 다자이로서는 감내하기 어려운 아내의 간통 사건이
벌어졌다.

다자이가 무사시노정신병원 입원 사흘 전, 동생이나 다를 바 없이
귀여워했고 당시 제국미술학교를 다니던 화가 지망생 고다테 젠시로가
칼로 손목을 베어 자살하려다 미수에 그친 일이 있었다. 고다테는 다자이
가 전에 맹장 수술로 입원했었던 시노하라병원에 입원했다. 고다테의
누나로부터 연락을 받은 하쓰요는 그다음 날 고다테가 입원한 병원으로
찾아가 위문했다. 그리고 그로부터 3일 후 다자이는 무사시노정신병원
에 파비날 중독 치료차 입원했다. 이때 매일 병원으로 남편을 병문안
갔던 하쓰요는 어느 날 면회 사절로 인해 남편을 만나지 못하고 돌아오던
길에 시노하라병원에 들러보게 되었다. 이때 고다테를 간병하던 고다테
의 어머니는 매일 찾아오는 하쓰요에게 아들을 부탁해 놓고는 아오모리
로 돌아갔다.

이렇게 하여 하쓰요는 매일 고다테의 병실을 찾아가게 되었고 밤늦은
시간까지 있다가 돌아가는 일이 많았다. 동병상련의 남녀가 같이 있다
보니 그만 벌어지지 말아야 할 일이 벌어진 것이다. 다자이의 문학적
영향 아래 자살까지 시도했던 22세의 청년과 남편의 면회를 거부당하고
불안에 떨던 24세의 유부녀는 서로 측은하게 여겼고 급속히 관계가
깊어졌다. 당시 다자이는 파비날 중독 때문에 철저한 금욕이 강제되었고
그래서 하쓰요는 다자이와는 키스는 물론이고 동침도 일절 할 수가
없는 상황이었다.

1936년 10월 하순에 시노하라병원에서 퇴원한 고다테는 졸업 작품
제작을 위하여 아오모리로 돌아갔다. 이때 하쓰요는 두 사람의 일을
철저히 비밀로 지켜줄 것을 고다테에게 부탁하여 약속까지 받아냈다.

그리하여 1936년 11월 12일 다자이가 무사시노정신병원에서 퇴원하자 하쓰요는 아무런 일도 없었다는 듯이 도쿄의 덴소 지역에 마련한 새로운 거처로 들어갔다. 한편 고다테는 1937년 3월 졸업 작품을 제출하기 위해 상경했고, 친구와 함께 다자이 부부 집을 방문하여 졸업 축하의 작은 파티를 하게 되었다. 이때 고다테는 술에 취한 나머지 다자이에게 하쓰요와의 일을 고백하고 말았다. 고다테가 돌아간 후에 추궁당한 그녀는 숨기지 않고 사실이라고 고백했다.

다자이는 무사시노병원에 입원하기 훨씬 전에도 도쿄대학 캠퍼스에서 고향 친구로부터 하쓰요가 결혼 전에 남성 편력이 있었다는 얘기를 들은 바 있었으나, 그것은 결혼 전의 일이므로 따질 수 없다고 생각하여 불문에 부쳤다. 그러나 이번에 벌어진 일은 전혀 다른 문제였다. 남편이 약물 중독을 고치기 위해 정신병원에 입원하여 힘들게 투병하는 동안에 등 뒤에서 배신한 꼴이었으므로 용서할 수가 없었다. 그래서 부부는 자살을 결심했다.

> 나는 고통 속에서도 H를 가엽게 여겼다. H는 이제 죽을 각오만 하고 있는 듯했다. 뭘 해도 어쩔 도리가 없을 때, 나도 죽을 생각을 한다. 둘이 같이 죽자. 신도 용서해 주실 거야. (⋯) 그날 밤, 둘이서 산으로 자살을 하러 갔다. H를 죽게 놔둬서는 안 된다고 생각했다. 나는 그렇게 하려고 애썼다. H는, 살았다. 나도, 보기 좋게 실패했다. 약을 가져갔었다.
>
> 전집 4 / 동경 팔경 / p. 103

약을 가져갔었다는 설명은 너무 간략하여 앞뒤 상황을 잘 알 수가 없다. 여기에 대해서는 「오바스테」라는 단편에 자세히 서술되어 있다.

오바스테는 나가노현에 있는 한 산의 이름인데, 어떤 젊은이가 늙은 백모를 어머니처럼 봉양하다가 아내의 성화에 못 이겨 백모를 산속에다 버렸으나, 슬픔을 못 이겨 다시 모셔왔다는 전설이 전해지는 산이다. 다자이의 경우, 아내 하쓰요와 함께 죽으려 했으나 죽음을 포기하고 돌아온 곳이라는 뜻이 된다. 실제 동반 자살을 시도한 곳은 오바스테가 아니고 군마현에 있는 다니가와다케라는 산속이었다.

이 소설을 읽어보면 또다시 등장인물의 성격에 대하여 의문을 품게 된다. 작중에서 정말로 죽고 싶어 하는 사람은 가즈에다(하쓰요)로 되어 있다. 남편인 기시치(다자이)는 아내의 굳건한 결심을 돌려보려 하다가 마지못해 신주에 응한다. 그리고 숲속에 들어가 둘이 죽으려고 하는 장면에서 기시치가 보자기에서 약(수면제 칼모틴)을 꺼내어 이걸 먹으면 죽는다고 할 때, 여자는 이렇게 대답한다.

> "너무 적잖아. 이것만 먹고 죽을 수 있어?"
> "처음 먹는 사람은 그것만 먹어도 죽을 수 있어. 난 계속 먹고 있으니까,
> 너의 열 배는 먹어야 해." 전집2/오바스테/p.141

하쓰요는 다자이의 말을 그대로 수긍하면서 그 약을 먹고 잠이 들고, 다자이는 자기가 약물 중독의 과거가 있어서 약만 먹어서는 안 죽는다는 것을 알고 있으므로,

> 슬쩍 자기 몸을 비탈 끝까지 이동시키고, 허리띠를 풀어서 목에 감아 그 끝을 뽕나무같이 생긴 나뭇가지에 묶어서, 잠듦과 동시에 비탈에서 미끄러지며 떨어져서 목매 죽도록, 그렇게 해두었다. 같은 책/p.141

다자이는 그렇게 하고서 잠이 들었는데 자신이 질질 미끄러지고 있다는 느낌이 들면서 잠에서 깼고 그래서 살아났다. 이것을 보면 나무에 감은 허리띠가 부실하게 묶여져 있었고 그래서 몸이 비탈을 따라 흘러내려 갔다는 뜻이 된다. 이렇게 엉성하게 나무에다 허리띠를 맨 사람이 과연 확실히 죽으려는 의사가 있었던 것일까? 아무튼 그는 하쓰요를 죽게 놔두면 안 된다고 생각하여 정신없이 누워 있는 하쓰요에게 달려가서 부랴부랴 조치하여 산중의 여관으로 돌려보내고 자신은 도쿄로 돌아온 후에 둘은 헤어졌다.

이 소설을 정독하다 보면 남자나 여자나 과연 정말로 죽으려고 했는지 의문이 든다. 죽음을 각오한 여자가 과연 남자가 주는 알약만 받아먹고 죽으려 할까? 자기도 남자만큼 많은 알약을 삼키고서 확실히 죽으려고 해야 앞뒤가 맞는 게 아닐까? 남자는 처음부터 확실히 죽으려는 의도가 없었던 것 같다.

이 때문에 몇몇 평론가들은 「오바스테」에서 기술된 사건은 허구일 뿐, 실제 벌어진 일이 아니라고 주장한다. 실제로 하쓰요가 동반 자살을 할 마음이 없었고 그래서 산속으로 따라갈 이유가 없었다고 보는 것이다. 소설 속 가즈에다(하쓰요)의 미온적 행동이 그런 추정을 뒷받침한다. 그러나 다른 평론가들은 여러 지인의 증언을 제시하면서 동반 자살 사건이 실제로 있었다고 단언하고 있다.

여기서 다자이가 이미 세 번이나 죽음과 정면 승부를 걸었던 전력을 감안해야 한다. 다자이는 이제 내가 죽으려고 하는데 정말 죽으면 좋고, 우연히 죽지 않는다면 그것도 하나의 운명적 신호이므로 그대로 받아들이면 된다고 생각했을 것이다. 그러니까 어느 정도 죽을 의사가 있었지만 동시에 죽음과의 상면에서 실패하여 다시 소생할 경우에 얻게 되는 삶의 희망을 기대하기도 했다는 얘기다. 그래서 나는 앞에서 다자이를 가리켜 죽음 중독자라고 했던 것이다.

그런데 「오바스테」에는 멘붕 상태의 다자이를 잘 보여주는 아주 중요한 문장이 나온다. 수면제를 먹고서 자고 있는 가즈에다(하쓰요)의 머리에 붙은 썩은 삼나무 잎을 하나하나 정성스럽게 떼어주면서 기시치(다자이)가 중얼거리는 말이 그것이다.

> 나는 이 여자를 사랑하고 있다. 어쩔 줄 모르고 사랑하고 있다. 그것이 내 고통의 시작이다. 하지만 이제 됐다. 나는 사랑하면서 멀어질 수 있는, 어떤 힘을 얻었다. 전집2 / 오바스테 / p. 144

다자이는 이 사건 이후에 하쓰요의 외삼촌 요시자와 유를 중재인으로 삼아 그녀와 헤어졌다. 다자이는 이때의 상황을 1937년 7월 22일 히라오카 도시오에게 보낸 엽서에서 이렇게 적고 있다.

> 이번 달에는 하쓰요가 드디어 고향의 어머님 곁으로 돌아갔는데, 저는 침구 한 벌, 책상, 고리짝 하나를 들고 하숙집으로 옮겼고, 나머지 가재도구는 전부 하쓰요에게 주었으며, 이별금도 30엔, 얼마 되지는 않지만, 저 혼자 힘으로는 그 이상 도저히 마련할 수 없기에 그런 쓸쓸한 이별을 했습니다.
>
> ― 다자이 오사무, 『청춘의 착란』, 박현석 옮김, 사과나무, 2010, p. 114

하쓰요는 고향 아오모리로 갔다가 그 후 만주로 건너갔고 1944년에

31세의 나이로 중국 칭다오에서 죽었다.

그런데 「오바스테」에 나오는 "사랑하기에 헤어진다."라는 말은 나중에 다자이가 두 번째 아내 미치코에게 남긴 유서 속의 문장, "당신을 정말로 사랑했습니다,"를 해석하는 하나의 단서가 된다. 다자이의 유서를 읽으면 우리는 이런 질문을 던지게 된다. 누구보다 미치코를 사랑한다고 말하는 남편이 아내와 헤어지는 것이 가능한가? 일반적으로 말해서 죽음을 목전에 둔 사람은 거짓말을 하지 않는다. 그렇다면 다자이는 무슨 뜻으로, "사랑하기에 헤어진다."라는 말을 했을까? 이 모순, 이 의혹의 점을 어떻게 이해해야 할까?

다섯 번째이자 마지막 시도

다섯 번째이자 마지막은 1948년 6월 13일 밤의 일이었다.

이 마지막 시도 이전의 10년간 그러니까 두 번째 아내 미치코와 결혼한 1939년 1월부터 1948년 6월까지 10년간 죽음이 유예되었다. 그동안 그는 소설 쓰기로 자신의 슬픔을 치유하려고 필사적인 노력을 했다. 그래서 1939년에 발표된 「게으름뱅이 카드놀이」라는 단편에서 창작 의욕을 불태우며 이렇게 말하기도 했다.

『전쟁과 평화』나 『카라마조프가의 형제』는, 나는 아직 쓸 수 없다. (…) 나는 오래 살아볼 생각이다. 그러나 해볼 생각이다. 이런 각오도, 요즘 겨우 하게 되었다. 나는 문학을 좋아한다. 문학을 좋아하는 마음은, 꽤 크다. 전집 2 / 게으름뱅이 카드놀이 / p. 240

이 시기에 나온 단편 「달려라 메로스」는 그런 소생의 의욕을 명확하게 보여주는데, 고대 그리스의 단짝 친구인 다몬과 피티아스Damon and Phytias의 고사를 번안한 작품이다. 다몬은 올림피아 게임의 승자였고 시인이면서 음악가였다. 그는 행정 지식이 뛰어났고 엄격한 군기를 강조했다. 그의 가장 친한 친구로는 피티아스가 곁에 있었다. 기원전 403년 그는 참주 디오니소스에 대하여 음모를 꾸미다가 발각되어 사형에 처해졌다. 그는 집으로 돌아가 가사를 정리할 시간이 필요하며 처형 날짜에 반드시 아테네로 돌아오겠다고 하면서 참주로부터 시간 말미를 얻었다. 단 반드시 돌아오겠다는 보장으로 친구인 피티아스를 담보로 내세웠다. 만약 다몬이 돌아오지 않는다면 친구가 대신 죽는 것이었다.

메로스(다몬)는 참주와의 약속을 지키기 위해 돌아오는 중에 도적과 홍수와 각종 시련을 만나서 중간에 그만 피곤하여 주저앉고 싶었으나 친구와의 약속을 지키기 위하여 다시 죽을힘을 다해 달려서 약속된 장소에 나타난다. 이 작품은 친구의 우정을 강조한 작품이라고 하여 일본 고등학교 교과서에 실리기도 했다. 그러나 작품을 면밀히 읽어보면 달리고 달려서 아테네로 돌아오는 메로스의 모습보다는 중간에 시련에 봉착하여 주저앉으려 하는 메로스의 모습이 훨씬 더 생생하게 사실적으로 그려져 있다.

삶과 죽음, 성공과 실패, 비난과 칭찬은 서로 상보 관계이다. 넓게 보면 이 세상 모든 것이 그러하다. 그래서 옛사람은 즐거움은 근심이 엎드려 숨어 있는 곳이라고 말했다. 『예기』의 '단궁' 편에는 이것을 뒷받침하는 말이 나온다. "즐거우니 흐뭇하고, 흐뭇하니 시를 읊고, 시를 읊으니 춤을 추고, 춤을 추니 원망하게 되고, 원망하니 슬퍼지고,

슬퍼지니 탄식하게 된다." 즐거움은 그 극한까지 추구해서는 안 된다. 즐거움이 극에 달하면 정반대로 슬픔이 생긴다는 것이다. 이것을 두고서 옛사람들은 물극필반物極必反(사물이 극단으로 나가면 오히려 정반대 방향으로 되돌아간다)이라고 하여 스스로 경계했다.

즐거움이든 근심이든 다자이는 어떻게 보면 완벽주의자였다. 절대로 자기 자신을 상대로 거짓말을 하지 못했다. 자신이 지금 외로운가, 행복한가를 끊임없이 질문하는, 자의식 강한 사람이었다. 「달려라 메로스」를 다른 소설가가 썼다면 그런 의혹의 점spot of suspicion(메로스가 주저앉아서 돌아가지 못할 것 같다며 절망하는 장면)을 작품 중에 남겨두지 않았을 것이다. 이런 의혹의 점點은 죽기 얼마 전에 발표된 「아버지」, 「비용의 아내」나 「앵두」 같은 작품에서도 다시 등장한다. 그는 결코 예술을 위해 자연(인생)을 가공할 줄 모르는 사람이었다. 있는 그대로 자신이 느끼는 바대로 정직하고 정확하게 써나갈 뿐이었다.

달리는 메로스, 즉 다자이는 아테네로 돌아가 친구를 살리는 것이 목표였지만, 자신은 정작 그렇게 하지 못할 것 같다는 어떤 아득함을 느낀다. 게다가 결혼 직후에 일본은 이미 2차 대전 한가운데로 들어섰고 전쟁 후반에는 도쿄와 일본 전역에 미 공군 폭격기 B-29의 공습이 시작되어 민가가 불타오르는 일이 많이 벌어졌다. 다자이도 도쿄 외곽의 미타카 집 근처가 공습을 받자 처가인 고후로 피란했으나 거기서도 처가가 공습에 불타자 가족(아내와 두 명의 아이)을 솔가하여 일본 혼슈의 북단인 고향 쓰가루까지 올라갔다. 이 전쟁의 참상과 종전 후의 비참한 삶이 인생 제2막을 열려고 몸부림치던 다자이의 의욕을 완전히 꺾어놓았다.

그럴 때마다 그를 유혹하는 것이 술과 여자였다.

종전 후 다자이는 1941년에 그의 집을 한 번 찾아온 적이 있던 오타 시즈코(1913~1982)라는 여자와 사귀게 된다. 시즈코는 결혼 후 남편과 사이가 나빴고 아이를 출산했는데 아이가 한 달 만에 죽었다. 남편과 이혼 후 아이를 잃은 과정과 그 후의 참담한 생활을 기록한 <사양일기>를 다자이에게 건네주었는데, 이것이 소설 『사양』의 뼈대가 되었다. 1947년 2월 시즈코의 초청으로 다자이가 그녀의 집을 찾아갔는데, 그때 가깝게 되어 시즈코가 임신을 했다.

그 후 시즈코는 1947년 11월에 혼자서 아이를 낳았고 그녀의 오빠가 다자이를 찾아가, 비록 사생아이지만 자식임을 인정해 달라고 요구하자 딸아이의 이름을 자신의 본명 슈지修治 중 한 자를 따서 하루코治子(슈지의 아이)라고 지으라고 했다. 시즈코의 오빠가 다자이의 아이임을 인정하는 글을 써달라고 하자 "이 아이는 나의 사랑스러운 아이로 아버지를 언제까지고 자랑스럽게 여기며 건강하게 자라기를 바랍니다."라고 써주었다. 이 사생아 딸 오타 하루코는 나중에 커서 작가가 되었다. 그 몇 달 전인 1947년 3월에는 다자이와 미치코 사이의 막내딸 사토코가 태어났는데 이 아이도 커서 쓰시마 요코(1947~2016)라는 유명한 작가가 되었다.

『사양』은 오타 시즈코의 일기가 작품 전체 분량 중 약 4분의 3(총 8장 중 6장까지)을 차지하기 때문에, 다자이와 오타의 공동저작이라고 보아야 한다는 의견도 있으며 이 때문인지, 다자이의 대표작을 언급할 때는 늘 『인간 실격』에 밀리는 경향이 있다. 그러나 소설의 아름다움과 감동이라는 측면에서 본다면 『사양』은 어떤 작품 못지않게 훌륭한 소설이다.

다자이는 술집을 옮겨가며 술을 마셔야 흥이 나듯이, 여자도 옮겨가며 사랑을 하기를 바랐고 어느 정도 단계에 이르면 싫증을 내면서 새로운 여자를 찾아다니는 경향이 있었다. 그러나 다자이가 적극적으로 구애하여 여성 편력을 하게 된 것이 아니라, 모두 여성들이 그에게 강한 매혹을 느껴서 접근해 온 경우였다. 시즈코의 임신을 계기로 급속히 그녀와 멀어지던 다자이는 그 무렵 동네에서 미용사로 일하던 야마자키 도미에 (1919~1948)를 만났다. 1947년 3월 다자이가 아는 사람인 쓰루마키 고노스케가 미타카에 '치구사^{千草}'라는 어묵집을 냈는데 다자이는 이 식당 2층의 방 하나를 작업실로 사용했다. 그런데 도미에가 하숙하고 있던 집이 그 맞은편에 있었다. 고노스케의 주선으로 도미에는 다자이를 만났는데, 과거 히로사키고교 3년 때 병사한 그녀의 오빠가 다자이의 동문에다 동년배라는 걸 알고서 혹시 학창 시절의 오빠 얘기를 들을 수 있지 않을까 해서 처음 만나게 되었다.

도미에의 아버지 야마자키 하루히로는 일본 최초의 미용학교인 도쿄 부인미발미용학교(통칭 오차노미즈미용학교)를 설립한 인물이었다. 도미에는 처음에는 일반 여고에 다녔으나 아버지가 기술을 익히는 것이 더 중요하다고 하여 긴슈고등실업여학교로 전학 가서 졸업하고 일본대학 부속 제일외국어학원을 다녔다. 그래서 영어를 어느 정도 읽고 쓸 줄 알았다. 그 후 아버지가 운영하던 미용학교의 조수로 일했다. 전쟁 중이던 1944년 12월 9일에 미쓰이물산의 회사원 오쿠나 슈이치와 결혼했으나 열이틀 뒤인 12월 21일에 남편은 마닐라 지점으로 발령을 받아 혼자 부임했다. 슈이치는 마닐라 도착 후 미군 상륙으로 현지 소집되어 루손섬의 전투 중에 행방불명되었다. 도미에는 1947년 3월 다자이를 만났고 7월에 남편이 전사했다는 공식 통보를 받았다. 그녀는 다자이의 고개를 살짝 숙인 얼굴과 멍하니 생각에 잠긴 아름다운 옆얼굴을 좋아했고 그의 쓸쓸함과 외로움에 매혹되었다. 이것은 다자이를 좋아하던 여성들의 공통적 반응이었는데, 무엇보다도 다자이는 사랑의 완전한 점유가 가능할지 모른다는 꿈을 안겨주는 남자였다.

도미에는 당시 주간에는 미타카에서 미용사로 일하고 야간에는 인근 미군 부대에 미용실 주인이 새로 차린 미용실 지점에 나가서 지점장으로 일했다. 이렇게 열심히 일한 건 자기 소유의 미용실을 차리고 싶어서였다. 도미에는 미군 부대에서 일부 미용 요금 대신으로 받은 사탕이나 초콜릿은 다자이를 통해 애들에게 나눠주도록 했고, 양담배와 양주는 생기는 대로 모두 다자이에게 주었다. 그녀의 사랑은 이런 작은 물건들을 베푸는 것으로 더욱 깊어졌다. 1947년 11월부터 미용실 일은 아예 그만두고 오로지 다자이의 비서로 활동했는데, 그동안 모아두었던 사업 자금도 다자이 친구들의 술 접대를 위해 아낌없이 썼다. 그녀는 이미 이 당시에 다자이와 함께 신주를 감행하기로 결심했고 마지막까지 그 마음에 흔들림이 없었다. 그녀는 과거에 스물다섯 살까지 살았으면 좋겠다고 생각했는데 이제 서른 살이 되었으니 죽어도 여한이 없다고 했으며, 자신의 가슴속에는 슬픔과 눈물이 언제나 가득하다는 말을 입에 달고 다녀 소설가로부터 여자 다자이라는 별명을 얻었다.

그러나 오타 시즈코가 다자이의 딸을 출생했다는 사실을 알고서 엄청난 충격을 받았고, 그 후 다자이를 견제하여 시즈코를 만나지 못하게 했다. 다자이에게 철저히 순종하여 그 어떤 말을 하거나 그 어떤 일을 시켜도 거부하는 법이 없는 도미에가 시즈코 얘기만 나오면 얼굴이 창백해지고 온몸을 부들부들 떨면서, 만약 그 여자를 다시 만난다면 자기는 죽어버리겠다고 위협했다. 전쟁 말기에 일본 정부는 미군의 상륙에 대비하여 복용하면 3분 만에 죽는 청산가리를 국민에게 자결용으로 배포했는데 전후인 1947년에 개인이 그런 청산가리를 소지하는 건 그리 드문 일이 아니었다. 도미에는 언제나 이 청산가리를 품에 지니고 있으면서 다자이가 이상한 행동을 하면 이걸 먹어버리겠다고 했는데, 다자이는 그 위협을 매우 두려워했다.

도미에는 시즈코의 출산 소식을 알게 된 이후에 자기도 다자이의 아이를 낳고 싶다는 소망을 여러 번 말했다. 다자이는 주변 지인들이 그래도 생모인데 한 번 만나서 격려해 주어야 하지 않겠느냐는 권유를 수긍하여 오타 시즈코를 어떻게든 만나려 했으나 결국에는 못 만나고 생활비를 부쳐주는 것으로 만족해야 했다. 이렇게 하여 다자이는 시즈코가 임신 소식을 알리기 위해 상경한 1947년 6월에 한 번 만났고 그 이후 출산 직후는 물론이고 죽을 때까지 그녀를 다시 만나지 못했다. 도미에는 자신이 어머니처럼, 유모처럼, 여동생처럼, 누나처럼, 딸처럼, 연인처럼, 아내처럼 다자이를 사랑한다고 확신했다. 그러던 어느 날 술에 대취한 다자이가 겨우 눈을 뜨고 "삿짱!" 하고 불렀고, 옆에 있던 도미에는 "으응?" 하고 대답했는데 그 목소리에는 이 모든 사랑이 녹아 들어가 있었다. 그녀는 오로지 다자이만 바라보면서 사는 여인이 되었고 다자이가 아내 미치코의 눈치가 보여 인근에 있는 도미에의 방을 찾아오지 못하면 너무나 그리운 나머지 혼자서 밤중에 다자이 집의 뒤편으로 가서 그 집 마당을 한참 들여다보고 오는 일이 많았다. 단편 「비용의 아내」에는 삿짱이라는 여주인공이 나오는데, 다자이는 단둘이 있을 때 그리고 친구들 앞에서 도미에를 삿짱이라고 불렀다.(야마자키 도미에의 일기, 『그럼, 안녕히 …… 야마자키 도미에였습니다.』, 현인, 2019)

다자이의 친구, 가령 사카구치 안고(1906~1955)는 도미에를 소재로 한 다자이의 작품이 한 편도 없으니 그 여자는 다자이에게 그리 중요한 인물이 아니라는 주장을 폈다. 그러나 다자이가 1947년 7월에 발표한 「포스포레센스」라는 단편은 도미에 스토리를 알지 못하면 이해하기 어려운 작품이다. 도미에 일기에 의하면 다자이는 그녀를 3월 27일에 만났고, 5월 21일에 가까운 사이가 되었다. 이 단편은 그 무렵 어느 때에 집필된 것인데, 우자에몬과 바이코가 나오는 가부키를 보러 간다, 라는 얘기가 나오고, 어떤 친구의 남편이 남방에 출정 갔다가 돌아오지 않고 있다는 얘기도 나온다. 다자이와 도미에는 단둘이 있을 때, 서로 우자에몬과 바이코라고 부르기를 좋아했다. 이치무라 우자에몬(1874~1945)은 대표적인 가부키 미남 배우인데 다자이는 이 배우를 닮았고 바이코는 우자에몬의 상대 배우인 오노에 바이코(1870~1934)를 말한다. 여배우라고 하지 않고 상대 배우라고 하는 것은, 바이코가 온나가타(여자 역을 맡는 남배우)이기 때문이다. 텍스트 속의 전쟁에 나갔다가 돌아오지 않는 남편은 도미에의 남편 슈이치를 가리키며, 무엇보다도 더욱 확실하게 도미에의 목소리를 들을 수 있는 부분이 있다.

나는 자다가 꿈속에서, 어느 친구가 하는 매우 아름다운 말을 들었다. 또한, 그에 답하는 내 말도, 무척 자연스러운 느낌이었다. 전집 8/포스포레센스 / p. 176

이 부분은 도미에의 "으응?"과 다자이의 "샷쨩!"을 완곡하게 표현해 놓은 게 틀림없다. 그리고 이 단편에서 다자이는 정신분석의 창시자 프로이트의 이름을 거명하며 꿈의 이론을 말한다. 다자이는 프로이트를 깊이 있게 알고 있었던 것 같은데, 정신분석 이론(특히 문명과 에로스의 대립 관계)은 대표작 『인간 실격』을 이해하는 데 상당한 도움이 된다.

「포스포레센스」는 꿈과 현실의 불분명한 경계를 서술하고 있지만, 배경의 구체적 상황은 미치코와 도미에 사이에 끼어 있는 고단한 남자를 묘사한 것이다. 「포스포레센스」는 인, 개똥벌레, 물고기 따위에서 나오는 인광으로서, 곧 사라져갈 빛을 뜻한다. 이것은 도미에의 남편 슈이치를 암시하는 것이지만 동시에 그 남편이 돌아오지 않았으면 좋겠다는 무의식적 소망도 드러내고 있다.

다자이 사후에, 어묵집 「치구사」의 안주인 마스다 시즈에는 "아사히신문에 사후 게재된 「굿바이」를 집필할 무렵에 두 사람 사이에 말다툼이 벌어져서 다자이가 도미에에게 헤어지자 했고 그러자 도미에가 울며불며 자살하겠다고 했다"라는 증언을 했다. 또 사카구치 안고 같은 친구들은 다자이가 도미에의 강요로 술 취한 상태로 마지못해 신주를 했다고 말했고, 심지어 도미에가 다자이를 살해한 것이나 다름없다고 얘기하는 사람도 나왔다. 이것은 그들의 피상적인 추측일 뿐, 이 무렵에 다자이가 쓴 단편들 가령 「오상」, 「앵두」, 「아버지」 같은 작품을 읽어보면 다자이가 이미 죽음, 그것도 신주를 각오한 분위기를 느낄 수 있다.

"나는 그런 자기혐오를 견뎌내지 못하고, 스스로 십자가를 진 혁명가가 되기로 결심했소." 전집 9 / 오상 / p. 24

나는 아이와 생이별까지 하고서 놀아주고 있는데. 전집 8 / 아버지 / p. 154

"이미 일할 기분이 아니다. 자살할 생각만 하고 있다. (…) 자식보다 부모가 중하다, 라고 생각하고 싶다. 연약한 쪽은 자식보다 부모다." 전집 9 / 앵두 / p. 136

인용된 문장 중 '혁명가, 생이별, 부모가 중하다' 같은 표현은 비장한 각오를 한 사람이 아니라면 쓰기가 어려운 말이다. 인용문에서 느껴지는 분위기는 "나는 이렇게 무책임하게 놀고 있는 나를 미워하면서도 그런 나를 어쩌지 못한다. 이제 정말로 이런 나에게서 벗어나야 한다. 그래서 날마다 마음속으로 자식들과 생이별하는 장면을 연출한다."라는 것이다.

왜 그는 확실히 죽어야겠다고 생각했을까?

아마도 과거 다나베 시메코(1911~1930)는 죽게 만들고 자신은 살아났던 일, 하쓰요와 시도했던 동반 자살 미수 등이 또다시 반복되는 것을 도저히 용납하지 못했을 것이다. 차라리 여기서 죽을지언정 과거의 미수 사건이 또다시 벌어져서 세간의 비난과 욕설, 그리고 자기 자신의 죄의식을 되풀이하느니 확실히 마무리 짓자는 심정이 강했을 것이다. 그 때문에 투신자살하기 전에 남녀는 청산가리를 먼저 먹었다. 그렇게 하여 두 사람은 도쿄 인근의 상수원인 다마카와 죠스이에 서로 허리를 노끈으로 단단히 묶은 채 뛰어들었다. 강물을 선택한 것은 들판이나 산속에서 죽으면 사람들의 구경거리가 되는 것이 두려워서였다. 다자이로서는 다섯 번째이면서 마지막 시도였다. 다자이와 도미에는 1948년 6월 13일 돌아오지 않는 여행길에 올랐고 그로부터 엿새 뒤인 6월 19일 다자이의 39회 생일에 시체가 발견되었다. 죽은 후에도 도미에의 오른팔은 다자이의 목을 단단히 감아 안고 있었다. 아내 미치코가 이것을 보면 너무 큰 충격을 받겠다고 생각하여 두 몸을 묶은 허리끈은 발견 즉시 풀어버렸다고 한다. 다자이의 시신은 미타카 근처의 한 절인 젠린사에 안장되었다.

중세 수필가 요시다 겐코(1283~1352)의 수필집『쓰레쓰레구사徒然草』
는 그 뜻을 풀이하면 심심하고 쓸쓸할 때 떠오르는 생각이라는 것인데,
총 242단으로 된 문장 중 제7단에서 이런 말을 했다.

우리는 이 세상에서 영원히 살아갈 수는 없다. (…) 오래 살면 살수록
더 많은 수치를 견뎌야 한다. 그러니 마흔이 되기 전에 죽는다는 것은
아주 매력적인 일이다.

다자이의 죽음은 그 매력적인 일을 실천한 것이었으나, 수치가 아니라
슬픔 때문에 죽었다.

후지산에 맞서는 달맞이꽃

이러한 다섯 차례의 허들을 거친 죽음의 과정은 그 자체로 하나의
소설이다. 이런 파란만장한 생애가 뒷받침되었기에 그의 소설들은 처음
서부터 범상치 않은 분위기를 풍기고 있다. 과연 이런 생애가 없었다면
다자이 소설이 지금과 같은 호소력을 얻을 수 있었을까? 인생과 예술의
상호관계는 더 찬찬히 따져볼 과제이거니와, 여기서는 먼저 다자이가
왜 이처럼 강박적으로 죽음에 집착했을까, 하는 문제를 생각해 보자.
자신의 광대 노릇에 대한 지겨움, '나'라는 존재를 따라다니는 원인
모를 불안 의식, 공산주의 운동에서의 탈퇴로 배신자가 된 열등감,
카페 여급과의 동반 자살에서 자신만 살아남았다는 죄의식, 고향 형님과
어머니 등 가족들의 따돌림, 고향 형님을 계속 속이고서 8년간이나
하숙비와 용돈을 받아 쓰고서 학교도 졸업하지 못한 미안함, 자신이
사회 부적응자가 아닐까 하는 근심 걱정, 첫 번째 아내 하쓰요를 거의

내다 버리다시피 헤어진 것, 문단에서의 변태 혹은 광인 취급 등의 구체적 사유가 강박의 이유일 수 있다.

다자이의 죽음 소망은 기표와 기의의 관계로 잘 설명된다. 기표^{signifiant}와 기의^{signifie}는 소쉬르의 『일반언어학강의』에서 주장되고 그 후 기호학에서 널리 사용되는 용어이다. 어떤 표시나 단어는 기호^{sign}가 되고 이것은 다시 기표와 기의로 나뉜다. 그런데 기표와 기의의 관계는 사회적 규약에 의해 자의적으로 정해진 것일 뿐 서로 본질적인 연관성이 있는 것은 아니다. 기표는 어느 한 가지 기의만 거느리면 더 이상 기표 노릇을 하지 못한다. 라캉은 이것을 「도둑맞은 편지」라는 글에서 왕비의 도둑맞은 편지를 가지고 설명한다. 그 편지를 훔쳐 간 장관이 왕비를 위협할 수 있는 것은, 왕비로서는 스캔들이 될 수 있는 내용이 아직 공개되지 않았기 때문인데(기의가 확정되지 않았기 때문인데) 만약 널리 알려진다면 편지는 더 이상 기표 노릇을 하지 못하고 따라서 왕비를 위협하지도(독자를 감동시키지도) 못한다는 것이다.

그렇다면 다자이의 죽음 소망이 겉으로 내세우는 기표는 무엇이었을까? 그 기표는 어릿광대이고 그 밑으로는 예언자, 싸움꾼, 거짓말쟁이, 원숭이, 전도사 등의 기의를 거느리고 있다. 그가 슬픔과 맞서 싸워온 과정을 하나의 기표로 요약한다면 어릿광대(광대 노릇)이고, 소설은 그 어릿광대가 만들어낸 꽃이다. 또한 작가의 모습을 하나의 이미지로 제시한다면 후지산 기슭의 달맞이꽃이 된다.

다자이는 1939년 두 번째 아내 미치코를 만나 결혼하기 전, 스승 이부세의 임시 집필실인 미사카 고개의 천하찻집에 머무르고 있었다. 당시 다자이는 하쓰요와 이혼하여 거의 부랑자나 다름없이 1년 반이나 방황하며 정처 없이 떠돌던 상태였다. 몸과 마음이 닳아질 대로 닳아진

상태로, 인생의 2라운드를 준비하기 위해 힘겹게 살아가고 있을 때였다. 이때 스승 이부세의 중매로 아내 미치코를 만나 결혼을 하고 새로운 인생을 개척해 나가겠다고 마음먹게 된다.

미사카의 고갯마루에 있는 천하찻집(덴카차야)과 그 옆의 터널은 가와바타 야스나리의 '이즈의 무희' 나오는, 이즈반도의 아마기 고개 직전의 찻집과 터널을 연상시킨다. 가와바타 소설에서 화자인 '나'는 고개 위의 찻집에서 유랑가무단 일행을 만난다. 가무단은 24세의 에이기치, 19세인 그의 처 지요코, 에이기치의 친동생인 14세의 가오루(작품의 주인공이 되는 이즈의 무희), 또 다른 무희인 유리코, 에이기치 부부의 장모인 40대 여인, 이렇게 다섯 명이다. 아마기 고개에서 시마다항으로 내려가는 3박 4일의 산길 여행에서 벌어진 일들이 스토리의 전부인데, 이 과정에서 가오루와 '나' 사이에 미묘한 사랑의 감정이 피어나고, 마침내 일행이 시마다항에 도달하자, '나'는 어쩔 수 없이 무희와 헤어져 도쿄로 돌아오는 배편에 탑승하고 그 후 그 사랑을 평생 마음속에 간직한다.

다자이도 미사카 고개를 내려가 미치코를 만났고 그녀의 적극적인 의사 표시 덕분에 결혼에 골인할 수 있었다. 미치코는 당시 고후 인근의 쓰루고등여학교에서 지리·역사 선생으로 근무하고 있었는데 다자이를 만났을 때는 교사 6년 차에 들어가고 있었다. 그녀는 1933년 8월 4일에 이 여학교에 부임하여 결혼을 앞둔 1938년 12월 24일에 퇴직했다. 미치코는 다자이와 결혼하겠다는 의사가 강했다. 다자이가 고개 아래 고후에 있는 미치코의 집을 찾아가, 쓰가루의 본가에서 결혼 지원을 전혀 안 해주겠다고 하니 결혼이 어렵겠다고 주저하며 말했을 때, 딸의 마음을 알고 있던 장모가 우리 집도 그리 부자가 아니라 화려한 결혼식을 원하지 않는다고 하면서 결혼 수락의 뜻을 밝혔다. 그 후 미치코는 미사카 고개로 돌아가는 다자이를 버스 정류장까지 배웅하면서 자기 뜻을 은근하게 표시한다. 이때 두 사람 사이에서 오간 대화는 이러하다.

"어때요? 좀 더 사귀어볼까요?"

비위에 거슬릴 말을 했다.

"아뇨, 이미 충분해요." 아가씨는 웃고 있었다.

"뭔가, 물어보고 싶은 거 없어요?" 이런 말을 하다니, 나는 바보다.

"있어요."

나는 아가씨가 무엇을 물어보든, 있는 그대로 대답하려고 마음먹고 있었다.

"후지산에는 벌써 눈이 왔나요?"

나는 그 질문에 맥이 빠졌다.

(…)

"왜냐하면 미사카 고개에 계신다고 하니까, 후지산에 대한 거라도 물어보지 않으면 안 될 것 같았어요."

웃기는 아가씨구나 싶었다. 전집2/후지산 백경/pp. 171~172

아니, 미치코는 웃기지 않다. 27세의 미치코는 오래 기다리다가 이제 마음에 드는 남자를 마침내 만났다는 깊은 감격을 후지산에 내린 눈에 의탁하여 말하고 있다. 미치코는 그때 처음 느꼈던 사랑을 평생 간직했다. 나는 「후지산 백경」에서 이 부분을 처음 읽었을 때, 미치코는 이즈의 무희와 비교해도 전혀 손색이 없는 아름다운 여인이라는 것을 알아보았다.

「이즈의 무희」의 가오루는 동료인 지요코가 '나'의 외모를 흉보자 사랑하는 사람의 변호에 나선다. 그녀가 말하는 금이빨은 가오루와 '나' 사이의 막 피어나는 사랑을 보여주는 첫 번째 객관적 상관물이 된다. 가오루는 이렇게 말한다.

"그건 말이지, 뽑고서 금니만 해 넣으면 아무렇지도 않아." 하는 무희의 목소리가 문득 귓전에 들려와서 돌아다보니, 무희는 지요코와 나란히 걷고, 어머니와 유리코가 그들 뒤로 조금 처져 걸어가고 있었다. 내가 돌아본 것을 모르는 듯 지요코가 말했다. "그야 그렇지. 그렇게 말씀드리면 어때?" 내 이야기인 모양이다. 지요코가 내 치열이 고르지 못한 것을 말하니까 무희가 금니 이야기를 꺼낸 듯하다.

이 부분에 이르면, 가오루가 '나'를 생각해 주는 마음이 하늘에서 불어오는 산들바람처럼, 나무에서 떨어지는 영롱한 빗방울처럼 자연스럽게 독자의 눈과 마음 앞으로 메아리쳐 온다. 그런데 우리는 다자이의 여러 단편소설에서 가오루 못지않은 미치코의 아름다운 언사들을 만날 수 있다. 미치코는 결혼 뒤에 겪게 되는 많은 어려움을 사랑으로 극복해 나간다.

이 무렵 이시하라 미치코는 많은 다자이 애독자들이 그러하듯이 그를 꼭 껴안아주고 싶은 충동을 느꼈을 것이다. 다자이의 소설들에서 아내 미치코는 그림자처럼 언뜻언뜻 비칠 뿐이나 그의 작품을 되풀이하여 읽어보면 그녀의 존재가 부재^{不在} 중에 점점 더 크게 부각된다. 괴테는 『파우스트』 말미에서 영원한 여성성이 우리를 하늘 높이 들어 올린다고 말했는데, 그 위대한 여성성을 미치코에게서 보게 된다. 위대한 성악가 엔리코 카루소는 "가난한 나의 어머니는 내가 노래를 할 수 있게 하려고 신발도 못 사 신고 맨발로 다니셨죠."라고 말했다는데, 다자이의 여러 단편에서 미치코는 맨발로 걸어가고 있다.

결혼 당시에 미치코의 친정어머니는 다자이가 퇴폐주의자·정신파산 자라는 소문을 도쿄의 친지를 통해서 이미 알고 있었다. 그러나 미치코가 결혼을 고집했고 그녀는 후일 이렇게 말했다.

친정어머니는 그이의 과거를 도쿄에 있는 지인을 통해 들어 알고 있었 으므로 다소 망설였으나 나는 당시 27세였고 게다가 그이의 인품에 매혹 되었기 때문에 결혼을 강행했다.

— 쓰시마 미치코, 『회상의 다자이 오사무』, 고단샤, 2008

'당시 27세'라는 말은 요즘에는 좀 감이 잡히지 않겠으나, 그 무렵의 그 나이는 상당히 늦은 것이었다. 다자이의 한 단편에 "저는 올해로 스물넷이 되었는데, 그래도 시집을 가거나 사위를 들이지 못하고 있는 것은 우리 집이 가난하기 때문이기도 합니다."전집2/등롱/p. 110 라는 문장이 보이는데, 스물넷을 아직 결혼하지 못한 나이라고 하는 걸 보면, 당시의 여자 나이 27세는 아주 늦은 것으로 보아야 한다. 다자이의 여러 소설 속에서 여자는 스물 전후에 시집을 가는 것으로 나오며, 다자이와 결혼하 고 싶다며 1930년 10월 혈혈단신으로 도쿄로 찾아온 오야마 하쓰요는 당시 17세였다.

미치코는, 미사카 고개로 다자이를 찾아왔던 문학청년이 직접 만나 뵈니 이렇게 "진지하고 성실한 분"인지 꿈에도 생각 못 했다고 말한 것처럼, 다자이를 처음 보았을 때 진지하고 선량한 남자라는 걸 알아보았 을 것이다. 슬픔이라는 악마가 그의 정신을 혼미하게 하지 않으면 그처럼 선량하고 다정한 사람도 없었다. 남한테 싫은 소리는 단 한마디도 못하는 천사 같은 사람이었고 여자에게는 다정다감하여 자기 목숨이라도 내줄 듯한 남자였다.

숨김없이 솔직한 사내 다자이는 자신의 30 평생 얘기를 미치코에게 있는 그대로 다 얘기해주었고, 당시 도쿄의 여자 사범대학(오늘날의 오차노미즈대학) 문과를 나와 여자 고등학교 교사를 하던 미치코는 다자이의 초기 소설들을 모두 읽었음을 다자이에게 직접 말해주기까지 했다.

미치코에게는 겐이라는 이름의 오빠가 있었는데, 그 오빠는 도쿄대학 재학 중에 병사했다. 그래서 다자이가 미치코의 신랑으로 등장하자 미치코 집안사람들은 "겐이 살아 돌아온 듯하다."라고 말들 했다고 한다. 『사양』에서 여주인공 가즈코는 소설가 우에무라가 자신의 몸을 차지하려고 들자 저항을 하다가, "언뜻 가엾은 생각이 들어서 저항을 포기했다."라는 말을 하는데, 다자이를 연민하는 미치코의 마음이 바로 가즈코의 그것이 아니었을까? 연민과 사랑은 종이 한 장 차이인 것이다.

이처럼 인생의 제2라운드를 향해 방향 전환을 하던 무렵 다자이는 미사카 고개에서 매일 후지산을 바라보며 혹은 그 후지산을 바라보는 사람들을 관찰하며 생의 의욕을 다졌다. 후지산을 처음 보고서 하품을 크게 하는 여자, 고갯길을 아주 도사 같은 모습으로 올라왔으나 찻집의 개가 짖어대자 놀라서 황급히 달아난 노인 법사, 결혼하러 가는 길에 고갯길에서 잠깐 차에서 내려 산 앞에서 다리를 쩍 벌리며 사진 찍는 여자, 그리고 다자이에게 사진기를 건네주며 사진을 찍어달라고 했는데 기계 조작에 서투른 다자이가 핀트를 잘못 맞추어서 사람은 빼버리고 아예 후지산만 찍어주었다는 젊은 두 여자. 다자이는 이처럼 다른 사람들의 삶을 살펴보며 자신의 제2라운드를 위한 도움닫기를 했다.

그 미사카 고개에는 오늘날 다자이 문학비가 세워져 있는데, 비면에는 단편 「후지산 백경」에서 따온 "후지산에는 달맞이꽃이 잘 어울린다."라는 구절이 새겨져 있다. 이 단편은 다자이 인생의 2라운드가 시작되었음을 알리는 중요한 작품이다. 그 높은 서정성 때문에 일본 고등학교 교과서에도 실렸다고 한다. 다자이는 아마도 자기 자신을 향해 이렇게 다짐했으리라.

슬픔은 저 후지산처럼 견고하고 무심하나, 내 비록 일개 달맞이꽃에 불과한 몸으로, 한번 자연(인생)의 신비에 감연히 맞서보리라. 나는 어차피 "무요, 바람이요, 허공이 아닌가."전집 9/인간 실격/p. 147 이렇게 말하는 다자이는 고향 쓰가루, 눈 덮인 광활한 평원 위의 빈 하늘을 머릿속에 그리고 있었을 것이다. 후지산을 향해 가슴을 풀어헤치고 나를 받아달라고 간절히 떼를 쓰다가 정 안 되면 쓰가루 평원 위를 불어가는 바람처럼 내 숨결을 흩뜨려서 허공으로 돌아가면 그만 아닌가. 어차피 무와 허공이 나의 본전이었으니 내가 슬픔을 이기지 못한들 무엇이 아쉬우랴. 그래, 어디 한번 해보자. 열심히 해보는 거야, 하고 나지막이 중얼거렸으리라. 후지산 기슭의 달맞이꽃이라는 화두로 인생을 재설계하려는 다자이. 어차피 무와 바람과 허공이 자신의 본전이라고 중얼거리며, 인생은 잃을 것 하나도 없는 게임이라고 스스로를 격려하는 다자이. 우리는 이런 간절한 다짐이 어떻게 결말나는지 알기 때문에, 그 살아보려는 몸부림이 더욱 처연하고 슬프게 느껴진다.

제 **2** 장

슬픔은 어디에서 오는가

다나베 아쓰미(본명: 다나베 시메코田部シメ子), 1930년 11월 28일 다자이 오사무와 동반 자살을 시도했으나 혼자만 죽는다.

진짜 꽃을 피우면 슬픔이 사라지는 줄 알았다. 그러나 돌이켜 보면 다자이 는 이길 수 없는 게임에 뛰어들었다. ―100쪽

먼저 이런 가설을 하나 세워보자.

사람은 세상에 태어날 때 하나의 물방울이다. 이 세상의 대기압은 언제나 그 물방울을 눌러서 깨뜨리려 한다. 그러나 그를 둘러싸고 있는 더 큰 물방울이 있어서 작은 물방울은 자신이 언제까지나 안전한 공간 속에 들어와 있다고 생각한다. 그리하여 이 생각은 곧 그의 객관적 현실이 된다. 이것이 보통 사람들이 자신의 생명과 주변 환경에 대하여 갖게 되는 전형적인 생각이다. 어른이 되어 스스로 성가할 때까지 이런 현실 인식이 곧 그 사람의 세계관으로 정립된다. 그러나 개중에는 자신을 둘러싸고 있는 더 큰 물방울이 없다고 생각하는 사람이 있다. 다자이가 바로 그런 경우였다.

저 혼자 있는 물방울

왜 자신을 저 혼자 있는 물방울이라고 생각할까?

이에 대한 일차적인 설명은 어머니 부재를 들 수 있다. 다자이는 일본 동북 지방인 아오모리현 쓰가루의 가나기에서 태어났다. 아버지는 그 지방의 대지주이며 귀족원(중의원)의 의원을 지냈다. 7남 4녀 중 10번째로 태어났으나 장남과 차남 및 동생이 요절했기 때문에 실제로는 그 집안의 막내로 유모 다케와 이모 기에의 손에서 자랐다. 아버지가 귀족원 의원이 되어 도쿄에 머무르는 시간이 많아지자 어머니도 도쿄에 가 있는 시간이 많아지면서, 다자이는 초등학교 2, 3학년까지 어머니의 존재를 모르고 지냈다. 넓은 집에서 자기의 방도 없었고 부모의 사랑을 알지 못한 채 하인이나 하녀들과 보내는 시간이 오히려 더 많았다.

이러한 사정을 한 단편은 이렇게 전한다.

> 일고여덟 살 때부터 나는 무척 외로웠고, 사랑방에서는 매일 밤 할머니를 필두로 어머니, 그리고 몇몇 친척 두세 명이 드문드문, 여름과 겨울에는 방학을 맞아 내려온 형과 누나가 가끔 내 험담을 해댔다. 내가 사랑방 앞 복도를 지나가다가, "지금 저렇게 잘하는 애는, 중학교, 대학교에 가고 나면 성적이 갑자기 떨어지니까 너무 칭찬하면 안 돼."라는, 바로 위에 형이 거들먹거리며 하는 말을 언뜻 듣고는, 이놈들! 친형제 모두 한통속이 되어 일곱 살인 나를 괴롭힌다고 비뚤게 받아들이고는, 그 무렵부터 가족들의 사랑방 모임이 싫어져서, 부엌 화롯가만 드나들었다.

전집 2 / 이십세기 기수 / pp. 53~54

이것이 다자이로 하여금 나는 혹시 다리 밑에서 주워온 아이가 아닐까, 나는 기에 이모(고쇼가와라의 이모)가 낳은 아이가 아닐까 하는 아웃사이더 의식을 갖게 했다. 프로이트가 말하는 시블링 라이벌리[sibling rivalry](어머니의 사랑을 두고서 형제들이 벌이는 경쟁)의 전형적 사례였다. 어머니 다네는 형제 중에서 유달리 다자이에게만 냉담했던 것으로 알려져 있다. 아마도 어머니의 눈에는 다자이가 다른 형제들과 달리 경박하고 거짓말을 잘하고 그래서 믿을 수 없는 아이처럼 보였기 때문인지도 모른다. 이러한 성장 배경 때문에 다자이는 손위 형들에 대하여 열등의식을 갖게 되었다. 슬픔과 기쁨, 희망과 절망의 양극단을 넘나드는 다자이의 사이키[psyche]는 이때 형성된 것으로 보인다.

유방과 대변의 기표

다자이는 한 단편에서 이렇게 서술하고 있다.

> 어머니의 가슴은 바싹 말라, 나를 안아주는 일은 없다. (…) 나는, 밤의 향락을 위해 매춘부를 산 적이 한 번도 없다. 어머니를 찾으러 갔다. 유방을 찾으러 간 것이다. 전집2 / HUMAN LOST / p. 87, 92

이 유방은 의미심장한 기표이다. 지각이 아직 발달하지 않은 어린아이는 자신의 욕구가 즉각 충족되는 데에만 관심이 있다. 그래서 아이의 주체성은 몸 전체가 아니라 몸 일부분에 연결됨으로써 시작된다. 이런 일부분을 가리켜 부분 대상이라고 한다. 어린아이의 가장 원초적인 부분 대상은 어머니의 유방이다. 그리고 아이의 지각 능력이 발달함에 따라, 사람을 부분 대상이 아니라 전체 대상으로 파악하는 능력도 함께 발달한다. 이 부분 대상이 부재하면 아이는 당연히 그 대체물을 찾아 나설 수밖에 없다. 이것이 곧 사랑의 미끄러짐이 생겨나는 배경이다.

부분 대상은 유방만 있는 게 아니라, 목소리, 응시, 대변이 있다. 목소리와 응시는 아이의 청각과 시각에 관련되는데 대상을 바라보거나 대상의 말을 듣는 아이의 눈과 귀는 자기 것이지만, 응시 대상과 목소리가 들려오는 대상은 아이의 것이 아니다. 아이는 판타지 속에서 자기가 보고 싶은 것만 보고 듣고 싶은 것만 듣는다.

대변은 리비도 발달 단계의 하나인 항문기에서 아이가 만나게 되는 부분 대상이다. 배변 행위를 통해 괄약근(대장)을 통제하기 때문에 아이는 이에 따라 자아의 통제 능력이 발달하게 된다. 그리고 이 과정을 잘 통과하지 못할 때 아이의 사이키는 부정적 영향을 받게 된다. 우리가 일상생활에서 모욕, 경멸, 비난의 뜻을 표시하기 위해 대변과 관련된 용어를 많이 사용하는 것은 그것이 정신의 미발달과 관련이 있기 때문에 그렇다.

2020년 노벨문학상을 수상한 미국 시인 루이즈 글릭은 고교 시절에 신경성 식욕부진으로 고생하면서 7년 동안 정신분석을 받았다. 어린 시절의 그녀는 사람들 앞에서 밥을 제대로 먹지 못했는데, 나중에 정신분석에 의해 밝혀진바, 그녀는 무의식중에 식사 행위를 배변 행위와 동일시했기 때문이었다. 이렇게 심한 노이로제를 앓게 된 결정적 배경은 루이즈의 어머니가 두 살 밑의 여동생 테레자만 귀여워하고 어린 루이즈에게는 냉담했기 때문이었다. 그것은 시블링 라이벌리의 전형적 사례였다. 어린 루이즈는 일찍부터 인생에 대하여 슬픔을 느꼈고 그 슬픔에 저항하기 위해 시를 썼다. 7년의 정신분석 끝에 식사 강박증에서 탈피한 그녀는 정신분석 의사에게 이렇게 물었다. "이제 슬픔이 없어졌으니 어떻게 시를 써요?" 그러자 의사가 대답했다. "세상은 당신에게 충분한 슬픔을 안겨줄 겁니다."

루이즈 글릭의 어머니처럼, 동생만 사랑하고 그 위의 애는 무시해버리는 태도를 구체적으로 묘사한 다자이의 작품이 있다. 비록 소설 속 상황이기는 해도 다자이의 어린 시절에서 추상한 것이라고 보아도 그리 틀리지 않을 것이다.

> 제 어머니는 계모도 아니고, 진짜로 저를 낳아주신 친어머니인데, 어째서인지 남동생만 귀여워하고, 장남인 제게는 묘하게 뚱한 태도를 취하는, 심술궂은 사람이었습니다. (…) 어머니가 저를 기묘한 구실로 못 살게 군 적이 수도 없이 많은데, 어째서 어머니는 저를 그렇게 괴롭혔을까요? 그건 물론, 제가 이런 추남으로 태어났고, 어릴 적부터 귀여운 구석이 전혀 없는 아이였기 때문일지도 모르지만, 그렇다 쳐도, 어머니의 괴롭힘은 거의 다 도리에 어긋나는 것이라, 뭐가 뭔지, 뭘 어떻게 이해해야 좋을지 대부분 이해할 수 없는 것들뿐이었으니, 전집 8 / 남녀평등 / pp. 13~14

다시 배변 얘기로 돌아가 이것이 유방과는 전혀 어울리지 않는 부분 대상인데도, 똑같이 중요한 대상으로 인식되는 것은 그 둘이 전혀 다르면서도 실은 인간의 무의식 속에서 아주 가까이 있기 때문이다. 그러니까 아름다운 것과 지저분한 것은 인간의 심층 심리 속에서 나란히 공존하는 것이다. 다자이 자신도 아름다운 후지산을 쳐다보며 너무 완벽한 풍경에서 오히려 지저분한 것을 연상하게 된다는 발언을 하고 있다.

> 나는 이 풍경을 거부하고 있다. (…) 후지산이 있고, 그 아래에는 새하얀 호수, 뭐가 천하제일이냐고 말하고 싶어진다. 너무 절묘한 끝마무리다. 지나치게 완성된 것에서 느껴지는 추잡함. 그렇게 느끼는 것 또한 나의 괴로움 때문일까? 전집 10 / 후지산에 대하여 / p. 159

유방과 대변의 기표는 다자이 문학에서 무시로 출몰하는 의혹의 점이 생겨나는 원천이다. 「추억」의 미요, 「데카당 항의」의 나미, 「비용의 아내」의 삿짱, 『겨울의 불꽃놀이』의 가즈에 어머니 아사, 『인간 실격』의 요시코는 아름답기 때문에 더럽혀진다. 아름다움과 지저분함이 공존한다는 다자이 특유의 인식은 겸손함과 오만함, 솔직함과 부정직함, 초연함과 몰입하기 같은 정반대의 것들이 공존하는 현상으로 확대되면서 아주 독특한 심리 기제를 형성한다. 이런 면에서 다자이는 『지킬 박사와 하이드 씨』를 쓴 로버트 스티븐슨과 상당히 닮았다.

이러한 유방과 대변의 기표는 다자이 초기의 중요한 단편인 「다스 게마이네」를 읽는 데 큰 도움을 준다. 여기서 다자이는 아름다운 것을 지향하면서도 자꾸 비속한 쪽으로 경도하는 등장인물의 난처한 상황을 묘사했다.

아버지의 선물과 존재의 슬픔

다시 어머니 부재로 돌아가서, 그것은 다자이로 하여금 어린 시절부터 자신이 형제들보다 대접을 받지 못하는 존재, 더 나아가 남과 다른 존재라는 의식을 갖게 했다. 그는 남들을 잘 이해하지 못했으며 자기 자신은 더더욱 이해하기 힘들어했다.

정치가인 아버지는 도쿄에서 고향 쓰가루로 돌아와 잠시 머물다가 다시 도쿄로 떠나갈 때면 자식들에게 다음번 귀향 때 원하는 선물을 말하라고 했다. 책을 좋아하던 요조(다자이)는 언제나 책이라고 대답하고 싶었지만, 그것을 탐탁지 않게 생각한 아버지가 얼굴을 찌푸리며 또 책이냐, 차라리 사자탈이 어떠냐 하고 물어왔을 때, 심약한 요조가 우물쭈물 대답을 못 하자 큰형(분지)은 옆에서 요조를 도와 책이 좋겠다고 거들었고, 아버지는 아예 적지도 않고 수첩을 닫아버렸다. 그런데 심약한 요조는 내가 아버지를 불쾌하게 만들었다는 생각에 그날 밤 응접실로 몰래 가서 아버지의 수첩이 보관된 책상 서랍을 열어 선물 목록 페이지 중 자기 이름 옆에다 사자탈이라고 써놓고는 다시 자기 방으로 돌아갔다. 아버지는 도쿄의 아사쿠사 장난감 가게에서 그 수첩을 펴보고서 요조 이름 옆에 사자탈이라고 쓰여 있는 걸 발견하고, 나중에 어머니에게 참 엉뚱한 녀석이야, 라고 말하며 웃음을 터뜨렸다는 것이다.전집 9 / 인간 실격 / pp. 147~149

아버지 선물 얘기는 단편 「추억」에서도 언급되었지만 다른 작품에서도 언급되어 있다.

> 아버지의 만년필을 갖고 싶었지만 그것을 입 밖으로 내뱉지는 않았다. 혼자 여러모로 고민한 끝에, 어느 밤 이불속에서 눈을 감은 채 잠꼬대를 하는 척하며 만년필, 만년필, 하고 옆방에서 손님과 얘기 중이던 아버지에게 나직이 말한 적은 있었지만, 전집 6 / 쓰가루 / p. 221

하지만 그런 소극적인 방법은 아무런 효과도 없었다.

다음 에피소드도 『인간 실격』에 나오는데, 아버지가 소속된 정당의 유명인사가 쓰가루 어느 극장에 강연을 하러 왔을 때 일이었다. 요조도 사람들을 따라 그 강연을 들으러 갔는데, 집으로 돌아오는 길에 사람들은 그날 밤의 강연을 마구 헐뜯었다. 그랬던 사람들이 요조 집의 사랑방에 들어서는 오늘 밤 강연은 대성공이었다며 아주 기뻐하는 얼굴로 아버지에게 태연스럽게 거짓말을 하더라는 것이다.

이런 일들을 겪을 때마다 어린 다자이는 세상은 내 생각을 마음대로 표현해서는 안 되는구나, 저렇게 다들 거짓을 말하며 살아야 비로소 사람 구실을 할 수 있구나, 생각하게 되었다. 게다가 초등학교 시절 작문 시간에 남의 멋진 글을 베껴 내거나, 있지도 않은 사실을 그럴듯하게 엮어서 써내면 선생님들의 칭찬을 받은 반면에, 진실을 있는 그대로 써서, 가령 '아버지 어머니가 나를 사랑해주지 않는다, 전쟁이 일어난다면, 일단 깊은 산속으로 도망치고 볼 일, 도망가면서 선생님한테도 같이 가지고 해야지'전집1 / 추억/ p. 35 등을 써내면 크게 야단을 맞았다. 바로 여기서 자신은 그런 거짓의 삶을 살 수 없어서 정말로 난처하다는 생각이 생겨났다. 앞에서 든 물방울의 비유를 그대로 가져와 보면 자신이 아주 허약한 물방울, 언제 찌그러질지 모르는 존재라는 생각이 자리 잡은 것이다.

이것은 존재의 슬픔이라는 명제와 상통한다. 그 슬픔을 가장 분명하게 표현한 문학적 캐릭터로 누가 있을까? 바로 셰익스피어의 햄릿이다. 그는 자신이 고장 난 세상 속으로 태어났다고 말했다. 그 고장 난 세상에 어떻게 대처할 것인가, 하는 문제가 햄릿의 고뇌이면서 슬픔이었다. 다자이는 자신을 햄릿과 비슷한 사람이라고 생각했다. 그래서 후일 『신햄릿』이라는 장편소설 속에서 자신의 존재에 대한 의문을 이 햄릿이라는 인물에 의탁하여 구체화하고 있다. 다자이 자신도 스승 이부세에게 보낸 편지에서 "저의 과거의 생활감정을 완전히 정리해서 글로 남기겠다는 생각"에서 『신햄릿』을 썼다고 말했다.

이 장편소설에서 오필리어는 햄릿을 가리켜 이렇게 말한다.

당신은 약간 궤변가예요, 미안해요, 하지만 당신이 하시는 말씀은 어쩐지 전부 연극 같아요. 안 이해. 미안해요. 당신은 늘 취해 있는 것 같아요. 미안해요. 우쭐거려요. 불쾌해. 매사에 너무 진지하게 생각하는 병이 있는 게 아닐까요? 당신은 항상 자기를 비극의 주인공으로 만들지 않으면 속이 시원해지지 않는 듯해요. 전집4 / 신햄릿 / p. 348

어떤가? 오필리어가 묘사하는 햄릿은 다자이와 아주 비슷한 사람이 아닌가?

『신햄릿』이 셰익스피어의 동명 드라마와 획기적으로 다른 부분은 오필리어가 햄릿의 아이를 가졌다고 단정하는 부분이다. 반면에 셰익스피어 학자들은 임신 가능성을 추측하기는 했지만 단언하지는 않았다.

셰익스피어의 『햄릿』에 나오는 실성한 오필리어의 노래는 그런 추측의 근거가 된다. 그녀가 미쳐서 부르는 노래 중 세 번째 것은 남자에게 몸을 내맡긴 후에 버림받은 여자의 처지를 슬퍼하는 노래이다. 같은 내용을 한 번만 노래한 것이 아니라, 오빠 레어티스와 나누는 대화에서도 "귀여운 파랑새는 나의 온전한 기쁨이네"(4막 5장)라고 한탄한다. 이 노래는 셰익스피어 당시의 민요인데, 이것은 후렴 부분이고 앞부분은 "이제 파랑새는 푸른 숲으로 날아가 버리고 말았네"이다. 여기서 파랑새는 연인들, 불성실, 혼외정사의 상징이다. 그렇다면 오필리어의 세 번째 노래는 미친 여자가 별 의미 없이 내지르는 소리가 아니라, 상당한 진실이 담겨 있다고 볼 수도 있다.

이런 추측이 타당하다면 그녀가 햄릿과 성적 관계를 맺은 이후에 그로부터 버림을 받았고, 좀 더 밀고 나가면 오필리어는 현재 임신 중일 수도 있다. 아버지 폴로니어스가 여자는 모름지기 몸가짐을 단정하게 해야 한다는 충고를 그토록 여러 번 했음에도 불구하고 임신을 덜컥 해버렸으니 그것이 원인이 되어 실성하고 더 나아가 자살한 것이 아닐까, 하고 생각해 볼 수 있다. 이것이 서구의 셰익스피어 학자들

특히 여성 학자들이 내놓는 추측의 근거이다. 셰익스피어 시대에 혼전 임신한 여성이 자살할 때 보통 물에 빠져 죽었다는 시대적 상황도 오필리어의 임신을 추측하는 근거이다. 그러나 이것은 어디까지나 추측일 뿐, 오필리어의 임신을 단정할 만한 구체적 사건이나 객관적 근거는 텍스트 중 어디에서도 발견되지 않는다.

그러나 다자이가 새롭게 해석한 『신햄릿』은 오필리어의 임신을 기정 사실로 보고서 당연시한다.

> 왕비　　　(…) 아무것도 모르면서 꿈같은 소리만 하고 있네요. 오필리어가 임신을 했다는 말이라고요!
>
> 왕　　　왕비! 말을 삼가세요. 나도 아직 거기까지는 말하지 않았어요. 남자로서 말하기 힘든 부분이었는데. 그렇게 확실히 말하다니 잔혹하구려. 전집4 / 신햄릿 / p. 275

> 폴로니어스　　햄릿 님, (…) 사랑이라느니, 신실이라느니, 먹구름이라느니, 그렇게 현자 흉내를 내고 계시는 동안에도 오필리어의 배는 하루가 다르게 불러옵니다. 같은 책 / p. 286

다자이 소설이 이렇게 임신 사실을 강조하는 것은, 곤란한 일을 저질러 놓은 이후의 햄릿 심리를 묘사하면서 다자이 자신의 불안 심리를 투영하려는 의도 때문이다.

To be or not to be

햄릿의 핵심적 불안은 "사느냐 죽느냐to be or not to be"인데, 이 부분을 다자이는 이렇게 다시 해석한다.

> 호레이쇼, (…) 문제는 그거야 (…) 참고 견디느냐, 도망가느냐, 정정당당
> 하게 싸우느냐, 혹은 거짓부렁 타협을 하느냐, 기만하느냐, 회유하느냐,
> to be or not to be. 전집4 / 신햄릿 / p. 291

사람은 왜 슬픈가? 왜 사느냐, 죽느냐 하고 의문을 제기해야 하는가?
뭔가 자신의 지금 이 상태가 괴로운데 그 괴로움을 해결하지 못하니까
자연스럽게 슬퍼지는 것이다. 다자이가 다시 해석한 'to be or not to
be'는 그 앞에 나온 여러 행위, 가령 인내, 도망, 도전, 거짓부렁 타령,
기만, 회유 등을 모두 아우르는 것이다. 그리고 이런 행위들을 요약하는
말은 내가 연기하는 사람이라는 것이다. 이 연기는 『오셀로』에서 이아고
가 한 말, "난 내가 아니야." 혹은 『십이야』에서 바이올라가 한 말,
"나는 내가 연기하는 사람이 아니야."와 깊은 관련이 있다.

"난 내가 아니야."

왜 다자이에게 이런 겉과 속이 다른 분열이 일어났을까?

"나는 내가 아니다."라는 말은 "나는 나이다."라는 말을 정반대로
말한 것이다. 후자의 말은 구약성경의 출애굽기 3장 14절에서 나온
것이다. 모세가 시나이산에 올라가 하느님께 이렇게 여쭈었다. 제가
이스라엘 백성에게 가서 너희 조상의 하느님께서 나를 너희에게 보내셨
다고 말하면 그들이 그 하느님의 이름이 무엇이냐? 하고 물을 터인데
제가 어떻게 대답해야겠습니까? 그러자 하느님께서는 "나는 곧 나다 I am $that$ I am"라고 대답하셨다.

하느님의 말씀은 실재實在 판단과 속성屬性 판단을 동시에 포함하는

것으로서 존재와 사유의 일치를 의미한다. 그런데 세상은 다자이가 볼 때, "있지도 않은 것(연기) 이외에는 아무것도 있지 않는 것"처럼 보인다. 다들 연기(거짓말)와 실제(참말)를 적절히 뒤섞어 가면서 혹은 그 둘을 칼같이 분리하지 않고 상황적 논리에 따라 자기 자신을 합리화하며 살아가고 있다는 것이다. 다자이 자신은 일부러 연극을 하면서 그렇게 남들을 따라 하려고 애쓰지만 실제로는 그렇게 하는 데 어려움을 느끼기 때문에 거기서 깊은 슬픔을 느끼는 것이다.

다자이라는 필명의 출처

다자이라는 필명도 이러한 해석을 뒷받침한다. 다자이는 1933년 2월에 처음으로 이 필명을 사용하여 「열차」라는 단편을 발표했다. 그런데, 쇼와 시대의 일본 근대문학 교수 겸 문학평론가 세키 료이치關良一는 다자이라는 필명은 하이데거의 철학책 『존재와 시간』(1927)에 나오는 다자인dasein에서 따왔을 것으로 짐작한다. 하이데거는 이 책에서, 일상생활에 파묻혀서 진부한 삶을 살아가는 보통 사람을 가리켜 다스 만das Mann이라고 했는데, 다자이가 1936년에 발표한 「허구의 봄」에서 이 용어를 사용한 것으로 보아, 다스 만과 구분되는 다자인도 알고 있었을 것으로 보인다.

하이데거는 인간의 존재를 규정하는 용어로 다자인이라는 말을 썼는데 "여기에 있음"이라는 뜻이다. 영어로는 Being there 혹은 Being-in-the-World로 번역된다. 다자인은 영단어 be와 같은 뜻(sein)인데, 단지 여기라는 장소(da), 즉 이 세상이라는 처소가 함께 붙어 있는 것만 다르다. 여기서 세상이라는 것은, 각 개인이 살아가는 세상(가령 번역가 이 아무개가 살아가는 대한민국의 번역 세계)을 가리키는 것이 아니라, 인간이라는 존재가 있을 수 있는 세상의 모든 처소를 가리킨다.

이어 하이데거는 이 다자인을 과거, 현재, 미래라는 시간과 연결시켜 설명한다. 인간은 자기가 왜 태어났는지 알지 못하는 상태로 이 세상 속으로 내던져졌기 때문에 그의 존재는 이미 과거이다. 자기를 의식할 때는 이미 세상에 나와 있는 것이다. 그리고 인간이 마주하는 시간은 언제나 현재이다. 과거는 이미 기억 속에 들어와 있고 미래는 아직 오지 않았다. 하지만 인간은 자유의지를 갖고 있기 때문에, 과거와 미래를 현재 속으로 통합할 수 있다. 째깍째깍하는 시계의 시간이 아니라 존재의 시간 속에서, 인간은 현재를 중심으로 과거와 미래를 통합하는 것이다. 그리하여 과거는 기억 속에서 여전히 현재이고, 미래는 가능성 이라는 의미에서 이미 여기 와 있는 현재가 된다.

이 자유의지를 어떻게 발휘하느냐 여부에 따라 인간의 존재가 진정성 이 있느냐 없느냐가 결정된다. 이런 진정성을 얻으려고 하는 자는, 자기 주변의 사물과 직접적인 연관을 맺으려 한다. 반면에 진정성이 없는 자는 일상생활의 요구사항들과 관계를 맺을 뿐, 정작 중요한 자기 자신에 대한 인식은 소홀히 하여 '다스 만'이 된다.

인간은 살아가면서 언제나 존재의 불안을 느끼게 된다. 이 불안은 인간의 존재 양식이면서 동시에 다자인의 과거-현재-미래를 관통하는 무드이다. 하이데거가 말하는 불안은 우리가 일상적으로 느끼는 근심 걱정, 가령 시험에 떨어지면 어쩌나, 여자가 나를 싫어하면 어쩌나, 애들 등록금이 없으면 어쩌나 하는 그런 구체적인 것보다는 유한한 생명인 인간이 언젠가는 죽어야 한다는 사실을 직면할 때 느끼는 마음의 무드를 의미한다. 하지만 우리의 논의에서는 근심 걱정과 불안을 이렇게 칼같이 구분하지 말고, 그 둘을 같은 것으로 보기로 하자. 이 불안을 가장 잘 보여주는 것은, 히기누스(기원전64~기원전17)가 편집한 것으로 추정되는 한 라틴어 우화이다.

쿠라^{Cura}(근심걱정 혹은 불안) 여신이 강을 건너려다가 흙을 보고서 그것으로 어떤 형체를 빚었다. 이때 유피테르가 강가에 나타나자 여신은 이 형체에게 영혼을 부여해달라고 요청했고 유피테르는 그렇게 해주었다. 여신이 자기 이름을 그 형체에 부여하려 하자, 유피테르는 자신의 이름을 붙일 것을 고집한다. 그때 '대지'가 등장하여 자기 몸의 일부(흙)를 그 형체에 주었으니 대지라고 이름 붙여야 한다고 주장했다. 이렇게 하여 논쟁이 계속되자 사투르누스(시간의 상징) 신이 나타나서 이렇게 판정한다.

> "유피테르, 당신은 이 형체에게 영혼을 주었으니 그가 죽으면 영혼을 도로 가져가시오. 그대, 대지는 이 형체에게 당신 몸의 일부를 주었으니 그가 죽으면 그 시신을 도로 가져가시오. 그리고 불안, 당신은 이 형체를 처음 만들었으니, 그것이 살아 있는 한 그것을 지배하시오. 그리고 이 형체의 이름은 호모^{homo}(인간)라고 하시오. 그건 흙^{humus}으로 만들어진 거니까."

—『존재와 시간』, 제1부 6장 섹션 42.

이렇게 하여 호모라는 이름이 붙은 인간은 존재의 불안을 깊이 생각할수록 자신이 아무것도 아님을 발견한다. 자신이 죽음을 향해 가는 존재임을 깨닫는 것이다. 바로 여기에서, 그러니까 자신은 언젠가 죽어야 하는 존재라는 사실에서 각성의 삶이 생겨나고 진정한 삶을 살아야겠다는 의지가 발동된다. 이 불안을 통하여 인간은 존재의 자의성, 이 세상에 내던져져 있음, 자신의 죄의식, 의무사항 등을 깨닫는다. 그러나 다스만은 과거를 현재와 연결시키지 못하며 과거는 언제나 '지금과는 아무런 관계도 없는, 지나가 버린 파편적 순간일 뿐이고 미래는 아직 오지 않은 막연한 어떤 것으로 생각한다. 이렇게 볼 때, 진정한 삶은 현재를 기준으로 하여 과거와 미래 사이에서 균형을 잡는 것이다. 그 경우 과거는 현재화한 지금이 되고 미래는 현재의 가능성에 대한 투영으로서 이미 현재 속에 들어와 있는 것이 된다.

하이데거는 인간이 자신은 아무것도 아님을 깨달을 때 비로소 존재의 비의秘儀가 드러난다고 주장한다. 그리고 여기에서 이런 질문이 생겨난다. "인간의 존재는 이처럼 무nothing인데 어떻게 하면 거기에서 유something가 생겨날 수 있는가?" 아이러니하게도 그 nothing을 생각함으로써 something, 즉 다자인의 진정한 의미가 생겨난다는 것이다.

이러한 하이데거의 철학을 소설가 다자이 오사무에게 적용할 때, 가장 눈에 띄는 단어는, 여기에 내던져짐, 불안, 진정한 삶과 진정하지 못한 삶, 아무것도 아님, 죽음을 향해 가는 존재, 죄의식, 존재의 자의성 등이다. 이 중에서도 진정한 삶과 진정하지 못한 삶이라는 명제는 다자이를 평생 따라다니며 괴롭힌 문제였다. 좀 더 쉽게 말하면 "내가 여기에 이런 식으로 내던져졌는데 나는 어떻게 살아가야 하나?"라는 질문이다.

다자이와 성서

다자이는 한 장편소설에서 등장인물 에치코의 입을 통하여 성서와 예수에 대하여 이런 말을 한다.

서양 사상은 전부 예수의 정신을 기저로 하면서 그것을 부연 설명하거나, 혹은 그것과 비슷하게, 혹은 그것을 의심하면서, 저마다 다른 설을 주장해왔지만, 결국은 성서 한 권으로 귀결되는 것이라고 봐. (…) 일본이 성서에 대한 연구도 없이 그저 무턱대고 서양문명의 표면만을 공부했던 것에, 일본 패망의 진짜 원인이 있었다고 봐. 자유 사상이고 뭐고 예수의 정신을 모르면 절반도 이해할 수 없어. 전집 7 / 판도라의 상자 / pp. 109~110

자유 사상은 18세기 프랑스와 영국에서 주로 생겨난 것으로 개인의 시민적 자유와 정치·경제·종교상의 자유를 주장하는 사상이다. 정치적 자유는 민주주의를, 그리고 경제적 자유는 자본주의를 지향하게 되었으나, 종교상의 자유는 자유로운 성경 해석을 격려하는데 이러한 자유는 곧 개인 권리의 자유로 확대되어 이것이 근대 시민사회의 발달을 가져왔다. 프랑스 대혁명 이전에는 왕의 신하인 신민만 존재했으나, 대혁명 이후에 근대 사회의 주인인 시민의 개념이 형성되었다. 그리고 서구 사회에서는 이 개인의 자유를 밑바탕으로 종교와 정치, 그러니까 성聖과 속俗을 서로 분리하여 바라보게 되었다. 그러나 이러한 신앙 해석의 자유는 또한 이신론理神論이라는 새로운 신학 사상을 만들어 냈다.

이신론은 프랑스의 필로조프파Les Philosophes 혹은 백과전서파로 대표되는 18세기 자유주의 계몽 사상가들이 주장하는 것이다. 그들은 이성적으로 종교를 설명하려 했고 종교의 현세적 가치를 더 중시했다. 다자이가 작품 중에서 예수의 말씀을 거론하는 부분은 주로 현세적 가치 즉 지상의 사랑에 집중되어 있다.

다자이 서간집을 읽어보면 그가 자주 눈물을 흘린다는 말이 나온다. 수필집에서도 자신은 영화를 보러 가면 거의 언제나 운다는 말이 나온다.

그런데 시인·소설가의 눈물이란 무엇인가? 그것은 존재의 불일치에 대한 가장 깊은 슬픔의 표현인 것이다. 일찍이 프랑스 낭만파 시인 알프레드 드 뮈세는 인생에서 얻은 유일한 즐거움은 "내가 때때로 울었다는 것"뿐이라고 노래했고, 영국 낭만파 시인 알프레드 테니슨은 "눈물, 쓸데없는 눈물, 어떤 신성한 절망의 심연에서 나오는 눈물"이라고 영탄했으며, 우리나라 시인 김현승도 "내가 가장 나중까지 지닌 것은 이것뿐"이라고 고백했다.

슬픔은 다자이를 평생 따라다니며 괴롭히는 문제였다. 그 슬픔으로부터 해방되기 위해 다자이는 기독교의 신약성경을 되풀이하여 읽었고, 마태복음 28장을 다 읽는 데 3년이 걸렸다고 말했다. 여러 평론가는 좌익운동에서 탈퇴한 다자이가 그 사상의 배반을 괴로워하며 가롯 유다 같은 자기 자신에 대하여 죄의식을 느꼈을 것이라고 말하지만, 나는 그보다는 "나는 왜 이렇게 생겨 먹은 사람일까? 여기서 탈출할 길은 없을까?" 하는 실존적 구원의 문제가 성경을 찾게 된 직접적 원인이라고 생각한다. 이러한 맥락에서 다자이가 성서를 깊이 읽게 된 것은, 그와 비슷한 삶의 궤적을 살아간 아쿠타가와의 영향이 컸을 것으로 보인다.

아쿠타가와 류노스케芥川龍之介(1892~1927)는 일본의 전설을 되살려내 현대의 상황과 대비시키면서, 현대 사회의 복잡한 관계에 잘 적응하지 못하는 소외된 개인의 슬픔을 다룬 작가였다. 그 슬픔의 상태를 비오는 날 전깃줄 위에서 솟아오르는 보라색 섬광으로 비유했는데, 단단한 전깃줄(현실)에 물(환상)이 스며들 때 벌어지는 기이한 상태(슬픔)를 그런 식으로 표현한 것이었다. 아쿠타가와는 자신의 어머니가 그를 출산한 후 100일 만에 자살로 생을 마감했는데, 이 때문에 평생 자신이 장차 어머니처럼 광인이 되어 자살하는 것이 아닌가, 하고 늘 두려워하며 살아왔다. 그런데 그것이 하나의 스스로 성취되는 예언이 되어서, 1927년 7월 25일 35세의 젊은 나이로 자살했다. 우리의 작가 다자이 오사무는 이미 고등학생 시절에 아쿠타가와의 자살에 깊은 충격을 받고서 그자신도 일종의 모방 자살을 시도한 바 있었다.

아쿠타가와는 수면제 과다복용으로 자살하기 직전에 「톱니바퀴」라는 단편을 썼다. 이 작품은 유고로 발표되었는데, 자살에 내몰리는 강박증 환자의 심경이 잘 그려져 있다.

화자인 '나'는 죽음의 저승사자가 비 오는 날 레인코트를 입고서 나를 데리러 오는 환상을 본다. 일단 이렇게 생각하니 주위에서 온통 레인코트만 보인다. 매형도 계절에 어울리지 않게 레인코트를 입고 가다가 차에 치여 죽었고, 우연히 탄 택시의 운전사도 어울리지 않게 레인코트를 입고 있다. 이러한 이미지들은 일련의 톱니바퀴가 질서정연하게 맞물려 들어가듯이, 마치 시계의 무브먼트처럼 정밀하게 움직이면서 '나'를 죽음의 올가미로 가차 없이 몰고 간다. 그렇지만 아쿠타가와는 정신병원 입원을 무엇보다 두려워한다. 소설의 맨 마지막은 아쿠타가와의 아내가 남편의 이상한 광기를 섬뜩하게 예감하며 갑자기 남편의 서재에 나타나 죽었나, 살았나를 확인하는 것으로 끝나고, '나'는 이렇게 말한다.

"누가, 내가 잠든 사이에, 슬며시 목을 졸라 죽여주는 사람은 없는가?"

아쿠타가와는 누가 갑자기 나타나서 나를 죽여주면 좋겠다고 했으나 그 자신이 스스로 죽었으므로, 그 교수형 집행자는 자기 자신이 된 것이다. 아쿠타가와의 이런 죽음에 이르는 과정은 다자이의 그것과 상당히 흡사하다. 무거운 물건을 높은 곳에서 내던지면 그 물건이 무엇이 되었든 추락하듯이, 인간의 유사한 동기는 유사한 행동을 만들어낼 수밖에 없다.

그렇지만 다자이도 아쿠타가와도 그 자살의 충동 혹은 악령의 유혹에서 벗어나기 위해 무척 노력했고 구원의 빛을 얻기 위해 신약성경을 열심히 읽었다. 그것은 아쿠타가와가 쓴 예수의 전기 「서방의 사람」에서 분명하게 드러난다. 신약성경의 어느 부분이 아쿠타가와나 다자이에게 가장 감동을 주었을까? 누가복음 8장 32절에 나오는 돼지 떼 속에 들어간 악령이었을 것으로 짐작된다.

마침 그 산에는 놓아 기르는 많은 돼지 떼가 있었다. 그래서 마귀들이 그 속으로 들어가기를 허락해 달라고 청하였다. 예수께서 허락하시니 마귀들이 그 사람[마귀든 사람]에게서 나와 돼지들 속으로 들어갔다. 그러자 돼지 떼가 호수를 향해 비탈을 내리달려 물에 빠져 죽고 말았다.

이것처럼 시원하게 악령을 물리친 에피소드가 또 있을까? 이거야말로 악령 때문에 괴로워하는 사람에게는 진정한 복음인 것이다. 자살의 충동을 악령이라고 볼 때, 마귀를 물리친 예수에게 구원을 호소하려는 마음이 더욱 절실해지지 않았을까? 그런 마음이 성경을 읽고 또 읽게 만드는 배경이 되었다고 본다.

다자이는 마태복음 28장을 3년에 걸쳐 다 읽었다고 하면서 이어 "마르코, 루카, 아아, 요한복음의 날개를 얻는 건 언제일까?"하고 한탄했다. 다자이는 이처럼 성경을 열심히 읽었기 때문에 가끔 성경 문구를 작품 속에 인용하고 있다. 특히 한 단편의 맨 마지막에 인용된 마태복음 5장 48절의 말은 의미심장하다.

하늘의 너희 아버지께서 완전하신 것처럼 너희도 완전한 사람이 되어
야 한다. 전집2 / HUMAN LOST / p. 106

다자이의 경우, 그 완전한 사람은 구체적으로 어떤 모습이었을까? 그것은 물론 존재와 사유가 일치되는 상태, 내(다자이)가 지금 슬픔에 맞서 연기를 하고 있구나, 하는 자의식이 전혀 없는 상태, 그리고 내 마음속에 들어온 악령을 완전히 물리친 상태를 의미한다. 다자이는 그런 온전한 상태를 "꽃 한 송이"에 비유하고 있다.

다자이는 연기 중독자

그렇다면 자신을 물방울처럼 찌그러뜨리려 하는 이 세상에 맞서는 다자이의 대응 방식은 무엇이었을까? 다자이의 말에 의하면, 그것은 광대 짓으로서, 전혀 다른 두 세계 즉 거짓과 참말의 세계를 가까스로 조화시키는 것이었다. 그래서 그는 어릴 적부터 엉뚱한 말, 기발한 말, 우스꽝스러운 말, 한심한 말, 코믹한 말, 어설픈 말로 사람들을 웃기는 광대 노릇을 하게 되었다. 훗날 다자이는 그런 자신을 가리켜 "광대 짓의 선수"(『인간 실격』)라고 말하기도 했다. 그러면서 내심 "난 내가 아니야." 혹은 "나는 내가 연기하는 사람이 아니야."를 끊임없이 중얼거렸다.

다자이의 광대 연기에는 언제나 두 가지 위험이 도사리고 있었다.

첫째, 광대 연기를 하면 자신을 속인다는 느낌이다.

둘째, 그 광대 짓이 남들에게 들통날지 모른다.

내가 남을 속여야 비로소 살아나갈 수 있다는 느낌은 다자이에게 엄청난 심적 고통과 남다른 고독감을 가져왔다. 진실을 말하고 싶어도 말하지 못하게 하는 주위 사람들이 미웠고, 그들의 거짓을 과감히 폭로하지 못하는 자기 자신도 덩달아서 미웠다. 언제 자신의 광대 짓이 들킬지 모른다는 두려움은 학교생활 내내 어른거리는 잠재적 위험이었다. 다자이의 중학생 시절에 이런 일이 있었다. 체육 시간이었는데 예의 그 광대 기질이 발동하여 철봉 연습을 하다가 기합 소리와 함께 철봉에 뛰어오르는 척하며 그대로 멀리 뛰기를 하듯 앞으로 달려나가 모래밭에 엉덩방아를 찧어서 급우들의 웃음을 자아냈다. 그때 다케이치라는 친구가 다가와 다자이의 귀에다 대고 속삭였다.

"너, 사람들 웃기려고 일부러 그랬지?"

다자이는 자신의 본심을 간파당했을 때 가장 고통스러웠다고 자백했다. 그리고 훗날 다나베 아쓰미와 가마쿠라에서 동반 자살했을 때 여자만 죽고 자기는 살아남아 기소유예 처분을 받기 위해 검사 앞으로 불려갔던 자리에서, 작량감경을 받기 위해 일부러 기침하며 폐병 환자의 연기를 할 때도 검사가 "그 아픈 거 진짜야?"하고 물어오자 과거 중학생 시절의 동창생 다케이치로부터 "일부러"라는 말을 들었을 때처럼 가슴이 철렁했다는 것이다.

이 가슴 철렁은 단편 「유다의 고백」에서도 잘 묘사되어 있다. 최후의 만찬 장면인데, 예수는 한없이 슬픈 눈빛을 보이다가 이내 그 눈을 질끈 감았고, 감은 채로 말을 이었다. "모두가 깨끗해지면 좋으련만." 유다는 그 말을 듣고서 가슴이 철렁했다.

그 사람의 말을 듣고 나니, 어쩌면 나는 깨끗해진 게 아닐지도 모른다,
라고 나약하게 긍정하는 비뚤어진 마음이 고개를 들기 시작했습니다.
그리고 그 비굴한 반성의 마음이 추접하고 검게 부풀어 올라 저의 오장육
부를 헤집기 시작하더니, 반대로 분노가 불끈 솟아올라 불꽃처럼 뿜어져
나왔습니다. (…) 팔자. 팔아버리자. 저 사람을 죽이자. 그리고 나도 함께
죽자. 전집3 / 유다의 고백 / p. 296

예수에게 자신의 밀고 계획을 들켰다고 직감했던 것이다. 여기서
유다는 다자이가 자신의 심리를 대신 의탁시킨 인물이었다.

"내가 지금 그에게 **빵** 한 조각을 줄 것이다. 그는 아주 불행한 사내야.
차라리 태어나지 않는 편이 나았다." (…) 수치스럽기보다 원망스러웠습니
다. (…) 그 녀석은 저에게 '어서 네가 하려던 일을 하여라.'라고 말하더군요.
저는 곧장 식당에서 뛰쳐나와 밤길을 쉬지 않고 달려서 지금 여기에
왔습니다. 전집3 / 유다의 고백 / p. 297

이처럼 자신의 연기, 광대 짓, 바보짓, 미친 짓, 허약해 보이기 등이
언젠가는 사람들에게 들통날지 모른다는 불안감이 늘 다자이를 따라다
녔다. 이런 광대 짓과 들키기의 문제는 보통 사람이라면 성장 과정에서
자연스럽게 탈피했을 것이다. 보통 사람은 때때로 그런 광대 짓을 하고
다니고 실제로 들키기도 하지만 그것을 그리 수치스럽게 여기지 않고
당연하게 여긴다.

그래서 고대 로마의 시인 호라티우스는 『서정시집』 중 「베르길리우스
를 추모하는 봄의 생각」이라는 시에서 "때때로 미친 척하는 것은 즐겁

다."라는 말까지 했다. 호라티우스에 의하면 남들도 다 그렇게 미친 척하면서 살아가는데 나만 그런 상황적 필요에 부응하는 연기를 그리 괴로워할 필요가 없다는 것이다.

그러나 다자이는 그게 잘 안되었다. 언제나 들킬 것을 걱정했고 그래서 그 거짓을 더욱 교묘하게 꾸몄다. 그런 꾸밈이 때때로 들통나면 그 꾸밈을 완전히 포기할 생각을 하지는 않고, 거짓말을 좀 더 세련되게 꾸미지 못해서 들켰다고 자책하면서 더욱 정교한 거짓말을 꾸며대려고 노력하는 악순환에 빠졌다.

만약 다자이가 자신의 슬픔을 그대로 놔두고 다른 생업에 열심히 종사했더라면 그 슬픔은 저절로 사라졌을 것이다. 슬픔을 그냥 내버려두지 않는 것, 이게 다자이의 문제였다. 그가 자꾸 슬픔에 가까이 다가가니까 그것은 더욱 커져서 뭉게뭉게 도깨비처럼 나타나는 것이다. 일찍이 오규원 시인은 "어둠은 자세히 들여다보아도 역시 어둡다."라는 절창을 남겼는데 슬픔은 아무리 자세히 들여다보아도 역시 슬픈 것이다.

절망과 기교의 길항작용

다자이가 "사람은 원래 이렇게 생겼어." "사람은 슬픈 존재야." "왜 나만 갖고 그래? 다들 이렇게 살아."라고 생각하며 존재의 슬픔을 무심하게 대했더라면, 그의 인생은 아무런 문제가 없이 잘나갔을 것이다. 인물 좋지, 학교 좋은 데 다니지, 집안 좋지, '좋아' 일색으로 뽑은 도련님이었다. 대체로 보통 사람은 자신을 슬프게 하는 일은 가능한 한 피하려고 하며, 어쩔 수 없이 그 일을 감당해야 할 때는 남들의 도움을 가능한 한 많이 동원하여 단체전을 벌이려 한다. 하지만 다자이는 언제나 혼자였고 늘 남들과 다르게 행동하는 독불장군이었다. 만약 다자이가 남들처럼 그런 평범한 대응에 나섰더라면, 그 경우엔 다자이가 소설을 써야 할 이유도 없었을 것이다. 그는 슬픔과 대결하고 극복하기 위해 소설을 썼다. 그러나 슬픔은 사라지기는커녕 오히려 더욱 강한 모습으로 다시 등장하고 그것을 이기기 위해 또 죽을힘을 다해 소설을 쓰고, 이런 식으로 슬픔과 소설 쓰기의 길항작용이 벌어졌다.

소설가 이상은 절망 때문에 기교가 생겨나고 다시 그 기교 때문에 절망이 생겨난다고 했는데 다자이의 슬픔과 소설 쓰기의 상호관계가 바로 그것이었다. 소설을 안 쓰면 더욱더 강하게 슬픔이 자기에게 달라붙는 것이 아닐까 미리 걱정하고, 그래서 다시 소설을 쓰면 슬픔이 잠시 잦아드는 듯하다가 전혀 예상치 않은 곳에서 더욱 강력한 힘으로 터져나오는 형상이었다.

다자이의 이런 심리상태를 가장 구체적으로 보여주는 것이 도쿄 1고생 후지무라 자살 사건이다. 1903년 일본의 닛코 국립공원에 있는 게곤노타키라는 폭포 위의 바위에서 1고생 후지무라 마사오가 투신자살 했는데 그의 유서는 이러하다.

바위 위에 선 느낌. 머나먼 하늘과 땅. 머나먼 과거와 현재. 나 오척의 작은 몸으로 이 큰 신비를 풀려고 애썼으나 호레이쇼에게 건네준 철학적 언사에서는 아무런 귀의도 찾을 수가 없다. 삼라만상의 진짜 현실은 단 하나에 그친다. 그것은 실상이 뭔지 알 수 없다는 것. 그 신비를 도저히 풀 수 없다는 한을 품고서 번민하다가 마침내 죽음을 결심하기에 이르렀다. 이제 바위 위에 서니 아무런 불안도 없다. 비로소 알겠다. 큰 비관은 큰 낙관과 일치한다는 것을.

후지무라 유서 속에서 언급된, 호레이쇼에게 건네준 철학적 언사는 셰익스피어의 『햄릿』 1막 5장에 나오는 대사인데, "호레이쇼, 이 천지간에는 자네의 철학으로는 꿈도 꾸지 못하는 많은 것들이 있다네."를 가리키는 것이다. 어두운 밤, 성채의 으슥한 곳에서 돌아가신 아버지의 유령을 만나고 돌아온 햄릿이 이 세상의 신비에 대하여 친구 호레이쇼에게 완곡하게 일러준 말이다. 1고생 후지무라는 그 신비가 구체적으로 무엇이냐 즉 인생이란 무엇인가, 라는 질문에 답을 얻지 못해 번민하다가 스스로 세상을 하직한 것이었다. 눈앞의 세상이 사라지면 그런 고민도 자연 없어질 거라고 하면서.

다자이가 인생의 의미에 대하여 번민하게 된 이유는 그 인생이 뭔가 잘못되었다, 고장 났다는 깊은 자의식 때문이었다. 그 자의식이 없었더라면 거짓과 참말의 구분을 그처럼 병적일 정도로 의식하며 괴로워하지도 않았을 것이다. 그런 강박적 성격 때문에 다자이는 자신의 삶이 가짜 삶 혹은 거짓 삶이 아닐까, 하고 끊임없이 의심했다.

다스 게마이네와 우어슈탄트

이 두 독일어 단어는 다자이 작품을 이해하는 데 중요하므로 그 뜻을 먼저 살펴보자. 다자이는 말했다.

> 쾨베르 선생은 『실러론』에서 이렇게 말했다. '실러는 그의 작품 속에서 사람들의 성性으로부터 다스 게마이네(비속)를 구축하여, 다시 사람을 우어슈탄트Urstand(본연의 모습)로 돌려보냈고 그렇게 하여 진정한 자유가 생겨났다. 전집 10 / 생각하는 갈대 / p. 56 / 번역문 일부 가필

라파엘 쾨베르(1848~1923)는 독일계 러시아인으로 철학가 겸 음악가인데 1893년 일본으로 건너와 도쿄대학에서 서양철학과 독일 문학을 가르쳤다. 실러는 괴테의 친구로 시인 겸 극작가로 유명한데, 『군도』, 『돈 카를로스』, 『발렌슈타인』 등의 드라마가 유명하다. 『군도』에서는 카를과 프란츠 형제가 아말리아라는 여자 때문에 갈등을 벌이고, 『돈 카를로스』는 스페인 왕 펠리페 2세가 아들 돈 카를로스의 약혼녀인 프랑스 공주 엘리자베스를 자신의 두 번째 아내로 차지하는 바람에 부자간에 성적 갈등이 벌어진다. 『발렌슈타인』에서는 막스 피콜로미니가 발렌슈타인의 딸 테클라를 사랑하여, 아버지에게 등을 돌리고 발렌슈타인의 음모를 지원한다는 얘기가 나온다. '다스 게마이네'는 남녀 간의 성적 관계 혹은 갈등 때문에 저지르게 되는 저속한 짓을 가리키는데, 그것을 극복해야만 우어슈탄트(참)로 나아가 자유의 상태를 얻게 된다는 것이다. 이렇게 볼 때, 자유는 곧 거짓과 참의 구분이 없는 순수한 상태를 가리키는 것이다.

1930년에 도쿄대학에 입학한 다자이는 그 해에 두 번의 다스 게마이네를 저질렀다. 하나는 카페 여급과 동반 자살을 시도했던 사건이고, 다른 하나는 현격한 신분 차이가 나는 하쓰요와의 동거이다. 그 동거 생활을 유지하기 위해, 고향집에 무리한 송금 요청을 하고, 주위 사람들에게 돈을 빌려달라고 손 벌리며 거짓말하고 돌아다녔다. 하쓰요와 동거하기 시작한 1931년 2월부터 그녀와 헤어진 1937년 7월까지의 일은 1941년에 발표된 한 단편에서 구체적으로 서술하고 있다.

지인에게나 H[하쓰요]에게 잔소리를 듣는 것이 두려워서, 내년에는 졸업할 수 있다고 그 자리를 얼버무리기 위한 거짓말을 했다. 일주일에 한 번 정도는 제대로 제복을 입고 집을 나섰다. (…) 나는 어디까지나 교활하고 아첨 잘하는 동생이 되어서 (…) 일주일에 한 번씩은 제복을 입고 등교를 했다. 전집 4 / 동경 팔경 / pp. 95~96

이렇게 행동한 시기는 1934년과 1935년인데, 그는 원래 졸업 시기인 1933년을 그냥 흘려보내고 2년 동안 학교 가는 척하면서 주위 사람들을 기만하는 삶을 영위했다. 이처럼 불안한 생활을 하다 보니 몸에 병이 나서 맹장염으로 아사가야의 외과병원으로 실려 갔다. 이때 아편성 진통제인 파비날에 중독되었다.

일본 제일의 비열한 청년이었다. 십 엔, 이십 엔의 돈을 빌리기 위해 도쿄로 나왔다. 잡지사 편집자 앞에서 엉엉 울어버린 적도 있었다. (…) 대낮에 훌쩍거리면서 긴자 거리를 걸었던 적도 있었다. 돈이 필요했다. 나는 스무 명 가까운 지인들을 찾아다니면서 빼앗듯 돈을 빌렸다. 같은 책 / pp. 100~101

고향의 형이 보내주는 돈 이외에는 일정한 수입도 없이 동거 생활을 영위하려니 당연히 돈이 부족했고 약물 중독이 되어 약값을 조달해야 하니 더욱 쪼들렸다. 그 부족한 돈을 해결하려고 출판사 편집자와 친구들을 괴롭히는 다스 게마이네의 행동을 하게 된 것이다. 이런 마당에 하쓰요의 불륜 사건이 벌어진 것은 그에게 직격탄이 되었다. 다자이는 이 무렵의 자신의 모습을 이렇게 묘사한다.

무지하고 교만한 무뢰한에 백치, 유치하고 교활한 호색한에 천재 행세
를 하는 사기꾼, 마음껏 사치를 부리고 살다가 돈이 떨어지면 우스꽝스러
운 자살소동을 벌여서 고향에 계신 부모님을 놀라게 한다. 같은 책 / p. 104

다자이는 비속한 행동을 하면서도 이렇게 살면 안 된다는 우어슈탄트
의 잡아당기는 힘을 계속 느끼고 있었다. 이러한 거짓의 행동들은 단편
「다스 게마이네」의 등장인물 요조의 비속한 행위로 변모하여 나타나는
데, 실제 상황을 그대로 전사한 게 아니라 좀 더 허구적으로 교묘하게
바꾸어 놓았다. 또 우어슈탄트의 견제는 사다케와 작중 등장인물인
다자이 오사무 팀의 비판적 언행에 의해 구체화되어 있다.
　다스 게마이네와 우어슈탄트와 관련하여 『사양』의 등장인물 나오지
의 이런 말은 주목할 만하다.

　인간은, 모두, 다 똑같다.
　이 얼마나 비굴한 말입니까.
　(…)
　오로지 유곽의 호객꾼만이 그런 말을 합니다. '헤헤, 아무리 잘난 척해봤
자, 어차피 다 똑같은 인간이잖아?' 전집 8 / 사양 / pp. 324~325

　여기서 다자이가 말하려고 했던 것은, 다스 게마이네의 측면에서
인간의 원론은 다 똑같을 수 있지만 우어슈탄트로 들어가면 각론은
다르다는 것이다. 「다스 게마이네」의 화자인 '나'는 이 차이를 극복하지
못해 스스로 죽음을 선택한다.

가짜와 진짜

우어슈탄트와 다스 게마이네의 미묘한 구분을 잘 보여주는 작품은 단편 「젠조를 그리며」이다. 이 소설은 본의 아니게 남들 앞에서 광인 노릇을 하게 된 다자이의 심리가 잘 묘사되어 있다. 젠조는 고향 아오모리 출신의 선배 소설가 가사이 젠조(1887~1928)를 가리킨다. 젠조는 자신의 개인적 생활을 소재로 한 사소설을 많이 썼는데 자신을 가리켜 쓸데없는 망상을 많이 하는 사람, 비굴하고 무기력한 사람, 고향 사람들로부터 손가락질을 받는 사람이라고 비하해서 말했다. 젠조의 결혼 생활도 불행하여 아내가 남편과의 생활을 못 견뎌서 고향 아오모리로 돌아갔고, 젠조는 그 일로 아내의 친정을 찾아가 난동을 부리기도 했다.

다자이는 자신이 이런 젠조와 비슷하다는 것을 암시하기 위해 또 젠조가 왜 그런 행동을 했는지 그 심리를 이해한다는 것을 보여주기 위해 「젠조를 그리며」를 썼다. 그러나 소설 속에서 젠조 얘기는 단 한 마디도 나오지 않는다. 소설의 내용은 이러하다.

도쿄 교외의 허허벌판 미타카로 이사 간 나(다자이)의 집에 장미 여덟 그루를 팔려고 어떤 여자 잡상인이 찾아오는데 나는 그것이 강매라는 걸 알면서도 불쌍하게 여겨 그 장미를 사준다. '나'는 그때의 심정을 이렇게 묘사한다.

> 나도 예전에 이처럼 빤히 보이는 거짓말을, 상대방이 눈치챘다는 것을 알면서도 열심히 우겨대며 한 적이 있었다. 전집 3 / 젠조를 그리며 / p. 339

그 여자 잡상인이 돌아간 후에 나(다자이)는 아내(미치코)를 불러서 그 장미는 가짜라고 말하면서 구입을 부끄러워했다. 그러자 아내는 그런 사정을 다 알면서도 일부러 모른 척했다고 말한다. 아내는 이 장미 건뿐만 아니라 남편의 모든 행동거지, 가령 원고 쓰러 집필실로 나간다고 거짓말하고서 외간 여자 만나서 시시덕거린다는 것을 다 알면서도 모른 척하며 혼자서만 애면글면하면서 남편이 애정의 방향 전환을 해주기를 간절히 기다린다. 아내의 이런 마음은 단편 「오상」에서 "아아, 마누라의 가슴에는 도깨비가 사는가, 뱀이 사는가"라는 중세 일본의 노래 가사에 의탁해 있다. 하지만 미치코는 그렇게라도 놔두지 않으면 남편이 언제 어떤 짓을 저지를지 몰라서 너무나 두려웠고 자신의 광기를 어쩌지 못하는 남편을 연민했기 때문에 일부러 모른 척하며 그저 남편의 마음이 변하기를 기다리고 또 기다렸던 것이다.

이 가짜 장미 사건이 있던 무렵에 재경 아오모리 문인협회에서 친목회가 열리니 참석해 달라는 편지가 온다. 다자이는 원래 그런 모임에 안 나갔으나 이번에는 무슨 변덕이 발동했는지 참석하겠다고 답신했다. 그리고 나는 고향 사람들 앞에서 사죄하는 마음 혹은 금의환향하는 마음으로 자신이 가진 옷 중 최고 좋은 옷인 센다이히라 하카마(전통 예복)를 입고 나가겠다고 우긴다. 아내가 여름용 하오리가 더 어울린다며 말렸는데도 일부러 우겨서 그 예복을 입고 갔다. 그렇게 자기 딴에는 온갖 정성을 다해서 모임을 나간 것이다.

이런 예의 바른 마음가짐을 그 센다이히라 하카마와 관련하여 아름답게 묘사해 놓은 문장이 한 단편의 마지막 부분에 있다.

나는 이 마차를 타고 긴자 거리를 천천히 걸어보고 싶었다. 학이 새겨진 (우리 집 문장紋章은, 학이다) 기모노를 입고 센다이히라로 된 하의를 입고, 흰 다비를 신고서 느긋하게 이 마차를 타고서 긴자 거리를 누비고 싶다.

아아, 요즘 나는 매일, 신랑의 마음으로 살고 있다. 전집 5 / 신랑 / p. 33

이런 신랑의 마음으로 모임에 나갔는데, 사람들은 말석에 앉은 다자이를 별로 알아주지 않았다. 그리고 돌아가면서 자기소개를 했는데, 그 차례를 기다리는 동안에 다자이는 계속 술을 마셨다. 마침내 차례가 돌아오자 아주 긴장한 상태에서 얼버무리며 말하자 상석 쪽에서 "한 번 더!"를 요구하고 다자이는 마침내 감정이 폭발한다.

나는 (…) "시끄러워, 닥쳐!" 작은 목소리로 말했다고 생각했는데, 자리에 앉고 나서 주위를 둘러보니 분위기가 싸늘했다. 전집 3 / 젠조를 그리며 / p. 353

다자이가 자기 딴에는 전통 예복까지 차려입고 온갖 정성을 다했는데 아무도 알아주지 않는 섭섭한 마음이 그런 식으로 튀어나온 것이었다. 자신의 우어슈탄트가 정반대로 다스 게마이네를 만들어낸 꼴이 되었다. 「젠조를 그리며」의 끝부분에서 가짜인 줄 알고 샀던 장미가 실은 다자이의 집을 찾아온 장미 전문가에 의해 진짜임이 밝혀진다. 여기서 우리는 가짜와 진짜의 기이한 착종을 보게 된다. 다스 게마이네와 우어슈탄트. 그러니까 거짓이 없으면 뭐가 참인지 모른다는 것이다.

슬픔은 돈을 내고서라도 사라는 말이 있다. (…) 이 장미가 살아 있는 한 나는 마음의 왕자라고, 짧은 순간 생각했다. 같은 책 / p. 355

이렇게 말하는 다자이는 자신의 행동이 다스 게마이네처럼 보이나 실은 우어슈탄트였다고 말하고 싶은 것이다. 가짜인 줄 알았는데 진짜로 판명된 그 장미는 「후지산 백경」에서 자신의 존재를 드러내던 달맞이꽃을 연상시킨다. 이 꽃은 다자이가 「HUMAN LOST」의 마지막 부분에서 인용한 마태복음 5장 48절에 나오는 "완전한 사람"의 비유이기도 하다. "그러므로 하늘에 계신 너희 아버지께서 완전하신 것처럼 너희도 완전한 사람이 되어야 한다." 이 완전한 사람은 이미 앞에서 be 동사와 하이데거의 다자인을 거론하면서 설명한 바 있다.

꽃 한 송이의 비유

왜 꽃인가? 꽃은 다자이에게 무슨 의미인가?

이 꽃에 대하여 동서양의 현자들이 많은 말을 해놓았는데, 미국의 에머슨과 중국의 영우 선사의 꽃이 가장 그럴듯하다.

에머슨은 「자기신뢰」라는 수필에서 인간의 영혼이 자연과의 합일을 이룬 상태를, 자기가 꽃핀 줄도 모르고 피어 있는 장미에 비유한다.

> 장미에게는 시간이 없다. 단지 장미가 있을 뿐이다. 장미는 인간의
> 언어를 알지 못한다. 그것은 존재하고 있는 매 순간마다 완벽하다.

요약하면 장미는 자기 자신에 대한 자의식이라고는 전혀 없이 지금, 이 순간 자연 속에 존재하고 있는 자신을 즐거워하므로 순수한 존재라는 것이다.

도화는 중국 당나라의 영우 선사의 화두이다. 선사는 30년 동안 도를 깨우치기 위해 천하를 방랑하던 중에 어느 해 봄 복숭아꽃이 활짝 핀 것을 보고 도를 깨닫고 그 깨달음을 다시는 의심하지 않았다는 것이다. '깨달음=복사꽃의 활짝 핌'이라는 화두는 에머슨의 활짝 핀

장미와 같은 뜻이다.

이 장미는 또한 영원의 상징이기도 하다. T.S. 엘리엇은 『네 개의 4중주곡』이라는 장시에서 영원을 장미원에 비유하고 있다. 그 영원의 느낌에 대하여 19세기 독일 철학자 F.W. 셸링은 이런 말을 했다.

> 모든 사람에게는 그가 영원 이전부터 현재의 그 자신과 동일한 상태를 계속 유지해 왔으며, 시간 속에서 변화하여 오늘날의 그가 된 게 아니라는 느낌이 들 때가 있다.

불가에서는 이 영원을 깨우치게 하기 위하여 부모미생전父母未生前의 자기己를 생각하라는 화두를 내놓았다. 부모미생전은 부모가 아직 태어나기 이전의 시기를 말한다. 그런데 그 시기에 이미 자기가 있었으니, 그 자기를 생각하라는 것은 "인간이 활짝 꽃핀 상태"는 곧 "영원을 감지한 순간"이라는 뜻이 된다. 그리하여 부모미생전의 자기는 '영혼은 언제나 여기에 있고 인간의 몸은 그 영혼이 잠시 의탁한 지상의 집'이라는 뜻이다. 『묘법연화경』의 "여래수량품"에서 부처는 이런 말을 한다.

> 나는 언제나 여기에 있다. 단지 사람들의 눈에 오고 가는 것처럼 보일 뿐이다.

언제나 여기에 있는 부처, 그게 곧 영혼이며 나(인간)의 본 모습이라는 것이다.

이 꽃은 조금 더 구체적인 곳에서도 보인다. 1944년 2월 23일, 봄이 오려는 길목에서 안네 프랑크는 같이 도피 생활 중이던 반단 씨 부부의 아들 피터와 함께 도피처 다락방 창문을 통하여 암스테르담 건물들의 지붕과 저 멀리 지평선과 그 위의 거의 투명에 가까운 푸른 하늘을 쳐다보며 그 풍경이 너무 아름답다고 생각한다. 나치의 게슈타포에게 언제 잡혀갈지 모르는 불안한 생활 속에서도 안네는 눈 앞에 펼쳐진 풍경을 보고 넘쳐흐르는 행복을 느끼고 이를 다른 사람에게 전달해 주고 싶어 한다. 안네가 수줍은 소녀의 언어로 말하는 자연 풍경의 아름다운 빛은 에머슨이 말한 활짝 핀 장미, 혹은 영우 선사의 도화인 것이다. 이 자연의 빛은 곧 영혼의 빛이자 영원의 빛이다. 자연은 이 지구가 사라져버리지 않는 한 언제나 거기에 있다. 한번 깨달은 빛은 교통사고 목격자의 현장 상황으로도 비유할 수 있다. 목격자는 두 차량이 부딪치는 광경을 똑똑하게 보았기 때문에, 가해자나 관련 당사자가 아무리 그의 증언을 바꾸려 해도 자신의 망막 속에 남아 있는 그 광경을 백 번, 천 번 똑같이 말할 수밖에 없다. 영우 선사가 자기의 깨달음을 의심치 않았다는 것은 영원의 진리를 똑똑히 보았다는 뜻이다. 그래서 진리는 동어반복인 것이다.

다자이는 그 한 송이 꽃을 피우기 위해 소설을 쓰고 또 썼다. 진짜 꽃을 피우면 슬픔이 사라지는 줄 알았다. 그러나 돌이켜 보면 다자이는 이길 수 없는 게임에 뛰어들었다. 왜냐하면 인간의 존재 그 자체가 슬픔이기 때문이다. 비유적으로 말해서 인생은 그 안에 술이 가득 든 소주병인데 슬픔은 그 소주병의 푸른 색깔인 것이다. 소주를 마시고 즐거워지려면 그 병의 형태와 색깔을 있는 그대로 받아들여야 한다. 그 푸른 색깔이 싫어서 없애려고 하면 소주병을 깨뜨려야 하고 그러면 소주를 마실 수가 없다. 슬픔은 존재 자체에서 오는 것인데, 그것을 없애려고 하니까 역설적으로 존재 자체가 위태롭게 되는 것이다.

제3장

『만년』, 미리 써둔 유서

오야마 하쓰요(小山初代), 다자이 오사무의 첫 번째 아내, 1937년 3월 다니가와다케(谷川岳)산에서 다자이 오사무와 동반 자살을 시도하나 미수에 그친 후 이별한다.

절망 곁에서 불어오는 바람을 맞으며, 상처받기 쉬운 어릿광대의 꽃을 만들어내고 있는 이 거대한 슬픔. -124쪽

파스칼은 한 편지에서 "시간이 없어서 길게 쓴 글을 양해하여 달라"고 수신자에게 말했다. 중국 송나라의 문학비평가 위경지는 "품은 뜻 10할을 3할로 말할 수 있으면 『시경』의 수준이고, 6할로 해낸다면 이백과 두보에 필적하고 10할로 말한다면 만당晩唐의 평범한 시가 되고 만다."라고 했다. 이런 말들은 함축적이고, 암시적이며, 에피파니(찰나에 깨닫는 깊은 계시)를 보여주는 방식으로 써야 비로소 훌륭한 글이 된다는 뜻이다. 마찬가지로 유서를 쓰고자 하는 사람은 생각을 깊게 하고 표현을 간결하게 하여 의미심장한 글을 쓰려고 할 것이다.

　『만년』은 1936년에 간행된 다자이의 첫 번째 단편 소설집이다. 제일 앞에 실려 있는 단편 「잎」은 "선택되었다는 황홀과 불안 그 둘 모두 내 안에 있으니"라는 폴 베를렌(1844~1896)의 시구를 제사로 인용하고 있다. 이 제사의 속뜻은 아름다운 시가 시인의 불행한 삶에서 나온다는 것이다. 베를렌은 알코올 중독자였고, 방탕한 생활로 10세 연하의 아내 마틸드 모테와 헤어졌고, 천재 소년 시인 랭보와 함께 떠난 여행 중 1873년 7월 10일에 서로 언쟁이 붙어서 랭보의 팔에 총을 쏜 바람에 그 후 2년간 감방 생활을 했다. 출옥 후 가톨릭에 심취하여 참회하는 서정시를 썼으나 또다시 옛날의 허랑방탕한 생활 습관이 나와서 병원 신세를 많이 겼고 그의 가정생활을 지켜주던 홀어머니를 술 취한 상태로 폭행하여 다시 감옥에 들어갔다. 그의 평생은 방탕과 참회가 반복 교차되는 삶이었는데 인용된 시구의 불안과 황홀이 그런 삶을 대변하는 말들이다. 베를렌은 아름다운 서정시를 많이 써냈고 "미확정과 확정이 공존하는 상태의 시가 가장 아름다운 시"라고 말했다. 『만년』에 들어간 소설을 쓸 무렵에 다자이는 이 방탕한 서정시인 베를렌과 자기 자신을 동일시한 것으로 보인다. 베를렌을 닮은 자신의 방탕한 삶이 좋은 작품을 써내는 배후 추진력이 되어줄 것을 간절히 기도하고 있는 것이다.

이 단편집에는 총 15편이 실려 있는데 대체로 1933년과 1934년 그러니까 그의 나이 스물넷 혹은 스물다섯에 쓴 것들이다. 이 무렵 다자이는 자기 자신에게 너무 실망하여 앞으로 나아갈 길은 죽음밖에 없다고 생각하고 있었다. 그래서 유서를 쓰는 심정으로 쓴 15편의 단편이 『만년』에 수록되었다. 원래는 25편 정도를 썼으나 그중에서 마음에 드는 15편만 추리고 나머지는 불태워버렸다.

24~25세 청년이 그 나이를 가리켜 만년이라고 했다면, 자신의 사기死期가 임박했음을 느끼는 징조로 보아야 할 것이다. 그리하여 『만년』이라는 다자이의 첫 창작집은 자신이 왜 죽고 싶어 하는지 그 이유와 배경을 솔직하게 기술한다. 하지만 어차피 유서를 쓰는 거, 남들과 다르게 에피파니가 풍부한 글을 쓰고 싶었을 것이다.

이런 창작 의도에 도움을 준 것이 당시 일본에 막 수입된 유럽의 모더니즘과 그 서술 기법이었다. 다자이의 선배 가와바타도 제임스

조이스의 『율리시즈』와 프루스트의 『잃어버린 시간을 찾아서』를 읽으며 서구의 모더니즘 기법을 연구했을 뿐만 아니라 그런 모더니즘 풍의 단편인 「수정환상」 같은 작품을 써냈다. 다자이도 당연히 신진기예답게 기존의 소설과 다른 어떤 획기적인 소설을 써야 한다는 의무감을 느꼈다. 그리하여 모더니즘 문학의 기법을 도입하여 작가의 관심이 많은 주제 가령, 연기하기와 거짓말하기, 여자와의 신주, 꿈과 현실의 경계 허물기, 데포르마시옹에 의한 화자와 등장인물의 분리 등을 시도했다.

모더니즘과 서술 기법

19세기에 소설이라고 하면 러시아의 톨스토이와 도스토옙스키, 영국의 찰스 디킨스, 프랑스의 오노레 드 발자크 등 리얼리즘 소설이 보편적이었다. 전형적인 19세기 리얼리스트 작가들은 그 자신이 신의 입장이 되어 작품 내의 모든 등장인물에 대하여 모든 것을 알고 있는 관점을 취한다. 디킨스나 발자크나 톨스토이는 등장인물에 관한 한, 그가 깨고 나면 잊어버리는 새벽녘의 어렴풋한 꿈부터 잠들기 전까지 발생하는 각종 기억과 생각과 행동에 이르기까지 모든 것을 다 알고 있었다. 다시 말해 세상은 소설가가 그려내는 모습 그대로 존재하고 따라서 소설가 개인의 자아와 세상은 완벽하게 일치했다.

그러나 1890년대에 들어와서 헨리 제임스나 로버트 스티븐슨은 같은 작가들은 소설가가 모든 것을 안다는 것은 불가능한 일이고 화자는 자신이 직접 목격하고 체험하고 상상한 것 이외에는 알 수가 없고 그나마 그 인식이 불완전할 때가 많다는 견해를 밝혔다. 이 불완전함과 이 책에서 거듭하여 언급되는 다자이 소설의 '의혹의 점'을 함께 생각해 볼 만하다.

그리하여 소설가의 자아와 세상은 불일치하고 따라서 작가는 외부의 객관 세상 못지않게 자아의 심리적 리얼리티에 집중한다. 이 때문에 제임스는 화자의 관점을 무엇보다도 중시하고 또 내면적 심리의 드라마를 강조했다. 이처럼 내면적 리얼리티를 중시하기 때문에 헨리 제임스 소설의 세계는 사회적 리얼리즘의 폭넓은 세상으로부터 크게 벗어난다. 이러한 헨리 제임스의 소설들은 후일 "의식의 흐름"이라는 문학적 기법의 탄생을 예고한다.

모더니즘을 예고한 또 다른 작가 스티븐슨의 관점도 이와 비슷하다. 그는 소설이란 생생한 현실 속의 사건을 보고하는 것이 아니라, 독자에게 그 사건의 전형을 제시하기만 하면 된다고 보았다. 인생이란 복잡하고 비논리적이고 돌발적이면서 예측 불가한 것이기 때문에 그것을 그대로 옮겨놓아서는 소설이 되지 않는다는 것이다. 그중에서 대표적인 어떤 것(전형)을 짚어서 제시하면 나머지를 다 전달한 것 같은 효과가 난다는 얘기다.

스티븐슨은 이렇게 묻는다. '리얼'이라고 하는 것이 무엇인가? 들판의 풀들이 자라는 소리와 솔밭을 달려가는 다람쥐의 심장 뛰는 소리를 들을 수 있는가? 스티븐슨은 '리얼'이라고 하는 것이 실은 '리얼'이라고 생각하는 것에 불과하다고 본다. 소설가가 그 '리얼'을 상대로 경쟁하려 들면, 가령 들판의 풀들이 자라는 소리와 솔밭을 달려가는 다람쥐의 심장 뛰는 소리까지도 전달하려고 하면, 결국 산속의 길 없는 길에서 방향을 잃고 죽어버릴 것이라고 말했다. 그러므로 소설은 사건의 '리얼'을 그대로 묘사하기보다는 하나의 전형을 제시한다는 것이다.

이처럼 화자가 모든 것을 알지 못하고 오로지 화자 자신이 보거나 상상한 것, 그것도 내면적 진실에 더 집중되어 있는 것을 주로 기술한다는 관점은 곧 모더니즘의 선구가 된다. 제임스 조이스도 마르셀 프루스트도 헨리 제임스에게서 시작된 모더니즘에 입각하여 "의식의 흐름"의 기법을 더욱 발전시켰다. 외부의 현실보다는 개인의 내부 혹은 화자의 분열된 자아를 집중적으로 탐구하는 프란츠 카프카도 모더니즘 계열의 작가이다. 영미 문학계의 모더니즘은 1920년대에 들어와 제임스 조이스의 『율리시즈』(1922)와 T.S.엘리엇의 장시 『황무지』(1922)가 발표되면서 시작되었다. 그리고 마르셀 프루스트의 『잃어버린 시간을 찾아서』(1925)도 이 무렵 완간되었다.

모더니즘의 서술 기법 중 화자와 주인공을 구분하는 기법은 헨리 제임스와 조지프 콘래드가 개발하여 발전시킨 것이었다. 제임스는 소설의 중심부에 놓여 있는 지적이면서도 동정적인 화자야말로 소설의 가장 값나가는 요소들, 가령 소설의 윤곽, 서스펜스, 강도, 등장인물의 선명한 묘사를 확보하게 해주는 장치라고 말했다. 콘래드 또한 소설 『나르시스호의 검둥이』의 서문에서 소설은 어떤 장소와 시간의 도덕적·정서적 분위기를 창조하는 것이라면서 들판에서 일하는 농부의 비유를 사용했다. "때때로 우리는 도로의 나무 그늘에 앉아서 먼 들판에서 일하는 농부의 동작을 관찰하면서 그 농부의 심리를 상상한다. 그가 들판에서 행하는 여러 동작의 의도를 알게 된다면, 그런 행위들에 대한 우리의 흥미는 더욱 높아진다. 그러면서 우리는 그 풍경의 평온함을 흩뜨려 놓는 농부의 행위들을 묵인하고 싶어진다. 이어 어떤 형제 같은 마음이 들어서 그 농부의 실패마저도 용서해 주고 싶어진다. 우리는 그의 목적을 이해했고, 아무튼 그 농부는 있는 힘을 다해 노력을 했다."

이러한 선배 작가들의 서술 기법 혁명은 후배 소설가인 스콧 피츠제럴드의 『위대한 개츠비』(1925)에 와서 큰 결실을 거두었다. 모더니즘의 대표 시인 T.S.엘리엇은 피츠제럴드의 『위대한 개츠비』를 세 번 읽고 "헨리 제임스 이후에 진일보한 미국 소설"이라는 평가를 했다. 진일보했다는 얘기는 모더니즘 기법을 더욱 발전시켰다는 뜻인데, 이 장편소설은 기승전결의 외형적 구조보다는 암시, 상징, 이미지 같은 장치가 작품의 구조에 더 크게 기여하면서 많은 의미를 만들어내기 때문이다.

『위대한 개츠비』에서 데이지 집 앞의 요트 계류장에 걸려 있는 푸른 등불은 영원한 사랑과 아메리카 드림의 시각적 이미지이다. 데이지의 목소리("그녀의 목소리는 돈 냄새가 풍부해")는 자본주의 사회에 대한 청각적 암시이다. 머틀 윌슨의 부상당한 유방은 훼손된 아메리카 드림을 상징한다. 이런 이미지, 상징, 암시는 작품의 서사 구조에 결정적으로 기여한다.

「어복기」: 상징, 이미지, 암시, 상상력

첫 작품집 『만년』 속의 세 번째 작품인 「어복기」는 모더니즘 기법을 사용한 소설로써 상징, 이미지, 암시, 상상력이 이야기를 끌고 간다. 이 작품을 플롯만 추려서 요약하면, 깊은 산 폭포 근처의 외딴집에 어머니 없는 소녀 스와가 아버지를 모시고 사는데, 폭포 밑의 연못 속을 헤엄치는 물고기가 되고 싶다는 환상에 사로잡혀 결국 그 연못에 투신한다는 얘기이다.

이 줄거리는 어디서 들어본 듯한 얘기로서, 그리 새로운 것은 아니다. 그러나 다자이는 이미지, 상징, 암시, 상상력이라는 새로운 서술 기법으로 멋진 스토리를 만들어냈다. 모더니즘의 아버지 헨리 제임스는 「중년」이라는 단편소설에서 화자의 입을 통하여 이렇게 말한다. "소설 쓰기의 모든 조합들이 이미 탕진되었다고 생각한 것은 잘못된 일이다. 이야기의 조합들은 결코 탕진되는 법이 없고 또 무한한 것이다. 비참한 예술가만 그의 능력이 탕진되어버리는 것이다." 19세기 후반과 20세기 초반의 작가들은 디킨스, 발자크, 도스토옙스키, 톨스토이 같은 거장들이 이미 소설로 꾸밀 만한 좋은 이야기들은 다 활용해서 그 후배 작가들은 더 이상 써먹을 얘기가 없다는 강력한 영향의 불안을 느꼈다.

여기에 대하여 헨리 제임스는 이야기의 조합은 무궁무진하고 그래서 소설은 결코 죽지 않을 것이라고 예언했다. 실제로 제임스의 모더니즘 기법은 그의 사후 30~40년 동안 후배 작가들에게 소설 창작의 새로운 길을 열어주었다. 인간이 사물을 파악하는 방식은 무한하고 또 그것을 조합하는 방식도 무한하다. 그래서 소설이라는 양식이 결코 죽지 않는다. 이러한 제임스의 주장을 「어복기」에서 실천하고 있다. 이 단편의 가장 중요한 시각적 이미지는 폭포이다. 곧게 떨어지는 폭포는 에로스의 힘인가 하면 윤리 도덕의 준엄함이기도 하다. 어린아이 스와는 당초 알몸으로 폭포 밑의 연못에서 헤엄을 쳤으나 몸이 성숙함에 따라 그 폭포는 다른 형상으로 보인다. 이것은 스와의 성적 발달을 은밀하게 암시한다. 그녀는 그 폭포에 식물 채집을 왔던 도시의 학생이 절벽에서 추락사하는 장면을 직접 보았다.

이어 두 번째로 중요한 상징인 구렁이가 등장한다. 아버지가 어린 스와를 품에 안고서 들려준 나무꾼 형제 사부로와 하치로의 옛날이야기 이다. 동생 하치로가 계곡에서 잡아 온 송어를 형을 기다리지 않고 탐욕스럽게 혼자서 다 먹어버리고 목이 말라 강물을 마시다가 거대한 구렁이로 변신했다는 것이다.

이어 중요한 암시는 스와가 버섯을 딸 때마다 떠올린다는 "단 하나뿐 인 친구"라는 문구이다. 이 친구는 누구를 가리키는 것일까? 읽기에 따라 어린아이 시절에 들었던 옛이야기 속의 하치로일 수도 있고, 열다섯

살의 스와가 그 추락사를 목격한 도시 학생일 수도 있고, 이제 어엿한 여자가 된 스와에게 '바보' 소리를 듣는 아버지일 수도 있다. 앞의 두 사람은 판타지 속의 친구이고, 아버지는 현실 속의 존재이므로, 이 암시는 판타지와 현실을 교묘하게 연결시킨다.

스와는 어느 날 밤 술 취한 산 사나이의 공격을 받아 처녀성을 잃는다. 그것은 부녀간의 인세스트[incest]인데, 폭포의 의미가 달라지고, 스와의 몸이 성숙하고, 에로스와 죽음이 묘하게 교차하는 사건들의 최종적 도달지점이다. 도시 학생은 절벽의 바위가 붕괴하는 바람에 추락하여 죽었고, 스와는 술 취한 산 사나이의 공격 때문에 죽게 된다. 운명의 참사는 이처럼 우연에 의해 발생하고 그 결과는 똑같다. 추락한 도시 학생의 몸은 "수면 깊숙한 곳으로 빨려 들어갔고", 스와 또한 "순식간에 빙글빙글 나뭇잎처럼 빨려 들어갔다."

상상력은 스와의 변신 이유를 설명하는 힘인데 좀 더 구체적으로 말하면 신화적 상상력이다. 하치로의 구렁이 변신이 이것을 예고하고 있다. 신화 모음집인 『변신 이야기』의 저자 오비디우스는 신들에 대한 인간의 경멸 즉 교만과 아름다움에 대한 광적인 열정이 변신을 만들어내는 힘이라고 보았다. 가령 아라크네는 내가 신들보다 옷감을 더 잘 짠다고 자랑하다가 거미로 변했고, 다프네는 아폴로의 광분하는 성적 열정을 피해 도망치다가 월계수로 변했다.

왜 인간은 그런 교만과 열정의 광분을 느끼는 것일까? 오비디우스는 인간의 한평생은 죽음의 두려움과 삶의 지겨움 사이에서 왕복하다가 끝난다, 라고 『변신 이야기』 제10권에서 말하는데, 이 두려움과 지겨움이 그런 교만과 열정을 만들어낸다.

그 두려움과 지겨움을 다자이는 스와의 입을 통해 말한다.

"아부진 뭣 땀시 산다요?" "확 뒈지는 게 안 낫것소." 그리고 산 사나이에게 공격당한 날 밤에 "바보"라고 말하며 그 광분을 지적한다.전집 1 / 어복기 / p. 80, 83 이렇게 하여 폭포 곁 외딴집의 소녀 스와는 아폴로 신을 피해 달아나는 다프네처럼 붕어로 변신하는 신화적 인물이 된다.

작품의 제목인 어복기魚服記는 물고기로 변신한 기록이라는 뜻이다. 어복이라는 말은 『시경』 「소아」의 채미 편에 보이는 상아어복(상아로 만든 활고자와 물고기 가죽으로 둘러싼 화살통)이라는 시구에 유래한 것이다. 어복은 같은 「소아」의 유월 편에서도 다시 등장한다. 어복이라는 말의 원뜻은 당대의 최고 제품이라는 것이었지만 여기서 발전하여 최고급 신분의 왕이나 재상을 가리키게 되었다. 그리하여 후대에 백룡어복白龍魚 服이라는 사자성어로 굳어졌는데, 이 말은 예쁘게 꾸미어 물고기가 되다, 라는 뜻과 고귀한 신분의 인물이 야간 미행을 위해 입는 미복, 이렇게 두 가지 뜻을 갖게 되었다.

다자이는 이 첫 번째 뜻을 취하여 이 단편을 썼고 후에 이렇게 언급했 다.

어복기는 중국의 오래된 서적에 실려 있는 짧은 이야기의 제목이라고 합니다. 그것을 일본의 우에다 아키나리가 번역하여 「꿈 속 잉어」라는 제목으로 바꾼 후, 『우게쓰 이야기』에 실었습니다. 전집 10 / 어복기에 대하여 / p. 12

그러나 텍스트를 면밀히 읽어보면 이 단편에는 사자성어의 두 번째 뜻, 즉 야간 미복의 의미도 들어있다. 왕이나 재상이 미복을 입고 야간 순찰을 나가면 그 고귀한 신분을 알아보지 못한 시정잡배로부터 공격을 당할 위험이 언제나 있었는데, 이로부터 때 묻지 않은 영혼이 육신을 갖고 태어났을 때의 위기를 가리키는 말로 사용되기도 한다. 두 번째 의미로 볼 때 어복은 어복魚腹(물고기 배 속)과 중의적으로 사용된 것이 틀림없다. 어복의 출전은 중국 고대 시인 굴원의 「어부사」인데 해당 부분은 이러하다.

　"어찌 이 맑고 깨끗한 몸으로 더러운 것들을 받아들일 수 있겠소? 차라리 푸른 물결에 이 몸을 던져 고기밥이 될지언정 어찌 이 옥같이 맑은 몸으로 세상의 티끌을 뒤집어쓸 수 있겠소?"

고기밥이 되다, 의 원문은 어지복중魚之腹中 혹은 어복인데, 「어복기」의 어복은 이 「어부사」의 어복과 중의적으로 겹치면서, 텍스트 전체가 에로스와 윤리 사이에서 절묘한 균형을 잡는다.

이 단편은 플롯 상으로는 민간전승이나 불교 설화에 나올 법한 혼한 얘기이지만, 작가가 이미지, 상징, 암시, 상상력 등의 모더니즘 서술 기법을 통하여 완전 새로운 이야기를 만들어냈다. 이런 스토리텔링의 아름다움에 대하여 다자이는 이렇게 말한다.

　아름다움은 남이 정해준 대로 느끼는 것이 아니라, 혼자서, 자기 혼자 불현듯 발견하는 것입니다. 전집 10 / 『만년』에 대하여 / p. 140

불현듯 발견하는 아름다움이라는 말은 이 소설을 하나의 그림으로 환원시킨다. 그리하여 폭포의 연못 속으로 투신하는, 어머니 없는 소녀 의 그림이 눈앞에 나타난다. 이어 그 그림은 「잎」의 마지막 부분과,

「다스 게마이네」에서 죽음을 향해 질주하는 '나'의 모습과 겹쳐진다. 그러면서 그 셋이 같은 그림이라는 생각을 '불현듯' 하게 된다. 그것은 『만년』을 쓸 무렵, 어서 빨리 죽고 싶다는 다자이 오사무의 죽음 소망 death wish이 빚어낸 일란성 쌍생아의 그림이다.

「다스 게마이네」의 서술 기법

이 단편은 『만년』에 수록되어 있지 않으나, 거의 같은 시기인 1935년에 집필되어 그 창작 정신이 그대로 이어지고 있다. 다자이는 한 친구에게 보낸 편지에서 "저의 「다스 게마이네」는 사라지지 않는 무언가가 있다고 생각합니다,"전집 1 / 다스 게마이네 / p. 350라고 말했다.

그가 사라지지 않을 것으로 생각한 것은 바로 혁신적 소설 기법을 말한다. 구체적으로 화자인 '나' 사노 지로가 나머지 세 인물 바바, 사다케, 다자이 오사무와 상호 작용하며 그 관계를 서술해 나가는 방식을 가리킨다. 「해적」이라는 잡지의 발간 계획과 포기, 각 인물 사이의 대화, 그리고 돌연한 결말 등을 독특한 서술 기법으로 제시한다. '나'라는 화자는 먼저 바바와 사다케를 관찰하고, 이어 이야기가 상당히 진행된 후에 다자이 오사무가 작품 속의 등장인물로 나온다. 바바와 사다케는 "우리 둘 다 제3자를 계산에 넣고 이야기하고 있다."라고 하는데 그 제3자는 곧 다자이이다.

화자가 다른 등장인물을 관찰하고 다시 그것을 다자이 오사무가 작품 후반에 등장하여 논평하는 이러한 서술 방식은 전형적인 모더니즘 방식의 서술 기법이다. 이 소설을 처음 읽으면 작가가 무엇을 말하려고 하는지 잘 알 수가 없다. 게다가 화자인 '나'(사노 지노)가 소설의 끝에 가서 전차에 투신자살하는 장면은 너무 갑작스럽다는 느낌을 준다.

그러나 다자이가 여기서 데포르마시옹의 기법을 구사하고 있다고 생각하면 나름의 이해가 된다.

데포르마시옹은 피카소의 그림 <울고 있는 여인>(1937)에서 사용된 기법인데, 여자의 얼굴을 하나의 구조물로 여기면서 여자의 눈, 코, 귀, 목을 화가가 좋아하는 위치에 임의로 배치함으로써 표현의 효과를 노리는 기법이다. 당연히 눈물 흘리는 여자의 일반적 얼굴을 기대하는 관람자에게는 다소 기괴하게 보이는 그림이다. 이 무렵 피카소는 기차 여행을 하다가 한 승객으로부터 이런 질문을 받았다. 그 승객은 자기 약혼녀 사진을 보여주면서 "당신은 왜 여자를 이렇게 그리지 않습니까?"라고 물었다. 그러자 피카소가 "그 사진이 당신의 여자 실물입니까? 그건 한 장의 종이에 불과하지 않습니까? 그 사진을 보면서 당신의 여자라고 생각해 주니까 비로소 당신의 여자가 되는 거 아닙니까?"

이 그림을 연상하면서 「다스 게마이네」를 읽으면 이 소설의 제목은 「다양한 각도에서 본 다자이 오사무」라고 바꾸어 읽을 수 있다. 왜냐하면 거짓말하는 청년 바바 가즈마와 그 청년을 따라다니는 화자 '나', 화가 지망생 사다케, 이렇게 세 사람이 모두 다자이의 분신이기 때문이다.

화자인 '나'는 어떤 여자를 사랑했으나 지금 돌이켜 생각해 봐도 한심한 이유로 그 여자에게 버림받았고 그 실연 때문에 사노 지로라는 별명을 얻었다. 사노 지로는 18세기 초의 실존 인물인데 요시와라 유곽의 어떤 여자를 사랑했으나 그녀를 온전하게 차지하지 못하게 되자 극심한 질투에 빠져들어 범죄행위를 저지른 인물이다. '나'는 그 실연 때문에 괴로워하며 사람이 왜 살아야 하는지 그 이유를 알지 못한다.

또 다른 등장인물 바바는 아주 인상적인 다스 게마이네(비속한 짓,

즉 거짓말)를 벌이고 있다. 하나는, 일본 공연을 온 요제프 시게티라는 부다페스트 태생 천재 바이올리니스트와 야간에 긴자의 비어홀에서 만나 음악에 관한 얘기를 밤새 주고받았다는 거짓말이고, 다른 하나는, 바바가 옛날에 다키 렌타로라는 가명으로 <황폐한 성의 달>이란 노래를 지어서, 일체의 권리를 작곡가 야마다 고사쿠에게 3천 엔에 팔아넘겼다는 거짓말이다. 이렇게 거짓말하는 바바는 속이 텅 빈 바이올린 케이스와 같은 인물이다.

화자인 '나'는 동경예술대학교 학생 사다케가 바바의 말은 모두 거짓말이라고 비난할 때, 그래도 여전히 참말이라고 믿는다고 대답한다. 여기서 바바와 '나'는 한 조를 이룬다. '나'는 그 관계를 "주인과 하인의 관계"라고 말하기까지 한다.전집1/p.357 이렇게 거짓말하며 연기하는 바바는 외면적 다자이에 상응하고, 그 거짓말을 믿어주면서도 노심초사하는 '나'는 내면적 다자이에 호응한다.

반면에 바바를 비난하는 사다케는 나중에 등장하여 바바와 언쟁을 벌이는 다자이 오사무와 또 다른 한 조를 이루며, 자기를 벗어나고 싶어 하는 다자이의 또 다른 측면을 보여준다. 이 두 조는 서로 보완하는 관계이며 화자 '나'의 서술에 의해서 그 움직임이 통합된다. 이러한 서술 구조는, 피츠제럴드의 모더니즘 소설 『위대한 개츠비』에서 개츠비 -데이지의 연애 관계가 화자 닉 캐러웨이-조단 베이커의 연애 관계에 의해 보충 설명되는 수법과 비슷하다. 「다스 게마이네」에서 등장인물들이 서로 대응 관계를 이루며 얼개를 구성하는 것은 작품 속에서 이렇게 설명된다.

믿음이라는 제목의 소설이라도 써볼까? A가 B를 믿고 있다. 거기에

C와 D와 E와 F와 G와 H, 그 밖에 많은 인물들이 연이어 등장해서, 이리저리 수법을 바꾸어가며, 다양한 방법으로 B의 험담을 한다. ― 그런 다음, ― 그런데도 A는 B를 믿고 있어. 전집 1 / 다스 게마이네 / p. 365

B는 주요 등장인물 바바를 가리킨다. 이 거짓말(다스 게마이네)을 둘러싸고 등장인물들이 여러 다른 반응을 보이는 것이 곧 이 소설의 뼈대를 이룬다. 그런데 화자 '나'는 작품의 끝에 가면 전차에 몸을 던져서 죽는다. 그는 투신하기 전에 '나는 대체 누구인가?' 하는 질문을 스스로에게 던진다. 『만년』에 못지않게 「다스 게마이네」도 유서 쓰는 심정으로 쓴 작품인데, 죽음에 대한 충동이 논리를 앞서 터져 나오고 있다. 바바는 나중에 「어릿광대의 꽃」에서 요조라는 이름으로 바꾸어서 나오고, 마지막으로 『인간 실격』에서도 역시 요조라는 이름의 주인공으로 등장한다. 한마디로 광대 짓의 선수이다. 우리는 이 요조葉藏라는 이름을 특히 주목해야 할 필요가 있다. 이 한자 이름을 직역하면 "잎이 감추고 있는 것"이라는 뜻이다. 잎이 감춘 것은 당연히 장차 피어날 꽃을 말하는 것인데, 그 이전의 꽃 피우기는 가짜라는 암시이다. 이 바바에 대해서 이런 문장으로 가장 그럴듯하게 설명한다.

이런 나무 이름 알아? 잎이 떨어지는 마지막 순간까지 푸른색이지. 잎사귀 뒤쪽만 바짝 말라서 벌레가 먹었는데, 그걸 남몰래 감추고 떨어질 때까지 푸른 척하는 거야. 그 나무 이름을 알 수만 있다면. 전집 1 / 잎 / p. 16

바바의 또 다른 거짓말은 잡지 「해적」을 만들겠다는 것이다. 해적은 중요한 상징이다. 유럽 여러 작가의 이름을 들고서, 그들을 모방하는 것이 자기만의 방패를 갖추는 것이라고 말한다.전집1/p.379 문학자들 사이에서 해적질은 남의 것을 몰래 베끼는 것을 뜻하는데, 작가가 지금 모더니즘의 서술 방식을 모방하고 있다는 것을 암시한다. 모더니즘이 중시하는 것은 소설의 내용이 아니라 형식인데, 이것을 암시하는 구절은 작품 속에 두 번 나오는 백마교불행白馬驕不行이다. 흰 말이 교만하여 앞으로 나아가려 하지 않는다, 라는 뜻인데 이 백마의 의미를 다자이는 이렇게 설명한다. 예술은 실용에 봉사하는 것이 아니라 아름다움에 봉사한다는 것이다.전집 10/달라지 않는 명마/p.119 그러니까 단편의 내용을 보지 말고, 서술 기법의 아름다움을 보아달라는 뜻이다.

다자이는 사건의 외부를 보여주려는 것이 아니라 독자의 상상력에 호소하여 독자의 마음속에 화자 '나'의 심리 드라마를 보여주려 한다. 그래서 다자이는 해설하지 않고 '나'를 통하여 서술할 뿐이다. 우리는 그 서술을 읽으면서 그 의미를 재구성해야 한다. 이렇게 하는 데 큰 도움을 주는 것은 다자이가 1941년에 발표한 「동경 팔경」이라는 단편이다. 이 소설의 전반부는 다자이가 대학에 입학하여 아내 미치코를 만나기 전까지의 질풍노도와 풍찬노숙의 세월을 기술하고 있는데, 특히 다자이가 고향의 큰형에게는 거짓말을 하여 송금을 받고, 첫 번째 아내 하쓰요와 불편한 동거를 하고, 돈에 쪼들려 친구들에게 찾아가 온갖 거짓말을 하면서 돈을 빌리는 행각이 잘 나와 있다.

다자이의 이런 비속한 삶과 그에 대한 고뇌 그리고 그것으로부터 벗어나려는 몸부림이 「다스 게마이네」에서 바바의 거짓말하기, 사노지로의 망설임, 사다케의 냉소적 태도에 그대로 투영되어 있다. 사노지로의 죽고 싶은 마음, 사다케의 가혹한 비판 등도 모두 다자이 심리의 여러 면을 형상화한 것이다. 「다스 게마이네」와 「동경 팔경」을 서로 비교해 보면, 비슷한 내용을 가지고 서술의 방식이 확연히 다르다는 것을 알 수 있다.

다자이의 리얼리티

다자이는 소설 속의 '리얼'에 대하여 로버트 스티븐슨과 비슷한 견해를 갖고 있다. 그래서 다들 리얼한 것이 중요하다고 하는데, 연꽃이 필 때, 퐁 하는 소리가 나는지, 안 나는지 그 소리가 들리느냐고 묻는다. 이것은 들판의 풀들이 자라는 소리를 들을 수 있냐고 묻는 스티븐슨과 너무 비슷하지 않은가? 그러면서 다자이는 이런 말을 한다.

> 리얼리티의 진정한 의미를 제대로 인식하는 것은, 2·26 사건 전야에 끝이 났고, 지금은 말하자면 인식을 재인식, 표현의 시기다. 절규의 아침이다. 꽃을 피우기 직전이다. 전집2/HUMAN LOST/p. 98

2·26 사건은 다자이도 여기서 언급했고 또 미시마 유키오의 「우국」이라는 단편에도 등장하는, 미시마 자신이 할복자살의 사상적 배경으로 삼았던 사건이다. 1936년 2월 26일 새벽에 근위 보병 제3연대, 보병 제1연대, 제3연대, 야전 중포병 제7연대 소속의 병사들이 반란을 일으켜 전쟁성(국방부) 청사와 그 외 몇 군데 정부 기관을 장악하고서 국가 개혁을 주장한다. 그들은 천황의 친정을 실시하고 정계와 재계의 부정부패를 일소하고 농어촌의 곤궁을 완화해야 한다는 반란의 기치를 내걸었다. 반란 사건이 벌어지기 하루 전인 1936년 2월 25일 밤에는 도쿄 일원에 큰 눈이 내려서 반란군은 그것을 서설이라고 하여 상서로운

징조로 여겼다.

그러나 반란은 불과 사흘 만에 진압되었다. 처음에 반란이 성공하는 듯하여 군부에서는 그것을 의거라고 불렀으나, 곧 히로히토 천황이 자신의 각료를 살해한 흉악무도한 사건으로 규정하고 크게 화를 내면서 강경 진압을 지시하자 반군으로 지목되기 시작했다. 그러자 반란군 지도자들은 천황의 할복자살 명령이 내려오면 할복하고 자진 반군을 해산하겠다는 제안을 했다. 마침 도쿄 일원에는 그 당시 눈이 많이 내려, 반란군 지도자인 청년 장교들은 눈밭 위에서 할복자살함으로써 자신의 잘못을 설욕하겠다는 뜻을 밝혔다. 그러나 천황은 그들이 자살하든 말든 그것은 그들이 알아서 할 문제이고, 빨리 진압할 것을 군부 지도자들에게 재차 명령했다.

이렇게 하여 반군과 황군 사이에 내전이 불가피하게 되었는데, 반군은 이제 일부 탈주병이 발생하여 1,500명 정도였고 정부군은 도쿄 외곽에서 동원한 2만 명의 병력과 22대의 탱크로 반군을 완전히 섬멸할 기세였다. 이렇게 되자 반군은 저절로 해산하고, 반군 지도자들은 전쟁성 건물로 가서 자결했다. 반란 사건이 벌어지기 전에 일본 군부는 황도파, 통제파, 만주파 등으로 파벌이 갈려 있었으나 반군에 가담했던 황도파가 전멸하면서 내부 갈등이 봉합되었고 이제 군부가 민간인 각료를 완전히 통제하는 군사 정부의 시대가 열리게 되었다. 일본 사회가 겉으로는 민주주의인 척했지만 실제로는 군국주의로 나아가게 된 것이다.

그러나 군국주의의 이면에는 그와 정반대되는 힘이 작동하고 있었다. 다자이는 이렇게 말했다.

그 2·26 사건의 다른 한편에서, 일본에서는 비슷한 시기에 오사다 사건이라는 것이 일어났다. 오사다는 안대를 둘러 변장했다. 옷을 갈아입은 환절기여서, 오사다는 도망치는 중에 겹옷을 여름옷으로 바꿔 입었다.

전집 10 / 고뇌의 연감 / p. 378

오사다 사건은 1936년 5월 요릿집 기생이었던 아베 사다(오사다)가 애인이었던 이시다 기치조의 목을 끈으로 졸라 살해하고 남근을 잘라 그것을 가슴에 간직한 채 달아난 사건이었다. 기치조는 사랑의 엑스터시를 느끼는 순간에 죽고 싶다며 오사다에게 죽여 달라고 부탁했고 그녀는 그대로 실행한 것이었다. 오사다 사건과 2·26 사건은 일본의 1930년대를 대표하는 정반대의 사건이다. 이것은 군국주의와 에로스의 대립을 보여주는 사건인데 일찍이 프로이트는 『문명과 그에 대한 불안』(1930)에서 에로스와 문명의 충돌을 언급한 바 있었다. 오사다 사건은 나중에 오시마 나기사 감독의 영화 <감각의 제국>(1976)으로 만들어졌는데, 에로스의 파괴적 힘은 『인간 실격』의 중요한 주제 중 하나이다.

다자이가 말한바, "리얼리티의 진정한 의미를 제대로 인식하는 것은, 2·26 사건 전야에 끝이 났다."라는 얘기는 이런 배경을 가지고 있다. 즉 겉과 속은 언제나 다른데, 겉만 사실적으로 묘사해서는 '리얼'이 되지 않는다는 것이다.

그러면서 다자이는 작품은 모름지기 꽃을 피워야 한다고 말한다.

진리와 표현. 이 둘이 서로 물고 뜯는 상호관계, 자네는 틀림없이 공부했을 것이다. 다툼은 이제 그만. 지금은 아우프헤벤의 아침이다. 믿으라, 꽃이 필 때는 정말 명랑한 소리가 난다. 전집 2 / HUMAN LOST / p. 98

독일어 아우프헤벤auf heben은 지양으로 번역되는데, 헤겔의 변증법에서 정正과 반反이 합合으로 종합된 상태를 말한다. 헤겔은 『정신 현상학』에서 인간의 개별적 감각으로부터 정신이 생겨나 여러 단계의 발전을 거쳐 최종적으로 보편 이성에 도달하는 과정을 설명했는데, 곧 감각이 정이라면 정신은 반이 되고, 다시 이 정과 반이 합으로 종합되어 보편 이성이 생겨나는 것이다. 다자이의 문맥에서 살펴본다면 진리와 표현이 하나로 합쳐져서 예술이 생겨나고 다시 그 예술은 활짝 핀 꽃에 비유된 것이다.

사랑, 욕망, 죽음, 꽃 한 송이

『만년』에서 가장 중요한 작품은 맨 앞에 실린 「잎」이라는 단편이다. 이 소설은 다자이 산맥의 입구에 세워진 등반 안내판 같은 작품이다. 다자이가 중시하는 사랑, 욕망, 죽음, 꽃 한 송이의 4대 주제가 여기서 다 등장한다.

고향집의 할머니는 어린 다자이에게 매일 밤 채소 장수의 딸 오시치 이야기를 읽어주었다. 그러면서 할머니는 다자이를 '기치자'라고 불렀다. 오시치와 기치자(기치사부로) 이야기는 앞으로 다자이가 40 평생에 겪게 될 사랑(에로스)의 불길을 예고하는 것이다. 다자이에게 오시치 얘기를 해준 할머니는 이런 말도 한다.

가을까지 살아남은 모기를 슬픈 모기라고 한단다. 모기향을 피워선 안 되느니라. 너무 가엾지 않으냐. (…) 생각해 보면 슬픈 모기는 바로 나지, 나야. 덧없어……. 전집 1 / 잎 / pp. 14~15

그러나 그 할머니는 그날 밤 어둠 속에서 손녀딸의 신혼 방을 몰래 엿보러 간다. 곧 죽을 사람이어도 부재하는 에로스에 대하여 강렬한 동경이 있는 것이다. 아니, 곧 죽을 사람이기 때문에 오히려 에로스에 더 매혹되는 것이다. 우리는 여기서 사랑, 욕망, 죽음의 삼각관계를 분명하게 볼 수 있다. 이 세 주제는 정삼각형의 각 꼭짓점을 형성하는데 각각 안쪽을 바라보고 걸터앉아 욕망은 사랑에 불을 지르고 다시 사랑은 죽음을 향해 내달리는 것이다. 이 정삼각형의 내면에서 소용돌이를 일으키며 격렬하게 동요하는 것이 바로 다자이의 사이키이다.

다자이는 이 꽃과 광대 노릇을 서로 연결시켜 『만년』의 또 다른 중요한 단편 「어릿광대의 꽃」을 썼다. 다자이는 한 수필에서 이렇게 말했다.

> 그해 가을, 이웃인 아카마쓰 겟센 씨에게 지드의 도스토옙스키론을 빌려 읽고 생각하는 바가 있어, 나의 그 원시적이고 심지어 단정하기까지 한 「바다」[「어릿광대의 꽃」의 최초 버전]라는 작품을 갈기갈기 찢어버리고는, '나'라는 남자의 얼굴을 작품 여기저기에 출몰시켰다. 그러고는 일본에서는 아직 찾아볼 수 없는 소설이라며 친구들에게 으스댔다. 전집 10 / 가와바타 야스나리 씨에게 / p. 71

일본에서 아직 찾아볼 수 없는 소설이라고 자부한 것은 이 소설이 '나'라는 화자를 작품 중간중간에 등장시켜 요조, 히다, 고스게라는 세 인물의 움직임을 통합하는 모더니즘 서술 기법을 구사하기 때문이다. 예전의 리얼리즘 소설에서 화자는 보이지 않는 신처럼 사건들 밖에서 섭리했으나, 모더니즘 소설의 화자는 사건들 안으로 들어와 자신의 모습을 직접 드러내면서 등장인물들과 상호 작용한다. 또 화자인 '나'는 텍스트 중간중간에 불쑥 등장하여, 작품의 스토리에 너무 몰두하지 말고, 나의 논평도 함께 귀 기울여 들어달라고 요구한다. 이것은 전형적인 모더니즘 스타일의 낯설게 하기estrangement 수법이다. 그 결과 독자는 화자가 서술하는 사건과 화자의 논평, 이렇게 두 가지를 종합해 가며 이 단편을 읽어야 한다. 이러한 서술 기법은 앞에서 이미 언급한 「다스 게마이네」에서 더욱 정교하게 발전했다.

다자이가 지드의 책에서 특히 영감을 얻은 부분은, "사람은 어여쁜 감정을 가지고 몹쓸 작품을 쓴다."라는 명제이다. 이 말은 텍스트 속에서 세 번 나오는데,전집 1 / 어릿광대의 꽃 / p. 142, 163, 179 지드의 책 제6장에서 나온 말, "훌륭한 감정은 나쁜 문학을 만들어내는 기본 소재이다."를 약간 변형한 것이다. 지드는 도스토옙스키 문학에서 작용하는 온갖 부정적인 심리가 정반대의 심리로 급변하는 현상, 즉 열등감과 우월감, 자기비하와 자만심, 겸손과 오만, 천사 같은 선과 지극한 악의 대립적 양상을 설명하기 위해 이 말을 썼다. 이 두 가지 중 앞엣것만 강조하면 시시한 소설이 되고 만다는 뜻이다. 그리고 이 뜻을 추가 설명하기 위해 "악마의 협력이 없으면 진정한 예술작품은 만들어질 수 없다."라고 부연했다. 그리고 다자이는 이 말을 다른 작품에서 약간 변형하여 사용하고 있다.

예술가는 역시 사람이 아닙니다. 그 마음속에 기묘하고 악취가 나는 벌레 한 마리를 마음속에 품고 있지요. 사람들은 그 벌레를 사탄이라고 부릅니다. (…) 남자의 몸속에 살고 있는 벌레, 즉 '예술가'로서의 비정함에 대해서도 조금 생각해 보도록 합시다. 이 남자를 포함한 모든 예술가들은 전부 그 뱃속에 절대로 죽지 않는 벌레 한 마리를 지니고 있습니다.

전집 3 / 여자의 결투 / p. 253, 265

악감정과 악마가 없으면 훌륭한 작품이 되지 못한다는 것은 「어릿광대의 꽃」에서 신주 사건을 바라보는 화자 '나'의 관점을 보여주는 것이다. 화자는 아주 건조하고 초연하면서도 어떤 면에서는 위악적인 시선으로 그 사건을 바라본다. 화자는 세상이라는 무대에서 선과 악, 슬픔과 웃음, 진실과 거짓을 동시에 연기하는 광대의 모습을 서술하는데, 그 광대가 보여주려고 하는 꽃은 공중의 꽃, 즉 예술작품이다.

절망 곁에서 불어오는 바람을 맞으며, 상처받기 쉬운 어릿광대의 꽃을 만들어내고 있는 이 거대한 슬픔. 전집 1 / 어릿광대의 꽃 / p. 160

여기서 우리는 광대의 꽃이 곧 슬픔이며, 슬픔-광대-꽃, 이 세 가지가 하나의 패키지라는 것을 알 수 있다.

이모는 다자이에게 말했다.

넌 얼굴이 못생겼으니, 애교라도 제대로 부려라. 넌 몸이 허약하니, 마음이라도 제대로 먹어라. 넌 거짓말을 잘하니, 행실이라도 제대로 갖춰라. 전집 1 / 잎 / p. 18

다자이는 자칭 광대답게 거꾸로 삐딱하게 의뭉을 떨며 말하는 버릇이 있었다. 다자이는 예의 그 변덕쟁이 기질이 발휘되어 이모의 말을 이렇게 바꾸어서 생각했을 가능성이 크다.

"난 애교가 없게 행동함으로써 잘난 놈이 될 거야. 난 일부러 영악하게 놀아서 강인한 사람이 될 거야. 난 나쁜 행실을 함으로써 진실을 말하는 사람이 될 거야."

다시 말해 광대 노릇을 함으로써 자신에게 적대적인 사회에 맞서보겠다는 것이다. 다자이 문학을 관통하는 반어법은 바로 이런 광대의 심리에서 나오는 것이다.

이어 그는 「잎」에서 도스토옙스키 소설 『상처받은 사람들』에 나오는 14세 소녀 넬리를 등장시킨다. 이 넬리 또한 다자이의 분신이다. 넬리는 상처받은 자존심과 왜곡된 자기 보호 본능 때문에 스스로 만들어낸 고통을 즐기고, 더 나아가 더욱 강한 고통을 원하는 이상 심리가 있다. 그 때문에 넬리는 바냐의 집에서 도망쳐서 거리에서 구걸하기도 한다. 넬리는 좋지 않았던 과거의 일이 종종 꿈으로 나타나 괴롭힘을 당한다. 또한 악당 신사 발코프스키가 자신의 아버지라는 사실에 고통을 받고 간질 발작을 일으키다가 결국 죽게 된다. 죽기 전에 넬리는 발코프스키에게 보내는 어머니의 편지를 바냐에게 주면서 꼭 전해 달라고 한다. 넬리 자신도 결코 그 악당을 용서하지 않겠다고 말한다.

죽기 전에 넬리는 바냐를 부르며 모든 것이 꿈이었다고 말한다. 바냐가 무엇이 꿈이었냐고 묻자 모든 게 다 꿈이라고 말한다. 그러자 바냐는 그녀의 눈빛에서 이런 말을 읽어낼 수 있었다. "우리는 다 같이 영원히 행복해질 수 있었는데!" 넬리의 이 말은 다자이의 여러 단편에서 변형되어 나타난다.

> 이렇게 서로 살아 있다는 건 어쩐지 무척 반가운 일이네. 전집1/다스 게마이네 / p. 383

사람이 아니어도 상관없잖아. 우린, 살아 있기만 하면 되는 거야. 전집
8 / 비용의 아내 / p. 125

시간이 얼마 남지 않았다. 행복하게 보내야 한다. 전집 1 / 교겐의 신 / p. 501

그리하여 「잎」 속의 넬리는 거리에서 꽃을 판다. 가짜 꽃을. 그리고
마지막에는 일본어 두 마디를 속삭인다. '꽃이 피기를, 피기를.'

낙화, 개화, 산화

『만년』 속에서 광대는 인간의 동물원에 들어간 원숭이, 기독교를
전혀 모르는 일본에 표류해온 서양인 전도사, 마술사 다로, 싸움꾼
지로베, 거짓말쟁이 사부로 등 여러 가지 모습으로 변신하면서 연기를
한다. 광대는 그런 역할을 하면서 자신이 열심히 꽃을 피운다고 생각한
다.

그런데 그 꽃은 언제나 가짜 꽃이다. 하지만 매 순간 진짜 꽃이 피리라
는 환상이 광대를 계속 밀고 가는 힘이다. 그 꽃 피우기의 절정을 『만
년』은 고대 그리스의 여류 시인 사포의 투신으로 설명한다.

사포는 (…) 사랑 때문에 벼랑에서 몸을 던지면, 혹 죽지는 못한다 하여
도, 그 애타는 가슴속 그리움만은 깨끗이 사라진다는 미신을 굳게 믿고,
(…) 성난 파도를 향해 몸을 던졌다. 전집 1 / 잎 / p. 26

이것은 무엇의 암시인가? 광대가 피워낼 수 있는 최고의 꽃은 가슴

속 그리움을 지우기 위해 바다를 향해 투신하는 거라는 얘기다. 가슴 속 그리움은 가슴속 슬픔으로 고쳐 읽어도 무방할 것이다. 다자이의 실제 인생에 비추어 보면 이 강으로의 투신은 하나의 낙화落花, 개화開花, 그리고 산화散華가 된다.

제**4**장

에로스와 타나토스

야마자키 도미에(山崎富榮), 1948년 6월 13일 연인 다자이 오사무와 함께 무사시노 다마가와 상수원에서 몸을 던진다.

다자이가 하쓰요나 도미에와 신주를 하려 했던 것은 그 사랑이 지속 가능한 것이 아니었기 때문이지만 동시에 그 사랑이 인생의 불안과 슬픔을 완전히 제거해주지 못했기 때문이다. -142쪽

인생의 좋은 것들은 대체로 모순어법의 형태를 취한다. 집에 있을 때는 여행을 떠나고 싶고 막상 여행길에 오르면 빨리 집으로 돌아가고 싶어진다. 어떠한 상황에서도 살아야겠다는 의욕이 용기라고 한다면, 그 용기라는 것은 언제든 죽을 수 있다는 각오가 없으면 잘 발휘되지 않는다. 하얀 코끼리는 구경하기는 좋은데 그것을 소유하여 내 집에 들여놓기는 여간 어렵지 않다. 하얀 코끼리 대신에 남자, 여자, 재산, 명예, 지위 등으로 바꾸어 넣어도 여전히 같은 얘기가 성립된다. 에로스 또한 이와 마찬가지여서 거기에는 언제나 타나토스의 그림자가 어른거린다. 그리고 타나토스로 가기 전에 먼저 사랑의 미끄러짐이 있다.

사랑의 미끄러짐

사랑의 미끄러짐이라는 현상은 이런 것이다. 도스토옙스키의 『상처받은 사람들』속 넬리는 바냐를 사랑하는데, 바냐는 나타샤를 좋아하고 다시 나타샤는 알로샤를 좋아하나 알로샤는 카차라는 여자와 결혼한다. 이런 사랑의 미끄러짐은 다자이도 마찬가지이다.

이것은 「추억」 속에 나오는 첫사랑 미요의 모델인 미야키 도키의 이야기에서 이미 예고된 것이었다. 그다음에는 아오야마의 게이샤 오야마 하쓰요가 있었고, 그다음에는 도쿄의 카페 여급 다나베 아쓰미가 있었고, 미치코(두 번째 아내), 오타 시즈코, 야마자키 도미에 등으로 사랑의 대상은 계속 미끄러졌다. 다자이가 죽음으로 마무리 짓지 않는 한 그 사랑의 미끄러짐은 종식될 수 없었다. 그는 원래부터 어머니의 부재로 인한 사랑의 결핍을 느끼고 있었는데, 그 어떤 여자도 사랑의 원형과 똑같지 않기 때문에 사랑의 미끄러짐은 타나토스 이외에는 멈출 길이 없었다.

성에 처음 눈뜰 때

다자이는 수필 「찬스」에서 이런 흥미로운 사건을 서술한다.

그가 히로사키고등학교 1학년 때의 일이었다. 아오모리현의 문인협회에서 주최한 문학 연회에 다자이도 말석에 참석했는데 게이샤도 몇 명 대동하는 그런 술자리였다. 그중 가장 아름다운 게이샤가 다자이에게 호감을 느꼈다. 그녀는 아오모리 최고 실업가의 애인이라는 소문이 나돌고 있었다. 키가 크고 신체가 날씬하며 아주 서구적으로 생긴 오시노라는 여인이었다. 다자이보다 두 살 정도 위였는데, 손님들이 다 돌아가고 난 후에 일부러 다자이와 동료 게이샤 두 명을 데리고 다른 술집으로 가서, 동료들이 다 듣는 데서 "나, 이 사람 앞으로 좋아하기로 했어."라고 고백한다.

그런데 다자이는 아까 술자리에서 호주머니에 꼬불친 참새구이 두 마리를 생각하며 빨리 하숙집으로 돌아가 그걸 씹어 먹고 싶은 마음이 간절했고 게이샤의 사랑 고백 따위는 별로 관심이 없었다. 곧 밤이 깊어져서 다자이가 하숙집에 돌아가려고 하는데 오시노가 집 앞까지 따라왔다. 그러나 너무 늦어서 주인은 문을 열어주지 않았고 그녀는 자기가 아는 여관이 있다며 그곳으로 안내했다. 여관 앞까지 오자 오시노는 돌아가겠다고 해서 헤어졌다. 다자이는 이제 여관방으로 들어가면 상의 안쪽 호주머니에 꼬불친 참새구이 두 마리를 드디어 맛있게 씹어 먹을 수 있겠다고 생각했다. 그다음은 다자이의 문장을 여기 그대로 옮겨본다.

이걸로 됐다. 이제 혼자 참새구이를 먹는 일만 남았다. (…) 그 순간 현관에서,

"주인아저씨!" 하고 외치는 오시노의 목소리. 흠칫 놀라 귀를 기울였다.

"저기, 게다 끈이 끊어졌어요. 부탁이니까 좀 고쳐주실래요? 난 그동안 손님방에서 기다리고 있을게요."

이거 큰일이군, 하고 베갯머리에 둔 참새구이를 이불 속에 숨겼다.

오시노는 방으로 돌아와서 내 머리맡에 반듯하게 앉더니 계속 말을 걸어왔다. (…) 오시노는 한참 동안 내 머리맡에 앉아 있더니 이렇게 말했다.

"내가 싫은 거야?" (…)

"싫은 건 아닌데 졸려서."

"그래? 그럼 가볼게." (…)

오시노는 그렇게 말하고 마침내 자리에서 일어섰다. 그리하여 그것으로 끝이었다. 전집 10 / 찬스 / pp. 397~398

이 무렵의 다자이는 아마도 에로스의 욕망이 어떤 것인지 잘 몰랐다.

오시노가 다자이를 여관에 안내하고 아주 늦은 밤 헤어져 기생집으로 돌아오려고 할 때, 그녀는 마음속에서 에로스의 화염을 느꼈을 것이다. 다자이가 투숙한 여관으로 되돌아가면서, "내가 왜 이러는지 나도 몰라." 하고 중얼거렸으리라. 그러나 누가 내리는 비를 멈출 수 있겠는가? 누가 솔숲에서 맹렬하게 타오르는 불길을 잡을 수 있겠는가? 그래서 오시노는 그 야성의 불을 끄려고 다자이에게 다시 돌아갔다.

그러나 다자이는 여자의 유혹을 물리쳤다. 왜? 겨울철 별미인 참새구이를 어서 먹고 싶은 마음뿐이었기 때문이다. 그는 아직 밤하늘의 불꽃놀이, 인생에서 죽음을 잠시 잊게 해주는 에로스의 환희를 알지 못했다.

> 그 후로 나는 게이샤들과 자주 어울려 놀았는데, 어쩐지 히로사키에서
> 노는 것은 조금 부끄러워서 주로 아오모리 게이샤들과 놀았다. 같은 책
> / p. 398

이렇게 놀다가 만난 게이샤가 바로 네 번째 자살에 함께 나선 첫 번째 아내 오야마 하쓰요였다. 게이샤들과의 놀이에서 느끼는 즐거움은 이런 문장에 잘 묘사되어 있다.

> 이 거리에 한 발짝 내딛는 순간, 무거웠던 어깨가 문득 가벼워지고,
> 자신의 본 모습을 순식간에 망각한 인간들은, 탈출에 성공한 죄인들처럼
> 태연하게 아름다운 하룻밤을 보낸다. 전집 1 / 다스 게마이네 / p. 359

게이샤 하쓰요와의 사랑과 이별은 다자이 소설들 가령 「동경 팔경」, 「오바스테」, 『신햄릿』, 『인간 실격』 등에서 아주 중요한 소재와 반성을

제공한다.

『신햄릿』에 투영된 하쓰요의 그림자

하쓰요가 다자이의 삶과 창작 생활에 미친 영향은 나중에 다자이가 『신햄릿』이라는 장편소설을 쓸 때도 작용을 했다. 햄릿의 상대가 되는 오필리어의 묘사에서도 하쓰요의 모습이 엿보이는 것이다. 이 작품은 햄릿과 오필리어의 관계에 빗대어 다자이와 하쓰요의 관계를 재해석해 보려는 의도가 깔려 있다. 이것을 짐작하게 해주는 『신햄릿』 속의 햄릿 발언으로 이런 것이 있다.

나는 겁쟁이에 게으름뱅이라 대체로 자극을 동경하는 데서 끝난다. 형이상학적 사기꾼. 마음속에서만 노는 모험가. 서재 안의 항해자. 더할 나위 없는 몽상가이다. 여기저기 자극을 찾아 헤매다가 결국은 오필리어 같은 여자에게 걸려들어서 끝장이 났다. 전집 4 / 신햄릿 / p. 312

이 문장에서 오필리어 자리에 하쓰요를 넣어서 읽어도 별 차이가 없을 것이다. 『신햄릿』 속에서 햄릿이 오필리어를 임신시킨 것이 엄청난 스트레스인 것처럼, 다자이 자신도 집안의 반대를 무릅쓰고 하쓰요와 결혼함으로써 엄청난 고통과 좌절을 느꼈는데, 그로부터 생겨난 생활상의 감정을 오필리어와 햄릿의 관계에 투영하고 있다. 『신햄릿』은 하쓰요와의 사랑, 동반 자살미수, 결별의 과정을 거친 다자이의 심리를 반영하고 있다.

다자이의 학창 시절 사진을 보면 그가 상당히 잘생긴 남자임을 알 수 있다. 슬픈 눈동자에 잘생긴 얼굴. 이것만으로도 여성의 마음을 매혹하기에 충분했다. 그런데다 그에게는 뭔가 인생의 신비를 혼자서 반추하는 고독한 남자의 분위기가 있었다. 누구에게도 호소하지 못해 불안해하는 고독의 분위기를 여성들은 귀신처럼 잘 알아보았다. 바로 이것 때문에 후일 많은 여성이 그에게 반하게 된다. 게다가 그를 찾아오는 여성 중에는 문학소녀가 많았는데, 이 또한 마음 약한 다자이가 그들을 뿌리치지 못하는 이유였다. 다자이는 말주변이 별로 없어서 그 자신이 먼저 여자를 유혹하는 카사노바 스타일은 전혀 아니었다. 다들 오시노처럼 여자가 먼저 다가왔다. 다자이에게 매혹된 여성의 모습을 아주 잘 보여주는 장면이 소설 속에 있다.

> 한 명은 여자고등사범학교 문과생이었는데, 이른바 '동지'였습니다.
> (…) 그 여자는 계속 저를 따라다니며, 공연히 이것저것 사주었습니다.
> "날 친누나라고 생각해."
> "그럴 생각이었어요."
> (…) 그 못생기고 짜증 나는 여자에게 봉사를 했고, 그녀가 물건을 사주면,
> (…) 기쁜 얼굴로 농담을 하며 즐겁게 해주었는데, 어느 여름밤, 도무지 그녀가 갈 생각을 하지 않기에, 그 사람이 어서 집으로 돌아가길 바라는 마음에서 으슥한 골목길로 들어가 키스를 해줬더니, 딱하게도 그녀가 광란에 가까운 흥분을 하며 자동차를 불러서는, 운동 비밀 아지트라는 어느 빌딩의 좁은 서양식 방으로 저를 데려가 아침까지 들볶인 일이 있어서, 참 못 말리는 누나다 싶어 남몰래 쓴웃음을 지었습니다. 전집
> 9 / 인간 실격 / pp. 179~180

위의 인용문 중 "광란에 가까운 흥분"은 밤중에 히로사키의 여관방으

로 다자이를 다시 찾아오던 게이샤 오시노의 모습을 연상하면 금방 이해가 될 것이다.

다자이는 사랑의 쾌락을 처음 알려준 여자 하쓰요를 진정으로 사랑했고 그 행위에 대하여 책임을 지기 위하여 분가 제적까지 감수했으나 그 후의 투병 기간에 여자에게 배신을 당했다. 그러니 젊은 시절 다자이가 느꼈을 사랑의 슬픔과 방황이 어느 정도로 심각했을지 미루어 짐작할 수 있다.

섹스는 일시적 죽음

주지하다시피 섹스는 일시적 죽음에 자주 비유된다. 순전히 생물적인 관점에서 볼 때 섹스는 종족 번식을 목표로 하는 것이므로 곧 행위자의 죽음을 전제로 하는 것이다. 그가 죽지 않는다면 종족을 번식해야 할 필요는 없을 테니까 말이다. 이것은 생물학적 관점에서 본 얘기이고 문학적 사례를 들어보면 셰익스피어 작품에서 사정은 죽음과 동일한 용어로 사용된다. 『오셀로』에 나오는 데스데모나는 장차 남편 오셀로에게 죽을 것을 알게 된 직후, 하녀 에밀리아에게 "오늘 밤 내 침대에 신혼 이불을 깔아줘."라고 말한다. 그리고 그 이불에서 남편 손에 죽는다. 오셀로는 그 직전에 이런 말을 한다. "나는 당신을 죽이고 그 후에 당신을 사랑하게 될 거야." 여기서 "죽음die"이라는 말은 "사정射精, ejaculate"과 같은 뜻이다. 오셀로와 데스데모나의 사랑이 슬픈 것은 죽어서야 비로소 완성된다는 것이지만, 섹스에 내포된 일시적 죽음의 의미를 잘 보여준다.

『리어왕』에서 글로스터 공작의 서자인 에드먼드는 리어왕의 딸 고너릴을 향하여 "나는 죽음(사정)에 이를 때까지 당신의 것입니다."라고 말하고 리어왕 자신도 "나는 만족한 신랑처럼 용감하게 죽겠어."라고 말하여 사정이 곧 죽음이라는 암시를 한다. 그리고 "모든 동물은 사정 후에 슬픔을 느낀다."라는 아리스토텔레스의 논평이 있는데 이 슬픔도 실은 죽음의 예감인 것이다.

일본 문학에서 에로스와 타나토스는 서로 연결되어 있다. 에로스와 타나토스는 그리스어로 전자는 사랑을, 후자는 죽음을 의미한다. 타나토스는 그리스 신화에서 의인화된 죽음으로 등장하는데, 잠의 형제이며, 죽음과 잠은 둘 다 밤의 아들이다. 제우스가 엄청난 의지의 사나이 시시포스를 미워하여 타나토스를 시시포스에게 보내어 명부로 잡아들이려 했으나, 오히려 타나토스가 시시포스에게 붙잡혀서 제우스가 타나토스를 구해주었다는 신화가 전해진다. 여기서 사랑과 죽음에 관한 한 다자이가 시시포스가 아닐까 하는 생각도 해볼 수 있다. 타나토스가 여러 번 다자이를 데려가려 했으나 여의치 못했으니까 말이다.

에로스가 죽음으로 이어지는 사례는 다자이의 『인간 실격』에서 분명하게 제시되어 있다. 에로스(여자)가 사람을 괴롭게 하고 배신을 당하게 하여 주인공 요조는 여자가 없는 땅으로 가고 싶어지고 또 자꾸 죽고 싶은 생각을 갖게 된다. 이 소설에서 악의 알레고리인 요조의 친구 호리키는 요조와 동의어-반의어 놀이에서 이런 말을 한다.

"꽃의 반대말은?"
"여자."
"여자의 동의어는?"
"내장內臟." 전집 9 / 인간 실격 / p. 227, 번역문 일부 가필.

꽃은 우리가 이미 앞에서 살펴본 바가 있다. 그런데 그 꽃의 반대말이 여자라는 것이다. 즉 여자가 그런 꽃을 피우는 데 방해가 된다는 것이다. 더 의미심장한 것은 여자의 동의어가 내장이라는 대답이다. 물론 이것은 요조가 아니라 호리키가 한 말이나, 호리키는 요조 내부에 있는 악의 알레고리이므로 요조가 하는 생각이라고 볼 수 있다. 이 내장에 대하여 야마자키 도미에의 일기는 중요한 증언을 한다. 그녀는 1947년 8월 29일 자 일기에서 이렇게 적고 있다.

> 처음에는 다자이 씨도 저도, 죽겠다는 각자의 결심이 일치했을 뿐이었
> 으나, 요즘에는 다자이 씨가 말씀하신 것처럼 서로가 서로의 내장 가운데
> 일부분인 것 같다는 일치감입니다.
>
> —『그럼 안녕히······ 야마자키 도미에였습니다.』, 현인, 2019, pp. 53~54

내장은 심장, 간장, 허파, 콩팥, 쓸개 등의 오장을 가리키는 말인데, 여기서는 심장을 가리키는 것으로 보인다. 그리고 일본어 내장內臟과 내장內藏(안에 감추고 있음)은 똑같이 "나이조"로 발음되므로 속에 숨긴 것이 많은 존재로 해석해 볼 수도 있다. 그렇다면 그 속에 감추고 있는 대표적인 건 무엇일까? 바로 바기나 덴타타vagina dentata(이빨 달린 음부, 혹은 거세하는 음부)이다. 바기나 덴타타의 신화는 신화학자 조지프 캠벨(1904~1987)이 『신들의 가면: 원시 신화』 제1부 중 미국 뉴멕시코 지방의 원주민 히카리야 아파치족의 신화로 소개한 바 있다. 구약성경 「토빗기」에서 일곱 남자에게 시집갔지만, 신랑이 모두 첫날밤에 그녀의 몸에 붙어 있는 아스모대오스라는 악귀 때문에 죽어버렸다는 사라의 이야기에서도 바기나 덴타타의 메아리를 들을 수 있다. 이러한 신화와 성경

고사의 숨은 뜻은 에로스를 통하여 타나토스로 가게 만드는 존재가 바로 여자라는 것이다.

여자는 그 속으로 들어가면 길을 잃어버리는 동굴 같은 존재, 자연의 변화처럼 도무지 종잡을 수 없는 존재라는 원시적 느낌이 아마도 바기나 덴타타의 신화를 만들어냈을 것이다. 여자는 가부장제의 세계에서 볼 때 절제되지 않는 속성이었다. 무뚝뚝하고 단단하고 강인한 남성의 신체는 가부장 세계에서 아주 바람직한 속성이었다. 반면에 부드럽고 말이 많으며 부수적인 액체(모유, 월경의 피)와 아이를 생산하는 여성은 그런 미덕에 위배되는 존재였다. 중세에 남성들은 지배적인 위치에 있었으나 여성의 성욕을 강력한 위협으로 여겼다. 불륜을 저지르는 아내는 재산이 있는 집안의 경우, 적장자 상속 체제의 근본을 해칠 수 있었다. 아내의 정절이 의문시된다면 재산을 뼈대로 하는 사회의 안정성 자체가 위협받는 것이었다. 따라서 여성의 성적 충동은 남성적 불안감의 핵심적 원천이었다. 이런 공포가 바기나 덴타타의 신화를 만들어냈고 호메로스의 『오딧세이아』 중의 사이렌과 키르케, 오비디우스의 『변신 이야기』 중의 메데아와 메두사 등이 대표적 악녀이고, 현대에 들어와서 팜므 파탈femme fatale(남자를 죽이는 여자)이라는 용어로 잔존하고 있다.

에로스와 타나토스의 관계는 다자이 이외의 다른 일본 소설에서도 얼마든지 찾아볼 수 있다. 가령 가와바타 야스나리의 단편 「금수」는 춤꾼 여자와 소설가 남자가 불륜의 관계로 만나 동반 자살을 하려다가 그만둔다는 얘기인데, 깊은 섹스가 곧 죽음의 예감이라는 암시를 강하게 풍기고 있다. 가와바타의 단편 「잠자는 미녀」도 에로스-잠-죽음의 삼각관계를 잘 보여준다.

그러나 에로스와 타나토스의 2항 대립을 잘 보여주는 일본 소설로는 이하라 사이카쿠(1641~1693)의 『호색일대남』 총 54편 중 35번째로 나오는 「게이샤의 사랑」만 한 것이 없다고 생각한다. 기생집 오사카야의 게이샤인 미카사는 요노스케를 사랑하여 둘은 손님과 게이샤가 아니라 진정한 연인 관계로 발전한다. 그러나 오사카야의 주인인 곤자에몬은 수익 올릴 생각은 하지 않고 사랑에 몰입하는 미카사를 못마땅하게 여겨 그녀를 징벌하여 마음을 돌리려 한다. 이때 요노스케는 미카사와의 신주도 불사하겠다며 곤자에몬을 협박한다. 이 이야기는 진정한 사랑엔 언제나 죽음의 그림자가 어른거린다는 것을 보여준다.

「우국」의 에로스와 죽음

에로스-타나토스 모티프는 미시마 유키오의 단편 「우국」(1961)에서도 발견된다. 주인공 다케야마 신지는 아내 레이코와 막 결혼한 청년 장교였다. 그런데 1936년 2월 26일에 일본 군대 내에서 타락한 고위급 군부 인사들을 배제함으로써 천황을 더욱 굳건히 옹위하려는 청년 장교들의 반란 사건이 발생했다. 소위 2·26 사건이다. 그 사건의 주동자들은 다케야마와 절친한 동료들이었다. 그들은 신혼인 다케야마를 배려하여 그 사건에 가담시키지 않았다. 이에 대하여 다케야마는 심한 수치심을 느낀다. 쇼와 천황은 반란을 진압하라는 지시를 내렸고, 이어 육군 사령부에서 진압 명령이 내려오자 다케야마는 자신을 배려해준 동료들과 맞서 싸우기보다는 할복자살을 선택한다. 신혼부부는 죽음을 앞두고 격렬한 사랑을 나누고, 이어 남편이 자결한 후에 아내 레이코도 자기 목을 칼로 찔러 죽는다.

미시마는 소설만 쓴 것이 아니라 다케야마 신지의 행동을 직접 실천했다. 그것은 하룻밤 사이에 국제적 사건이 되었는데 사건 당일인 1970년 11월 25일 나는 대학입시 준비에 몰두하던 고3 학생이었다. 그다음 날 아침 신문 1면에서 미시마의 할복자살 현장 사진을 보았다. 미시마는 무릎을 꿇고 정면을 노려보며 오른손에 든 장검을 자신의 알몸 상반신 왼쪽 옆구리에다 닿을락 말락 갖다 댄 채 아주 단호하고 비장한 표정이었다. 미시마의 잘생긴 얼굴은 확고한 결의 그 자체였다.

학교에 가니 영어 선생님도 미시마의 그 사진을 보셨는지 교실에 들어와서 이런 말씀을 했다. "일본은 이런 웃기는 사람이 가끔 나와 주어서 세상을 지루하지 않게 해주는군!" 그것은 냉소적이면서도 조롱이 가득한 논평이었다. 영어 선생님의 그 논평과 신문 1면에 난 할복자살 직전의 미시마 사진은, 내 머릿속에 깊이 각인되어 고3 시절을 떠올리면 이것이 한 장의 스냅 사진이 되었다.

다자이에 비해 사교술이 좋았던 미시마와 가와바타는 자신의 죽음 소망을 공개적으로 얘기하며 돌아다니지 않았을 뿐, 마음속에는 언제나 죽음에 대한 동경을 달고 살았다. 이들에 비해 다자이는 처음부터 "나는 언제나 죽고 싶은 마음뿐이었어."라고 솔직하게 말했고 그것을 작품 속에서 여러 각도로 묘사해 왔다. 그리고 그것을 두 소설가보다 훨씬 이른 나이에 실천했다. 이런 면에서 다자이는 자신의 문학에 아주 솔직한 사람이었다.

에로스가 타나토스를 촉진하는 힘은 그 사랑이 지속될 수 없는 것일 때 더욱 강화된다. 다자이가 하쓰요나 도미에와 신주를 하려 했던 것은 그 사랑이 지속 가능한 것이 아니었기 때문이지만 동시에 그 사랑이 인생의 불안과 슬픔을 완전히 제거해주지 못했기 때문이다.

태어나서 죄송합니다

그런 심리 때문에 다자이는 결국 "태어나서 죄송하다"라는 발언을 하기에 이른다. 그는 「20세기의 기수」라는 단편의 제사에서 "태어나서 죄송합니다."라고 선언했다. 과거 우리나라의 유명한 코미디언 고 이주일 씨가 "못생겨서 죄송합니다."라고 말해서 사람들을 웃긴 적이 있는데, 그 원조가 다자이가 아니었을까 하는 생각도 든다. 그러나 다자이 또한 오리지널은 아니다. 그보다 이미 2500년 전 고대 그리스의 소포클레스는 드라마『콜로누스의 오이디푸스』에서 이런 말을 했다.

> 오래 살아봐야 즐거움보다 슬픔이 더 많아지는 것이니, 그 슬픔에 맞서기 위해서는 태어나지 않는 것이 더할 나위 없이 좋은 일이지만, 일단 태어났으면 되도록 빨리 왔던 곳으로 되돌아가는 것이 그다음으로 좋은 일이다.

이것을 다자이식으로 다시 풀이해 보면 태어나지 말았어야 할 사람이 태어났으니 죄송하고, 그 죄송한 마음을 말로만 표시하는 게 아니라 아예 일찍 죽어줌으로써 확증하겠다는 것이다.

니체도 이와 비슷한 말을 했다.

> 오필리어의 운명은 존재의 무의미함에 대한 상징이요 숲속의 요정 실레누스의 지혜, 즉 인생에서 가장 좋은 것은 태어나지 않는 것이요, 그다음 좋은 것은 일찍 죽는 것임을 보여주는 것이다.

『비극의 탄생』 섹션 7

소포클레스와 니체의 주장을 다자이의 입을 통하여 다시 발언해 보면 이렇게 된다.

태어나서 죄송합니다. 그렇지만 살아보려고 무척 애를 썼습니다. 결혼도 하고 아이도 낳고 소설도 열심히 쓰고 그랬습니다. 그런데 2차 대전이라는 암울한 시기를 맞이하여 주위에서 사람들이 맥없이 죽어 나가는 것을 보면서, 어차피 이래도 한세상, 저래도 한세상인데, 나 자신의 욕망을 이처럼 억제하면서 살 필요가 있을까 싶었습니다. 금주와 금연을 했던 사람이 죽을 때가 다가오면 차라리 원 없이 술과 담배를 하다 죽을걸 한다는데, 나중에 후회라도 없게 술과 에로스를 마음껏 탐하는 생활에 나섰습니다. 그런데 이 생활은 지속이 불가능합니다. 몸도 마음도 다 피폐해졌습니다. 마음을 끊임없이 괴롭혀 오는 도덕적 자책도 큰 부담입니다. 그러니 이런 상태에서 여러 사람한테 민폐를 끼치기보다는 차라리 빨리 죽어줘서 사죄하는 게 도리라고 생각합니다. 마침 저와 함께 죽음의 길에 동행하겠다고 나설 정도로 저를 사랑하는 여자가 있으니 이거야말로 "좋은 찬스!"라고 생각하며 홀가분하게 떠나고 싶습니다.

엄마가 섬 그늘에 : 포트/다 게임

이러한 다자이의 심리는 프로이트의 포트/다 게임을 그대로 실연한 것이다.

프로이트는 『쾌락원칙을 넘어서』(1920)라는 논문에서 인간의 마음은 긴장을 완전히 제거할 수 있는 것처럼, 달리 말하면 마음을 소멸의 상태로까지 축소시킬 수 있는 것처럼 행동한다고 주장했다. 이런 주장의 증거로 프로이트는 인간의 반복하려는 충동을 제시한다. 반복의 두 가지 형태는 첫째 트라우마를 앓고 있는 신경증 환자의 꿈과 둘째 아이들의 놀이 원칙이다. 꿈에서 트라우마가 반복되는 것은 자신의 긴장을 축소시키려 하기 때문이다. 사랑의 미끄러짐도 이 반복의 원칙을 따라가는 것이다.

반복은 이렇게 설명할 수 있다. 프로이트는 『정신분석 입문 강의』에서 정신 에너지를 물에다 비유하여, 그 물이 정신(마음)의 지형을 따라서 움푹 파인 곳에서는 가두어져 흐르지 않으며, 비탈에서는 빠르게 흐르고, 평지에서는 천천히 흐른다고 말한다. 여기서 가두어져 흐르지 않는 물의 상태를 트라우마(깊은 정신적 상흔)라고 한다. 프로이트는 강박적인 반복 즉 가두어져 흐르지 않는 물이 죽음의 충동과 관련된다고 보았다. 그러니까 어떤 정신적 상흔을 가지고 있는 사람은 그 고통스러운 상황에 다시 놓이고 싶어 하는 반복적인 경향을 보인다는 것이다.

프로이트는 그 수력학*力學을 구체적으로 이렇게 설명한다. "가령 어떤 정신적 충격을 값으로 따져 1,000이라고 할 때, 그 충격을 당하는 주체의 충격 수용 능력이 300밖에 되지 않으면 그 나머지 700을 다시 청구하기 위해 그 충격적 사건이 자꾸만 기억 속에서 되풀이된다. 이것이 반복이고 정신의 수력학이다." 이에 대한 구체적 사례로는 이탈리아의 화학자 겸 문필가인 프리모 레비를 들 수 있다. 레비는 2차 대전 당시 아우슈비츠에 끌려가 무수한 죽음과 고통을 보면서 살아남아 고국 이탈리아로 돌아왔다. 그러나 그는 종전 후 마음속에서 포트/다 놀이를 무수히 반복하다가 결국 1987년 4월 이탈리아의 토리노 자택에서 스스로 목숨을 끊었다. 그는 『이것이 인간인가』, 『주기율표』 등의 문학 작품을 통해 시대의 진상을 알렸고, 스스로도 이야기가 최고의 치료제라 며 과거의 고통을 극복하려 했으나 끝내 벗어나지 못했다. 여러 해전 우리나라에서도 베스트셀러가 되었던 장편 만화 『쥐』의 주인공도 유대인 강제수용소에서 살아남은 사람이었는데 결국 자살했다.

프로이트는 원래 아이들의 반복성 놀이가 그 자체로 쾌락을 추구하는 행위라고 보았으나, 어린아이가 실패에 실을 달아서 노는 놀이인 포트/다 게임을 관찰하고서 반복이 100% 쾌락만 있는 게 아님을 발견했다. 포트/다 게임을 하는 어린아이는 실패를 침대 가장자리에 던지면서, 오오ᵒᵒᵒʰ라고 발음한다. 이 발음은 독일어의 포트ᶠᵒʳᵗ라는 말로 표현된다. 포트는 멀리 떠나간 어머니, 즉 어머니가 지금 여기에 없다는 것으로 어머니의 부재ᴺᵗᵗ를 의미한다. 그러다가 아이는 실패를 다시 자기 가까이 잡아당기면서 기쁨에 찬 모습으로 아아ᵃᵃᵃ라고 발음한다. 이 아아는 독일어의 다ᵈᵃ와 같은 뜻이다. 독일어 '다'는 어머니가 여기에 다시 와 있다, 즉 어머니의 현존ᴺᴸᵗᵗ을 의미한다. 이 아기의 어머니는 바깥에서 일을 해야 하므로 하루 몇 시간씩 자기 아들을 방안에 혼자 놔둘 수밖에 없었다. 이 18개월의 아기가 그런 놀이를 반복하는 것은 어머니가 사라지고(포트) 나타나는(다) 고통스러운 체험을 참는 포기의 대가이다. 여기서 포트/다는 쾌락의 유무를 가리키는 것이지만, 동시에 고통의 유무를 가리키기도 한다.

프로이트는 이 반복의 현상에서 두 가지 서로 다른 정신적 경향을 발견한다. 하나는 마음속 최초의 인상을 되풀이하여 그것을 숙달하고 거기서 쾌락을 다시 얻어내려는(고통을 제거하려는) 경향이다. 다른 하나는 반복에는 쾌락원칙을 넘어서는 즉 쾌락원칙과 불일치하는 경향이 있다는 것이다. 반복이 어느 정도까지는 에너지의 구속 혹은 적응을 위해서 필요한 요소이다. 그러나 이 반복이 지루할 정도로 계속되면 그것은 적응하기 위한 것이라기보다 그 이전의 덜 진화된 정신적 위치(즉 죽음)를 회복하려는 수단이 된다. 여기서 프로이트는 반복하려는 충동이 역사적으로 원시적인 상태 또는 에너지의 완전한 배출(즉 죽음)을 이루는 그 상태로 되돌아가려는 노력도 깃들어 있다고 주장한다. 이것이 에로스(삶의 본능)에 맞서는 타나토스(죽음의 본능)이다.

지금까지의 설명은 너무나 추상적이므로 좀 다르게 설명해 보겠다.

> 엄마가 섬 그늘에 굴 따러 가면,
> 아기는 혼자 남아 집을 보다가,
> 바다가 불러주는 자장노래에,
> 팔 베고 스르르르 잠이 듭니다.
>
> — 동요, <섬 집 아기>

엄마가 지금 여기에 없는 것은 다자이의 무의식 속에서는 모성 부재의 상태를 가리킨다. 그 부재를 보충하기 위하여 아이는 바다의 자장노래에 귀를 기울인다. 그리스 신화 방식으로 해석하면 남자를 유혹하는 여자, 사이렌의 노랫소리를 열심히 들으면서 그 유혹에 넘어가는 것이다. 다자이식으로 말해보면 엄마를 찾기 위해 유방을 찾아 나선 것이다. 그러나 다자이가 만나는 여자마다 일시적인 위로는 되지만 그것은 엄마의 현존과 같은 것이 아니다. 그리하여 아이는 그 반복되는 과정에 지루함을 느끼고 결국에는 스르르 잠이 든다(죽음을 추구한다).

이렇게 해석할 때, 다자이의 다섯 차례 자살 기도는 에로스와 타나토스의 길항작용을 잘 보여주는 포트/다 게임이다. 에로스에 탐닉할수록 그 반복에서 지루함이 오고 그 지루함에서 다시 죽음의 충동이 생겨나는 것이다.

제 5 장

전통의 계승

이하라 사이카쿠(井原西鶴, 1642~1693), 일본 에도 시대의 시인·소설가. 다자이 오사무가 사이카쿠의 작품을 자기식으로 쓴 것이 『새로 읽는 전국 이야기』이다.

「소리에 대하여」, 「잎」, 「비용의 아내」, 『인간 실격』은 사이카쿠를 지나 가듯이 혹은 암묵적으로 인용하고 있지만, 『나의 사이카쿠』는 그렇지 않다. 이 책은 다자이가 사이카쿠의 여러 작품에서 소재를 얻어와 다자 이식으로 다시 쓴 사이카쿠이다. 그래서 다자이는 처음에 작품집의 이름을 "나의 사이카쿠"로 지으려고 했다. ―165쪽 다자이가 슬픔과 불안을 이기려고 혼신의 힘을 다하던 제2기에 전통을 계승하려는 방식은 두 가지 형태로 전개되었다. 첫째 사이카쿠라는 17세기 작가의 작품을 자기식으로 다시 써본 『나의 사이카쿠』라는 책이고(이 책의 원제는 『새로 읽는 전국 이야기』이고, 도서출판 b의 책도 원제로 번역되어 있다), 둘째는 민간에 전래되어 오는 민담을 자기식으로 해석한 『옛날이야기』였다. 이것은 세상에 널리 퍼진 이야기들에 대한 관심이면서 그 이야기를 다자이 자신이 다시 써본다면 어떻게 전개시킬 수 있을까, 하고 생각해 본 것이다.

이처럼 옛날의 작가와 옛날이야기를 작품의 소재로 삼은 것은 당시의 시대 상황과 밀접한 관계가 있다. 일본은 이 무렵 미국의 B-29 폭격기가 계속 날아와 여러 도시를 폭격하는 등, 이미 전쟁의 패색이 짙었다. 그런데도 대본영은 곧 전세를 만회할 수 있다면서 국민을 속이려 들었다. 또한 1940년 언론, 출판, 여론 통제를 위해 내각정보국이라는 조직을 설치하여 문인들의 창작 활동을 철저히 통제했다. 그들은 일본 문학보국회라는 어용 단체를 설립하여 군국주의의 비위에 맞은 작품의 제작을 독려했다. 이러한 창작 환경을 에둘러나가기 위해 양심적인 일본 작가들로서는 전통으로의 회귀가 아주 긴급한 문제가 되었다.

좀 더 현실적인 문제로는 B-29가 날아온다는 공습경보가 발령되면, 다자이는 다섯 날 난 딸아이에게 방공 두건을 덮어씌우고, 아내는 두 살배기 아들을 등에 업고 방공호로 대피해야 하는데, 그 갑갑한 공간에서 어서 밖으로 나가자며 딸아이가 칭얼대자, 아버지는 옛날이야기들을 읽어주면서 딸애를 달래야 했다. 그렇게 하는 가운데서도 작가의 상상력이 발동되어 다자이식으로 풀어쓴 민담을 구상하게 되었고 그렇게 해서 집필된 것이 『옛날이야기』였다.

피란처로서의 일본 전통

이런 식으로 일본의 작가들은 두보의 국파산하재國破山河在(국가는 망했어도 산과 들은 그대로 남아 있다)라는 시구를 읊조리며 지금 우리가 살고 있는 시기는 이처럼 암울하지만 그래도 일본에는 빛나는 전통과 문화가 있다면서 앞날에 대한 희망을 예언했다. 바로 이런 희망에 대한 의욕에서 나온 작품이 다자이의 『나의 사이카쿠』와 『옛날이야기』였다.

다자이는 이런 말을 했다.

> 요즘 같은 때 독자들에게 일본의 전통적인 작가 정신을 분명하게 알리
> 는 일이 무척 중요하지 않을까 싶어, 나는 경계경보가 울리는 날에도
> 끊임없이 이 작품을 썼다. 전집8/새로 읽는 전국 이야기 / p. 344

"요즘 같은 때"는 곧 도쿄 일원에 미군의 B-29 폭격기가 날아와 폭탄을 투하하던 1940년대 초반을 가리킨다. 사람은 어려울수록 단단히

마음의 대비를 해야 하는데 그 위안처를 고전에서 찾았다.

이러한 심정은 다른 작가에게서도 발견된다.

가령 노벨문학상 수상 작가 가와바타 야스나리도 도쿄 일대의 야간 공습이 심화되던 1944년경에 일본의 고전 소설 『겐지 이야기』를 읽으며 마음의 위안을 얻었다고 한다. 그는 자신이 동네 주민들에게 야간 공습에 대비시키는 단속원으로 근무했던 시절, 그가 사는 가마쿠라 계곡 일대에 달빛이 환했다. 그는 그 달빛을 보며 일본의 고대 소설 『겐지 이야기』를 떠올리며 일본의 전통과 함께 살아가야겠다고 생각했다. 그는 전쟁 말기의 쓰라린 고통 속에서 그 자신이 지금 느끼는 슬픔이 곧 일본의 슬픔이라고 느꼈다. 그러면서 자신이 죽은 이후라도 일본의 아름다움은 여기 그대로 남아 있고, 마찬가지 논리로 그의 생명은 그 전통에 봉사해야 한다고 보았다. 그러면서 이렇게 말했다. "나는 일본의 전통적 아름다움을 지키기 위해 계속 살아야겠다고 생각했다. … 패배한 내 나라의 산과 강을 똑똑히 보아 두고 싶었다."

『겐지 이야기』, 일본 소설의 원조

『겐지 이야기』는 총 54장으로 된, 11세기 중세 일본의 소설이다. 소설 제목이 따로 있는 것은 아니고, 작품 속 주인공 이름을 따와서 편의상 이렇게 부른다. 저자 무라사키는 황후 조토몬인의 수행 시녀였고 1007년에서 1010년까지 황궁에 있는 동안 일기를 썼다. 그녀는 물론 귀족 가문 출신이었고, 여성들에게 상당한 자유를 부여하던 당시의 기준으로 보아서도 놀라울 정도로 훌륭한 교육을 아버지로부터 받았다. 따라서 『겐지 이야기』는 헤이안 시대의 귀족 생활을 묘사한다. 그리고 그 시대의 여성들이 이상적 남성이라고 생각하는 겐지 왕자가 주인공으로 등장한다. 소설의 상당 부분은 겐지가 벌인 다수의 연애 사건을 다루고 있다. 그 시대의 연애는 은밀한 게 보통이었으나, 겐지가 애인으로서 남다른 점이 있다면 여자들에게 아주 자상하고 사려 깊은 남자였다는 점이다. 그는 여자들에게 모질게 구는 법이 없고 예전의 애인들에게 친절하고 예의 바르게 대했다. 그는 어린 무라사키의 후견인이 되어 그녀를 집에 데려와 키우면서 그 자신처럼 우아한 궁중 신하가 되는 교육을 했다. 그리고 무라사키가 성년이 되자 그녀와 결혼했다. 그런데 겐지는 유독 무라사키한테만 모질게 대했다. 그가 사회적으로 지위 높은 공주와 결혼을 하면서 무라사키를 정실에서 측실로 내리자, 그녀는 상심하여 죽음에 이른다.

『겐지 이야기』의 전반적인 분위기는 아름다움과 세련됨으로 충만하지만 동시에 슬픔과 곧 다가올 죽음이 그림자처럼 드리워져 있다. 아름다움은 그것이 곧 사라질 것임을 알기 때문에 더욱 아름답다는 느낌이 전편을 지배한다. 이 소설이 묘사하는 사회와 소설 속의 감수성은, 세상만사가 허무한 것이지만 오로지 인간의 욕망에 의해 간신히 지탱된다는 불교적 확신을 반영하고 있다.

가와바타가 말한, 자신의 생명은 일본의 전통에 봉사해야 한다는 말은 불에 비유하면 쉽게 이해된다. 여기 나무 장작이 하나 있는데 그 장작이 불타오르면 거기서 활활 일어나는 불꽃은 그 장작이 다 타버리면 잿더미가 되어 사라진다. 그러나 그 불꽃은 죽어버리는 것이 아니라 다른 장작에 옮겨 가거나 다른 가연물에 이전되면 곧바로 다시 타오르는 불길이 된다. 지금 장작(내 몸)에서 타고 있는 불길(생명)은 전통의 힘으로 다른 사람이나 사랑에서 다시 생겨날 수 있다는 것이다. 바로 이런 전통의 사상을 다자이도 가와바타와 공유하고 있다. 11세기에 나온 『겐지 이야기』와 17세기에 나온 이하라 사이카쿠의 『호색일대남』, 『호색일대녀』, 『호색오인녀』 같은 소설들은 일본 고유의 아름다움을 추구하는 순수문학이다. 단지 전자는 교토의 귀족 세계를, 후자는 오사카의 상인 세계를 다룬다는 점만이 다르다. 무라사키와 사이카쿠의 서정적 전통은 메이지 시대에 들어와 나쓰메 소세키와 모리 오가이, 다이쇼 시대의 다니자키 준이치로와 나가이 가후永井荷風, 그리고 쇼와 시대에 들어와 두각을 나타낸 가와바타 야스나리, 다자이 오사무, 미시마 유키오 등으로 이어진다.

다자이는 1940년대 초반과 중반의 어수선한 사회적 분위기 속에서 일본 소설의 전통적 두 기둥의 하나인 사이카쿠에게 바치는 오마주 단편 12편을 썼다. 다자이는 사이카쿠를 가리켜 세상에서 가장 위대한 작가라고 높이 칭송했다. 이것은 도스토옙스키가 푸시킨 동상 제막식에서 푸시킨을 가리켜 세계에서 가장 위대한 시인이라고 말했던 것과 비슷한 맥락일 것이다. 아무튼 사이카쿠가 위대한 작가인 것만은 틀림없다. 그는 17세기 사람인데, 그 시기의 일본 오사카 지역에서 사이카쿠의 소설이 탄생한 것은 결코 우연한 일이 아니다. 서양에서 소설이라는 문학 장르가 중산층, 상인, 전문가 등 부르주아 계급이 사회의 주류로 올라서면서 발생했고, 일본에서도 17세기에 초닌町人(상인)이 신흥 부르주아 계급으로 부상하던 시기에 사이카쿠의 작품이 등장하게 되었다.

이하라 사이카쿠(1642~1693)는 일본 중세 문학에서 시인 바쇼(1644~1694), 극작가 치카마츠(1653~1725)와 함께 3대 작가로 꼽히는 인물이다. 오사카의 부유한 상인의 아들로 태어나, 15세 때부터 하이카이를 익혀 21세 경에는 하이카이의 달인이라는 소리를 들었으나 아무리 많이 써도 바쇼를 당할 수 없을 것 같아서, 나이 마흔에 산문으로 돌아서서 일가를 이룬 작가였다. 중세 일본에서 시와 연극은 무사와 귀족 계급을 상대로 한 덕분에 높은 평가를 받았으나, 소설은 아이들과 여인들을 위한 작품이라 하여 그리 쳐주지 않았다. 게다가 사이카쿠에게는 "오란다 사이카쿠"라는 별명이 꼬리표처럼 따라다녔다. 오란다는 홀랜드 Holland의 일본어식 표기인데 이국적인, 비전통적인, 비순응적인, 비관습적인, 탈규범적인 등의 경멸하는 뜻을 가지고 있다. 그리하여 사이카쿠는 19세기 말이 될 때까지 일본 상류층 독자들 사이에서는 그리 알려지지 않은 작가였다.

그러나 메이지 유신 이후 서양의 사실주의 소설들이 일본에 소개되면서 사회적 리얼리즘에 대한 관심이 높아지자 사정은 달라졌다. 당시 일본 문단의 지도자인 고다 로한은 사이카쿠를 특히 주목하여 대대적으로 홍보했다. 그리하여 상인들 사회의 리얼리즘을 주된 배경으로 하는 사이카쿠의 작품이 반짝 주목을 받았으나, 1930년대에 들어와 일본에 군국주의 정부가 들어서면서, 사이카쿠는 호색, 음란한 작가로 치부되어 다시 뒷전으로 밀려나게 되었다. 그렇지만 1945년 종전 이후에 사이카쿠는 일본의 위대한 작가로 재평가되어 현재에도 활발하게 그의 작품들이 평가·연구되고 있다.

사이카쿠 문학의 3시기

사이카쿠의 작품 활동 시기는 주로 3기로 나누는데 1기(1682~1686)는 『호색일대남』(1682), 『호색오대녀』(1866), 『호색일대녀』(1866) 등 에로틱한 작품들을 많이 쓴 시기이다. 첫 작품인 『호색일대남』은 54편의 짧은 에피소드들로 구성되어 있는데, 이 중 49편을 추려서 『The Life of an Amorous Man』이라는 제목으로 미국에서 영역되었다. 두 번째 호색물인 『호색오대녀』는 사랑에 몰입한 다섯 여인을 다룬 다섯 편의 짧은 소설로 구성되는데 『*Five Women who loved love*』로 번역되었다. 그리고 마지막 것은 『*The Life of an Amorous Woman*』으로 번역되었다. 이 중에서도 『호색일대남』은 무라사키 시키부의 『겐지 이야기』와 분위기가 비슷한데, 단지 무라사키의 것이 귀족 세계를 다룬 것이라면 사이카쿠의 것은 상인들, 부르주아들, 신흥 계급의 이야기를 다룬 것이라는 점만 다르다. 이 호색물 중에서 『호색일대녀』는 사이카쿠와 동시대인이면서 『로빈슨 크루소』를 쓴 영국 작가 대니얼 디포(1660~1731)의 『몰 플랜더스*Moll Flanders*』와 자주 비교된다. 둘 다 매춘부를 주인공으로 등장시켜 그 시대의 사회 환경을 사실적으로 그린 작품이다.

호색물 중에서 아주 이채로운 작품으로 『남색대감男色大鑑』(1687)이라는 것도 있는데, 사무라이들 사이의 남자 동성애를 다룬 것이다. 영어로는 『*Comrade Loves of the Samurai*』라는 제목으로 번역되었다. 이 영역본 중 첫 번째 이야기는 "죽은 사람에게 약속한 사랑의 맹세"인데 그 줄거리는 이러하다.

쇼군 요시마사의 궁전으로 밤중에 아주 아름다운 향기가 흘러든다. 쇼군은 그 향기가 어디서 오는 것인지 알아보라고 시동에게 시킨다. 시동은 그 향기를 따라가 보니 가모강에서 물떼새의 비상을 응시하던 66세 노인의 작은 향로에서 흘러나오고 있었다. 11월 6일의 추운 밤에 새들이 날아가며 우는 소리를 듣기 위해 이처럼 강가에 나와 향을 피우고 있는 사람은 틀림없이 교양 높은 사무라이일 것으로 짐작되었다. 시동은 그 향과 향로를 얻어 다시 궁전으로 돌아온다. 그 궁전에는 사쿠라이라는 또 다른 잘생긴 시동이 있었는데 그는 그 향과 향로를 보고서 아주 슬픈 얼굴이 된다. 그 가모강의 노인은 예전 그의 애인이었으나 사쿠라이의 앞날을 위해 어느 날 사라져주었던 사람이었다. 쇼군 궁전에서 그 노인을 찾아보라는 명령이 떨어지지만 끝내 노인의 행방은 묘연하고, 노인을 다시 만나지 못하는 사쿠라이는 그 슬픔 때문에 죽는다. 임종의 자리에서 사쿠라이는 다른 시동 무라노스케에게 꼭 그 노인을 찾아서 자기 대신 그 노인을 사랑해 달라고 부탁하고 약속을 받아낸다. 무라노스케는 어렵게 그 노인을 찾아냈는데 노인의 모습은 아주 피폐했다. 그러나 그는 약속은 반드시 지켜야 한다는 사무라이의 명예를 소중히 생각했다. 무라노스케는 노인에게 자신의 사랑을 받아달라고 간청했고 그리하여 두 사람은 애인이 되었다. 무라노스케의 명예로운 행동과 노인에 대한 충성스러운 사랑은 그 후 널리 사람들 사이에 칭송되었는데 그것은 죽은 사쿠라이에 대한 약속을 철저히 이행했기 때문이었다.

남자들 사이의 동성애는 일본 중세에만 있었던 현상이 아니라 이미 고대 그리스의 스파르타와 아테네에서도 발견되는 것이다. 특히 스파르타 소년들은 훈련과 명예를 중시하는데, 자기보다 나이 많은 남자의 총아로 선택되는 것을 명예롭게 여겼다. 이렇게 성인 남자와 청소년 남자 사이의 동성애적 유대와 사랑이 발전했고 또 허용되었다.

이러한 사정은 아테네 쪽도 마찬가지였다. 아테네 사회에서 나이든 남자가 소년의 육체적 아름다움에 매혹되는 것을 당연하다고 생각했다. 나이든 애인(크라스테스)과 사랑받는 소년(에로메노스) 사이의 사랑은 에로스적인 것에서 한발 더 나아가 명예와 용기의 콘테스트(힘겨루기)로 전개되었다. 이러한 스승-제자 사이의 특별한 동성애는 스승이 소년을 육체적으로 착취하거나 소년의 공식 교육을 소홀히 하지 않는 한 그리스의 도시국가에서 적절한 것으로 인정되었다.

현대에 들어와 이러한 성적 경향은 표면 아래로 가라앉아 군복, 장화,

나치의 각종 장신구 착용, 신체 접촉 운동, 군사적 행동 등으로 대리 표현되기도 한다. 또한 근엄하기 짝이 없는 프러시아군 장교 중에 빨간색 여자 내의를 입고 있는 사람들이 더러 있다는 건 잘 알려진 사실이다. 이러한 군국주의에 대한 열정과 동성애의 열정 사이에는 기이한 연결 관계가 있다. 가령 미시마 유키오의 보디빌딩, 천황에 대한 군국주의적 충성, 그리고 동성애적 충동은 서로 교묘하게 연결된 것이다.

사이카쿠는 이미 17세기에 사랑의 그런 특징, 즉 '사랑은 여러 가지 형태이고 정상적인 것과 비정상적인 것을 구분하지 않는다'라는 현상을 깊숙이 탐구했으니 참으로 소설 분야의 선구적 개척자라고 할 만하다.

제2기(1685~89)는『무가 의리』(1688),『전국 이야기』(1685) 등 세간의 잡다한 일들을 다룬 시기이다. 다자이는 사이카쿠의 호색물은 그리 좋아하지 않는다면서 주로 이 2기와 3기의 작품들에서 소재를 가져와 『나의 사이카쿠』를 썼다.

제3기(1688~93)는『일본영대장日本永代藏』(1688),『세간흉산용世間胸算用』(1692) 등 시장 상인들의 세계를 다룬 시기이다. 전자는 일본 최초의 경제 소설로서, 근면과 고심에 의하여 큰돈을 버는 상인들의 이야기 30편을 다룬 것이고 후자는 상인들이 연말에 빚쟁이를 피하려고 애쓰는 얘기를 코믹하게 처리한 것이다. 앞의 작품은『The Eternal Storehouse of Japan』으로 영역되었다. 영문 제목에서 알 수 있듯이 "물건을 영원히 보관할 수 있는 창고"라는 뜻이다. 뒤의 작품은『The Reckonings that Carry Men Through the World』라는 제목으로 영역되었는데, 상인들의 엉큼한 속셈 정도의 뜻이다.

사이카쿠는 1693년에 52세의 나이로 죽었다. 그의 사세언辭世言(죽음을 앞두고 한 말)은 이러하다.

인생은 오십이 한도이다. 하지만 내가 볼 때 이것도 너무 긴 세월이다. 정말 그렇지 아니한가.

그는 이 말에다 이런 단가를 붙였다.

나는 그것을 지금껏 응시해 왔다네
이미 2년이나 초과했지
이 뜬 세상의 달[月]

뜬 세계는 곧 귀족과 무사의 세계가 아니라 상인 등 주로 중산층의 세계를 말하는 것이다. 그래서 이 상인 세계를 묘사한 사이카쿠 소설들을 가리켜 조닌물町人物이라고 하는 것이다.

그런 만큼 사이카쿠의 문학 세계에서 사랑과 돈이 핵심 주제이다. 작가 활동 3기 동안에 첫째는 남녀의 연애, 두 번째는 사무라이의 의리, 세 번째는 상인들의 경제생활, 그리고 생애 후반에는 돈을 밝히다가 인간성이 부패하는 초기 자본주의의 어두운 측면을 세심하게 응시하며 묘사했다. 그는 사세언에서 이 세상의 달을 오래 쳐다보았다고 하는데, 그가 묘사하고자 했던 세상은 화조풍월花鳥風月의 목가적 세상이 아니라, 욕망과 야심이 격렬하게 부딪치는 인간의 충동적 세계에 관한 것이었다. 그래서 사이카쿠의 자연 풍경 묘사는 상투적인데다 대충 묘사되어 있는 반면에, 인간들의 풍속과 관습 등 살아가는 모습에 대해서는 아주 예리한 관찰력을 발휘하며 생생하게 묘사한다. 사이카쿠는 여러 다른 장소에 사는 사람들에 대해서 관심이 많았고 그래서 널리 여행을 했다.

다자이가 모델로 삼은 사이카쿠의『전국 이야기』는 일본 전역의 여러 지역에서 채취한 실화 혹은 민담을 각색한 것들이다.

사이카쿠의 1, 2, 3기를 다자이의 1, 2, 3기와 비교해 보면 전자는 뒤로 갈수록 작품의 세계가 점점 넓어지고 있는데, 다자이는 오히려 3기에서 1기로 다시 회귀했다는 것이 차이 나는 점이다.

다자이와 산시로

산시로는 나쓰메 소세키의 동명 소설 주인공인데 수필「찬스」의 다자이를 설명하기 위해 비교해 본다. 지방 출신의 산시로는 도쿄대학에 입학하기 위하여 기차를 타고 상경하던 중, 기차 안에서 어떤 중년 여인을 만나서 우연하게도 그 여자와 여관에서 하룻밤을 보내게 된다. 산시로는 철저히 여자를 경계했고 둘 사이에는 밤새 아무런 일도 벌어지지 않았다. 그러자 다음 날 아침 그 여인이 산시로와 헤어지면서 "당신은 배짱이 없는 남자로군요."라고 말한다.

그 후 도쿄에서 같은 나이 또래의 여자를 만나 연애 감정을 느끼게 되나 친한 친구로부터 동년배의 사랑은 오시치 시대에나 있을 법한 것이라는 말을 듣는다. 이 오시치는 이하라 사이카쿠의『호색오인녀』 다섯 편 중 네 번째로 나오는「오시치」 스토리의 주인공이다.

야오야 오시치는 에도의 채소장사 야오야八百屋의 외동딸로서 방년 15세였다. 1682년 화재 때 피신한 단나지 절에서 같은 15세의 사무라이 소년 기치사부로를 만나 오시치가 자발적으로 밤중에 그의 숙소를 찾아가 정을 통했다. 절에서 집으로 돌아온 뒤, 그 남자를 다시 만나고 싶은 생각이 너무 간절하여, 화재만 나면 애인을 다시 만날 수 있다고 생각하여 일부러 방화했다가 현장에서 잡혀서 1683년에 처형되었다.

그녀는 죄수 수레에 태워져 에도 시내에서 조리를 당하고 화형대에 올라 불타 죽었으나 자신의 행위를 조금도 후회하지 않았다.

기치사부로는 나중에 오시치의 처형 소식을 듣고서 사무라이답게 할복자살하려 했고 주위에서 어른들이 간절히 말렸으나 듣지 않자, 오시치의 부모가 그를 찾아가 만류했으나 역시 듣지 않았다. 그렇지만 마지막 순간 오시치의 어머니가 무슨 말을 기치사부로의 귀에 들려주자 그는 고개를 끄덕이며 자결을 포기했다고 한다. 그 말이 무슨 내용이고 누구의 말이었는지는 독자의 상상에 맡겨져 있다. 아마도 죽은 오시치의 간절한 뜻이 담긴 어떤 말이었을 것으로 짐작된다.

다자이는 독자의 상상에 맡기는 기법을 사이카쿠로부터 빌려왔다. 단편 「수선화」의 끝부분에서 여주인공 시즈코가 천재인가 아닌가 하는 문제는 독자의 상상에 맡겨져 있고, 희곡 「겨울의 불꽃놀이」에서 마지막에 시마타에게서 온 전보의 내용이 또한 독자의 상상에 맡겨져 있다. 그리고 단편 「불꽃놀이」에서도 아버지 센노스케가 아들 가쓰지를 죽였는지 어쨌는지는 명시적으로 진술되지 않는다. 이러한 다 말하지 않기는 사이카쿠가 일찍이 개발하여 다자이가 물려받은 기법인데 헤밍웨이의 빙산 이론과 비슷한 것이다.

어니스트 헤밍웨이는 스페인의 투우 경기를 다룬 르포르타주 『오후의 죽음』 16장에서 이렇게 말한다.

> 빙산의 움직임이 위엄을 획득하는 것은 8분의 1만이 수면 밖으로 나와 있고 나머지는 물속에 잠겨 있기 때문인데, 이와 마찬가지로 소설가가 자신이 잘 알고 있는 것을 상당 부분 작품 속에서 생략해도 독자는 그 생략된 부분이 마치 명백하게 진술되어 있는 것처럼 읽어낸다.

혜밍웨이는 1920년대에 파리로 건너가 에즈라 파운드를 만나서 문학 수업을 받았는데 이때 파운드는 형용사와 부사를 문장에서 무조건 쳐내라는 조언을 해주었다. 혜밍웨이는 또 거트루드 스타인의 문학 살롱에도 드나들었는데 이때 스타인의 "A rose is a rose is a rose is a rose is a rose"라는 문장 이론을 전수받았다. 결국 문장은 동일한 주제의 반복이라는 것이다. 젊은 혜밍웨이는 이러한 글쓰기 교훈을 철저히 명심했다. 공들인 장식을 피하고, 명사와 동사만 쓰고, 형용사를 피하고, 부사는 완전히 없애라. 신체 언어는 골격만 남겨두라. 의미하는 바를 전부 말하지 마라. 그보다 적게 말하라. 빙산처럼 커다란 부분은 물속에 잠기게 하라. 이것이 빙산 이론의 핵심이다.

그러나 빙산 이론은 혜밍웨이가 오리지널이라고 볼 수가 없고, 이미 오래전부터 많은 작가가 체득한 문장의 요령이었고, 사이카쿠 또한 그의 작품 속에서 그 이론을 실천했고 또 훨씬 후대의 작가인 다자이도 사용하고 있는 것이다.

다시 오시치 스토리로 돌아가서, 이 이야기는 에로스와 타나토스가 불fire(욕망의 상징)을 매개로 아주 절묘하게 연결되어 있음을 보여준다. 이렇게 볼 때, 다자이에게 사랑을 고백한 히로사키의 게이샤 오시노보다 참새구이에 더 관심이 많았던 젊은 날의 다자이도 산시로만큼이나 배짱이 없었던 것이다.

다자이에게 미친 사이카쿠의 영향

1947년 3월에 발표된 단편 「비용의 아내」에서 쓰바키 식당의 삿짱이 의도하지 않은 불륜을 저지르는 부분, 그리고 1948년 8월, 사후에 발표된 『인간 실격』에서 요조의 아내 요시코가 불륜을 저지르는 부분도 사이카쿠의 『호색오인녀』 중 세 번째 것인 오상의 이야기에서 영감을 받은 것이다. 오상의 줄거리는 이러하다.

오상의 남편 달력장수는 일 보러 에도로 출장을 나갔다. 오상의 하녀 린은 그 집의 서기인 모에몬을 사랑한다. 그러나 모에몬은 린에게 쌀쌀맞게 대하고, 린의 강요에 마지못해 밤중에 그녀의 침대에 찾아오겠다고 동의한다. 오상과 린은 함께 짜고서 모에몬을 징벌할 계획을 세운다. 그리하여 오상이 대신 린의 침대에서 기다리다가 그가 접근해 오면 화들짝 놀라는 척 깨어나서 집안사람들을 불러 모아 모에몬을 창피 주자는 음모를 꾸몄다. 그러나 이 음모는 정반대의 결과를 가져오고 말았다. 오상은 그를 기다리다가 그만 잠이 들었는데, 그녀가 잠든 순간에 모에몬이 그녀를 차지하고 그다음부터 남녀는 서로 불같이 사랑하고 있음을 발견하게 된다. 그들은 서로 신주를 하려다가 아주 멀리 떨어진 마을로 도망을 떠났으나, 결국에는 잡혀서 처형된다.

이 소설에서 오상이 잠든 사이에 모에몬과 불륜을 저지르지만 정작 오상 자신은 그 일을 전혀 의식하지 못했다고 처리되어 있다. 그리하여 오상이 술에 대취한 것도 아닌데 자신이 잠든 중에 벌어진 일을 전혀 의식하지 못했다는 것은 비현실적인 사건 전개라는 비평을 받아왔다. 그런데 이와 비슷한 일이 「비용의 아내」와 『인간 실격』에서도 벌어진다. 이것은 다자이가 사이카쿠에게서 큰 힌트를 얻은 것이다.

다자이는 아주 어린 시절부터 할머니로부터 사이카쿠의 얘기를 들어서 알고 있었다. 그뿐만이 아니라 할머니는 그를 장난스럽게 '기치자'야 라고 불렀다는데, 이 기치자는 오시치의 애인 기치사부로의 애칭인 것이다. 「잎」에는 어린 시절이 이렇게 회상되어 있다.

할머니도, 누나들보다 저를 더 귀여워해 주셔서, 매일 밤 옛날이야기 책을 읽어주곤 하셨지요. 그중에서도 저 유명한 야오야 오시치 이야기를 들었을 때의 감격은 지금도 선명하게 기억하고 있습니다. 할머니께서 장난스럽게 저를 '기치자야', '기치자야'하고 불러주셨을 때의 기쁨이란!

전집 1 / 잎 / p. 14

다자이는 1937년에 쓴 수필에서 이런 말도 하고 있다.

『호색오인녀』 속에도, 오시치가 결심을 굳히고 늦은 밤에 몰래 기치사가 있는 곳으로 찾아가는데, 갑자기 딸랑딸랑 방울소리, 그 순간 어린 중이 아니, 아가씨, 이 늦은 시간에, 하고 외치자 오시치가 두 손 모아 어린 중에게 애원하는 장면이 있었던 것으로 기억한다. 전집 10 / 소리에 대하여

/ p. 124

「소리에 대하여」, 「잎」, 「비용의 아내」, 『인간 실격』은 사이카쿠를 지나가듯이 혹은 암묵적으로 인용하고 있지만, 『나의 사이카쿠』는 그렇지 않다. 이 책은 다자이가 사이카쿠의 여러 작품에서 소재를 얻어와 다자이식으로 다시 쓴 사이카쿠이다. 그래서 다자이는 처음에 작품집의 이름을 "나의 사이카쿠"로 지으려고 했다. 사이카쿠의 단편들은 대체로 2백 자 원고지 5매 정도로 대부분 짧은 글들이나, 다자이가 상상력을 발휘하여 50매 정도로 불려놓았다. 다자이는 이 책의 서문에서 이렇게 말했다.

나는 [사이카쿠의] 『무가武家 의리』, 『영대장永代藏』, 『전국全國 이야기』, 『세간흉산용世間胸算用(꿍꿍이 속셈)』 등을 좋아한다. 소위 호색물은 좋아하지 않는다. 그렇게 좋은 작품이라는 생각이 안 든다. 착상이 진부하다는 생각마저 든다. 전집 8 / 새로 읽는 전국 이야기 / p. 343

다자이가 말한 호색물은 『호색일대남』이나 『호색오대녀』 같은 작품을 가리킨다. 반면에 다자이가 좋아한다고 한 작품들은 무가물武家物과 조닌물町人物이라고 한다. 비록 좋아하지 않는다고 했지만 「잎」, 「비용의 아내」, 『인간 실격』, 「겨울의 불꽃놀이」, 「수선화」, 「불꽃놀이」 등을 보면 사이카쿠의 호색물에서 많은 영향을 받았음을 부인하기 어렵다.

다자이는 만년에 "세상은 색과 욕이다."라는 말을 입에 달고 다녔는데, 이 색과 욕이 『사양』에 와서는 사랑과 혁명으로 다시 등장한다. 그런데 이 색과 욕이야말로 사이카쿠 호색물의 대표적 주제인 사랑과 금전인 것이다. 다자이의 아내 미치코에 의하면 『나의 사이카쿠』 12편은 다자이 작품 중에서 일본 독자들에게 많은 사랑을 받은 작품이라고 한다. 등장인물의 심리에 다자이의 심리가 그대로 투영되어 있어서 예언자, 싸움꾼, 거짓말쟁이 다자이의 모습을 숨은 그림처럼 찾아볼 수 있다.

사이카쿠에게서 발견되는 다자이의 심리

총 12편의 『나의 사이카쿠』가 흥미로운 것은 거기에 등장하는 인물들에게 다자이의 심리를 그대로 투영시켰다는 점이다. 가령 「가난뱅이의 자존심」에는 평소의 다자이를 연상시키는 이런 문장들이 나온다.

되는 일이 없는 사람은 행복을 받아들이는 데도 몹시 서툴기 마련이다.

갑자기 찾아온 행복에 어찌할 바를 모르고 쑥스러워하다가, 오히려 기묘한 궤변을 늘어놓으며 화까지 내면서 모처럼 찾아온 행복을 내쫓아 버린다. 전집 8 / 새로 읽는 전국 이야기 / p. 348

소심한 술고래에 하는 일마다 되는 일이 없는 하라다 우치스케 같은 책 / p. 356

마음이 여린 남자란 조금이라도 자신에게 득이 되는 일에는 극도로 송구스러워하며 땀을 흘리고 갈팡질팡하기 마련이다. (…) [그러나] 자신에게 득이 되지 않는 일에 대해서는 가끔 이렇게 뛰어난 묘안을 생각해 낸다. 같은 책 / p. 357, 359

「힘이 엄청 센 장사」에서는 스승 때문에 망해 버린 힘센 장사 얘기가 나오는데, 스승 이부세와 제자 다자이를 연상하지 않을 수 없다.
「원숭이 무덤」에서는 자신을 남들과 다른 존재 그래서 사람들 속의 원숭이로 생각했던 다자이의 모습을 읽을 수 있다. 다자이의 『만년』 중 「원숭이 섬」, 「원숭이 얼굴을 닮은 젊은이」 등의 작품은 사이카쿠의 영향을 크게 받은 것들이다.
「인어의 바다」에서는 다자이의 변덕스러운 심사를 다음 세 문장에서 읽어볼 수 있다.

불행한 사람은 남들이 감싸주거나 동정해 주면 기뻐하기보다는, 자신의 처지를 더욱 괴롭고 불행한 것으로 여기기 마련이다. 같은 책 / p. 392

이처럼 남이 자신을 상냥하게 대하자 더욱 불안해져서, '아아, 나도 결국 이런 노인네가 베푸는 자비를 받아야 하는 하루살이 같은 처지에 놓였군. 이 노인의 위로 속에는 어딘가 절망하고 포기한 듯한 기운이 느껴지는구나.' 하고 비뚤어진 생각을 [했다.] 같은 책/p. 396

내겐 무언가 안 좋은 전생의 숙업이 있는지도 모른다. 그래서 살아도 사는 보람이 없는, 비참하고 죽을 수밖에 없는 운명으로 태어난 것일 게다. 같은 책/p. 398

「파산」에서는 나오는 다음 두 문장도 영락없는 다자이의 모습이다. 특히 '이때다 싶어'는 늘 세상을 떠날 좋은 때를 찾고 있던 다자이의 심리를 아주 잘 드러낸다.

양부모님의 마음에 들기 위해 시기심이 강한 부인을 얻고 싶다고 사려 깊은 척 말한 탓에, 참으로 어처구니없는 낭패를 보았구나 싶어, 이제 와서 속으로 후회를 했다. 같은 책/p. 406

[아내가] "바람을 피우는 건 남자의 능력이라는 말도 있지요."라고 덧붙였다. "그렇지, 그렇고말고." 남자는 이때다 싶어 적극적으로 맞장구를 치며, "그래서 말인데," 하고 진지한 표정으로 말을 꺼냈다. 같은 책/p. 409

「벌거숭이 강」은 일부러 사람을 속이는 아사다라는 일꾼의 이야기인데, 일상생활 중에서 연극적인 행동을 하기 좋아하는 다자이의 모습을 빼다 박았다.

「의리」에 나오는 '문어'라는 별명을 가진 15세 소년 단자부로는 삐딱하게 말하는 기질, 변덕스러운 성격, 마음에 없는 말을 그럴듯하게 꾸며서 하는 버릇, 남들에게 민폐 끼치는 버릇이 꼭 다자이를 닮은 소년이다.

「날나리」는 술집에 드나드는 남자의 슬픈 심정을 묘사한 것이다.

> 이렇게 지옥 같은 기분의 채무자가 갈 곳은 딱 한 군데, 유흥가다. (…)
> 오늘은 게이샤가 자기한테 반할지도 모른다는 생각에 잠겨, 곤경에 빠진
> 자기 집 사정도 싹 잊고 술을 한 병, 두 병 [마신다.] 같은 책/p. 468, 472

다자이의 단편, 「아버지」와 「앵두」의 분위기를 빼다 박았다.
「유흥계」 또한 술꾼의 이야기이다. 신주를 감행하기 전에 친구들을 몰고 술집을 드나들던 다자이의 모습 그대로이다.

> 리자는 몹시 지저분한 술집에 태연스레 들어가 지갑을 거꾸로 들고
> 흔들며, '주인장, 돈은 이만큼 있어.' (…) [그는 아까 노동하고 받은 돈]
> 스물다섯 푼을 남김없이 다 내놓았다. 그러자 입구에서 우왕좌왕하고
> 있던 셋은, '아아, 저 돈은 리자의 처자식이 목 빠지게 기다리고 있는
> 오늘 저녁을 지을 쌀값이라, 지금쯤 냄비를 씻고서 리자를 기다리고
> 있을 텐데. 거지꼴이 되어서도 하찮은 오기와 허영심 때문에 통 큰 모습을
> 보여주려 할 작정인지 모르지만, 딱하구먼.' 하고 암담한 기분에 젖었다.
> 같은 책/p. 484

어떤가? 『사양』에 나오는 소설가 우에무라의 모습 그대로가 아닌가? 그리고 우에무라는 다자이를 닮았다.

「요시노산」은 산속으로 출가했으나, 실은 부모님이 자기를 속세로 다시 데려가 줄 것을 간절히 바라는 스님의 이야기이다. 이 스님은 소설 끝부분에서 이렇게 말한다.

> 모든 것이 따분하고, 이미 출가했으면서도 또다시 출가하여 은거하고 싶으니, 뭐가 뭔지 영문을 알 수 없고 그저 죽도록 지루하여, 괴로운 마음에 세상을 등지고 어디로 가야 할지 모르겠네. 같은 책/p. 499

이 소설도 다자이의 생애 마지막을 예고하는 듯하다.

이상에서 살펴본, 전통의 계승이라는 문제는 앞으로 다자이 문학이 크게 뻗어 나갈 가능성을 보여준 것이었다. T. S. 엘리엇은 「전통과 개인의 재능」이라는 평론에서 "산소와 이산화황이라는 두 개의 가스가 들어 있는 공간에 백금 실을 집어넣으면 그것이 화학 작용을 일으켜 황산이 생겨난다."라며 전통과 개인적 재능의 관계를 화학 공식으로 설명했다. 이것을 다자이에게 적용하면 사이카쿠의 호색물과 시대물이 라는 전통에 다자이 특유의 인생관이라는 백금 실을 집어넣어 보니 『나의 사이카쿠』가 나온 셈이다. 다자이가 사소설이라는 비좁은 공간을 벗어나 이 세상 전체를 소재로 삼아 글을 쓸 수 있는 재능을 갖춘 작가임을 보여준 것이다. 그러나 다자이는 그 재능을 계속 발전시키지는 못했다.

제 6장

『쓰가루』, 나의 대모 다케

지카무라 다케(近村タケ, 1898~1983) 쓰시마 가문의 하녀로 다자이 오사무가 3살때 14살이었던 다케는 6년간 다자이를 보살핀다.

다케는 가끔 어린 다자이를 절로 데려가 불당 벽에 그려진 지옥과 극락 그림을 보여주면서 선과 악을 가르쳤다. 멀쩡한 아내를 놔두고 첩을 둔 남자가 머리 둘 달린 푸른 뱀에 휘감겨 고통을 당하는 그림, 거짓말하다가 지옥으로 떨어져 혀를 뽑힌 사람의 그림, 불을 지른 사람이 이글이글 타오르는 불 바구니를 등에 지고 서 있는 그림 등이었다. ─186쪽

『쓰가루』는 1944년 11월에 오야마 서점에서 간행된 일본 지방 풍토기 시리즈의 하나로 발간되었다. 따라서 이 작품의 시작은 여행기로서 기획된 것이고, 저자 자신도 고향 쓰가루를 돌아보고 그곳의 천연 지리와 그곳에서 만난 사람들과의 대화로 여행기를 꾸며나가고 있다. 쓰가루 지방은 쓰가루 해협을 가운데 두고서 홋카이도와 마주 보는 땅이다. 기갈饑渴이라고 하는 흉년을 가끔 만나는, 눈이 아주 많이 오는 혹한의 고장이기도 하다. 따라서 쓰가루의 생활 형편은 어렵고 그 때문에 러시아의 농민을 연상시키는 끈질긴 인내심, 강인한 생활력, 거센 반골 기질, 그런 엄혹한 생활을 견디려는 따뜻한 웃음과 유머가 있는 고장이다. 도쿄로부터 아주 멀리 떨어진 변방의 땅이고 이곳 출신인 다자이마저도 고향에서 한 10년 떨어져 살다가 다시 쓰가루로 돌아가 보니 처음에는 그 고향 사투리를 잘 알아듣지 못해 애를 먹었다고 한다. 이러한 지리적 특징 때문에 다자이의 소설에는 바다 이야기가 많이 나오고 특히 고향과 관련된 작품에서는 바다의 파도 소리가 큰 배경음을 이루고 있다.

쓰가루의 눈 덮인 광활한 평야

쓰가루가 속한 아오모리현은 설국雪國으로서 이곳의 스토브 열차(일종의 관광 열차로 마주 보는 좌석마다 작은 스토브가 설치되어 있어서 오징어나 황태포 같은 것을 구워서 안주 삼아 술을 마실 수 있는 열차)를 타고 눈 덮인 쓰가루 평원을 달려본 독자라면 자연스럽게 시베리아를 연상하게 될 것이다. 실제로 쓰가루는 다자이에게 고향이면서 시베리아 같은 땅이었다. 도쿄대학으로 진학하여 대학생 시절에 저질렀던 일련의 사건들, 가령 좌익운동, 게이샤와의 동거, 동반 자살 미수, 마약 중독, 도쿄대학 낙제 등으로 문제아로 찍혔기 때문에 도저히 갈 수가 없는 곳이 되었다. 그러나 늘 마음속으로는 그곳에 가고 싶어 했다.

이렇게 볼 때 쓰가루는 여전히 구원의 땅, 회귀의 땅, 아직 살아 있는 희망의 땅이었다. 다자이의 아내 미치코도 "밤이면 밤마다 그이의 꿈은 쓰가루와 가나기를 오가고 있지 않았을까."라고 말하며 다자이의 고향에 대한 특별한 애정을 언급했다.

『쓰가루』는 여행기로서 손색이 없는 훌륭한 기행문이다. 이 작품이 우리의 관심의 대상이 되는 것은 거기에서 다자이가 하이쿠 시인 바쇼를 언급한 것, 시가 나오야에 대해서 평론한 것, 그리고 다자이가 다케를 만나서 실제로 주고받은 말, 이렇게 세 가지가 주목할 만하기 때문이다.

바쇼의 소리, 다자이의 꽃

『쓰가루』에는 다자이가 고향집 정원을 거닌 얘기가 나온다.

점심때가 지나서 나는 홀로 우산을 쓰고서 비 내리는 정원을 거닐었다. (…) 이렇게 낡은 집을 그대로 보존하고 있는 형의 노력도 이만저만한 게 아닐 거라는 생각이 들었다. 호숫가에 서 있자니 퐁당, 하는 작은 소리가 들렸다. 개구리가 뛰어든 것이었다. 보잘것없고 경박한 소리였다.

전집 6 / 쓰가루 / p. 204

여기서 중요한 어구는 '보잘것없고'와 '경박한'인데 바쇼의 용어 호소미(사소한 것의 아름다움)와 가루미(가벼움)에 상응하는 것이다. 그러면서 다자이는 바쇼의 대표적 하이쿠, "오래된 연못, 개구리 뛰어드는 물소리"를 떠올린다. 어릴 때는 이 하이쿠를 별거 아니라고 생각했는데, 지금 나이 들어 개구리 소리를 들어보니 그 깊은 뜻을 어렴풋이 알 것 같다며, 오래된 연못 대신에 황매화 나무를 넣자고 했던 바쇼의 제자 기가쿠는 얼마나 멋이 없는가, 하고 지적하고 있다. 개구리는 연못과 어울리는데, 뜬금없이 나무를 넣자고 하니 기가쿠는 풍경의 외양만 볼 줄 알고, 아직 풍경의 깊은 의미는 제대로 깨우치지 못한 초심자라는 것이다.

다자이는 한 장편소설에서 하이쿠와 바쇼 얘기를 많이 하는데, 화자인 '나'는 중학교 때 선생님인 후쿠다 가즈나오가 가르쳐 준 것이라며 이런 말을 하고 있다.

바쇼는 말년에 '가루미'를 주창하며, 그것을 '와비', '사비', '시오리'보다 훨씬 더 우위에 두었대. (…) '가루미'는 단순히 경박한 것과는 다른 거야. 욕심과 목숨을 내놓지 않으면 이 경지에 이를 수 없어. 애써 노력해서 땀을 흠뻑 흘리고 난 뒤에 다가오는 한 줄기 실바람이지. 전집 7 / 판도라의 상자 / p. 137

여기서 우리는 왜 예술가에게 가루미(가벼움)가 중요한가, 개구리 소리가 그 가루미에 어떻게 기여하는가, 그리고 그것이 다자이 소설과는 어떤 관련이 있는가, 하고 의문을 갖게 된다.

마쓰오 바쇼(1644~1694)는 영락한 군소 사무라이 가문에서 태어났다. 그는 젊은 시절, 지체 높은 귀족 가문의 젊은 사무라이를 따라다니는 동반자였고 주로 시를 쓰고 연구하면서 시간을 보냈다. 그러나 그 집주인이 일찍 사망하자, 거기서 나와 정처 없는 방랑자의 길을 떠났다. 그리고 이때부터 시를 쓰면서 가르치는 재가 선禪 수행자의 삶을 살았다. 그는 소유물이 거의 없었고 사찰에 살거나 아니면 아주 허름한 집을 빌려서 살았다. 천생이 방랑자인 그는 일본 오지의 비좁은 길을 걸어갈 때, 매일 한 끼의 식사와 잠잘 곳을 얻을 수 있을 때, 동료 시인들을 만나 하이쿠에 대해서 의논할 때, 이렇게 세 때가 인생에서 가장 행복한 시간이라고 말했다. 17자로 된 아주 짧은 시, 하이쿠를 약 1천 편 썼고 대표적인 시들은 그가 선불교의 화두를 생각하며 깊은 명상을 하던 시절에 나온 것들이다. 대표적 시집은 『오지의 비좁은 길』인데 그 시집의 서문은 이러하다. "세월은 영원한 나그네이고, 왔다가 가고, 갔다가 오는 한 해 한 해 또한 나그네이다. 배 위에서 일생을 보낸 사람도, 말을 끌며 늙어가는 사람도, 나날이 여행이고, 여행 자체가 마지막 거처가 되어버린다."

바쇼는 35세이던 1679년에 "메마른 나뭇가지에 까마귀가 내려앉았네, 가을 저녁때"라는 하이쿠를 발표했는데, 이 시는 자그마한 까마귀의 몸이 광대무변한 천지의 어둠과 선명한 대비를 이루고 있다. 이처럼 작은 것과 큰 것을 대비시키는 것은 바쇼 시의 특징이다. 가령 "많은, 많은 것을 생각나게 하는구나, 벚꽃의 개화여" 같은 것도 벚꽃의 활짝 핌이라는 작은 사건을 온 세상의 많은 일과 대비시키고 있다.

까마귀 시를 쓰고 2년 뒤인 1681년에 바쇼는 자신의 삶이 너무 세속적이라고 반성하며 선불교의 명상 생활을 시작했고 이때부터 생애 마지막 10년에 그의 훌륭한 시들이 나왔다. 이 무렵에 바로 이 개구리 시를 썼는데, 어느 날 그가 에도의 집 정원 연못에 개구리가 물속에 뛰어들면서 풍당 소리를 내는 것을 듣고서, "개구리가 뛰어들어 물에서 소리가 나네"라고 말했다. 이것이 시의 뒷부분이 되었고, 앞부분은 오랜 고심 끝에 "오래된 연못"으로 채워 넣어, 저 유명한 하이쿠 "오래된 연못, 개구리 뛰어드는 물소리"를 완성했다.

다자이는 『쓰가루』에서 이 시를 이렇게 논평했다.

> [이 시는] 예부터 전해져 내려오는 풍류의 개념을 파괴한 것이다. 혁신
> 이다. 훌륭한 예술가는 그래야 한다. 전집 6 / 쓰가루 / p. 205

바쇼는 화조풍월 등 기존의 아름다운 풍물에서만 아름다움을 찾으려 하지 않고, 지저분하고 일상적인 것에서도 아름다움을 발견할 수 있다고 보았다. 바로 이것이 다자이가 말하는, 기존 풍류 개념의 파괴이고 혁신이다. 바쇼는 그런 일상적 아름다움을 드러내기 위해 큰 것과 작은 것, 지저분한 것과 깨끗한 것, 밝은 것과 어두운 것을 대비시키는 수법을 썼다. 이러한 구체적인 것들의 대비는 영원과 순간, 무지와 깨달음 같은 추상적 개념의 대비로까지 확대된다.

문제의 개구리 시를 처음 대하면 어떻게 이런 사소한 사물과 소리를 열거한 짧은 문장이 하이쿠의 명작이 될 수 있을까, 하는 의문이 든다. 그래서 자연히 바쇼의 다른 시들을 함께 참고하면서 그 뜻을 알아내려고 애쓰게 된다.

곧 죽을 듯한 기색은 안 보이네 매미 소리야

한적함이여 바위에 스며드는 매미 소리

첫 번째 시는, 한여름 온 산이 떠나가도록 울어대는 매미 소리를 듣고 있노라면, 과연 이것이 가을을 기다리지 않고 죽어버릴 벌레의 소리인가 의아해진다는 것이다. 바쇼가 친구의 부고를 듣고서 썼다는 이 시는 인생의 여름이 산골짜기에 울려 퍼지는 매미 소리 같다는 비유다. 어떤가, 이 매미는 이런 사람들을 연상시키지 않는가? 기를 쓰고 돈을 많이 벌려는 사람, 무슨 일이 있어도 출세하려는 사람, 남들보다 앞서지 않으면 속이 시원하지 않은 사람. 이런 사람들은 하이데거가 말한바, 자신이 "죽음을 향해 가는 존재"라는 것을 전혀 알지 못하는 다스 만^{das Mann}일 뿐이다. 여기서 매미의 소리는 그들의 세속적 행위를 가리키는 것이 된다. 그렇게 볼 때, 매미의 소리는 분명 소극적인 것 혹은 부정적인 것이다. 그러나 스스로 재속 선사를 자처하는 바쇼가 사물의 어느 한 면만을 노래하고 그만둘 리가 없다. 그래서 두 번째 시가 나온다.

두 번째 시에서는 매미 소리의 긍정적인 면, 적극적인 면을 노래한다. 이 시에 대해서 영국 소설가 올더스 헉슬리는 『과학과 문학』이라는 책에서 시인은 과학자가 설명할 수 없는 것을 표현하는 사람이라고 한 다음에 이 시를 이렇게 해설했다. "이 시는 사물의 진실, 하느님의 근원, 영겁에서 시간 속으로 갑자기 튀어나오는 독특한 사건에 대한 기록이다. 바쇼는 바위 사이의 공간을 메우고 있는 정적만큼이나 절대적인 정적을 표현했고, 무심히 되풀이되는 곤충의 울음소리에 담긴 신비한 함축적 의미를 가지고 우주적 절대성을 암시하고 있다." 헉슬리는 '우주적 절대성'이라는 알 듯 말 듯 한 말을 써 가며 이 시를 해설했지만, 나는 좀 더 쉽게 설명해 보려 한다. 이 시는 첫 번째 시의 매미=인간, 그 소리=인간의 행위라는 아이디어를 그대로 이어받았으나 그 소리가 지향하는 방향을 180도 회전시킨다. 매미는 그냥 울기만 하는 게 아니라 커다란 공간 속의 바위를 향해 스며든다.

바쇼가 노래한 이 바위는 무엇을 가리키는가?

이 매미 소리는 "쇠솥을 뚫으려는 모기의 입질" "바위를 갈아서 바늘을 만들기" 같은 불가의 화두를 연상시킨다. 쇠솥이나 바위는 불가에서 추구하는 깨달음의 궁극이다. 그렇다면 바쇼 시 속의 바위는 영원의 침묵(세상의 신비)을, 매미 소리는 그것에 다가가는 순간적 깨달음 혹은 그런 노력을 상징하는 것이 된다.

유가에서도 이와 똑같은 의미를 가진 연비어약鳶飛魚躍이라는 말이 있다. 이 말은 직역하면 '솔개는 하늘에서 날고 고기는 연못에서 뛰어오른다.'라는 것이다. 이것은 삼라만상의 현상과 원인을 말하는 것으로 요약하면 천지의 조화이다. 그 조화는 도심道心이라고 하는데, 그 이치에 사람의 마음을 일치시켜야 비로소 격물치지格物致知가 된다는 것이다. 바쇼식으로 말하자면 바위에 스며들 수 있는 것이다.

앞에서 바쇼는 영원과 순간을 대비시킨다고 했는데, 바로 그 점에서, 매미가 바위에 쓰르르 스며드는 소리는 개구리가 연못에 퐁당 하고 뛰어드는 소리와 상보 관계가 된다. 이렇게 하여 바위와 연못은 알 수 없는 어떤 것, 신비한 어둠, 아무것도 말해주지 않는 영원의 침묵에 대한 객관적 상관물이 되고, 퐁당 소리와 쓰르르 소리는 순간적인 어떤 각성이나 행위의 객관적 상관물이 된다.

객관적 상관물objective correlative은 T. S. 엘리엇이 문학 평론 「햄릿과 그의 문제」(1919)에서 햄릿이 복수를 미루는 모습을 지적하며 그의 감정 과 상황이 서로 잘 연계되지 않는 것을 비판한 문학 용어이다. 가령 비 오는 날 우산을 들고 기차 플랫폼에서 기다리는 여성은 그리움을, 모파상의 단편소설 「목걸이」에서 목걸이는 여성의 허영을 보여주는데 이때 우산이나 목걸이는 객관적 상관물이 된다. 우리나라의 향가인 「헌화가」에서 노인이 암소를 잡았다가 놓은 오른손이나, 수로에게 꽃을 따다 주기 위해 절벽을 오르는 행위 등은 모두 수로의 아름다움을 대신 말해주는 객관적 상관물이 된다.

이런 객관적 상관물을 통하여 언외言外의 뜻을 전달하는 기법이 바쇼의 '시오리'이다. 그리고 '와비'와 '사비'는 각각 슬픔과 고독을 뜻한다. 그리고 위의 인용문에서는 언급되지 않았지만 보잘것없고 사소한 사물 을 통하여 유연하고 미묘한 시의 뜻을 전달하는 것을 가리켜 '호소미'라 고 한다. 다자이가 인용문에서 개구리 퐁당 소리를 "사소하고 경박한 소리"라고 한 것은 이 호소미와 가루미를 의식한 것이다.

앞에서 가루미를 가리켜 가벼움으로 해석했는데 나는 단순함이라고 풀이한다. 가령 "위대한 작가는 단순한 것을 심오하게 말하는 것이 아니라, 심오한 것을 단순하게 말하는 사람"이라는 문학적 격언은 이 가루미를 잘 설명해준다. 바쇼는 가루미 기법을 통하여 심오한 것을 단순하게 말하고 있다. 연못, 개구리, 매미, 퐁당 하는 물소리, 쓰르르 하는 매미 소리 등 아주 사소한 것을 가지고 영원의 침묵(깨달음)이라는 커다란 주제를 '가볍게' 드러내는 것이다.

다자이는 어느 비 오는 날, 쓰가루 가나기의 고향집 정원을 거닐다가 개구리의 퐁당 소리를 들으며 그 소리에서 영원의 한순간을 느꼈을 것이다. 더 나아가 부모미생전의 자기를 찰나에 보았을지도 모른다. 깨달음은 언제나 찰나에 오는 것이기 때문이다. 다자이는 일찍이 "연꽃이 필 때 퐁 하는 소리가 나는 것은 큰 문제"라고 말했다.전집2/HUMAN LOST/p.96 다자이가 여기서 말하는 꽃 피는 소리는 곧 퐁당 하는 물소리 혹은 쓰르르 하는 매미 소리이다. 그리하여 다자이의 꽃과 바쇼의 소리는 화성불이花聲不二의 관계가 된다.

시가 나오야에 대한 비판

다자이는 『쓰가루』에서 "물음에 답하지 않는 것은 좋지 않다"라는 바쇼의 잠언을 생각하며 고향 사람들의 다른 일본 작가에 대한 물음에 답했다면서, 시가 나오야(1883~1971)를 비판했다. 이 무렵 시가는 환갑을 넘긴 문단의 대선배였고 또 다자이보다 26세나 연상이어서 그런 원로를 비판한다는 것은 위계질서를 중시하는, 아직 봉건제도의 기운이 남아 있는 일본에서는 좀처럼 하기 힘든 일이었다. 작품 속에서 시가의 이름을 구체적으로 거명하지는 않았으나 그 비판의 대상이 시가 나오야라는 건 분명해 보인다. 아래 인용문에서 나오는, "신이라는 묘한 호칭" 때문에 그렇게 단정할 수가 있다. 시가는 나쓰메 소세키와 함께 메이지 문학을 대표하는 소설가인데, 그의 작품 「소승小僧의 신」에 빗대어 "소설의 신"이라는 별명을 얻은 작가이다.

최근 들어 독서를 즐기는 도쿄 사람들은 어째서인지 그 작가의 과거 작품을 경외에 가까울 정도의 감정으로 받아들이는 모양이다. '신'이라는 묘한 호칭으로 그를 부르는 사람도 나오고 있고, 그 작가를 좋아한다고 고백하는 것이 자신의 취미가 고상하다는 것을 증명하는 수단이라도 되는 듯한 이상한 풍조마저 생기고 있다. (…) 쓰가루 사람의 우매한 마음으로, '그는 천한 사람이며, 단지 운이 좋았을 뿐'이라는 생각에 흥분해서는 그 풍조에 순순히 따를 수 없었다. (…) 작품에 그려진 내용도 허세만 부려대는 구두쇠 소시민의 별 의미 없는 일희일비를 담은 것들이다. (…) '문학적인' 미숙함에서 벗어나려다가 오히려 그것에 발목을 잡힌 듯한 쩨쩨함이 느껴졌다. 전집 6 / 쓰가루 / p. 133

이렇게 노골적인 비판은 아니지만 『쓰가루』보다 뒤에 발표된, 일본의 민담을 다자이식으로 다시 풀어 쓴 『옛날이야기』 중 「혹부리 영감」에서도, 시가 나오야를 공격하는 듯한 묘사를 했다. 혹부리 영감이 깊은 산중에서 도깨비들의 춤을 우연히 구경하게 된 장면에서, "문단의 귀재 아무개 선생의 걸작"이라는 말을 쓰면서, 귀재(도깨비 같은 재주)라는 말을 풍자하고 있다.

아무개 선생에게 '문학계의 도깨비'라는 지독히 무례한 말을 바치기도 했는데, 아무개 선생도 이 말에는 분명 화를 낼 것이라고 생각했지만 그렇지도 않은 모양이다. (…) 도깨비가 예술 전반의 신이라니, 나는 아무래도 납득할 수가 없다. 전집 7 / 옛날이야기 / p. 397

이렇게 다자이가 시가에 대하여 비우호적으로 발언했기 때문에 시가도 1948년 1월 한 문학 좌담회에 나와서 이런 비판적인 발언을 했다. "젊은이들은 좋아하겠지만 나는 (다자이가) 싫다. 진지하지 못한 자세가 마음에 들지 않는다." 시가는 같은 해 6월의 좌담회에서도 다자이의

『사양』에 대하여 이렇게 비판했다. "귀족의 딸이, 시골에서 갓 올라온 식모 같은 말을 쓴다." 그러니까 작품의 여주인공 가즈코는 전혀 귀족 여자다운 말씨를 쓰지 않는다는 것이었다. 「범인」이라는 단편에 대해서도 시가는 "너무 한심하여 할 말이 없다"라고 말하기까지 했다. 또 "다자이가 좀 더 진지하게 글쓰기에 임했으면 좋겠다"라는 조언도 했다.

「범인」은 여자와 사귀게 되어 돈이 필요한 청년이 누나를 죽이고 돈을 훔쳐서 달아났는데 나중에 알고 보니 그 누나는 상처를 입었을 뿐 죽지는 않았다는 얘기이다. 이 단편은 다자이 작품으로서는 수준에 못 미치는 작품임은 틀림없다. 왜 다자이가 이런 문학청년의 습작 같은 소설을 썼을까, 의심이 들 정도로 완성도가 떨어진다. 하지만 다자이가 늘 자신을 범인이라고 생각하는 죄의식을 갖고 있었다는 사실을 생각하면 이해하지 못할 것도 아니다. 또 작가가 언제나 걸작만을 쓸 수는 없는 것이다. 시가도 자신이 사랑하는 후배라면 그렇게까지 혹평은 하지 않았을 것이다.

이런 시가에 대한 악감정이 『쓰가루』에는 그대로 드러나 있다. 시가가 다자이의 작품 해석에 중요하게 되는 것은 시가의 대표작 『암야행로』가 다자이의 대표작 『인간 실격』과 대조적인 작품이기 때문이다. 두 작품 모두 한 개인이 겪은 시련을 다루고 있지만 『암야행로』의 주인공 도키도 겐사쿠는 결국 그 시련을 이겨내어 자신의 정체성을 확립하는 반면에, 다자이 소설의 주인공 요조는 시련을 이겨내지 못하고 결국 한없이 타락하는 것으로 결말이 나고 있다. 시가의 소설은 18~19세기의 교양소설의 전통을 이어받아 자기 형성의 과정을 모색하는 반면에, 다자이의 『인간 실격』은 자기 자신에 대한 진실을 추구하기 때문에 오히려 정체성이 붕괴하고 끝내는 인간화되지 못하는 요조를 내세워서 현대인의 소외상황을 보여주고 있다.

시가와 다자이를 비교해 보면 모파상과 체호프를 비교하는 것처럼 분명한 차이가 있다. 일반적으로 말해서 이야기를 펼쳐나가는 데에는 두 가지 유형이 있다. 하나는 기승전결이 톱니바퀴처럼 완벽하게 맞물려 돌아가는 방식, 다른 하나는 기승전결보다는 어떤 상황, 분위기, 느낌 등 간접적 요소를 제시하는 방식이다. 일반적으로 글의 연결이 자연스럽게 이루어지면 글 전체가 선명한 구조를 갖추게 된다. 기승전결이 뚜렷한 글은 역삼각형 구조를 갖는다. 기승전결의 전(轉)에서 상황이 급격히 전환할수록 역삼각형의 꼭짓점, 즉 결론을 향해 치닫는 각도는 날카로워진다. 따라서 이 역삼각형에 기여하지 않는 세부 사항은 아무리 인상적인 표현, 인용, 대화라고 할지라도 군더더기에 불과하여 제거된다.

이런 구조를 만들어내는 데 뛰어난 작가라면 프랑스의 소설가 모파상을 들 수 있다. 그의 대표적 단편 「목걸이」는 기막힌 반전을 구사하여 선명한 역삼각형을 그린다. 이에 비해 러시아의 소설가 체호프는 구조 없는 구조를 사용한다. 구조 없는 구조라는 말이 잘 이해되지 않으면 '스트레스 없는 스트레스'를 한번 생각해 보기 바란다. 달무리같이 은은한 원형, 다시 말해 분위기를 강조하는 작품으로서, 그의 단편 「개를 데리고 다니는 부인」이 대표적이다.

시가는 전자를, 다자이는 후자를 지향하는 글쓰기를 한다. 시가의 장편소설 『암야행로』는 주인공 겐사쿠의 행동이 뚜렷한 목적의식 아래 통합되어 있다. 그는 자신이 할아버지와 어머니 사이에서 태어난 불의의 자식이라는 고뇌에서 탈피하기 위해 무진 애를 쓴다. 그리고 결혼 후에 아내 나오코의 불륜을 겪고서 번뇌하다가 다이센산의 새벽 광경에서 자신이 대자연에 녹아들어 가는 것을 느끼며 인간은 먼지만큼 작은 존재라고 깨닫고 인생의 본질에 대한 명징한 각성을 얻는다. 한마디로 겐사쿠가 어두운 밤중에 보이지 않는 길을 더듬어나가다가 마침내 새벽의 빛을 얻는다는 명확한 결론에 도달한다.

그러나 『인간 실격』의 요조는 처음부터 아무런 결론이 없다. 체호프의 단편소설 「개를 데리고 다니는 부인」에서 여주인공이 유부남과 부적절한 관계에 빠져들었다는 상황만 있을 뿐, 그것을 위해 어떤 해결을 하겠는지 아무런 결론이 없는 것과 유사하다. 그런데 그 분위기, 그 느낌, 그 감정이입이 『인간 실격』의 가장 큰 매력인 것이다.

다자이는 한 단편에서 체호프의 희곡은 질서나 구조도 없이 잡다한 사실들이 넘쳐나는 신문을 보고 있는 듯한 작품이라고 말한다. 그러면서 체호프의 희곡 『갈매기』를 예로 들고 있는데, 이 희곡의 등장인물인 소설가 트리고린은 소설은 형식의 문제가 아니라 분위기의 문제라는 말을 한다.전집 1 / 허구의 봄 / p. 458

이처럼 시가와 다자이의 창작 스타일이 너무나 다르다 보니 서로 좋아할 수가 없는 것이다. 이러한 작가들끼리의 엇갈린 평가는 유사 사례들이 많다. 가령 영국 빅토리아 후기 시대의 소설가 중에서, 통속적인 소재를 자주 다룬 서머셋 몸은 토머스 하디의 소설을 가리켜 우연을 남발한다면서 어떻게 이런 작가가 영문학계에서 높이 평가받는지 의아하다는 의견을 표시했다. 그뿐만 아니라 『과자와 맥주』(1930)라는 장편에서 하디로 추정되는 인물의 전기를 쓰는 작중인물 알로이 키어를 통하여 은근히 하디를 비난했다. 하디는 1928년에 사망했으므로 몸의 소설을 읽지 못했으나, 평소 서머셋 몸을 자신과는 급이 다른 작가라고 여기면서 거론조차 하지 않으려 했던 것으로 알려져 있다.

20세기의 영국 소설가 중 걸출한 인물 셋을 들라면 조지프 콘래드,

D. H. 로렌스, 제임스 조이스를 들 수 있다. 그러나 로렌스는 콘래드의 『암흑의 핵심』을 일개 싸구려 소설로 보았고, 『로드 짐』은 공상적인 감상소설로 간주했다. 조이스는 로렌스의 『무지개』와 『채털리 부인의 연인』을 잘 알고 있었지만, 이들 소설에 대한 그의 반응은 지극히 냉담했다. 반면에 로렌스는 조이스의 『율리시즈』에 대하여 경멸과 혐오감을 표시했고 『피네간의 경야』를 읽었을 때에도 그 반응이 차갑기는 마찬가지였다.

이처럼 서양이든 동양이든 작가들은 자존심이 세다 보니 서로 싸우기가 일쑤이다. 다자이 입장에서 보자면 겐사쿠의 명확한 결론이나 깨달음은 인생의 본 모습에서 멀리 떨어진 모조품, 작위적인 것, 엉터리 날조일 수밖에 없고, 시가 쪽에서 보자면 요조 같은 인간은 그런 냉소적 자기학대로는 인생을 제대로 살아나갈 수 없으니, 빨리 대오각성하여 올바른 사람이 되는 길로 나서야 한다고 보는 것이다.

부재하는 어머니와 대모 다케

다케를 만난 얘기는 시가 나오야에 대한 비평보다 한결 더 중요한 사항이다.

다케는 「추억」에 의하면 다자이가 6~7세 시절에 곁에서 돌보아주었던 11세 정도 연상의 하녀인데 다자이가 초등학교에 입학할 무렵에 시집을 간다면서 다른 마을로 떠나간 여성이다. 다자이는 다케에게서 책 읽는 법을 배워서 같이 책을 많이 읽었다. 다케는 가끔 어린 다자이를 절로 데려가 불당 벽에 그려진 지옥과 극락 그림을 보여주면서 선과 악을 가르쳤다. 멀쩡한 아내를 놔두고 첩을 둔 남자가 머리 둘 달린 푸른 뱀에 휘감겨 고통을 당하는 그림, 거짓말하다가 지옥으로 떨어져

혀를 뽑힌 사람의 그림, 불을 지른 사람이 이글이글 타오르는 불 바구니를 등에 지고 서 있는 그림 등이었다.

다케와의 기억 중에서 특히 인상적인 것은 그 절 뒤에 있는, 죽은 사람을 추모하려고 세워둔 나무판자에 달린 동그란 쇠바퀴이다. 그 바퀴를 돌려서 어느 정도 돌다가 그대로 멈추는 사람은 극락으로 가고, 일단 멈추었다가 다시 반대편으로 돌아가는 사람은 지옥으로 간다고 다케가 어린 다자이에게 말해주었다. 그런데 다케가 돌리면 그 쇠바퀴는 언제나 어느 정도 돌다가 제자리에 멈추어 서는데, 어린 다자이가 돌리면 언제나 바퀴는 멈추지 않고 반대로 돌아가는 것이었다. 너무나 약이 오른 다자이가 다케 몰래 혼자 가서 해봐도 그 결과는 마찬가지였다.

이 바퀴는 아마도 서양에서 말하는 운명의 수레바퀴Wheel of Fortune의 변형일 것이다. 운명의 여신 포르투나는 고대의 조각상에서 손에 바퀴를 들고 있는 모습으로 자주 등장한다. 여신이 어떤 사람에 대하여 그 바퀴를 돌려서 점을 치면 그 바퀴가 멈추는 곳이 곧 그 사람의 운명이 된다. 우리가 어린 시절 뻉뺑이를 돌린 다음에 작은 화살을 그 뺑뺑이 판에 내리던져서 그 화살이 꽂히는 부분에 적힌 상품(그러나 상품이 없는 꽝을 뜻하는 빈칸이 훨씬 많았으므로 빈칸에 꽂힐 가능성이 훨씬 컸다)을 타가던 일을 연상하면 이 운명의 바퀴가 훨씬 빨리 이해될 것이다.

여기서 뜻이 발전하여 운명의 수레바퀴는 일정한 각도를 유지하면서 매번 한 바퀴 돌아 출발점으로 돌아온다. 수레바퀴의 한쪽이 다른 쪽보다 높아서 한번 올라갔다가 다시 시작한 곳으로 돌아 내려오게 되어 있다. 이것은 인간이 태어나면 죽어야 한다는 운명의 상징이기도 하다. 아무튼 그 누구도 자발적으로 운명의 수레바퀴에 올라타서 자신의 고정된 운세를 확인받고 싶어 하지 않는다. 그 바퀴가 멈춰 서는 곳에 그 자신이 원하지 않는 운명이 기다리고 있는 것을 피하고 싶기 때문이다. 그리고 커다란 타원형 바퀴의 회전은 올라갔다가 다시 내려오는 한 번뿐, 언제나 다시 제자리로 돌아오고 두 번 다시 그 바퀴를 타지는 못한다. 다자이의 수레바퀴가 언제나 정반대로 돌아갔다는 얘기는 그의 생애를 잘 요약해 주는 하나의 훌륭한 이미지이다.

다자이의 생애를 미리 엿보게 해준 다케는 어린 다자이에게는 어머니나 다름없는 존재였다. 다자이의 생모는 도쿄에 귀족원 의원으로 진출한 남편 수발을 하러 갔고, 또 쓰가루에 있어도 몸이 약해서 언제나 여동생 (고쇼가와라의 이모)이 다자이를 맡아서 길렀다. 이 모성 부재 때문에 훗날 다자이가 그토록 여성 편력이 심했던 것으로 판단된다. 어떤 여자를 만나도 부재하는 어머니를 대신하지 못했다.

다자이 마음속에는 또 다른 의심이 있었다. 그는 쓰가루 기행에서 다케를 만났을 때, 이렇게 물었다.

"다케, 나는 분지 형과 친형제 맞아? 사실은 고쇼가와라의 이모님이 낳은 자식 아니야?" 다케는 이모님은 다자이를 키워주기만 했을 뿐, 낳은 사람이 아니며, 분지와 다자이는 틀림없는 친형제라고 대답해 주었다. 그래도 다자이는 뭔가 납득이 안 된다는 표정을 지었다는 것이다.

다케를 다시 만난 것은 1944년의 일이었는데 그전에도 다자이는 자기가 다리 밑에서 주워온 자식이 아닐까 생각했다는 글을 발표한 적이 있었다. 자기의 생일을 주제로 한 수필에서 그는 이런 말을 하고 있다.

나는 어릴 적에 성격이 묘하게 비뚤어져서, 스스로가 부모님의 친자식이 아니라고 믿었던 적이 있었다. 형제 중 나 하나만 불량품 취급을 받는 느낌이었다. 전집 10 / 6월 19일 / p. 252

　다자이는 이 글에서 한때 그런 생각을 했다는 듯이 말했으나, 실은 그 생각을 평생 떨치지 못했다.

다자이의 가족 로망스

　앞에서 이미 말했지만, 불의不義의 자식이라는 모티프는 시가 나오야의 「암야행로」에서도 나오는 것인데, 다자이가 자신이 혹시 불의의 자식이 아닐까, 하는 생각을 품고 있었다는 것은 어머니 부재의 느낌을 또다시 확인해주는 것이다. 자식이 부모에 대해서 갖는 이런 판타지는 일찍이 프로이트가 "가족 로망스family romance"라는 용어로 설명한 바 있다. 가족 로망스는 가족 내에서 벌어지는 식구들 사이의 갈등 관계를 가리키기도 하고, 더 나아가 사실과 허구의 불분명한 경계를 지적하기도 한다. 프로이트는 영역판 『표준판 프로이트 전집』 제9권에 실려 있는 논문 「가족 로망스」(1909)에서 이 개념을 이렇게 설명한다.

　아이는 자라는 동안 부모를 최고의 권위, 이 세상에서 가장 힘센 사람으로 생각한다. 그러다가 주변에 자신의 아버지보다 더 힘센 사람이 있다는 것을 알게 되고, 또 동생이 생겨나서 자신에 대한 부모의 애정이 줄어드는 것을 보고서 그 난처한 상황을 스스로에게 설명하기 위해 공상을 하게 된다. 가족 로망스의 1단계는 아이가 자신을 다리 밑에서 주워 온 아이라고 생각하는 것이다. 그러면서 이왕 주워 온 아이, 자신은 모세처럼 특별한 사정으로 버려진 아이라고 상상하게 된다. 아이는 좀 더 자라면서 가족 로망스의 2단계에 돌입한다. 그동안 아이는 아버지는 언제나 불확실한 존재이지만 어머니는 언제나 확실한 존재라는 것을 깨닫는다. 말하자면 남성과 여성의 역할을 이해하는 것이다. 그리하여 가족 로맨스 2단계에서는 어머니가 왕족과 은밀하게 바람을 피워 자신을 낳았다고 공상한다. 이렇게 하여 자신을 아버지와 나머지 형제로부터 구분하는 것이다.

그런데 이러한 공상은 아버지와 어머니가 최고의 권위였던 행복한 시절에 대한 동경에서 나오는 것이다. 아버지가 이 세상에서 가장 힘세고 고귀했던 사람, 그리고 어머니는 가장 어여쁘고 인자한 사람이었던 시절을 그리워한다. 성인이 되어서도 이 공상의 흔적이 남아 있는데, 꿈에 왕과 왕비가 등장하는 것이 그런 경우다. 가족 로맨스의 핵심은 실제로 벌어진 일과 그 일에 대한 개인의 회상이 달라질 수 있음을 지적한 것이다. 그래서 가족 로맨스는 작품이나 자서전 속에 나오는 주인공의 어린 시절에 대해서, 사실과 허구가 뒤섞여 있을 가능성이 크다고 지적한다.

프로이트는 노이로제 기질을 가진 아이의 공상을 가족 로맨스라고 명명했지만, 동시에 기발한 상상력을 가진 시인이나 소설가는 이 아이처럼 노이로제 성격이 강하다고 지적한다. 이 얘기는 다시 말해 모든 문학이 가족 로맨스를 바탕에 두고 있다는 얘기가 된다. 특히 소설의 경우, 성장소설bildungsroman은 가족 로맨스의 성격이 강하다. 이 때문에 모든 소설은 가족의 역사를 다룬, 저자의 위장된 자서전이라는 말까지 나왔다. 다르게 말하면 작품 속에서 말하는 가족의 내력은 실제일 수도 있고 허구일 수도 있다는 것이다.

다자이가 자신을 고쇼가와라의 이모님이 낳은 자식이라고 생각한 것은 가족 로맨스의 분명한 사례다. 그는 자신이 인생에 대해서 느끼는 그 막연한 불안감의 근원이 무엇이었는지 곰곰이 생각했을 것이다. 그 불안의 근원에 대하여 단편 「추억」은 상당한 시사점을 던져준다. 첫 번째 시사점은 고쇼가와라의 이모에 대한 것이다. 다자이는 이 이모에 대하여 좋은 추억이 있다.

> 저는 이모의 귀여움을 받으며 자랐습니다. 저는 남자답지 못해서 여러 모로 남에게 놀림을 받고 성격이 꿍했는데, 이모만큼은 저를 멋진 남자라고 말해주었습니다. 다른 사람이 저의 기량에 대해 험담을 하면, 이모는 진심으로 화를 냈습니다. 전집 6 / 쓰가루 / p. 236

그런데 어린 다자이는 이모가 그를 버리고 집을 나가려고 하는 꿈을 꾸었다. 꿈속에서 이모의 가슴이 문을 다 막고 있었고 그 가슴에는 땀이 송글송글 맺혀 있었다. 이모는 네가 싫어졌다며 가겠다고 하고 어린 다자이는 그러지 말라고 애원하면서 하염없이 눈물을 흘렸다. 이모가 어린 다자이를 흔들어 깨웠을 때 그는 이모의 가슴에 머리를 파묻은 채 울고 있었다. 잠에서 깨어난 후에도 다자이는 여전히 슬퍼서 훌쩍거렸으나 그 꿈의 내용을 이모는 물론이고 아무에게도 말해주지 않았다.

두 번째 시사점은 「추억」의 마지막에 나오는 한 장의 사진이다. 다자이는 이 사진으로 모성 부재와 그 후에 전개되는 사랑의 미끄러짐 현상을 미리 보여준다. 이 사진 속 명암·고저·정동의 대비와 흐릿한 미요의 이미지는 그것을 암시한다.

> 얼마 있다가 동생이, 아직은 바탕지가 깨끗한 명함의 두 배쯤 되는

크기의 사진 한 장을 건네주었다. 들여다보니, 최근에 미요가 우리 어머니와 함께 이모 댁에라도 갔던 모양인지, 이모와 함께 셋이서 찍은 사진이었다. 어머니가 혼자 낮은 소파에 앉아 있고, 그 뒤에 키가 비슷한 이모와 미요가 나란히 서 있었다. 배경은 장미가 흐드러지게 핀 화원이었다. (…) 미요는 살짝 움직였는지, 얼굴에서 가슴에 걸쳐 윤곽이 흐릿해져 있었다. 이모는 두 손을 허리띠 위로 모으고 눈이 부신 듯 서 있었다. 나는, 닮았다고 생각했다. 전집1 / 추억 / p. 72

미요는 다자이가 이모의 품에서 벗어나 처음으로 연정을 느꼈던 17세가량의 여성이었다. 다자이 오사무 연표에 의하면 미요의 모델 미야기 도키가 1925년 8월에 쓰시마 집안의 하녀로 들어왔다. 도키에게 사랑을 느낀 다자이는 도쿄로 도망가서 함께 살자고 제안하지만 도키는 신분의 차이가 너무 난다면서 1926년 9월 쓰시마 집안을 떠났다. 이 무렵 다자이는 아직 중학교를 졸업하지 않은 나이였고 도쿄로 함께 도망치자는 제안은 현실성이 없었다. 판타지에 사로잡힌 다자이에 비해 도키는 이미 정신적으로 성숙해 있었고 그런 무모한 계획의 결말을 훤히 내다보았으므로 거절했다.

정신분석에서 성숙은 어린아이가 판타지를 벗어나 현실을 직면하게 되는 발달 과정을 통칭한다. 어린아이는 판타지 속에서 자기가 어머니를 완전 소유하고 있다고 생각하지만, 그 밑에 동생이 태어나고 어머니의 사랑이 그 아이로 옮겨가면서 그러한 사랑의 독점은 있을 수 없고, 다른 대안을 찾아야 한다는 현실적 각성을 하게 된다. 이게 바로 정신적 성숙이다. 하지만 성장 과정에서 이것이 잘 안 되는 아이는 아주 어릴 적부터 사랑의 미끄러짐을 겪게 된다.

미요와 이모와 어머니가 함께 있는 한 장의 사진은 사랑의 미끄러짐을 예고한다. 모성 부재로 인해 유방을 찾아 나선 다자이는 처음에는 이모에 게 그다음에는 미요에게로 그 사랑이 미끄러지는데 이것은 다자이의 평생에 걸친 사랑의 패턴이다. 어머니는 혼자 낮은 소파에 앉아 있고, 키가 비슷한 이모와 미요가 그 뒤에 서 있다. 언어의 기표는 앉아 있음과 서 있음을 가지고 의미의 연쇄 작용을 일으켜 부재와 현전의 기의를 만들어낸다. 어머니는 사랑의 동작이 멈추었지만, 이모와 미요는 그것을 작동시킨다. 이모와 미요는 키가 비슷하다, 두 사람이 서로 닮았다, 라는 문장은 그 사랑의 동작이 비슷하여 서로 닮았다는 것이다. 미요의 모습이 얼굴에서 가슴에 걸쳐 윤곽이 흐릿해져 있었다, 라는 서술은 판타지를 거부하는 미요의 몸짓인가 하면 화자인 '나'가 느끼는 판타지와 현실의 흐릿한 구분이기도 하다. 이것을 눈부신 모습의 이모와 대비시켜 보면 「추억」의 상태에서 이모는 지금 여기에 있지만 미요는 그렇지 못하다. 두 여인은 서로 닮았지만 한 사람은 구체적으로 사랑을 주었고, 다른 한 사람은 주지 않았다.

세 여자 뒤의 배경인 장미원도 심상치 않은 의미작용을 한다. 에머슨도 T. S. 엘리엇도 그들의 작품 속에서 장미원을 영원의 상징으로 보았다. 이 한 장의 사진은 하이쿠 시인 바쇼가 줄기차게 노래한 순간과 영원의 소통을 '가루미'하게 보여준다. 「추억」은 겉으로는 작가의 성장 과정을 있는 그대로 기술한 리얼리즘 소설처럼 읽히나, 행간을 자세히 뜯어보면 모더니즘의 서술 기법인 암시와 상징과 이미지가 탁월하게 작동하고 있다.

이 두 가지 시사점을 종합하면 가족 로망스 중에서 가장 중요한 요소인 프라이멀 신primal scene(최초의 장면)을 볼 수가 있다. 프라이멀 신은 개인이 일생의 어떤 시점에서 겪었던 충격적인 사건이나 말, 그리고 행동 등을 가리키는 용어이다. 다자이는 어머니가 언제나 부재하므로 이제 이모마저도 사라지면 어쩌나 하는 불안감을 강하게 느낀 것이다. 이 불안감이 고쇼가와라의 이모를 자신의 어머니로 공상하는 가족 로망스를 만들어냈다. 그리고 미요가 다자이 집에서 떠난 것도 헤어짐, 여기에 없음, 버려짐, 불안함의 기의를 작동시키는 요인이 되었다.

프라이멀 신과 부채 의식

대체로 작가들은 창작의 동기가 되는, 아주 중요한 프라이멀 신을 하나쯤은 갖고 있다. 다자이와 상당히 비슷한 기질을 가진 스콧 피츠제럴드(1896~1940)는 『위대한 개츠비』의 작가이다. 스콧은 술을 많이 마셨고 주사가 심했으며 여자들에게 인기가 많았지만, 아내 젤다의 정신병을 재정적으로 뒷바라지하느라고 본격적 작품을 제대로 쓰지 못하고 돈 되는 잡지용 단편소설만 주로 쓰다가 결국에는 알코올 중독으로 인한 심장마비로 사망했다.

그런데 스콧에게는 아내 젤다의 불륜이라는 프라이멀 신이 있었다. 1924년 4월에 스콧 부부는 미국 뉴욕에서 프랑스로 출발하여 리비에라 해안의 생 라파엘에 정착했다. 이렇게 해외여행을 떠난 것은 안정적 환경에서 소설 집필에 몰두하기 위해서였다. 여름과 가을 동안에 피츠제럴드는 『위대한 개츠비』의 초고를 열심히 썼다. 하지만 팜므 파탈femme fatale의 기질이 있는 젤다는 남편이 자기와 잘 놀아주지 않는다면서, 프랑스 해군의 조종사인 에두아르 조장과 사랑에 빠졌다. 두 사람이 내연관계였는지는 불확실하고 나중에 해군 제독까지 올라간 조장도 그런 관계를 철저히 부정했다.

나중에 이 일에 대한 부부의 회상은 점점 각색되어 무엇이 진실인지 알 수 없게 되었다. 젤다는 그 사건을 이렇게 회고했다. 해군 조종사 조장을 사랑했지만 동침하지는 않았다. 젤다가 조장과 맺어지기 위해 남편을 떠나겠다고 하자 조종사가 만류했다. 스콧은 그 조종사와 1대 1 맨주먹 대결을 하려 했으나, 강건한 체격의 조종사는 자신이 스콧보다 훨씬 힘이 세다면서 그 결투를 거부했다. 남편 스콧은 그 사건이 벌어진 후에 뭔가 우리 부부 사이에는 심각한 금이 갔다고 회상했다.

　　스콧의 친구 어니스트 헤밍웨이는 사후 발간된 회고록 『파리는 날마다 축제』에서 그 일을 이렇게 회상했다.

　　　스콧은 약 1년 전에 리비에라의 생 라파엘에서 그들 부부에게 일어난 비극적인 사건에 대해서 내게 말해주었다. 젤다와 어떤 프랑스 해군 조종사와의 연애 관계에 대하여 내가 최초로 들은 이야기는 정말 슬픈 이야기였다. 나는 그것을 사실이라고 믿었다. 그 후에 스콧은 같은 이야기의 여러 다른 버전을 들려주었다. 그 버전들은 들려줄 때마다 더 잘 각색되었지만, 그 어떤 버전도 처음 들었던 것처럼 슬프지는 않았다.

　　스콧의 프라이멀 신은 그 후 그가 쓴 여러 편의 단편소설들과 마지막 장편소설 『밤은 부드러워』에서 중요한 화두로 등장하고 있다.

　　그렇다면 성인이 된 다자이의 프라이멀 신은 무엇이었을까? 다자이가 21세이던 1930년 11월 28일 도쿄 카페의 여급이었던 다나베 시메코와 신주를 감행했다가 여자는 죽고 다자이만 살아난 사건이었다. 그는 「잎」, 「어릿광대의 꽃」, 「허구의 봄」, 『인간 실격』에서 이 사건의 다양한 버전을 말하고 있다.

「잎」에서는 가마쿠라의 해변 바위에서 바다로 떨어지는 순간에 맞잡은 손을 너무 괴로운 나머지 뿌리치는 순간에 여자가 순식간에 파도에 휩쓸려 어떤 이름을 불렀는데, 내(다자이) 이름이 아니었다고 했고, 다른 단편에서는 같이 바다로 투신했는데, 그런 행동의 동기에 대한 설명이 나온다.

소노[시메코]라는 여잔데, 긴자의 어느 바에서 일하고 있었어. 그 바에 세 번인가 네 번 정도 갔나? (…) 여자는 생활고 때문에 죽은 거야. 죽기 직전까지 우리는 서로 완전히 다른 생각을 하고 있었던 것 같아. 소노는 바다에 뛰어들기 전에 이렇게 말했지. 당신은 우리 선생님하고 많이 닮았어요. 내연의 남편이 있었어. 이삼 년 전까지 소학교 선생님이었다더군. 나는 왜 그 사람하고 죽으려 했을까, 아무래도 좋아했던 거겠지?

전집 1 / 어릿광대의 꽃 / p. 167

「허구의 봄」에서는 투신을 하기 전에 여자를 상대로 과장 섞인 거짓말을 했다는 얘기가 나온 후에 이런 묘사가 이어진다.

뛰어들기 전에 먼저 약을 먹었습니다. (…) 그다음에 크고 평평한 바위에 둘이 나란히 앉아서, 두 발을 달랑달랑 흔들면서, 조용히 약 기운이 돌기를 기다렸습니다. (…) 드디어 여자가 허리띠를 풀었는데, 이 양귀비 무늬 허리띠는 친구한테 빌린 거니까 여기에 이렇게 걸어두고 가겠다고 술술 고백하면서, 허리띠를 예쁘게 접어서 등 뒤의 나무에 걸어두었습니다. (…) 둘이 몸이 포개져서는 바위에서 추락하여, 풍덩 파도를 뒤집어쓰고, 처음에 끌어안고 있다가, 잠시 후 서로를 확 밀치며 순식간에 멀어졌는데,

모기보다 연약한 목소리로, "운노 씨"하고 부르는 소리가 들렸습니다.
제 이름이 아니었습니다. 전집 1 / 허구의 봄 / pp. 441~443

『인간 실격』에서는 여자의 집에서 잠이 들었는데 여자가 먼저 죽자는
말을 했고, 다자이는 온갖 생활상의 어려움 때문에 더 버티지 못할
것 같기에 여자의 제안에 선뜻 동의했다고 나온다. 그런데 여자가 다자이
의 지갑을 보고 빈털터리인 것을 보고서 비웃는 듯하여 보이자, 다자이가
먼저 나서서 죽자고 진지하게 결심했다는 것이다.

　이런 네 가지 버전에서 알 수 있듯이, 그날의 사건은 뒤로 갈수록
이야기가 많이 부연되고 더 그럴듯하게 각색된다는 것을 알 수 있다.
이것은 사후의 기억이 실제 사건을 각색하는 것으로서, 우리의 밤중
꿈이 실제로 벌어진 일을 수정하는 것과 비슷하다. 다자이도 그 사실을
이런 식으로 수정하면서 어떤 구마의식驅魔儀式을 거행한 것인지도 모른
다. 그러나 이런 여러 가지 버전들 속에서 일관되게 관통하는 생각이
하나 있는데, 여자를 죽게 만들고 자신은 같이 죽지 못했다는, 깊은
부채 의식이다. 그것을 다자이는 『인간 실격』에서 '범인의식'이라고
말했다.

　　범인犯人의식, 이라는 말도 있습니다. 저는 인간 세상에서 평생 그 생각에
　사로잡혀 괴로워하면서도, 그러나 그것은 제 조강지처처럼 훌륭한 반려자
　와 같아서, 그 생각과 단둘이 쓸쓸하게 즐기며 사는 것이 제 삶의 태도
　가운데 하나였다는 생각도 듭니다. 전집 9 / 인간 실격 / p. 174

이 범인의식, 이 죄책감이 다자이에게는 하나의 프라이멀 신 혹은

부채 의식이 되었다. 다자이는 인생의 어려운 국면들에 처하면 언제나 이 일을 생각하면서 I will pay you back(내가 당신에게 빚을 갚을게) 하고 중얼거리지 않았을까?

제7장

천박한 욕심쟁이들과 나쁜 이부세 씨

이부세 마스지(井伏 鱒二, 1898~1993), 문학적 스승으로 삼았던 이부세와 1940년
찍은 사진.

나의 문장력에 대해 영원히 불안을 품고 있던 사람은 이부세 씨와
쓰가루 본가의 형이었는지도 모른다. 이 두 사람은 둘 다 올해(1946)로
48세. 나보다 열한 살 위다. 형은 벌써 머리가 벗겨져서 번쩍거리고,
이부세 씨도 요즘 부쩍 흰머리가 많이 늘었는데, 둘 다 잔소리가 꽤
심했다. 성격도 어딘가 비슷한 데가 있었다. -214쪽

이 장의 제목은 다자이의 유서에 나오는 문구인데 원문 그대로는 "모두 천박한 욕심쟁이들뿐. 이부세 씨는 나쁜 사람입니다."이다. 다자이가 여기서 말하는 욕심쟁이들은 문단의 인사들을 가리키는 것이다. 종전 후에 일본은 종이 사정이 아주 나빠서 문인들은 단행본 한 권을 출판하기도 어려웠는데 다자이는 『사양』(1947)이 빅히트를 치자, 상업성 있는 작가로 일약 떠올라서 출판사들이 너도나도 이 인기 작가를 잡으려고 혈안이 되었다.

그들은 기존에 나온 다자이의 작품들을 한데 모아 전집을 내주겠다고 달려들었다. 그렇게 하여 야쿠모 서점에서 그의 전집을 내게 되었는데, 문단 인사들은 아직 마흔도 안 된 생존 작가의 전집을 낸다고 하여 곱지 않은 시선으로 작가를 바라보았고 또 질시가 대단했던 모양이다.

이재에 어두운 다자이
게다가 다자이의 평소 행동은 문단 인사들의 빈축을 사기에 충분했다. 돈이 좀 있다고 술집에 들어가서 여기저기 사람들 불러서 술 퍼마시고 돈을 펑펑 쓰는가 하면 돈이 없을 때는 외상을 달아놓고 문학소녀들과 함께 시시덕거리는 등 아주 허랑방탕한 생활을 했다. 이러니 이재에도 어두워서 인세로 받은 돈을 낭비하고 가족들에게는 최소한의 생활비만 대주었다. 아내 미치코가 어린 자식들을 데리고 했을 고생은 직접 보지 않아도 훤할 정도이다.

『인간 실격』을 쓰기 위해 이즈반도의 아타미로 떠나기 전인 1948년 2월 말, 다자이는 예기치 않은 종합소득세 고지서를 받아들고 당황했다. 그가 사는 미타카 구역을 관할하는 무사시노세무서로부터 전년도 소득액 21만 엔에 대하여 11만7천 엔의 종합소득세가 부과되었다. 『사양』에 보면 다자이가 술값 외상 지불로 우선 만 엔을 어떤 술집에 내놓는다는 장면이 나온다.

> 만 엔. 그런 돈이 있다면, 전구를 몇 개 살 수 있을까? 내게 만 엔이
> 있다면 일 년을 여유롭게 생활할 수 있다. 전집8/사양/p.313

여주인공 가즈코는 이렇게 독백하는데, 가즈코(시즈코)가 소설가 우에무라(다자이) 집을 방문해 보니 마침 그 집에 전구가 나가서 아내가 고치지 못하고 어두운 방에 애들과 함께 웅크리고 앉아 있는 상황을 가리키는 것이다.

1만 엔이 독신녀가 1년을 살 수 있는 생활비라고 하면 아무리 적게 잡아도 요즘 시세의 한화 1천만 원은 훌쩍 넘어갈 것이다. 그렇다면 11만7천 엔은 한화로 환산한다면 1억2천만 원 혹은 그 이상의 돈이 아닐까 생각된다. 아내 미치코의 증언에 따르면 다자이는 그 고지서를 앞에 놓고 어린아이처럼 목놓아 울었다고 한다. 아무런 대책 없이 마구

돈을 써재끼다가 그런 고액을 납부하라는 통지를 받으니 너무나 암담했을 것이다. 그렇지만 어린아이처럼 엉엉 울었다는 반응은 참으로 다자이스럽다.

시가 나오야의 혹평과 다자이의 반격

그런 와중에 문단의 대선배인 시가 나오야가 문학 좌담회에서 다자이를 낮게 평가하는 발언을 했다. 이미 앞에서 말했듯이, 다자이의 한 단편을 가리켜, 문학청년도 이런 식으로 쓰지는 않을 것이라는 취지의 혹평을 했다. 이렇게 되기 전에도 이미 두 사람 사이에는 몇 번 악감정의 교류가 있었다. 일이 이렇게 돌아가자 다자이도 시가에 대해서 좋은 감정이 생길 리가 없었고 결국 문단 선배를 험담하고 돌아다니게 되었다.

다자이는 마음속으로 신주를 결심한 1948년 봄, 아무런 거리낌도 없는 상태에서 문단 대선배인 시가를 작심 공격하고 나섰다. 그 심리는 뭐라고 할까, 우리가 택시를 타면 다시는 만날 일이 없을 법한 택시 기사를 상대로 남들에게 하기 어려운 얘기를 마구 털어놓는 것과 비슷한 것이었다. 그는 신초샤라는 출판사의 편집자에게 구술하여 작성한 「여시아문如是我聞」이라는 수필에서 시가를 맹렬히 공격했다. 여시아문은 "나는 이렇게 들었다"라는 뜻으로 불경의 시작 문구이다. 즉 이제 진리를 말하겠다는 뜻이다. 그러나 다자이의 여시아문은 진리를 말한다기보다 '이제는 말할 수 있다' 정도가 아닐까.

다자이의 공격은 어떤 합리적이고 이성적인 비판이 아니라 술 취한 사람의 한풀이 같은 무의미한 공격들이 많았다. 1948년 6월 다자이가 신주를 하고 난 후에, 당시 65세의 시가는 「다자이 오사무의 죽음」이라는 글에서 이렇게 후회하는 발언을 했다.

> 다자이가 나를 비난하고 돌아다닌다는 얘기를 듣고 기분이 안 좋았는
> 데 그것 때문에 문학 좌담회에서 다자이를 혹평한 것을 유감스럽게 생각
> 한다. 내 말이 심신 모두 나약해져 있던 다자이 군에게 몇 배가 되어
> 울린 듯했다. 그건 다자이 군에게도, 내게도 불행한 일이었다.

그리고 자기가 그동안 다자이의 질 낮은 작품들만 읽은 것이 불운이라
는 말도 덧붙였다. 그러면서 사후에 발표된 『인간 실격』은 아주 감명
깊게 읽었다고 말했다.

문단의 여러 사람을 상대로 마구잡이로 욕설한 수필 「여시아문」은
이 당시 다자이가 책상에 정좌하여 집필할 건강 상태가 되지 못하여,
잡지 『신초』의 편집부원인 노히라 겐이치가 구술 필기했다. 다자이가
구술할 때 그 옆에 도미에도 함께 있었다. 이 글은 잡지에 4회에 걸쳐
나갔는데, 1회가 출판되었을 때, 스승인 이부세가 다자이를 찾아와
그만 쓸 것을 권했다. 아마 이 무렵 이부세는 야마자키 도미에의 존재를
알고 있었을 것이고 그래서 10년 전 아내 미치코와 결혼했을 때 다자이가
그에게 제출한 결혼의 맹세를 상기시키며 주의를 주었을 것이다. 그러나
다자이는 듣지 않았다.

서머셋 몸에 대한 다자이의 평가
천박한 욕심쟁이들에 속하는 또 다른 그룹은 대학교수 겸 문학평론가
들이다. 「여시아문」에는 두 평론가에 관한 얘기가 나오는데 하나는
「아버지」를 논평한 사람, 다른 하나는 「비용의 아내」를 논평한 사람이

다. 이들에 대한 다자이의 발언은 상당히 의미심장하다.

> 어느 '외국 문학자'가 내가 쓴 「비용의 아내」라는 소설의 소위 독후감을 모 문예지에 발표한 것을 봤는데, (…) 그 녀석이 말한다. '프랑수아 비용은 이런 분이 아니라고 알고 있습니다만.' (…) 그 얼간이 선생이 말하기를 '작가는 이 작품 뒤에서 이히히히히 하고 웃고 있다.' 전집 10 / 여사아문 / pp. 438~439

> 또 다른 외국 문학자가 나의 「아버지」라는 단편에 대해, '정말 재미있게 읽었지만, 다음 날 아침이 되니 남는 게 아무것도 없었다.'라고 평했다고 한다. (…) 자네가 좋아하는 서머셋 몸은 다소 숙취를 느끼게 만드는 작가 이니, 아마 자네 입맛에 딱 맞겠지. 그렇지만 자네 바로 옆에 있는 다자이 라는 작가가 적어도 그 할아버지보다는 세련됐다는 것 정도는 알아두는 게 좋을 거야. 같은 책 / pp. 440~441

이 글에서 다자이의 첫 번째 반박은, '비용의 아내'라는 일본 여자 얘기를 하고 있는데, 프랑스 시인 비용의 경력 운운하며 그 작품에 시비를 거는 태도를 지적하면서, 작품의 속뜻은 모른 채 작가를 코미디언 으로 밀어붙인 데 대한 역겨움을 표시한 것이다. 평론가들은 비용의 아내가 전반부의 행동과 후반부의 행동이 서로 일치하지 않는다는 것을 지적하면서, 그것이 일종의 예술적 아이러니가 아니냐고 말했는데 그에 대하여 다자이는 아니다, 예술과 무관한 인생의 사실을 기록한 것이다, 라고 항변하고 있다.

두 번째 반박은 자신을 서머셋 몸과 비교하여 열등한 작가라고 비판한

평론가에 대한 반박인데, 이 두 작가의 비교는 유의미한 것이므로 여기서 좀 더 자세히 다루어 보자.

영국 작가 서머셋 몸(1874~1965)은 일본 독자들 사이에서 모파상 못지않게 인기가 높은 소설가이다. 인간성에 선과 악이 뒤섞여 있고 그래서 인간의 본성은 상황에 따라 달라진다, 라는 몸의 문학 사상이 일본인들에게 크게 호소했던 것으로 보인다. 『1984』의 조지 오웰은 서머셋 몸처럼 글을 쓰고 싶다고 말하기도 했는데, 그의 문장은 읽기 쉽고 수식이 없고 현학적이지 않기 때문에 일본 독자들에게 더 강하게 다가갔을 것이다. 몸 자신이 스스로 모파상을 사숙했다고 말했고 이런 연유로 그의 단편은 영국보다는 프랑스에서 더 널리 읽혔고 또 20세기 초에 프랑스 문학을 열렬히 흠모하던 일본에서는 모파상보다 몸의 단편들이 더 인기가 높았다.

이런 몸을 두고서 다자이는 자신이 그 영국 작가보다 더 세련되었다고 말한다. 여기서 세련이라는 말을 어떻게 정의하는가에 따라 달라지겠지만, 기승전결의 질서정연한 소설 문법이라는 기준을 가지고 살펴본다면 다자이는 서머셋 몸을 따라가지 못한다. 그러나 예술은 문법만 가지고 되는 게 아니라 인간성의 어떤 깊은 측면을 건드린다고 본다면 다자이가 몸보다 세련된 부분도 있다. 또 문학 사상의 측면에서 보자면 몸은 철저한 리얼리즘을 추구하는 반면에 다자이는 모더니즘의 영향을 많이 받아서 서술의 방식도 몸과는 다르다.

서머셋 몸의 다스 게마이네

두 작가의 차이점을 구체적으로 설명하기 위해 '다스 게마이네'의 측면을 한번 살펴보기로 하자. 몸은 인생의 저속한 측면을 다루어서 큰 인기를 거둔 작가이다. 가령 그의 대표 단편소설 「비」는 1921년에 발표된 것인데, 실제로 있었던 일을 바탕으로 한 소설로서, 인생의 향락을 추구하는 미국 출신 창녀 새디 톰슨과 성욕을 억압해야 한다고 믿는 스코틀랜드 출신 선교사 데이비드 사이에 벌어지는 성적 갈등을 다룬 것이다. 선교사 데이비드는 결국 새디의 육체적 매력에 굴복하여 그녀와 성관계를 맺었고 그것 때문에 종교인으로서 죄책감을 느낀 나머지 자살하고, 새디는 "남자란 놈들, 다 똑같아!"라고 말하면서 소설은 끝난다. 비는 남태평양의 장맛비를 가리키는 것으로 인간의 줄기찬 성욕을 상징한다. 이런 줄거리에서 알 수 있듯이 이 작품은 전형적인 '다스 게마이네' 소설이다.

몸의 단편소설은 총 91편인데 시종일관 다스 게마이네로 일관하여 독자들의 흥미를 불러일으키지만 심오한 측면은 결여되어 있다. 미국 철학자 조지 산타야나(1863~1952)는 만년에 소설 읽기에 취미를 붙여서 많은 소설을 읽었고 또 자신이 직접 소설을 쓰기까지 했는데, 도무지 몸의 소설만은 이해할 수가 없다고 말했다. 산타야나는 사람의 품위보다 순간의 쾌락이 더 중요하다고 말하는 듯한 몸의 소설을 받아들이기 어려웠다. 몸의 단편은 다스 게마이네만 충실할 뿐 우어슈탄트가 없는 것이다.

앞서 다자이의 「다스 게마이네」라는 단편을 언급하면서 저속한 것을 통하여 우어슈탄트로 나아간다는 말을 했는데, 다자이는 여자들과의 유희라는 다스 게마이네 측면을 서술하고 있지만, 그 과정에서 한 번도 자신의 우어슈탄트를 잊어버린 적이 없었다. 사실 다자이가 그토록 괴로워한 것도 이 우어슈탄트 곧 정신의 자유에 대한 동경 때문이다. 슬픔으로부터의 해방, 단 한 순간도 자신을 불행하게 여기는 자의식이 없는 순수의 상태, 다자이는 그것이 자신의 우어슈탄트가 되어야 한다고 생각했다. 그가 "다자이라는 작가가 적어도 그 할아버지보다는 세련됐다는 것"을 알아두라고 일갈한 것은, 단편 「아버지」에서 수준 미달의 아버지상을 제시하고 있지만, 그 아버지가 마음속으로는 한순간도 아버지의 우어슈탄트를 잊어본 적이 없으므로, 그처럼 슬프고도 비참한 행동을 한다는 것을 대학교수 평론가가 읽어내지 못했다고 비난한 것이다. 이러한 다자이의 우어슈탄트를 좀 더 알기 쉽게 풀이하면 이렇게 된다.

나는 어차피 수준 미달의 아버지다. 아버지가 되지 말았어야 하는 것은 물론이고, 아예 태어나지 말았어야 할 사람이다. 그게 나의 우어슈탄트이다. 나는 다스 게마이네를 수행하면서 삶에 적응해 보려 했다. 그러나 그게 정말 안 된다. 나는 여자를 만나기까지의 과정, 여자와 합일이 되는 순간, 그리고 그 후의 몇 달 동안은 인생의 슬픔으로부터 해방되는 환상과 착각을 맛본다. 밤하늘의 불꽃놀이같이 그것은 잠시 어둠을 밝힌다. 그러나 곧 불꽃은 사그라지고 전보다 더 깊은 어둠이 나를 휩싼다. 나 같은 수준 미달의 아버지가 계속 옆에 있어서 사랑하는 아내 미치코와 불쌍한 아이들을 더 이상 괴롭혀서는 안 된다.

이러한 다소 비현실적인 주장이 곧 다자이의 본심인데 현실에서 누가 이렇게 말한다면 사람들은 "어이구, 저 뻔뻔한 거짓말쟁이!"하고 비난했을 것이다. 그러나 적어도 다자이 소설들을 읽는 동안에는 그런 비현실적·환상적·초자연적 주장이 어떤 합리적 필연성을 갖는 것처럼 느껴지고 또 거기에 매혹되어 계속 읽게 된다. 바로 이것이 다자이 소설의 매력이다.

스승 이부세에 대한 반어법

이부세(1898~1993)가 다자이의 평생 스승이었다는 사실은 일본 문단에서 모르는 사람이 없기 때문에 '이부세 씨는 나쁜 사람' 운운하는 다자이의 발언은 다들 놀라운 일로 받아들였다.

이부세는 다자이가 1930년 4월 도쿄대학 불문과에 입학하게 되어 도쿄로 왔을 때 처음 찾아가 가르침을 청한 문학의 스승이었다. 그 후에도 다자이는 일본의 단편소설에 대하여 언급할 경우에, 과거 모리 오가이나 나쓰메 소세키 같은 훌륭한 단편 작가들이 있었으나 오늘날에는 이부세 씨 정도만 그에 필적할 뿐이라고 말하며 스승을 극찬했다. 이부세는 다자이의 첫 작품 「어복기」가 좋은 반응을 얻자, 신인 작품이 이런 좋은 반응을 얻는 것은 나중의 대성을 위해 그리 좋은 일이 아니라고 진심으로 걱정해준 스승이었다. 비록 제자의 재주가 뛰어나기는 하지만 아무래도 시작이 너무 좋으면 혹시 그것 때문에 교만해지지 않을까 우려한 것이었다. 이것은 초기의 성공으로 교만해져 망해버린 작가들이 너무 많다는 것을 이부세가 잘 알았던 까닭이다. 그 후 다자이가 동반자살, 약물중독, 학업 부진 등으로 쓰가루의 본가에서 배척받고, 문단에서는 반미치광이 취급을 받을 때도 변함없이 옆에서 지지하면서 격려해주었다.

1938년 이미 첫 번째 아내 하쓰요와 헤어지고, 문단에서는 성격 도착자, 정신이상자, 불성실한 채무자 등 광인 취급을 받는 고립무원의 다자이가 도움을 요청하기 위해 찾아간 것도 이 스승이었다. 후지산이 보이는 마을, 야마나시현의 미사카의 산속 천하찻집에 틀어박혀 원고를 집필할 때, 그 옆에서 시간을 보내려고 일부러 찾아갔던 사람도 이부세였다.

다자이는 이부세의 배려를 정말 고마워했고 또 아주 가까워서 친밀감을 느껴서인지 이런 묘사를 하기도 했다.

> [이부세 씨개] 작은 목소리로 나를 위로한 것을, 나는 잊을 수가 없다.
> 아무튼 정상에 도착했는데 갑자기 짙은 안개가 끼어서 (…) 보이는 게
> 전혀 없었다. (…) 이부세 씨는 짙은 안개 아래 바위에 앉아, 느긋하게
> 담배를 피우면서 방귀를 뀌었다. 전집 2 / 후지산 백경 / pp. 158~159

이 부분에 대하여 스승 이부세는 사실무근이라며 항의를 했다. 그러자
다자이는 "아니, 틀림없이 뀌셨습니다, 한 번이 아니라 두 번 뀌셨습니다"
라며 항의를 받아주지 않았다. 너무 강력하게 주장했기에 이부세 자신도
아마 뀌었을지도 모르겠다며 착각을 일으켰고 결국은 실제로 방귀를
뀌었다고 생각하게 되었다.

스승 이부세는 곧 도쿄로 돌아갔으나 다자이는 이 산중의 천하찻집
에 남아서 날마다 후지산을 쳐다보며 소설을 썼다. 이때 스승은 다자이
를 위하여 결정적인 일을 하나 해주었는데 바로 양갓집 규수에게
중매를 서준 일이었다. 그 규수가 그의 두 번째 아내가 된 이시하라
미치코였다. 이 결혼은 스승 이부세와 후지산이 마련해준 아름다운
인연이었다.

이때 다자이는 그 결혼의 보증인이 되어줄 것을 이부세에게 요청했
고 스승은 그것을 허락하면서 앞으로 어떤 일이 있어도 파혼은 하지
않겠다는 서약서를 쓰라고 요구했다. 아마도 첫 번째 아내 오야마
하쓰요와 헤어진 일을 의식했기 때문이었을 것이다. 다자이는 그 서약
서를 썼다.

저는 제 자신을 가정적인 남자라 생각합니다. 좋은 의미든 나쁜 의미든, 저는 더 이상의 방랑을 견딜 수가 없습니다. (…) 결혼과 가정은 노력이라고 생각합니다. 엄숙한 노력이라고 믿습니다. (…) 제가 다시 파혼을 반복하게 된다면, 그때는 저를 완벽한 미치광이라고 여기시고, 버려주십시오.

전집 10 / p. 138

그 후 산속에 있는 천하찻집의 혹독한 겨울 추위를 견디지 못한 다자이는 처가가 있는 고후시의 하숙집으로 거처를 옮겼다. 그 집은 장차 신부가 될 미치코의 어머니가 구해준 집이었다. 다자이는 그 하숙집에서 15분 거리에 있는 미치코의 집에 거의 매일같이 찾아가 술을 마시며, 좋은 기분이 되어 앞날에 대한 자신의 포부를 말하곤 했다. 다자이로서는 젊은 날의 방황을 끝내고 안정기에 접어들기 위해 도움닫기를 하던 때였다.

장모님도 미치코의 여동생 아이코도 모두 다자이에게 잘해주려고 애썼으며 다자이 자신도 이 무렵 「황금풍경」이라는 단편소설로 국민일보의 콩쿠르에서 당선되어 소액이나마 상금을 타서 처가 식구들과 야유회를 갈 생각을 하기도 한다. 이때 다자이는 아무것도 없는 자신에게 딸을 내주신 장모님에게 고마운 마음을 표시하기 위해 역전에 달려가 사 온 국민일보 신문을 가지고 그 길로 장모님한테 가서 자랑하려다가 쑥스러워서 그만둔다. 이렇게 좋은 때에도 언뜻언뜻 그를 찾아드는 오랜 친구 쓸쓸함은 다자이를 조용히 내버려 두지 않았다.

고후 변두리라서 (…) 밤 여덟 시가 지나면 조용해진다.
"잘 들어. 쓸쓸함에 지면 안 돼. 그게 가장 중요한 마음가짐이라고 생각해."

나는 사뭇 진지한 말투로 아내에게 그렇게 가르쳤다. 나 자신이 쓸쓸함
에 질 듯해서 불안했기 때문이기도 하다. 전집 10 / 당선 날 / p. 178

1939년 1월 다자이는 미치코와 결혼할 때 제대로 식을 올릴 재정적
여력이 없었는데, 이때 도쿄에 있는 자신의 집을 결혼식장으로 내준
것도 이부세였다. 그 결혼식에는 다자이와 미치코, 장모님 그리고 극소
수의 사람들만이 참석했고 다자이 본가에서는 아무도 오지 않았다.
그 대신에 과거 다자이 아버지의 은덕을 잊지 않고 있던 도쿄의 양복쟁이
기타 씨와 고향 사람 나카바타 씨가 참석했는데, 특히 나카바타 씨는
돈이 없는 다자이를 위해 쓰가루의 친척들을 찾아다니며 여기저기
기부받아서 예복용 기모노를 준비하여 이부세의 집으로 결혼 전에
도착시킨 인물이었다. 다자이는 이부세의 호의로 그의 집에서 간소한
결혼식을 올렸고 그 후 고후시에서 약 8개월간 살았다. 그는 이 시기를
어렴풋이나마 휴양의 한가로움을 느꼈던 한때라고 회상했다. 아내 미치
코도 나중에 펴낸 회고록 『회상의 다자이 오사무』에서 이 시기가 가장
행복했다고 회고했다. 신혼부부의 애정이 서로 깊어지던 시기였는데,
부부는 사람이 이렇게 행복해도 되는 것일까, 하고 죄송하게 생각하기도
했을 것이다. 그 기쁨은 남편 작품이 국민일보 응모전에 당선하여 간바야
시라는 작가와 함께 수상하여 각자 상금 50엔을 받은 장면에서 미치코가
한 말로 잘 드러난다.

"어이, 이거 뭐 대단한 일도 아니군."

"아니요, 저는 이 정도의 기쁨이 가장 행복한걸요. 오백 엔, 천 엔

받는 것보다 간바야시 씨와 오십 엔씩 나눠 받는 게 훨씬 아름다워요."

전집 10 / 당선 날 / p. 182

아름다워라! 미치코의 말이여! 이날 해 질 무렵에는 미치코의 여동생 아이코가 엄마가 주는 선물이라며 겹옷을 가지고 왔는데 이렇게 말한다. "이거 엄마가 언니에게 주라고 했어." 언니에 대한 애정이 배어 있는 아이코의 시무룩한 말투가 생생히 귀에 들려오는 듯하다. 이 처제는 다자이가 전쟁 통에 고후 처가로 피란 간 기록인 「동틀 녘」과 다자이가 문단 초창기 시절을 회고한 「동경 팔경」이라는 단편에서 등장하는데, 다자이를 대하는 태도가 은근하여 사람의 아름다운 심성은 이렇게 타고 나는구나, 하고 생각하게 된다. 그러나 아이코는 안타깝게도 1948년 2월 말 병사했다.

그러나 다자이는 고후시에서는 원고 수주와 발송이 여의치 못하다고 생각하여 그곳에서 8개월 정도 살다가 도쿄 외곽 지대인 미타카로 이사했다. 이 시기에 삶에 의욕을 느낀 다자이는 열심히 글을 썼고 이때 쓴 「I can speak」는 아주 잘된 단편인데 다자이와 미치코의 부부 관계를 잘 설명해 준다.

이부세를 나쁜 사람이라고 말한 이유

이렇게 새 출발을 하도록 물심양면으로 도와준 스승을 가리켜 유서에서 그렇게 말했으니 다들 의아하게 여겼다. 여기에 대한 직접적인 이유로 추정할 수 있는 사건은 다자이가 죽던 해인 1948년 정월 초에 이부세의 집에서 생겼다. 그해 설날 다자이는 몇 명 동료들과 함께 이부세 집으로 세배를 갔다. 평소와 마찬가지로 술을 많이 마셔서 대취한 다자이가 스승 집 옆방에서 잠시 잠이 들었다가, 설핏 깨어나 우연히 옆방에 있던 친구들과 스승의 말을 엿듣게 되었는데, 마침 자기 얘기를 하더라는 것이다. 일본 가옥의 방들은 창호지 문이라고 하여 얇은 종이를 바른 나무틀 문이기 때문에 옆방에 누워 있어도 사람들이 하는 말이 다 들렸다.

문인 친구들은 잠든 다자이를 가리켜 피에로 같은 사람이라고 흉을 보았고 더욱 충격적인 건 스승 이부세도 응, 응 하면서 동조하더라는 것이다. 다자이는 이날 집으로 돌아와 "내 나이가 마흔이나 되었는데 아직도 내 소설을 칭찬해 주지 않는다. 도대체 언제가 되어야 칭찬을 해줄 생각인가? 사람을 바보로 알고 있다. 정말 매정한 사람이다."라며 슬피 울었다고 미치코는 회상한다.

다자이의 한 단편은 이부세를 고향의 큰형 분지와 비슷한 사람이라고 말한다.

> 나의 문장력에 대해 영원히 불안을 품고 있던 사람은 이부세 씨와 쓰가루 본가의 형이었는지도 모른다. 이 두 사람은 둘 다 올해(1946)로 48세. 나보다 열한 살 위다. 형은 벌써 머리가 벗겨져서 번쩍거리고, 이부세 씨도 요즘 부쩍 흰머리가 많이 늘었는데, 둘 다 잔소리가 꽤 심했다. 성격도 어딘가 비슷한 데가 있었다. 전집 7 / 15년간 / p. 244

다자이가 큰형과의 대화를 직접 작품의 소재로 삼은 「뜰」이라는 단편전집 7 / p. 187을 읽어보면 형은 의젓하고, 동생은 경쾌한 사람으로 묘사되어 있어서, 어떻게 한 어머니에게서 태어난 형제가 이렇게 다를 수 있을까, 하는 생각이 든다. 이 형은 일본 작가로 나가이 가후와 다니자키 준이치로를 좋아하고 중국의 당송팔대가 산문을 좋아하는 중후한 신사다. 형이 동생을 미덥지 않아 하는 분위기가 전편에서 감지된다. 이때는 다자이가 아직 『사양』(1947)과 『인간 실격』(1948)을 내기 전이었으니, 형이 그렇게 저평가하는 것도 이해가 된다.

그러나 이부세의 집에 세배를 다녀온 것은 1948년 정초였고 이 무렵에는 『사양』도 이미 나와 있을 때였는데 스승으로부터 그런 푸대접을 당했으니 다자이는 섭섭한 마음이 들었을 테고 그래서 "이부세 씨는 나쁜 사람" 운운한 것은 이 기억이 작용한 것일 수도 있다.

정작 이부세 자신은 다자이가 평소 반대로 말하기 좋아하는 반어법의 대가였으니, 좋은 뜻으로 그렇게 말했을 것이라고 선의로 해석했다. 실제로 다자이는 1936년 9월 15일 이부세에게 보낸 편지에서 이런 말도 하고 있다.

이부세 씨, 당신 자신을 더더욱 사랑하시기 바랍니다. 이부세 씨는 굉장히 좋은 사람입니다.

아무개는 나쁜 사람, 이라는 구절은 다자이의 단편 「고향」에도 나온다. 거기서는 "기타 씨는 나쁜 사람"이라고 다자이의 큰형 분지가 하는 말이 있는데, 이 기타 씨는 도쿄에 살고 있는 양복쟁이 아저씨로 다자이의 부친한테 신세를 많이 진 은덕을 잊지 않았고, 그래서 큰형 분지가 도쿄에 출장 나와 있을 때, 동생 다자이를 데리고 쓰가루로 일시 귀성하게 하여 고향집과 화해하게 만든 인물이다. 큰형이 나중에 기타 씨가 중간에서 그런 선행을 주선했다는 것을 알고서 했다는 말이 바로 "기타 씨는 나쁜 사람"이었다. 이것은 속으로는 고마워하면서도 겉으로는 다르게 말한 것이라는 이부세의 해석을 뒷받침한다.

죽음 직전의 유머

다자이의 한 단편에 셋째 형 게이지의 임종을 다룬 부분에서 그 형이 폐병으로 죽기 직전에 유머를 구사하는 장면이 나오는데 그걸 생각하면 '이부세 씨는 나쁜 사람' 운운은 일종의 유머가 아닌가 하는 생각도 든다.

> 큰형과 친구들에게 둘러싸여 숨을 거두기 전에 제가, '형!' 하고 부르자 형은 또렷한 말투로 '다이아로 된 넥타이핀과 백금 체인이 있으니 네게 줄게.'라고 말했습니다. (…) 형에게 다이아로 된 넥타이핀 같은 게 있을 리 없다는 것을 알고 있었기 때문에, 허세를 부리려는 형의 그 마음이 더욱 슬프게 느껴져서 엉엉 소리 내어 울었습니다. 전집 3 / 형 / pp. 191~192

우리는 『사양』과 『인간 실격』의 무겁고 심각한 분위기에 짓눌려서 다자이에게 유머가 별로 없으리라 생각하기 쉬우나, 단편 「피부와 마음」처럼 여자의 심리를 묘사할 때, 그리고 술꾼의 심리를 묘사할 때 다자이의 유머는 그야말로 작열한다. 장편소설 『판도라의 상자』에서 세계적 수학자의 아들인 '나'는 폐결핵으로 산중의 건강도장(요양소)에 입소하게 되는데, 그곳의 간호사인 다케와 마아보는 '나'를 은근히 좋아한다. 이 두 여성의 심리 묘사와 다른 환자들의 행태를 묘사하는 필치는 경묘하면서 유머러스하여 자꾸만 웃음을 터뜨리게 한다. 다케가 '나'에게 밥을 많이 퍼주면서 '마이 무라'라고 말하는 장면, 마아보가 '나'를 향해 '저리 가!' 하고 신경질을 내는 장면 등을 읽고 있노라면 유쾌한

웃음이 저절로 터져 나온다.전집 7 / 판도라의 상자 / p. 42, 91

　그보다 전쟁 중에 술꾼들의 심리를 다룬 한 단편은 유머의 백미이다. 이 작품에는 이자카야의 풍경이 아주 리얼하게 그려져 있는데, 전시인지라 술이 귀하여 술꾼들은 술집 주인의 비위를 맞추며 한 병이라도 더 얻어 마시려고 애를 쓴다. 이런 심리를 꿰뚫어 보는 술집 주인은 자꾸 안주를 더 시키라고 한다.

　　[술꾼들은] 나도, 나도, 하며 한 접시에 이 엔이나 하는 도미소금구이를 주문한다. 어쨌든 이걸로 한 병은 마실 수 있다. 하지만 주인은 무자비하다. 쉰 목소리로,
　　"돼지고기 쩜도 있어요."
　　"뭐? 돼지고기 쩜?" 노신사는 빙그레 웃으며, "기다리고 있었어요."라고 말한다. 하지만 내심 난처해하고 있다. 노신사는 이가 안 좋아서 애당초 돼지고기를 씹을 수가 없다. 전집 5 / 금주의 마음 / p. 345

　나는 지금도 이 부분을 읽으면 너무 웃음이 나와서 의자에 제대로 앉아 있을 수가 없다. 이 노신사가 누구이겠는가? 바로 다자이 그 사람인 것이다. 다자이 전집을 되풀이하여 읽다 보면 예기치 않은 곳에서 그의 유머를 만날 수 있다. 대학교 수업이라고는 들은 적이 거의 없는 다자이가 가는 날이 장날이라고, 이런 질책을 당한 때도 있었다.

　　언젠가 프랑스어 시간에 세 번 하품을 했는데, 그때마다 교수와 눈이 마주쳤다. 분명 딱 세 번이었다. 일본에서도 알아주는 유명한 불문학자였던 그 노교수는 참을 만큼 참았다는 기세로 소리쳤다. "자네는 내 수업

시간에 하품만 해대고 있군. 한 시간에 백 번이나 하품을 하다니!" 마치
그 많은 하품 수를 하나하나 계산하고 있었다는 듯이. 전집1/어릿광대의꽃
/ p. 164

이런 것들은 한 장면에서 오는 유머이지만 어떤 단편은 작품 전체가
유머로 가득한 이야기이다. 눈이 많이 쌓여 눈높이가 전선주에 이른
어느 겨울날, 탈주한 남편을 집에 숨겨놓고 시침 떼며 거짓말을 자연스럽
게 하는 새댁 얘기인데, 그 숨겨놓은 사실이 들통났는데도 "언제 왔어?"전
집7/거짓말/p.216 하고 의뭉을 떠는 새댁을 보면 그 유머의 열기가 온 사방에
쌓인 눈을 일거에 녹여버릴 듯하다. 미타카 집에 몰래 잠입하려는 도둑을
다자이가 직접 방안으로 들여놓고 대화를 나누는 「봄의 도적」 같은
단편은 읽으면서 계속 웃음이 나오는데 다 읽고 나면 왜 이리 슬픈
느낌이 드는가. 같은 작품에서 불면증으로 풀 죽은 나(다자이)에게 한
선배(스승 이부세)가 그 불면증의 시간을 소설 쓰기에 투자하라고 조언하
는 장면은 정말 유머러스하다.

"무슨 말을 하는 거냐. 그럴 때야말로 소설의 줄거리를 생각할 절호의
기회가 아닌가. 아깝다고 생각하지 않나?" 전집3/봄의도적/p. 145

다시 죽음 앞의 유머로 돌아가, 죽음을 앞에 둔 사람이 유머를 구사하
는 일은 자주 있는 건 아니지만 가끔 발견되는 일이다. 여러 해 전
어느 대기업의 총수가 회사 빌딩에서 투신자살할 때 자기 밑의 어떤
사장을 가리켜 "자네, 그 깜빡거리는 눈까풀, 그리울 거야."하고 유서에
썼던 것이 기억난다. 말하자면, 나는 이렇게 죽지만 죽음, 이까짓 것

아무것도 아니야 하는 마음의 여유를 보여주려는 것이었다. 죽음 앞의 유머로 대표적인 것은 강효석이 편집한 우리나라 야담집 『대동기문大東奇聞』(1926)에 나오는 이런 에피소드가 있다.(이 이야기는 야담이므로 약간 과장이 섞였으며 『민족문화대백과』나 『국조인물고』에는 사약을 받아 죽은 것으로 기록되어 있다).

연산군 시대에 유배를 가 있던 금호錦湖 임형수林亨秀(1504~1547)에게 교수형에 처한다는 윤지가 내려졌다. 금호는 퇴계 이황과 호당湖堂(우수한 젊은 문관을 뽑아 실무를 면제해주면서 오로지 학업을 닦도록 국가에서 제공한 서재)에 함께 있을 때도 유머러스한 장난이 풍발했는데, 퇴계는 그때마다 당황하면서 "그만두지 못할까" 하고 점잖게 한마디 할 뿐 쩔쩔맸다. 그러자 옆에 있던 사람이 말했다. "저 사람이 감당하지 못하는데 왜 자꾸 그러느냐." 그러자 금호가 대답했다. "내가 하지 않으면 누가 감히 퇴계에게 이렇게 하겠는가. 그러나 나는 소동파가 이천(송대의 철학자 정이)에게 했듯이 퇴계가 간사하다고는 안 했으니, 소동파보다야 낫지 않은가." 그러자 좌중의 사람들이 박장대소했다.

금호의 사형이 확정되자 형리들이 형구(라고 해봐야 기다란 동아줄)를 가지고 심각한 얼굴로 그 선비의 유배지 숙소에 도착한다. 그러자 금호가 창호 문을 사이에 두고 말한다. "자 이제 줄을 들여라. 내 목에다 그 줄을 감을 테니 너희들이 꼭 잡아당겨라." 줄이 밖으로 나오자 형리들은 땀을 뻘뻘 흘리면서 그 줄을 잡아당겼다. 그러나 실은 방 안의 선비가 베개에다 그 줄을 감고서 그 베개를 마주 잡아당기고 있었다. 그러나 중과부적. 결국 선비가 힘이 달려 그 베개가 마당 밖으로 당겨져 나갔다. 형리들은 동아줄이 감긴 베개를 보고서 아연실색, 분노한다. 그러자 선비가 박장대소한 다음 정색하며 이렇게 말한다. "내가 농담으로 한번

해본 것이니 너무 화내지 말라. 자 이제 정식으로 목을 걸 테니 줄을
들여보내라." 그렇게 해서 금호는 죽기 전에 한번 크게 웃은 다음 이
세상을 떠나갔다.

금호의 이 애기를 처음 들으면 우습지 않은 것은 물론이고 어떻게
죽음을 앞둔 상황에서 농담이나 유머가 나오겠나 하고 의심하게 된다.
하지만 이 에피소드를 깊이 생각해 보면 이해할 만한 구석이 있다.
세상에 죽는 일보다 더 심각한 일은 없겠지만 이 선비는 죽기 바로
직전인데도 웃을 수 있었다. 내가 죽어야만 스토리가 끝나는 것이라면
그것을 플래시포워드(앞으로 벌어질 일을 미리 상상해 봄)하여 한번 실연해
보자는 기발한 발상으로 그 죽음을 맞이했던 것이다.

기발한 생각이라고 하면 중국 당나라의 시인 왕범지王梵志(590~660)도
빼놓을 수 없다. 이 시인은 공동묘지의 무덤을 만두에, 그리고 무덤
속에 든 시신을 만두소에 비유했다. 그러면서 공동묘지에 가면 너무
슬퍼하지 말라고 일렀다. 당신도 결국에는 그런 만두 하나를 먹게 될
텐데, 다 똑같은 신세면서 뭘 그리 슬퍼하느냐는 주장이었다. 그러니
내 무덤 앞에서는 울지 말고 "여보게, 그 만두 맛있나?" 하고 물어보면서
웃어달라고 왕범지는 부탁했다. 임형수나 왕범지는 "죽음이라는 거,
이거 뭐 따지고 보면 별것도 아니잖아"하는 초월의 마음이 있었기에
그처럼 죽음 앞에서 농담을 던질 수 있었다.

죽음 앞의 유머는 다른 에피소드들도 있다. 소강절은 북송의 사상가
소옹의 본명이다. 소옹이 죽을 당시에 제자 정이가 찾아가 문병하니,
소옹이 두 손을 벌리고는 "저기 저 앞에 조그마한 길이 개척되었다"라
고 유머를 말했다. 정이는 송대의 대시인 겸 유머리스트인 소동파가
당신은 왜 그리 겉으로는 근엄하기만 하고 속으로는 간사하기 짝이

없는 사람이냐고 조롱한 인물인데, 형 정호와 함께 송대 성리학의 선구자였고 이들의 선구적 작업 덕분에 주자는 성리학을 완성할 수 있었다. 조선 시대의 선비 동춘당 송준길(1606~1672)이 돌아갈 때가 되자 제자가 찾아와 해학(유머)을 하겠느냐고 물으니 "나는 소강절과는 다른 사람이니 해학을 하지 않겠다."라고 답했다. 동춘당은 유머를 말하지는 않았으나 임종 전에 유머를 말하는 것이 선비의 풍류라는 것을 알고 있었다.

이렇게 볼 때, "이부세 씨는 나쁜 사람입니다"라는 유언은 다자이의 형 게이지가 임종 직전에 했다는 다이아 넥타이핀 농담과 상통하는 다자이식의 유머가 아닌가 한다.

다자이의 유머와 수필

유머는 슬픔의 정반대 얼굴이다. "나는 울지 않기 위해 웃는다."라는 말은 그것을 잘 보여준다. 19세기 프랑스에서 나온 『심리 치료 매뉴얼』이라는 책에는 프랑스의 한 희극 배우 사례가 언급되어 있다. 그는 자신의 우울증을 걱정한 나머지 저명한 정신과 의사를 찾아갔다. 의사는 환자에게 기분 전환을 위해 희극을 보라고 권유했다. 가령 칼리니 같은 코미디 배우의 전염성 높은 유머를 마음껏 즐겨 보라는 것이었다. 그러자 환자는 납득하지 못하겠다는 표정을 지었다. "당신의 우울한 기질은 뿌리가 깊군요. 칼리니같이 웃기는 배우의 유머가 당신의 증상을 제거해 주지 못하다니." 의사가 질책하듯 말하자 환자는 이렇게 대답했다. "선생님, 제가 바로 그 한번 가서 보라고 권유하신 칼리니입니다. 나는 파리 시민들에게 즐거움과 웃음을 선사하지만 정작 나 자신은 무대를 떠나면 우울증과 분노 때문에 너무나 괴롭습니다." 여기서 우리는 슬픔이 유머를 만들어내는 힘이라는 것을 알 수 있다.

다자이의 유머도 이 슬픔을 바탕으로 나오는 것이다. 그러나 다자이는 자신의 슬픔에만 매몰되어 오로지 그것만 생각하는 나르키소스는 아니었다. 다자이의 유머는 나르키소스의 자기애를 막아주는 예방약이었다. 그 유머는 대체로 겸손함, 정직함, 그리고 초연함에서 나온다. 먼저 겸손함은 자기 자신을 그리 대단치 않게 여길 수 있는 여유에서 생겨난다. 정직함은 남의 눈치 같은 것은 보지 않고 자기 느끼는 바를 그대로 말하는 것이고, 초연함은 자기 자신에게서 벗어나려는 의도, 혹은 자기를 남의 눈으로 보려는 태도이다.

다자이 전집 제10권에 수록되어 있는 수필들을 읽어보면 가장 눈에 띄는 구절은 "나는 ~한 사람이다"라는 짧은 문장이다. 가령 이런 식이다. 나는 나약한 남자, 완벽하지 못한 남자, 잘나지도 못했으면서 잘난 척하는 남자, 변변치 못한 남자, 어설픈 사람, 단순한 사람, 비속한 작가, 미련한 고생에 집착하는 사람, 항상 연극을 하듯이 자신을 하찮은 인간으로 깎아내리는 사람 등으로 자신을 겸손하게 표현하고 있다. 또 그런 마음을 이렇게 에둘러 표현하고 있다.

불행을 동경한 적 없는가? 병약함을 아름답다 생각한 적은 없는가? 패배를 즐거이 여겨본 적은 없는가? 불운을 존경한 적은 없는가? 멍청함을 사랑한 적은 없는가? 전집 10 / 오가타 씨를 죽인 자 / p. 155

다자이는 여기서 자신이 불행을 동경하는 사람, 병약함을 아름답다고 생각하는 사람, 패배를 즐거이 여기는 사람, 불운을 존경하는 사람, 멍청함을 사랑하는 사람이라고 고백하고 있는 것이다.

정직함은 보통 사람들 같으면 잘 인정하지 않을 법한 일들을 태연하게 말하는 태도이다. 가령 영화를 보면서 거의 언제나 운다든지전집 10/ 약의 양식/p.277 개를 보면 너무 무서워 몸을 사린다전집 10/ 요즘음/p.211 등인데 이런 의외의 발언이 나오기 때문에 그의 수필집을 읽다 보면 웃음을 터뜨리게 된다.

초연함은 자기를 남의 눈으로 보려는 노력인데, 다른 사람들과 자기 자신을 비교하거나 혹은 동일시하는 태도에서 나온다.

> 아들의 전사 소식을 듣자마자 갑자기 부엌으로 가서 쓱쓱 쌀을 씻었다는 어머니의 보기 불편한 모습처럼, 이 남자가 슬픔을 반대로 표현한 것 또한 쓴웃음을 지으며 용서해 주길 바란다. 전집 10/ 오가타 씨를 죽인 자/p.155

이 어머니의 초연함은 먼저 웃음이 나오지만 곧이어 슬픔이 느껴진다. 어머니는 죽음, 너 따위는 내게 아무것도 아니라고 말하는 것일 수도 있다. 아니면 죽은 아들의 영혼이 집을 찾아 돌아오면 밥이라도 한 끼 먹여주어야지, 하는 현실과 판타지가 뒤섞인 생각을 하는 것인지도 모른다.

그런데 겸손함, 정직함, 초연함은 상대방이 어떤 사람이냐에 따라서 곧바로 오만함, 부정직함, 주제넘음으로 번역되어 버린다. 다자이를 연모하던 문학 취향의 여성들이 다자이 실물을 처음 만나보았을 때의 반응이 그러했다. 다자이는 한 소설에서 자신을 가리켜 이렇게 말했다.

> 나는 내가 이상하게 생겼다는 것을 잘 알고 있다. 어렸을 때부터 못생겼다는 소리를 들으며 자랐다. 불친절하고 눈치도 없다. 게다가 품위 없이

벌컥벌컥 술을 들이붓기도 한다. 여자들이 그런 나를 좋아할 리가 없다.

전접 3 / 세속의 천사 / p. 172

그래서 여자대학을 졸업하고 흠잡을 데 없는 미인이며 부자 동네인 도쿄의 아사가야에 살고 있던 좋은 집안의 26세 아가씨는 다자이를 연모하다가 처음 만났을 때, 당신은 언제나 소설에서 당신의 얼굴이 못생겼다고 서술했는데, 실물은 정반대여서 음흉하다는 느낌이 든다, 라고 말했다. 잘생긴 데다 키도 크고(175센티), 부드러우면서, 여자의 마음을 잘 읽는 남자가 왜 그런 사실과 다른 얘기를 썼느냐는 항의였다. 명심보감에도 지나친 공손함은 예의에 어긋나는 일이다, 라는 말이 나오는데, 다자이의 경우 지나친 겸손함이 늘 문제였고 본인은 자신의 나약함에서 겸손함이 나왔고 그것 때문에 오만한 사람으로 비치는 일이 있다고 말하기도 했다.전집 10 / 나의 반생을 말하다 / p. 408

그러나 간혹 그 겸손함이 오만함으로 돌변하는 일도 있었다. 다자이는 친구에게서 시가 나오야가 자신을 거만한 자라고 욕한다는 얘기를 듣고서전집 10 / pp. 467-8, 너무나 억울해하다가 마침내 「여시아문」이라는 수필에서 시가에게 맹공을 퍼붓는다. 물론 다자이가 죽기 2개월에 구술하여 쓴 글이라는 점도 감안해야겠지만 이 글의 언사는 오만하다는 느낌을 준다.

시가 나오야처럼 자아가 단단한 사람은 자신의 잘못을 좀처럼 인정하려 들지 않는다. 남들이 자기를 공격하거나 비판하면 즉각 방어에 나서고 지적된 잘못을 인정하기보다는 그렇게 지적하는 상대방의 잘못을 역공하고 나선다. 반면에 자기를 초연하게 바라보는 사람은 먼저 자기 자신에 대해서 의심한다. 불가에서 말하는 '이 뭣꼬?'의 화두가 작동한다. 자기라는 존재를 아무것도 아닌 것처럼, 무처럼 허공처럼 보려 한다. 그러면서 미리 자신이 뭔가 잘못했을 것 혹은 모든 게 다 내 탓이라고 생각해 버리는 것이다. 다자이는 후자에 속하는 사람이다.

　　얼마 전, 신주쿠의 어느 가게에 들어가 혼자 맥주를 마시고 있는데, 부르지도 않은 어린 여자 하나가 옆에 다가와서는,

　　"당신은 지붕 위의 철학자 같아. 엄청 뭐라도 되는 척하는데, 여자한테는 인기가 없겠는걸. 아니꼽게 예술가인 척해봐야 소용없어. 꿈을 버려야 해. 노래하지 못하는 시인인가? 그래! 그렇군! 당신은 참 대단해. 이런 곳에 오려면 말이야, 먼저 한 달 정도 치과에 다니고 나서 오라고."라고 심한 말을 했다. 내 이는 엉망진창으로 빠져 있는 상태였다. 나는 대꾸할 말을 찾지 못하고 계산을 부탁했다. (…) 코가 빨개지지 않는다면 좋으련만, 하는 생각도 한다. 전집 10 / 용모 / pp. 287~288

　　어린 여자가 버릇없이 구는데도 대꾸 한마디도 못 하고 그곳에서 나와서는 자신이 도깨비 같은 사람("빨간 코")이 되지 않았으면 좋겠다고 자책하는 것이다. 이런 버릇없는 어린 여자를 만난 경우, 에고가 단단한 사람이라면 당장 반격에 나섰을 것이다. 하지만 상대방 여자는 다자이의 캐릭터를 이미 파악했고 본인도 그걸 인정하고 들어갔다. 이런 낭패를 겪은 것은 결국 다자이의 독특한 성품과 관련이 있다. 다자이의 양극적 기질은 생애 내내 그를 따라다니는 마음의 무드였는데 이런 문장은 그것을 잘 보여준다.

　　나는 내 작품을 칭찬해 주는 사람 앞에서는 극도로 작아진다. 그 사람을

기만하고 있는 듯한 기분이 들기 때문이다. 반대로 내 작품을 욕하는
사람은 예외 없이 경멸한다. 무슨 말을 지껄이는 거냐, 라고 생각한다.

전집 10 / 자기 작품에 대해 말하다 / p. 262

다자이 수필과 보들레르의 「신천옹」

다자이는 생전에 딱 한 번 수필집을 발간했다. 이 책에 대하여 자신의
수필에서 이렇게 언급했다.

> "다카나시 서점에서 『신천옹』이 나올 겁니다. 『신천옹』에는 주로 수필
> 을 실었습니다. 아마 7월까지는 전부 나올 것입니다." 전집 10 / 나의 저작집
>
> / p. 291

주로 수필을 실었다고 한 것은 수필만으로는 한 권의 책이 되지
않아 「창생기」, 「갈채」 같은 단편을 함께 실었기 때문이었다. 이 수필집
에서 중요한 부분은 그 제목이다. 다자이 자신은 이 제목에 대하여
구체적으로 설명해 놓은 것이 없지만, 아마도 보들레르의 시집 『악의
꽃』(1861)에서 두 번째로 등장하는 시 「신천옹」에서 빌려온 것으로
보인다.

샤를 보들레르(1821~1867)는 방탕한 생활로 세간의 조롱을 받은 프랑
스 시인인데 우울과 이상, 악과 선으로 분열된 인간의 심리 상태를
깊이 통찰한 현대시의 선구가 되는 시인이었다. 그는 자신이 저주받은
사람이라는 생각에 강박적으로 사로잡혔고 그 결과 반항과 신성모독으
로 내달렸다. 그는 악에서 아름다움을 볼 수 있다고 생각하며 『악의
꽃』(1861)이라는 시집을 발간했다. 이 시집의 결말 부분은 반항과 죽음이

라는 소제목을 달고 있는데 이렇게 노래한다. "지옥이건 천국이건 무슨 상관? 우리는 심연 밑바닥에, 미지의 밑바닥에 뛰어들고 싶다. 새로운 것을 찾아내기 위해!"

이러한 보들레르의 문학 사상은 다자이에게 큰 영향을 미쳤다. 다자이는 보들레르에 대하여 이렇게 말했다.

> 나는 문학 생활을 시작했을 때부터 어쩌면 마지막까지, 보들레르에게만 오직 그에게만 들리는 독백을 하고 있었던 건 아닐까.
> '지금 일본에 스물일고여덟의 보들레르가 살아 있다면.'
> 나를 살아 있게 하는 유일한 말이다. 전집 10 / 벽안탁발 / p.93

신천옹albatross은 남양 방면에 있는 바닷새 중 가장 큰 새로서 몸이 희기 때문에 알바트로스라는 이름이 붙었다. 선원들 사이에서는 바다에서 죽은 사람이 이 새로 환생하므로, 이 새를 죽이면 재앙을 입는다는 전설이 있다. 새뮤얼 T. 콜리지의 명시 「노수부의 노래」는 이 신천옹을 죽이고 속죄의 고뇌를 겪는 선원을 노래한 것이다.

다자이가 수필집을 내면서 이 신천옹을 책 제목으로 소환한 것은 수필 속 자기 모습이 신천옹을 노래한 시인 보들레르와 비슷하다고 생각해서였을 것이다. 시를 읽어보면 다자이를 잘 묘사하고 있다는 느낌이 든다.

> 깊은 바다 항해하는 배를 뒤쫓는,
> 태평꾼인 느림보 길동무,
> 커다란 바닷새 신천옹을

뱃사람들은 흔히 장난삼아 잡는다.

널빤지들 위에 내려 놓이자마자,
이 창공의 왕도 서투르고 수줍어,
가엾게도 그 크고 하얀 날개를
배의 노처럼 제 곁에 내려놓는다.

날개 돋친 이 길손, 얼마나 기가 죽어 어색한가!
전에는 그토록 아름답더니, 우습고 초라한 몰골!
막대기로 부리 건드리며 약 올리는 선원,
절뚝거리며, 못 나는 병신 시늉을 하는 선원.

폭풍 속을 넘나들며 활잡이를 비웃는
이 구름의 왕자를 닮은 게 바로 시인.
땅 위로 쫓겨나 놀림당하는 마당에서는,
거인 같은 날개 때문에 걷지도 못하는구나.

— 보들레르, 「알바트로스」, 박은수 역, 민음사, 1995

제 **8** 장

「비용의 아내」, 의혹의 점

이시하라 미치코(石原美知子)는 1938년 이부세 마스지의 소개로 만나 다자이와
결혼한다.

아름다운 여인 미치코 덕분에 어둠에서 나와 빛을 보았고, 그동안의
방황을 끝내고 안정을 되찾으며, 사랑의 이름으로 슬픔을 이겨보겠다고
선언하는 것이다. —245쪽

단편 「비용의 아내」에 대하여 말하기 전에 비용이 어떤 사람인지 알아보자.

프랑수아 비용(1431~?)은 파리에서 태어나 파리대학을 졸업했다. 대학 시절에 방탕한 학창 시절을 보냈고, 여자관계로 소행이 불량했고 또 불순 단체에 출입했고 음주, 절도, 간음 등 여러 사악한 행동을 했다. 1455년 그는 싸움을 하다가 한 사제를 살해했고, 1456년 크리스마스이브에는 동료들과 함께 한 대학의 건물에 들어가서 황금 500에큐를 훔쳤다. 이 무렵 「작은 유언」이라는 시를 썼는데 사랑했던 여인의 배신으로 인해 파리를 떠나야 했다고 밝혔다. 또 자신이 체포를 두려워하여 파리에서 도망쳤다는 얘기도 했다.

비용은 그로부터 6년 동안 프랑스 전역을 방황하며 돌아다녔다. 오를레앙에 들렀을 때는 오를레앙 공작 저택에서 벌어진 시 대회에도 참여했고 1460년에 오를레앙 감옥에 몇 달 동안 투옥되기도 했다. 루이 11세가 그 마을을 지나가면서 내린 사면령 덕분에 출옥했고 1461년에는 건강 악화, 가난, 후회 등이 뒤섞여서 「유언」이라는 시를 썼다. 이 시는 그의 생애, 잘못된 인생 항로, 사랑에서의 실망, 살아가는 고통, 질병·노년·가난·죽음에 대한 두려움을 노래했다. 이 시는 그 쓸쓸함, 우울, 유머, 진지함, 깊은 감정 등으로 인해 앞선 시인들의 도덕적·교훈적 분위기와는 아주 달랐다.

그는 1462년 파리에 돌아왔고 그해 가을에 두 번이나 체포되었다. 두 번째 체포 건은 교황청 관리가 다치는 싸움 현장에 있었기 때문이었다. 이 건으로 그는 교수형에 처했으나 상소하여 선고 취소 처분을 받았다. 하지만 그의 사악한 행동을 감안하여 향후 10년간 파리로부터 떠나라는 명령을 받았다. 이 사형 선고는 「타락한 자의 발라드」라는 명시를 쓰는 계기가 되었는데, "내 뒤에도 살아남아 있을 내 인간 동포들이여"로 시작되는 이 시는 교수대에 목이 매달린 자신의 모습을 상상하면서 인간의 법률로부터 자신을 구해달라고 하느님에게 호소하는 내용이다.

지난해 내린 눈들은 어디에?

파리에서 추방된 이후에 비용의 삶이 어떻게 되었는지는 알려지지 않았다. 셰익스피어는 "지나간 것은 다가올 것의 전주곡"이라고 『템페스트』 2막 1장에서 말했는데, 아마도 비용은 과거에도 그랬으니 그 후에도 유랑하다가 죽었을 것으로 추정된다. 비용은 사후에 거의 잊힌 시인이 되었다가 19세기에 들어와 재조명을 받으면서 중세 후기를 대표하는 시인으로 자리매김하였다. 비용은 "지난해 내린 눈들은 어디에?"라고 노래하여 근대로 돌입하기 직전의 중세 후기를 절묘하게 요약했다.

비용의 생애는 다자이의 그것과 비슷한 점이 많다. 대학 시절에 소란스럽고 방탕한 행동을 했다는 것, 나쁜 짓을 많이 했다는 것, 자신의 인생에 대하여 후회가 많다는 것, 늘 죽음 가까이에서 살았다는 것, 선배 문학가들의 도덕적·교훈적 분위기와는 아주 다른 글을 썼다는 것 등이 그러하다. 이렇게 볼 때 단편 「비용의 아내」는 「다자이의 아내」로 읽어도 무방할 것이다.

소설가 다자이는 자기 자신을 더 잘 이해하기 위하여 다른 사람들의 삶도 부단히 살펴보았고 그것을 작품으로 써내기도 했다. 「비용의 아내」를 쓰기 전에도 그런 유사 사례가 있었다. 가령 장편소설 『신햄릿』은 햄릿이 오필리어를 임신시키고 변명한다는 상황을 임의로 설정하고서 그것을 다자이의 관점에서 살펴본 것이고, 단편 「유다의 고백」은 예수의 사랑을 배신한 유다의 심리를 다자이의 입장에서 상상해 본 것이다. 「유다의 고백」은 다자이를 이해하는 데 아주 중요한 작품이다. 유다는 태어나지 말았어야 할 사람 또는 악마에게 영혼을 빼앗긴 사람으로 규정되는데 이러한 유다의 모습 또한 다자이를 상당히 닮았다.

다자이는 일관되게 자신을 가리켜 "태어나서 죄송합니다"라고 말하면서 자기 같은 사람은 빨리 죽어버리는 게 남에게 민폐를 덜 끼치는 것이라고 생각했다. 또 가마쿠라 해안에서 아쓰미와 신주를 기도했다가 여자는 죽고 자기는 살아난 이래에 심한 죄의식, 범인의식, 배신자 의식에 시달려 왔다. 자신이 죄인이라는 느낌, 그것을 해소시킬 수 없음에서 나오는 슬픔, 뭐 이런 것들이 악마처럼 그를 따라다니며 괴롭혔으니, 악마에게 영혼을 빼앗겼다고 해도 과언이 아닐 것이다.

「비용의 아내」의 비용 또한 다자이의 관점에서 본, 프랑스 시인 프랑수아 비용이다. 이 단편은 도둑 시인 비용의 아내가 남편이 돈을 훔친 술집을 찾아가 훔쳐 간 돈을 찾게 해주고 그 술집에 진 남편의 술빚을 웨이트리스로 일하며 대신 갚아 나가다가, 어느 날 술집을 찾아온, 비용을 흠모하는 문학청년과 자기도 모르게 불륜을 저지르고 그 후에 비용의 아내가 도덕이야 어떻게 되었든 우리는 계속 살아가면 되는 거야, 라고 말하는 것으로 끝난다.

이 비용의 아내가 실제 생활 속에서 다자이의 첫 번째 아내 하쓰요를 가리키는 것인지, 아니면 두 번째 아내 미치코를 가리키는 것인지 불분명하다. 비용의 아내에게 어린 아들이 있는 것을 보면 미치코를 가리키는 것 같고, 반면에 술집 손님과 자기도 모르게 불륜을 저지른 것을 보면 첫 번째 아내 하쓰요 같기도 하다. 그러나 이 두 아내의 모습이 비용의 아내에게 다 겹쳐 있으므로 이 아내는 하쓰요도 미치코도 아니다. 다자이가 하도 사소설을 많이 써서 소설 속 내용을 작가의 생활과 혼동하는 경우가 많은데, 이 경우에는 유의해야 할 것 같다.

또 이 작품이 발표된 시점(1947년 3월)을 생각하면 아직 야마자키 도미에를 만나기(1947년 3월 27일) 이전의 일이었으므로, 작품 속 여주인공 삿짱은 도미에를 모델로 한 것은 아님이 분명하다. 그러나 도미에를 만난 이후에 그녀를 줄곧 삿짱으로 불렀다는 사실은 이 작품을 이해하는 데 도움을 준다. 그리하여 "사람이 아니어도 상관없잖아. 우린, 살아 있기만 하면 되는 거야"라는 주인공 삿짱의 말은 그대로 야마자키 도미에가 했을 법한 말로 들려오는 것이다.

「비용의 아내」는 평론가들로부터 비용 아내의 성격이 앞부분과 뒷부분이 불일치한다는 지적을 받았다. 남편이 진 술빚을 대신 갚아주기 위하여 술집에 찾아가서 일해 줄 정도로 강단 있는 성격의 아내가, 그런 식으로 맥없이 술집 손님과 불륜을 저지를 수가 없다는 것이다. 소설 속에서 "그다음 날 새벽, 저는, 어이없게도, 그 남자 품에 안겨 있었습니다"전집 8 / 비용의 아내 / p. 124라고 서술되어 있을 뿐, 전후 사정에 대하여 구체적 설명은 없다. 아침에 일어나 보니 그렇게 되었더라는 얘기이다. 이것이 사이카쿠의 『호색오인녀』 중 세 번째인 오상 스토리에서 힌트를 얻었을 것이라는 점은 앞에서 이미 지적한 바와 같다.

여기서 우리는 이런 생각을 해본다. 다자이가 이야기의 일관성과 개연성이라는 단편소설의 문법을 몰라서 이렇게 하지는 않았을 것이다. 하지만 다자이를 싫어하는 독자들은 다자이가 그런 것도 모르는 또라이, 거짓말쟁이, 변덕쟁이, 저속한 자, 섹스밖에 모르는 색골, 그럴싸한 연기로 사람을 속이는 자이기 때문에 그런 식으로 비용의 아내를 폄훼했다고 매도한다. 다자이는 서머셋 몸식으로 아주 매끈하게 소설의 결말을 끌어낼 수도 있었을 것이다. 그러나 그렇게 하지 않았다.

그가 알고 있는바, 여성의 어떤 신비한 구석, 남자들이 이해하지 못하는 충동적 반응, 그리고 역설적 의미의 생에 대한 긍정 등을 정직하게 말한 것이라 본다. 따라서 다자이의 변덕이 발동하여 그런 결말을 내렸다기보다는 평소의 창작 원칙이나 인생 철학이 그런 결말을 유도했다고 보는 것이 더 타당하다. 이런 결말이 난 것은 앞에서 「달려라 메로스」라는 단편을 언급하면서 말한 '의혹의 점', 그러니까 인생에는 뭔가 깔끔하게 정리되지 않는 신비한 사항이 있다는 개념과 관련이 있다. 이 의혹의 점을 보충 설명하기 전에 다른 작품을 하나 더 살펴보자.

아내와 아버지

다자이는 「비용의 아내」를 읽을 때 「아버지」라는 단편도 함께 읽어줄 것을 독자들에게 권했다. 또 친구인 다카하시 히데오에게 보낸 1947년 4월 30일 자 엽서에서 이런 말도 하고 있다.

「아버지」를 읽고 난 뒤에 그 다음에는 꼭 「비용의 아내」를 읽어주셔야 합니다. 「비용의 아내」는 『전망』 3월호에 실려 있습니다. 「아버지」와 일맥상통하는 부분도 있지만, 진심으로 소설을 쓰기로 결심하고 쓴 것입니다. 종전 후, 제 소설 중에서 가장 긴 소설입니다.

「아버지」는 먼저 두 명의 아버지가 등장하고, 마지막으로 집안의 어린아이들과 아내를 내팽개치고 술집으로 가서 외간 여자를 만나 술을 마시며 시시덕거리는 아버지, 즉 다자이가 등장한다. 첫 번째 아버지는 구약성경에 나오는 아버지로서, 아들 이삭을 희생제물로 바치려고 모리아산으로 올라가는 신앙심 깊은 아브라함이고, 두 번째 아버지는 사구라 소고로佐倉宗五郎라는 중세 일본의 농민이다. 이 소고로는 지방 영주인 다이미요의 폭정에 항거하여 에도江戸 중앙 정부의 최고 통치자인 쇼군을 찾아가기로 결심하고서, 어느 눈 내리는 겨울날 자식들과 이별하며 먼 길을 나선다. 루스 베네딕트는 이 농민 대표의 조세 저항을 아주 인상 깊게 보았는지 일본 문화 연구서인 『국화와 칼』에서 이렇게 서술하고 있다.

농부들은 사태의 시정을 요구하는 공식적인 청원서를 작성하여 다이묘의 집사장家老에게 제출했다. 이 탄원서가 중간에서 따돌려지거나 다이묘가 그들의 청원을 무시해 버리면, 그들은 대표를 수도로 보내어 탄원서를 쇼군 정부에 제출했다. 그렇게 되면 쇼군 정부는 사태의 진상 파악에 나섰고 그렇게 해서 내려진 판결의 절반 정도는 농민 손을 들어주었다. 쇼군 정부가 농민 편을 들어서 판결을 내렸다고 할지라도 법과 질서를 중시하는 일본 정부의 엄중한 체면은 손상당한 것이었다. 농민의 불평은 정당한 것이어서 국가는 그 불평을 존중하는 것이 바람직하지만, 농민 지도자들은 위계질서라는 엄중한 법률을 위반한 것이기도 했다. 중앙 정부가 농민들 편을 들어서 판결을 내린 것과는 무관하게, 농민 지도자들은 복종이라는 엄중한 법률을 위반한 것이었고 그것은 묵과할 수 없는 문제였다. 그래서 그들은 사형에 처해졌다. 심지어 농민들조차도 이런 처분의 불가피성을 받아들였다. 다수의 농민들은 처형장에 나와 영웅들의 죽음을 지켜보았다. 농민 대표는 기름에 삶아 죽이거나, 단두형에 처하거나, 십자가형을 내렸다. 그러나 처형장에서 농민들은 반란을 일으키지 않았다. 그들은 나중에 영웅들을 위해 사당을 세우고 그들을 순교자로 추모하고 숭앙했다. 그들은 그 처형을 그들이 살고 있는 위계질서 사회의 필수적 한 부분으로 받아들였다.

첫 번째 아버지 아브라함은 종교의 대의大義를 위해 모리아산으로 갔고, 두 번째 아버지 소지로는 농민 공동체의 대의를 위해 자신의 목숨을 걸었다. 두 아버지의 대의는 아주 분명하고도 강건한 것이다. 그렇다면 제3의 아버지, 즉 다자이는 어떤 대의를 위해 그런 주정꾼, 바람둥이의 행동을 하는가? 작중 화자인 '나'는 나 자신을 구제하는 일이 대의이고, 소설 쓰기가 그 대의의 구체적 행동이라고 주장하려는 듯하다.

그런데 여기에서도 예의 그 '의혹의 점'이 들어가 있다. 겉으로 내놓는 대의는 그러한데 실제로는 문학(소설 쓰기)의 대의가 아니라, 외간 여자와 만나서 술을 마시며 시시덕거리려고 집을 나서는 것이다. 두 번째 아버지 소지로와는 전혀 다른 이유로, 다자이는 아이들과 일시 헤어지고 있다. 게다가 2차 대전 종전 후 아내는 추운 겨울날 쌀 배급을 타기 위해,

큰애는 걸리고, 작은애는 손에 잡고, 뱃속에는 셋째 아이가 든 채로
배급소 앞의 긴 줄에 서서 기다리고 있는데 그 옆을 아버지가 외간
여자를 데리고 지나가고, 큰애가 아버지를 뻔히 쳐다보는 것을 아내가
쳐다보지 못하게 말린다는 내용이 나온다. 앞의 두 아버지에 비교하면
제3의 아버지는 너무나 무책임하고 허랑방탕하여 대의라고 할 게 없는
아주 한심한 아버지이다. 이 소설의 끝 문장은 이러하다.

> 의義란? (…) 그 의, 의란, 아아, 남성의, 버겁고도 슬픈 약점 같다. 전집
> 8 / 아버지 / p. 157

평론가들은 이 소설 또한 두 아버지와 제3 아버지의 비교가 너무나
황당하여 도대체 무슨 얘기를 하려는 것인지 모르겠다고 논평했다.
그러나 앞의 강건한 두 아버지와 이 맥없는 아버지의 대비, 이것이야말로
다자이가 구체적으로 보여주려고 하는 '의혹의 점'이다. 그것은 이렇게
달리 표현해 볼 수 있다. 내 마음은 이렇게 하려고 하지만 내 육체는
저렇게 한다는 것이다. 사도 바울이 로마서 7장 21절에서 말한 것처럼,
"오호라, 나는 곤고한 사람"인 것이다.

이 맥없는 '아버지'의 모습을 잘 보여주는 또 다른 소설은 다자이의
최후 단편으로 "자식보다 부모가 중하다."전집 9 / 앵두 / p. 129라는 문장으로
시작하는데, 이 작품은 "내가 산을 향하여 눈을 들리라."라는 구약성경
시편 121편 첫 행을 제사로 내걸고 있다. 같은 시의 두 번째 행은
이러하다. "내 도움은 주님에게서 오리니, 하늘과 땅을 만드신 분이다."
시편 121은 프랑수아 비용의 시, "내 뒤에도 살아남아 있을 내 인간
동포들이여"로 시작되는, 「타락한 자의 발라드」를 연상시킨다. 비용은

교수대에 목매달린 자기 모습을 상상하면서 인간의 법률로부터 자신을 구해달라고 하느님에게 호소하는 심정으로 이 발라드를 썼는데, 「앵두」를 써내는 다자이도 그런 심리였다. 내(다자이)가 이제 곧 죽으려 하니 자식보다 부모가 더 소중하다, 라고 말하는 나를 이해해 달라는 것이다. 그리고 이렇게 솔직하게 말하는 것이 과연 죄가 되느냐고 하느님에게 묻고 있는 것이다.

의혹의 점과 시간의 점

그런데 이 잘 이해가 되지 않는 '의혹의 점'을 다르게 설명하면 워즈워스가 말한 '시간의 점'과 같은 개념이다. 보통 사람들도 현실주의자에서 아티스트로 변모하는 순간에는 인생을 다르게 보는 강렬한 눈빛을 갖게 되는데, 영국 시인 워즈워스는 사람들이 이처럼 극적으로 변모하는 순간을 가리켜 "시간의 점들the spots of time"이라고 명명했다. 우리의 생활 속에는 시간의 점들이 때때로 나타나는데, 사람들은 그런 때에 아주 뚜렷하게 새로운 시각을 갖게 된다는 것이다.

그러니까 우리가 헛된 의견과 논쟁적인 생각으로 울적함을 느낄 때 혹은 무겁게 어깨를 짓누르는 생활상의 부담 때문에 괴로워할 때, 우리의 사소한 일들 속에서 혹은 일상적인 교제 속에서, 문득 그런 시간의 점들을 만나서 위안을 얻고서 정신적으로 안정을 느낀다는 것이다. 이 시간의 점은 다자이 작품 속에 산재하는 의혹의 점과 같은 것으로서, 전자는 시간의 어떤 순간을 긍정적인 측면에서, 후자는 부정적인 측면에서 본다는 점만이 다르다.

대체로 말해서 이런 변모가 이루어지는 경우는 중병으로 병원에 입원했다가 회복할 때, 커다란 실수를 저질렀다가 용서를 받았을 때,

큰 불행을 겪었다가 가까스로 그 위기를 극복했을 때 등이다. 이런 때 우리는 평소의 현실적 관점에서 벗어나 인생을 아주 다르게 보면서 "아, 인생, 그런 게 아니구나"하고 탄식하면서 세속을 초월하는 아티스트가 된다.

병원에 입원해 본 적이 있는 사람들은 이 말의 뜻을 이해할 것이다. 중환자실의 환자가 되었다가 회복기에 들어서면, 치유되는 과정 하나하나가 마치 한겨울에 시들어 죽은 줄만 알았던 풀에서 새싹이 돋아나는 듯한 재생의 기쁨을 만끽하게 되어 예술적 감각이 저절로 생겨난다. 커다란 실수를 저지르면 자기도 모르게 빠져나갈 구멍을 찾게 되고 하느님의 손길을 기다리게 된다. 그래서 전쟁 중에 공습대피소에 들어가면 거기서는 무신론자는 찾아볼 수가 없다고 한다. 다들 제발 살려달라면서 하느님에게 간절하게 매달린다는 것이다. 아마도 다자이도 B-29의 공습 때 이런 생각을 했을 것이다. 적어도 그 자신이 살아남지 못한다면 자식들이라도 살려주기를 비는 마음이었을 것이다. 큰 불행을 겪는 때는 누구에게나 닥쳐온다. 실연했을 때, 부모님이 돌아가셨을 때, 원하는 대학을 삼수해서 지원했는데 또 실패했을 때가 그런 때이다. 막상 그 위기를 당했을 때는 그것을 극복하느라고 정신이 없지만, 가까스로 벗어나게 되면, "야, 인생, 앞으로 다르게 살아야지"하는 생각을 갖게 되는 것이다.

바로 이런 곤고한 상태, 예술적인 상태, 뭔가 출구를 찾는 상태를 서술하기 위해 다자이는 그런 의혹의 점을 작품 속에 깔아놓은 것이다.

「비용의 아내」, 「아버지」, 「앵두」를 함께 놓고 읽어보면 다자이 소설에 나오는 '의혹의 점'이라는 명제가 분명하게 드러난다. 그 점은 앞에서 「달려라 메로스」를 논평할 때 이미 언급한 바 있거니와, 다자이의 창작 정신과 관련이 있다. 다시 말해, 인생(자연)은 소설가의 창작 기술로는 포섭이 되지 않는 불확정성이 언제나 끼어든다는 것이다. 이것이 앞에서 나왔던 모더니즘의 관점이기도 하다.

다자이는 리얼리즘 작가들처럼 이야기를 매끄럽게 하기 위해, 혹은 다자이가 말하는바, "요염하게 만들기 위해"전집7/부모라는두글자/p.201 자신이 믿지도 않는 이야기 속 상황이나 결말을 들이대서는 안 된다고 본 것이다. 이러한 창작 태도를 가리켜 다자이는 무엇보다도 작가는 정확성을 기해야 한다고 말했다. 다자이에 의하면 그런 식으로 대상을 겉꾸밈하면, 소설은 다스 게마이네에서 우어슈탄트로 나아가지 못한다는 것이다.

작가 다자이는 그렇게 본 대로 정확하게, 이야기를 전개하는 것이 더 자연에 가깝고 작가가 자신을 속이지 않는 길이라고 보았다. 셰익스피어식으로 말하자면, 자연은 언제나 예술보다 한 수 위라는 것이다. 이 말은 『리어왕』 4막 5장에 나오는 것인데, 뭔가 만들어내는 능력 혹은 인간의 가슴을 찢어놓는 측면에서 늘 자연이 예술보다 앞서간다는 것이다. 또 예술이 자연을 바라보는 기존의 방식에서 탈피하겠다는 다자이의 뜻도 엿볼 수 있다. 오스카 와일드는 「의향Intentions」이라는 에세이에서 "황혼의 하늘은 터너(영국의 풍경화가)의 석양 그림을 닮았구나."라는 역설적인 말을 했는데, 사람들이 터너 그림을 바라보는 방식으로 자연을 보게끔 훈련되어 있다는 뜻이다. "아름다운 풍경이 한 폭의 동양화 같다."라는 진부한 표현이 우리의 머릿속에 단단히 박혀 있으면, 설악산 비경을 보아도 겸재謙齋나 상전象田의 풍경화밖에는 보지 못한다는 것이다. 설악산 깊은 산중에 정오의 햇빛이 비쳐들어 환히 빛나는 나무들을 보고서 50층짜리 강남 아파트 단지 내에 저녁때 일제히 불이 들어오는 광경을 볼 수 있어야 한다는 것이다.

그리하여 「비용의 아내」는 우리가 인생에서 만나게 되는 의혹의 점, 혹은 시간의 점을 깊이 생각하게 만든다. 그 의혹의 점은 우리가 전혀 의식하지 못하는 곳에서 발생한다. 우리는 전반부와 후반부의 비용의 아내가 한결같은 사람이기를 바라고 그런 일관성을 하나의 상수로 여기며 의심하지 않는다. 이것이 우리가 일상생활을 영위하는 데 적용하는 기준이기도 하다. 다르게 말하면 정직한 사람은 언제나 정직하게 행동한다고 여기지, 그가 가끔 부정직한 혹은 야수 같은 행동을 한다고 생각하지 않는다. 그런데 다자이는 「비용의 아내」에서 자기가 알고 있는 이 세상 사람들이나 그들의 인생은 그렇지 않다고 말하고 있다. 다자이의 독특한 심리 상태 속에서는, 너무 완벽하면 진실처럼 느껴지지 않고 뭔가 흠집이 있어야만 그때 비로소 숨을 내쉴 수 있는 자연스러운 모습이 된다고 생각하는 것이다. 「비용의 아내」 중 아내의 불륜 문제는 바로 이런 심리에서 나온 것이 아니었을까.

의혹의 점은 어떤 상태가 되었든 인생은 불완전하다는 불안감에서 비롯된다. 그 불안감은 다자이의 경우 자신의 인생이 가짜가 아닐까, 이렇게 살면 안 되는 게 아닐까, 이런 불완전한 상태를 왜 떨치지 못하는가, 하는 느낌에서 오는 것이다. 그러면서도 다자이는 지금의 느낌 그대로를 소설에 써놓으면 그것이 의혹을 해소시켜 줄지도 모른다고 생각했을 것이다. 다자이는 소설 속에서는 못 할 말이 없다고 생각한 작가였는데, 그런 의혹의 점을 해소하려는 욕구가 분명 있었다. 그러나 안타깝게도 해소는 언제나 일시적이었다. 마음속 깊은 고민을 남에게 토로하면 잠시 그 고민을 잊어버릴 수 있으나 그것이 완전히 사라지지는 않았다. 그래도 다자이는 계속 발언할 수밖에 없었다.

I can speak

이 단편은 다자이가 1939년 정초에 미치코와 결혼한 직후에 쓴 작품인데 하고 싶은 말을 다 하지 않았으면서도 마치 한 것 같은 아름다운 작품이다. 위경지는 품은 뜻 10할을 6할로 다 말할 수 있다면 이백과 두보의 시에 필적한다고 했는데, 이 단편 또한 6할을 말했으되, 10할의 효과를 내고 있다. 이 작품은 다자이 문학이 초기에서 중기로 넘어가는 지점을 알리는 이정표이기도 하다.

야학에 다니던 남동생이 주택가의 작은 집에 설치된 가내 수공업 공장을 찾아와 그 집의 창문 앞에서 웃으며 대해주는 누나에게 이런 말을 한다.

> 나, 우습게 보지 마. 뭐가 웃겨? 가끔 술을 마시기는 해도, 난 비웃음을 살 만한 일을 한 기억은 없어. I can speak English. 난, 야학에 다니고 있어. 누나는 알고 있어? (…) I can speak English. Can you speak English? Yes, I can. (…) 누나, 확실히 말해줘. 난 좋은 아이지, 그렇지, 좋은 아이지?
>
> 전집 2 / I can speak / p. 151

정말 중요한 것은 그런 광경을 쳐다보기 전의 화자(다자이)의 심정과 그 광경을 보고 난 후의 화자의 언술이다. 화자는 그 청년이 찾아오기 전에 여공들이 일의 지루함을 견디기 위해 부르는 노랫소리에 매혹된다. 그리고 그중 어떤 아름다운 목소리가 그 노래를 선도하는 것을 듣고서, 그 목소리에 사랑을 느낀다.

이어 남동생과 누나의 대화를 듣고서 이런 생각을 한다.

I can speak라는 그 취객의 영어가, 괴로울 정도로 내 마음을 울렸다. 태초에 말이 있었으니, 모든 것이, 여기에서 비롯된다. 나는 문득, 잊고 있던 노래를 떠올린 듯한 기분이 들었다. 하잘것없는 풍경이었지만, 그래도 나는 잊을 수가 없다. 같은 책/p. 152

태초에 말이 있었다, 라는 건 중요한 암시이다. 그 태초의 말은 목소리였다. 그리고 여공들의 노래 중 선도하는 목소리는 아름다운 목소리이고 '나'는 거기에 매혹된다. 이렇게 생각을 이어나가면 그 아름다운 목소리가 들려주는 태초의 말은 곧 창세기 1장에 나오는 Lux fiat(빛이 있어라!)로 전환된다. 왜 여자 목소리일까? 진리가 여자의 속성을 갖고 있기 때문이다. 여자는 알려고 가까이 다가서면 더욱 알 수 없어지는 존재이기에 이렇게 비유하는 것이다.

철학자 니체는 진리는 여자의 형상을 하고 있다고 말했고, 괴테는 『파우스트』 말미에서 영원한 여성성이 하늘 높이 우리를 들어 올린다고 했는데 그것은 곧 진리를 가리킨 것이었다. 중세와 결별한 이탈리아 르네상스 문학에 결정적인 영감을 준 것도 여성이었다. 단테의 베아트리체, 보카치오의 피아메타, 페트라르카의 라우라는 세 시인에게 평생에 걸친 이상과 진리의 모델이 되었다. 그리고 노자는 『도덕경』 제1장에서 진리는 말할 수 있으면 더 이상 진리가 아니라고 설파한 다음에, 제20장에서 나는 유독 진리를 아름답게 여기는데 그것이 내게 생의 자양을 주는 식모食母이기 때문이라고 말한다. 진리는 식모nourishing maternity 즉 여성이라는 것이다.

신약성경 중 요한복음 1장은 창세기 1장의 선언을 되풀이한다. 룩스 피아트! 곧 새로운 세계가 창조되는데 그 주역이 로고스(말씀)라는 것이

다. 그 로고스는 어둠을 뚫고 빛을 가져와 그제야 어리석은 인간이
눈을 떴고 세상은 비로소 환해졌다고 말한다.

이러한 배경을 모두 감안한다면 화자 '나'가 I can speak라는 말을
듣고서 떠올린 목적어는 생략되어 있다고 보아야 한다. 그는 I can
speak logos라고 말하고 싶은 것이다. 아름다운 여인 미치코 덕분에
어둠에서 나와 빛을 보았고, 그동안의 방황을 끝내고 안정을 되찾으며,
사랑의 이름으로 슬픔을 이겨보겠다고 선언하는 것이다. 실제로 이
작품을 쓴 이후에 다자이는 문학 발전 단계의 중기에 접어들어 모더니즘
의 난해한 기법보다는 평이한 서술 방식으로 전환하여 자신의 메시지를
전달하는 데 주력한다.

그러나 우리 독자로서는 당황스럽게도, 이런 중대한 선언을 하는
마당에서도 다자이는 의혹의 점을 깔아놓는다. 우리는 그 좋은 목소리의
여공이 곧 술 취한 남동생을 달래는 누나의 목소리, 더 나아가 다자이의
광기를 진정시키는 미치코의 목소리일 것으로 기대하며 이 소설을
읽어왔다. 그래야 소설이 수미일관해지고, 누나와 술 취한 남동생의
관계는 곧 우아한 여인 미치코와 술 취한 다자이의 관계에 대응하게
된다. 또 그런 식으로 이야기를 끌고 가는 것이 통상적인 소설의 문법이
다. 그러나 다자이는 우리의 기대를 배반한다.

그날 밤의 여공이 그 목소리 좋은 사람인지, 아닌지, 그건 모른다.
아니겠지. 같은 책/p. 152

이것은 분명 의혹의 점이다. 아름다운 목소리, 환한 빛, 그리고 로고스
의 삼위일체를 뒤흔들며, 그 로고스의 원천에 대하여 의문을 표시한다.

왜 이렇게 했을까? 로고스는 이러이러한 것이다, 라고 말해 버리면 더 이상 로고스가 아니기 때문에? 다자이가 평소 말했던 것처럼 행운의 예측은 모조리 틀려버리고 불행은 예측대로 어김없이 들어맞았기 때문에? 나는 여기서 늘 자기 자신에 대하여 초연하려 했던 다자이 특유의 안티 나르키소스의 시선을 느낀다.

이 의혹의 점은 「비용의 아내」에서도 나오는데 곧 아내의 불륜이 그것이다. 나는 이 사건이 소설의 맨 마지막 대사를 유도하려고 일부러 집어넣은 것이라고 짐작한다.

> 저[비용의 아내]는 딱히 기쁘지도 않은 맘으로,
> '사람이 아니어도 상관없잖아. 우린, 살아 있기만 하면 되는 거야.'라고
> 말했습니다. 전집 8 / 비용의 아내 / p. 125

"사람이 아니어도 상관없잖아. 우린 살아 있기만 하면 되는 거야"는 2차 대전 종전 후, 패전국 일본의 비참한 삶 속에서도 동포들에게 어떤 희망의 메시지를 전하려는 것이었다. 당시 일본인들 사이에서는 태평양 전쟁에서 졌으니 우리 모두 죄인이라는 생각이 팽배했다. 종전 후에 다자이는 기존에 천황에 절대 충성한다던 사람들이 갑자기 천황 반대를 외치며 강대국 미국에 붙으려 하는 세간의 염량세태를 비판하면서 그래도 우리에게는 자랑스러운 전통이 있다는 발언을 전후의 여러 단편에서 하고 있다. 스스로 '열 살에는 민주파, 스무 살에는 공산파, 서른 살에는 순수파, 마흔 살에는 보수파'라고 말하는 전집 10 / 고뇌의 연감 / p.381 다자이가 도달한 결론이기도 했다. 그는 2차 대전 종전 후의 비참한 삶 속에서도 동포들에게 희망의 메시지를 전하고 싶어 했다. 「비용의

아내」를 쓰는 동안에 다자이는 일본 사람들을 상대로 그런 위로의 말을 건네고 싶었을 것이다. 이 소설을 쓸 무렵에 작가는 「겨울의 불꽃놀이」와 「봄의 낙엽」이라는 두 편의 희곡을 함께 썼는데 여기에서도 죄지은 자의 용서와 사랑 그리고 재출발이라는 주제가 제시되어 있다.

이렇게 볼 때 불륜 사건이라는 의혹의 점에는, 지금의 가혹한 시련을 도약의 발판으로 삼아 앞으로 잘하면 된다는 격려가 깃들어 있다. 그 격려는 결코 공허한 위안의 말이 아니었다. 실제로 일본은 패전 후 5년 만에 한국 전쟁으로 인한 경제 특수가 생기면서 국가가 다시 도약할 수 있는 계기를 잡았으니, 다자이의 미래 예측은 적중했다.

동시에 그것은 다자이 자신에 대한 격려이기도 했다. 이제 아이가 셋이나 되는데 죽을 생각만 하지 말고 좀 더 살아봐야지, 남들이 아무리 나를 비난하더라도 잘 견디면서 계속 살아나가야지 하는 일말의 다짐도 있었을 것이다. 이렇게 하여 「비용의 아내」에서 발견되는 의혹의 점은 우리 독자에게 여러 가지 생각을 불러일으키는 것이다.

얼굴이 갸름하고 고풍스러운 분위기의 미치코

그런데 이런 다자이를 지켜보는 실제 아내 미치코는 어떤 사람이었을까?

내연녀 가즈코는 도쿄의 우에하라 집을 찾아가는데, 그때 남편이 외출한 빈집을 지키고 있는 아내를 만나는 장면은 이러하다.

> 현관문이 열리자, 갸름한 얼굴에 고풍스런 분위기의, 나보다 서너
> 살 많아 보이는 여자가 어두컴컴한 현관에서 얼핏 웃으며,
> "뉘신지요?"

하고 물었다. 그 말투에서는 아무런 악의도, 경계심도 느껴지지 않았다.

전집 8 / 사양 / p. 304

가즈코는 다자이의 내연녀 오타 시즈코를 가리키는 것인데, 시즈코는 1913년생으로서, 다자이의 아내 미치코보다 한 살 어리다. 미치코가 서너 살 많아 보인다는 것은 그만큼 미치코가 심신 양면으로 고생이 많았다는 뜻이다.

부인은 남편이 집 근처의 술집에 갔다고 일러주면서 가즈코의 게다 끈이 풀어진 것을 보고서 현관 안으로 들어와 끈을 고쳐 매라고 말한다. 그동안 부인은 촛불을 켜 현관으로 들고 와서 이런 말을 한다.

"하필이면 지금, 전구 두 개가 다 나가버렸지 뭐예요. 요즈음 전구는 너무 비싼데다 왜 이렇게 금방 나가버리는지 모르겠어요. 남편이 있으면 사달라고 할 수 있는데, 어제도 그렇고 그제 밤에도 안 들어와서, 사흘 밤 동안 돈 한 푼 없이 지내며 일찍 잤어요." 같은 책 / p. 305

가난한 아내, 맨발로 다니는 듯한 아내의 모습이 아주 적나라하게 묘사되어 있다. 다자이 자신이 단편 「친한 친구」에서 미치코를 가리켜 이렇게 말한다.

아내는 도회지 출신이기는 하지만, 무척 촌스럽고 못생긴 데다 붙임성 도 전혀 없는 여자다. 전집 8 / 친한 친구 / p. 38

확실히 미치코는 도쿄의 카페 여급 다나베 아쓰미나, 다자이의 마지막

길에 동행한 야마자키 도미에에 비하면 그리 **빼어난** 미인이라고는 할 수가 없다. 하지만 beauty is skin deep(아름다움은 피부의 문제일 뿐), 진짜 아름다움은 피부가 아니라 마음에 있는 것이다.

단편 「미소녀」는 다자이가 아내 미치코의 땀띠 때문에 아내와 함께 고후의 한 목욕탕을 다녀왔을 때의 일을 기록한 것이다. 다자이는 거기서 만난 어떤 미소녀의 아름다운 몸매에 대해서 작품의 지면 대부분을 소비하고 있지만, 아내 미치코의 인내, 순종, 깊은 사랑 등을 감안하면 미치코가 그 미소녀보다 훨씬 아름다운 여자이다. 「미소녀」를 읽을 때마다 눈앞에 떠오르는 것은 그 아름다운 몸매의 소녀가 아니라, 변덕쟁이 남편을 인고하다가 땀띠가 난 미치코의 모습이다.

나는 다자이 소설을 읽을 때마다 미치코가 나오는 부분을 주의 깊게 정독한다. 그리고 어떤 때는 미치코를 만나서 대화하는 느낌마저 든다. 절대 그런 일은 벌어지지 않겠지만, 설사 백 보 양보하여 미치코가 비용의 아내처럼 실수를 저질렀다고 하더라도 용서해 주고 싶은 마음이 생긴다. 다자이는 미치코를 가리켜 "얼굴이 갸름하고 고풍스런 분위기"라고 묘사했는데 그녀는 박수근(1914~1965)의 그림 <앉아 있는 여인>(1961)과 닮았다. 박수근은 보통 10겹 정도의 유화 물감을 바르고 또 발라서 그림 표면이 마치 바위나 돌, 오래된 나무의 껍질처럼 보이게 하여 그 표면 뒤에 있는 여인의 분위기를 더욱 신비스럽게 만들었는데, 바위, 돌, 나무껍질 같은 다자이의 기행奇行은 앉아 있는 여인의 우아한 모습을 가리기에는 한갓 남루에 지나지 않는다.

「비용의 아내」에 대한 미치코의 반응

실제의 아내 미치코는 「비용의 아내」를 읽고 어떤 반응을 보였을까?

이 질문에 대답하기 위해 다자이의 단편 「부모라는 두 글자」에서 벌어진 상황을 한번 살펴보자.

다자이는 전쟁 중 쓰가루의 우체국에 갔다가 까막눈의 술꾼 노인을 위해 예금 인출 카드를 대신 작성해준다. 그것을 몇 번 반복하다 보니 노인과 말수를 트게 되어 집안 사정을 알게 되었다. 노인이 인출하는 돈은 전쟁 중에 폭격으로 죽은 딸 앞으로 나온 보험금이었다. 어느 날 작가는 당시 전쟁 중이라 술이 귀했던 밀거래 위스키 열 병을 사들이기 위해 그동안 예금해둔 돈(원고료)을 찾으려고 우체국에 갔다가 마침 딸 앞으로 나온 보험금을 입금하러 나온 노인을 만난다. 그 노인이 맡긴 현금이 다자이 인출액과 비슷하여 노인의 그 돈이 고스란히 작가의 손에 들어온다. 그때 다자이는 노인의 죽은 딸이 자기에게 위스키 사라고 돈을 건네준 것 같은 착각을 한다. 작가는 집으로 돌아와 아내 미치코에 이런 전후 사정을 다 말해준다. 이하는 소설 마지막 부분이다.

> "거짓말, 거짓말 말아요. 아가야, 아버지가 멋쩍으니까 또 이야기를 지어내시는구나. 그렇지, 아가야?"
> 하며 기어오는 두 살배기 아이를 무릎 위로 안아 올렸다. 전집7 / 부모라는
> 두 글자 / p. 202

이것은 나의 상상인데, 실제의 아내 미치코는 「비용의 아내」를 읽었을 때 "거짓말, 거짓말 말아요. 아가야, 아버지가 멋쩍으니까 또 이야기를 지어내시는구나."하고 말했을 것이다. 이 거짓말, 거짓말하는 부분을 읽을 때면 나는 미치코가 일본어가 아니라 한국어로 또렷이 그렇게 말하는 것 같은 착각을 느낀다.

나는 미치코가 "거짓말, 거짓말" 하고 나서 그다음에 한 말, "이야기를 지어낸다."라는 말에 주목하고 싶다. 문학은 창작이라는 의미에서 원래 거짓말 즉 허구이다. 그러나 우리가 소설을 읽는 동안 그 허구가 진실처럼 느껴지면 그것은 허구를 극복한 진실이 된다. 비유적으로 말해서 공중에 핀 꽃이 살아 있는 진짜 꽃이 된다. 그리고 그 진실의 꽃은 작품을 읽는 동안에만 피어난다. 현실에 없는 꽃을 보여주는 것, 이것이야말로 작가가 해내는 최고로 멋진 일이다.

공중에 피어 있는 꽃

이 말은 결국 허구와 진실의 경계가 소설 속에서는 불분명하지만 독자가 그것을 진짜인 것처럼 느끼면 진실이 된다는 뜻이다. 그렇지만 독자는 여전히 허구를 의심하는 느낌을 한 자락 마음속에 깔고 있어야 한다. 그 한 자락이 남아 있어야 작품의 진실이 더욱 깊은 감동을 주는 것이다.

도쿄 교외에 있는 다자이의 미타카 집에 어느 날 도둑이 들어오려 한다. 평소 불면증으로 고생하던 다자이는 그 낌새를 미리 알아채고 도둑에게 그런 식으로 조심스럽게 굴지 말고 아예 내 방 안으로 들어오라고 초청한다. 여기서 우리는 일단 의심을 하게 된다. 과연 도둑을 상대로 저렇게 행동할까? "일반 시민 흉내를 내어 도둑이야, 도둑이야, 하고 크게 외치고, 속옷 바람으로 밖으로 뛰쳐나가 대야를 두들기며 요란법석을 떨며 온 동네에 소란을 일으켜야' 하는 게 아닌가?전집 3 / 봄의 도적 / p. 163

그러나 우리는 여기서 소설 읽기의 한 가지 법칙인 불신의 정지suspension of disbelief를 하면서 계속 읽어나간다. 그리고 읽기가 끝나면 소설 속 상황을 믿어주게 되는데 이처럼 불신과 믿음이 같이 있어야만 비로소 그 믿음이 굳건한 것이다. 소설의 압권은 다자이가 그 도둑을 상대로 돈을 빼앗기려 하지 않다가 결국 빼앗기고 그러다가 그 도둑을 상대로 펼치는 일장 연설이다. 이 연설은 정말 아름다운 문장으로서, 우스우면서도 자꾸 눈물이 난다. 도둑의 심리에 정통하지 않은 사람은 도저히 쓸 수가 없는 문장이다. 그런데 문제는 그다음이다. 옆방에서 잠들어 있던 아내 미치코가 갑자기 방안의 불을 켜는데, 다자이 앞에는 그 도둑이 없다. 사라진 것이다. 그러니까 다자이는 허공에다 대고 그 연설을 한 것이다.

소설은 그리하여 과연 다자이가 방안으로 들였다는 도둑이 정말 집안에 들어왔는가? 불면증 환자인 다자이가 만들어낸 환상이 아닌가? 하는 의문을 갖게 만든다. 그러나 미치코는 도둑이 덧문까지 닫아놓고 갔다는 말을 하여 도둑의 침입을 기정사실로 한다. 그리고 도둑이 돈을 전부 가지고 갔다고 말하자 아내는 "돈 같은 거야 뭐"하고 대수롭지 않게 말한다. 베를렌은 "시란 불확정과 확정의 교류"라고 말했다는데, 도둑의 침입은 정말 그런 시적 상태가 되어버린다. 그러나 다자이의 일장 연설이 너무나 감동적이기 때문에, 우리는 불신을 한 자락 깔고 있으면서도 그 도둑의 존재를 믿게 된다. 도둑이 없는 도둑 상대의 연설은 이상하니까 말이다. 그리고 정말로 중요한 것은 도둑의 침입이 아니라, 그 벌어졌는지 어쨌는지 잘 모르겠는 사건을 통하여 우리 독자들이 도둑의 심리를 정말로 생생하게 느껴볼 수 있다는 점이다.

집 안에 있던 돈 20엔을 도둑에게 빼앗기는 과정도 아주 정교한 심리 드라마이다. 이 드라마는 몇 년 뒤 『인간 실격』에 나오는 요조의 그것을 미리 예고한다. 정교한 심리 드라마는 다자이의 다른 단편에서도 발견된다.

자신의 것이 아닌 어떤 천박한 상념을 자신의 타고난 본성이라고 착각하고 그로 인해 괴로워하는 나약한 사람이 상당히 많습니다. 전집3/여자의 결투/p. 264

그 나약한 사람은 바로 다자이이다. 그런 심리 상태에서 이 작품의 심리 드라마가 전개된다. 이 단편에 나오는 여학생, 아내, 예술가 남편은 실은 한 사람의 세 분신이다.

[결투에서] 여학생은 외국어로 무어라 한 마디를 외치고 죽었습니다. 아내도 거의 자살에 가까운 방법으로 세상을 떠났지요. 하지만 정작 셋 중 가장 죄가 깊은 이 예술가만은 죽지 않고 살아남아 펜을 쥐고 글을 쓰고 있습니다. 같은 책/p. 260

이 단편이 발표된 것은 1940년 1월에서 6월까지인데, 이 무렵 다자이는 미치코와 결혼한 지 겨우 1년 정도 되었을 때였다. 따라서 작품 속 아내의 모델은 미치코가 아니다. 그런데 이 단편 제5장에서 남편이 검사에게 소환된 장면에서 "자살 방조죄"라는 말이 나온다. 우리는 여기서 여학생과 아내의 결투 사건은 다나베 아쓰미와 다자이의 가마쿠라 신주 사건의 패러디임을 알 수 있다.

검사가 예술가에게 어느 쪽이 죽기를 바랐느냐고 묻자 예술가 남편은 둘 다 살아 있기를 바랐다고 말한다. 원래의 가마쿠라 사건에 적용하면 둘 다 죽기를 바랐다는 반어법이다. 그런데 여학생(다나베 아쓰미)과 아내(다자이) 중 아내는 살아났고, 그 살아난 사실을 괴로워하여 결국 일부러 굶어서 죽는다(고민하다가 죽는다). 아내는 유서에서 이런 말을 한다. "모든 불치의 상처처럼 사랑으로 생긴 상처 또한 죽지 않고서는 사라지지 않습니다."같은 책 p. 269 이 말은 인생의 어려운 국면에서 I will pay you back하고 외쳤을 법한 다자이를 너무나 닮지 않았는가?

여학생이 다자이의 분신이 되는 것은, 죽은 사람은 말이 없으므로, 다자이의 입장에서 본 다나베 아쓰미의 심리를 추정하고 있기 때문이다. 그런 만큼 작품은 죽은 여학생보다는 살아 있는 아내의 심리 묘사에 더 치중한다. 이 단편은 아내(과거의 다자이)의 번민하는 심리를 예술가 남편(현재의 다자이)이 정교하게 서술하는 방식을 취하는데 '셋 중에서 가장 죄가 깊은 이 예술가'라는 말은 신주에서 살아난 다자이를 가리키는 것이다.

우리는 이러한 화자의 분신들을 「다스 게마이네」와 「어릿광대의 꽃」에서 이미 살펴본 바 있다. 예술가 남편은 아내의 심리를 정교하게 서술함으로써 자기 자신의 심리 드라마를 연출하는데, 독자는 원 사건(모리 오가이가 번역한 독일어 소설)과 패러디된 사건(다자이의 해석이 들어간 일본어 소설)을 서로 비교해 보면 그 심리 드라마가 어떻게 전개되는지를 흥미롭게 추적할 수 있다. 세 등장인물의 심리 상태가 변화하는 양상을 잘 파악해 두면 나중에 『인간 실격』에서 요조가 왜 "천박한 상념을 자신의 타고난 본성"인 양 생각하는지 좀 더 쉽게 이해할 수가 있다. 등장인물들은 다르지만 그들에게 일정한 심리 상태를 부여하는 소설가의 마음은 전과 동일하기 때문이다.

허구와 진실은 현실 세계에서는 칼같이 구분된다. 그러나 소설은 현실과 비현실의 구분을 뛰어넘는다. 이 즐거운 역설 때문에 우리는 소설을 열심히 읽는 것이고, 리얼리즘 소설도 모더니즘 소설도 따지지 않고 모두 애호하게 되는 것이다.

사랑의 기의와 전사도치

이제 의혹의 점에 대하여 마무리하는 것으로 이 장을 끝내기로 하자.

다자이는 그의 유서 속에서 여러 가지 의혹의 점을 남겼다. 이 유서는 한 장의 종이 위에 수미일관하게 써 내려간 것이 아니라, 1948년 6월 14일 야마자키 도미에의 방에서 발견된 아내 미치코 앞으로 남긴 9장짜리 유서 중에서, 다자이 가족이 공개한 일부 문장들만 편집한 것이다. 이 유서 중 미치코에게 한 말은 의미심장하다.

아이들은 모두 썩 똘똘한 것 같지는 않지만 밝게 길러주시기 바랍니다. 부탁입니다.

여러 가지로 신세 많이 졌습니다. 당신이 싫어져서 죽는 것이 아닙니다. 소설이 쓰기 싫어져서 죽는 것입니다.

모두 천박한 욕심쟁이들뿐. 이부세 씨는 나쁜 사람입니다.

오래 머물수록 모두가 괴로워지고 나도 괴롭습니다. 용서해 주기 바랍니다.

언제나 당신과 아이들을 생각하고, 그러면서 훌쩍훌쩍 웁니다. 누구보다도 당신을 사랑했습니다.

다자이 오사무가 1948년 6월 13일 아내 미치코에게 남긴 유서

여기서 우리는 이런 질문을 하게 된다.

"누구보다도 당신을 사랑했습니다."라는 발언과 정부와 다마가와로 신주를 떠난 행위는 어떻게 서로 일치될 수 있는가? 이에 대한 합리적

설명은 여간 궁색하지 않으나, 다자이를 위하여 몇 마디 변명을 해보고자 한다. 앞에서 광대라는 기표는 여러 가지 기의를 갖고 있다고 했는데 사랑의 기표 또한 여러 기의를 갖고 있다.

사랑하는 남녀 사이에서는 상대방의 난처한 표정, 은밀한 시선, 애매한 몸짓, 망설임, 침묵, 농담이 모두 하나의 기표가 된다. 가령 농담을 예로 든다면 너무 사랑하여 질투에 눈먼 사람은 그것을 정반대로 진담으로 받아들이기도 하고, 자신을 모욕하는 둔사로 받아들이기도 하고, 자신의 의중을 떠보기 위한 탐침으로 보기도 하고, 농담도 진담도 아닌 거짓말로 받아들이기도 한다. 이런 반응들은 모두 농담이라는 기표에 대하여 상황에 따라 달라지는 기의가 된다. 그리고 이렇게 의미가 달라지는 것은 남녀 간의 사랑이 너무나 복잡한 현상이기 때문이다. 그리하여 사랑의 기의는 당사자가 아닌 제삼자는 명확히 읽어낼 수가 없다.

또 다른 변명으로는 이것을 다자이의 진정한 마음을 보여주는 수사법이라고 보는 것이다. 우리는 앞의 제1장에서 「오바스테」라는 작품을 검토하면서, 산중으로 하쓰요와 신주를 떠난 다자이가 하쓰요를 살려주면서 "사랑하기에 헤어질 힘을 얻었다."라는 모순어법을 말하는 것을 살펴본 바 있다. 이제 여기서 그것을 좀 더 자세히 해석해 보자.

전사도치前詞到置, antimetabole는 앞에서 한 말을 거꾸로 다시 말하는 수사법이다. 가령 장자는 「제물론」에서 나비의 꿈을 설명하면서 "장주가 꿈에 나비가 되었던 것인지, 아니면 나비가 꿈에 장주가 되었던 것인지 알지 못한다."라고 했는데 이것이 전사도치이다. 우리의 상식에 비추어볼 때, 장주가 꿈속에서 나비가 된다는 것은 이해가 되지만 그 반대, 곧 나비가 장주를 꿈꾼다는 것은 잘 이해가 되지 않는다. 그러나 이것을 하나의 수사법으로 보면 이해가 된다. 이 나비의 꿈 비유에서 장주는 현실의 상징이고 나비는 꿈의 상징이다. 그리하여 나비가 장주가 된다는 수사법은 곧 꿈이 현실이고 다시 뒤집어서 현실(우리의 인생)이 꿈이라는 뜻이 되어, 실은 전사도치가 하나의 명제, 즉 '인생은 꿈이다'라는 명제를 가리키는 게 된다.

「오바스테」에 나온 말, "사랑하기에 헤어진다."를 전사도치하면 "헤어지기에 사랑한다."가 된다. 이 전사도치의 진정한 뜻은 너무나 당신을 사랑하기 때문에 당신과 헤어질 수밖에 없다는 것이다. 즉, 이렇게 당신을 떠나는 것이 사랑의 실천이라는 것이다. 유서에서 다자이가 한 말, "누구보다도 당신을 사랑했습니다."라는 말은 바로 이런 전사도치이다. 그러나 어떻게 아내와 헤어지는 것이 진정한 사랑이 되는가? 다자이의 후기 단편 「오상」, 「아버지」, 「앵두」에는 그러한 모순적 생각을 뒷받침해 주는 발언이 나온다.

> "세상을 훌륭하게 살 수 있는 부류와 그렇지 못한 부류는 날 때부터 정해져 있는 건가 봐." 전집 9 / 오상 / p. 19

> 의란? 그게 무엇인지 해명할 수는 없지만 (…) 나는 오기를 부리며 지옥으로 빠져들어야만 한다. 전집 8 / 아버지 / p. 157

> 그야말로 '마음으로는 번뇌'에 빠질 일이 많은 탓에, '겉으로는 쾌락'의 탈을 쓰지 않을 수 없다고나 할까? 전집 9 / 앵두 / p. 130

나(다자이)는 후자의 부류이다. 나는 도저히 훌륭한 아버지가 되기는 틀려먹었다. 그래서 이런 나에게 매달려 있는 아내와 아이들이 너무 불쌍하다. 다자이의 유서에 나오는, "언제나 당신과 아이들을 생각하고, 그러면서 훌쩍훌쩍 웁니다."라는 말은 바로 이런 뜻이다.

나는 "자식보다 부모가 더 중하다"고 생각하는 한심한 아버지이다(「앵두」). 이런 아버지로서 아내와 자식들에게 짐이 되기보다는 차라리 이 세상에서 사라져 주는 것이 더 낫다. 이 사라짐의 소망은 다자이의 작품 여러 곳에서 발견되는 소망이다. 가령 요조는 시즈코와 시게코 모녀를 문 뒤에서 엿보면서 이런 말을 한다.

> 행복하구나, 이 사람들은. 나 같은 바보가 이 둘 사이에 끼어들면, 이들의 인생은 당장에라도 엉망이 되겠지. 조촐한 행복. 어여쁜 모녀여, 행복하기를. 아아, 만약 신께서 나 같은 놈의 기도라도 들어주신다면, 한 번만, 생애 단 한 번만이라도 좋으니, 저들을 위해 기도하고 싶다.
>
> 전집 9 / 인간 실격 / p. 214

다자이의 한 단편에서 난파당했다가 돌아온 선원이 집안의 단란한 행복을 보고서 스스로 물러선다는 얘기도 나온다. 이 선원의 얘기는 외국의 동화에서 빌려온 것 같은 형식을 취하고 있으나 다자이 연구자들은 외국에서 전거를 찾을 수 없고 다자이의 창작이라는 걸 밝혀냈다.

> 그 젊은 선원은 배가 난파된 뒤 거센 파도에 휩쓸려 절벽으로 떠밀려갔는데, 허겁지겁 매달린 곳은 등대의 창틀이었지. 잘 됐다 싶어 도움을 청하기 위해 창문 안쪽을 들여다봤는데, 바로 그때 등대지기 일가족이 소박하고 즐거운 모습으로 저녁을 먹으려고 하고 있었어. 내가 지금 '도와주세요!'하고 크게 소리를 지르면 이 가족의 단란함이 깨질 거라

생각하니, 아, 안 되겠다 싶었어. 그러다 창틀을 붙들고 있던 손가락 끝의 힘이 빠졌고, 그 순간 무서운 기세로 파도가 몰아쳐서 선원의 몸이 바다 쪽으로 쓸려가 버린 거지. 틀림없어. 이 선원은 세계에서 가장 상냥하고 기품 있는 사람이야. 전집6/눈 내리던 밤/p. 70

이러한 사라짐의 소망은 다자이가 오랫동안 품어온 죽음 소망과 궤적을 같이 하는 것이다. 단편 「오상」에서 "나는 자기혐오를 견뎌내지 못하고, 스스로 십자가를 진 혁명가가 되기로 했다."라는 문장이 나오는데, 여기서 말하는 혁명의 뿌리는 사라짐의 소망으로서 곧 자기 파괴를 의미한다.

미치코의 평생에 걸친 사랑

그렇다면 이런 남편에 대하여 미치코는 어떻게 생각했을까? "겨우 그런 일(정부의 임신)로 혁명이니 뭐니 소란을 피우다 죽은 사람"(「오상」)이라고 매도했을까? 아니다. 그렇게 매도했으리라고 상상하는 것은 다자이의 여러 단편에 서술된 미치코의 사랑을 오독하는 것이다. 나는 미치코가 다자이의 "누구보다도 당신을 사랑했습니다."라는 마지막 말을 액면 그대로 믿었겠다고 생각한다.

이렇게 보는 데에는 두 가지 근거가 있다.

하나는 미치코가 남편 사후에 남편의 생애와 작품을 알리는 일에 전심전력을 다 했다는 것이다. 작가 사후에 가장 먼저 나온 다자이 전기는 제자나 다름없는 다나카 히데미쓰(1913~1949)가 편집한 『다자이 오사무』(文潮社 1948; 국역 『자전적 소설로 엮은 다자이 오사무 자서전』, 현인, 2013)가 있다. 이 책은 다자이의 거의 모든 작품이 자전풍의 작품이라는 전제 아래 몇몇 작품을 발췌하여 싣고 다나카의 간단한 논평을 붙인 것인데, 다나카는 이 책 서문에서 "사모님께서 불초의 제자인 나를 믿고 이 자서전 내는 일을 내게 일임하셨다."라고 하는 것으로 보아, 일찍부터 남편의 생애와 작품을 홍보하는 데 관심을 두고 있었음을 알 수 있다. 편자 다나카는 다자이 사후 1년 정도 지난 1949년 11월에 다자이 무덤 앞에서 자살할 만큼 다자이를 숭배했던 사람이었다. 이 다나카는 다자이의 수필전집 10 / p. 208에서 T라는 이니셜로 등장하고 또 「갈매기」라는 소설에서도 병사라는 호칭으로 언급되어 있다.전집 3 / 갈매기 / pp. 200~203 미치코는 다자이가 다나카의 글을 잡지사에 소개해 줄 때, 전선에서 보내온 다나카의 휘갈겨 쓴 글을 정서해 준 일도 있었으므로 이 다나카를 잘 알았다.

미치코(1912~1997)는 1952년부터 나오기 시작하여 1955년에 완간된 다자이 오사무 전집(創藝社, 전 16권) 중 8, 9, 13권을 제외한 나머지 13권에 후기를 집필하여 남편의 작품을 널리 알리려고 애썼다. 그녀는 또 회고록『회상의 다자이 오사무』(증보개정판 1997, 인문서원 재간 고단샤 2008)를 펴냈다. 이 책은 다자이와 지내 온 10년 세월을 다자이 사후 오랜 시간이 지난 뒤에 담담한 마음으로 기술한 것으로서, 책갈피에서 다자이에 대한 그리움과 사랑이 진하게 묻어난다. 미치코는 천수를 누렸는데 세상을 떠나기 전에 평생 수절한 아쿠타가와의 아내 후미가 했던 말을 그대로 따라 중얼거리지 않았을까? "여보, 나는 이렇게 나이를 먹고 말았지만 당신은 젊을 때 그대로 … 내가 죽으면 이런 할머니인 나를 당신은 옆에 놓이게 해주실는지요."

또 다른 근거는 다자이의 막내딸 쓰시마 요코(1947~2016)가 나중에 일본 문단의 중진 소설가가 되어 써놓은 어머니 미치코를 추억한 단편소설이다. 요코는 중학생 시절에, 늘 병약했던 남동생(실제로는 오빠이고 다운 증후군을 앓았는데 1959년에 15세로 죽었다)이 학교에서 돌아와 보니 죽은 것에 대하여 큰 충격을 받았다. 며칠 전 방문하기로 약속한 대로, 남동생이 입원한 병원을 찾아갔는데 이미 병상이 말끔히 치워져 있어서 남동생이 죽은 것을 알고서 엄청난 충격을 받았다. 요코는 자기의 충격이 너무 커서 아마도 어머니 미치코에게 그것이 얼마나 큰 충격인지 알지 못했을 것이다.

요코는 혼자되신 어머니가 힘들게 아이들을 키우면서 자그마한 수첩에다 매일 매일 그날의 사소한 일들을 깨알같이 적어놓았다고 말했다. 이 일기는 다자이 생존 중에도 이미 시작된 듯하다. 가령 이런 문장이 보이는 것이다.

> 아내는 작은 수첩에 일기를 쓰고 있는 눈치여서, 그것을 빌려 거기에 내 주석을 달아보기로 결심했다.
> "일기를 쓰는 모양이더군. 좀 빌려줘 봐." 하고 대수롭지 않은 말투로 말했더니 아내는 어째서인지 완강하게 거부했다. 전집 10 / 작가상 / p. 242

아무튼 다자이 사후에도 계속된 그 일기에는, 유독 1년 중 어떤 한 날의 칸만 완전한 공백으로 남겨져 있었다. 그 공백의 날은 다자이의 기일이었다. 나는 그 빈칸에서 슬픔과 원망과 통한과 후회와 사랑이 모두 응축된 커다란 함성을 들을 수 있었다. 텅 빈 계곡이 더 잘 소리를 전달하듯이 그 빈칸은 그 모든 감정의 메아리를 잘 전달하고 있었다. 그리하여 여러 해가 흘러갔어도 미치코는 여전히 남편을 사랑하는구나, 하고 확신할 수 있었다.

「비용의 아내」는 자연과 예술이 상호 작용하는 경우이다. 다자이는 미치코가 있었기 때문에 이런 작품을 쓸 수 있었다. 대체로 말해서, 예술이 자연에 거울을 들이대지만, 정반대로 자연이 예술에 거울을 들이대기도 한다. 좀 더 구체적으로 말해서, 다자이는 미치코의 존재를 추상하여 이 소설을 썼지만 반대로 보통 독자들은 이 소설을 읽으면서 자신이 일상적 체험에서 알고 있는 아내의 모습을 보는 것이다. 이 때문에 훌륭한 소설은 1천 사람이 읽으면 1천 편의 각기 다른 소설이 된다.

제9장

『사양』, 사랑의 혁명

오타 시즈코(太田静子)는 『사양』의 소재가 된 자신의 일기장을 다자이 오사무에게 준다.

시즈코는 자신이 남편을 정성껏 사랑하지 못해 아이가 죽었다는 죄의식에 사로잡혀 있었는데, 이 무렵 다자이의 한 단편 「어릿광대의 꽃」 시작 부분에 나오는 "나는 이 두 손으로 소노를 물에 빠뜨렸다"를 읽고서 충격을 받으며 다자이에게 일기 풍의 노트 몇 장과 함께 소설가가 되고 싶다는 편지를 써서 보냈다. −267쪽

『사양』은 1947년 12월 그러니까 다자이가 죽기 반년 전에 발표된 장편소설로 일본 독자들로부터 폭발적인 반응을 끌어내며 일약 베스트셀러가 되었다. 신초샤의 기관지인 「신초」라는 잡지에 1947년 7월부터 10월까지 넉 달 동안 먼저 연재했고 그다음에 곧바로 단행본으로 출간되었다. 이 장편소설은 재산과 토지를 몰수당해 가산을 팔아 연명하면서 몰락해 가는 귀족 모녀의 이야기를 다룬 데다, 이 무렵 미카사노미야 비妃의 부친인 다카기 하지메 자작이 생활고로 자살한 것도 한층 사양(저무는 해)이라는 당시의 사회적 분위기에 대한 실감을 강화시켰다.

다자이는 신작 장편소설을 써달라는 신초샤의 편집자들에게 그 요구를 흔쾌히 수락하고 자신의 창작 의도를 말하면서 체호프의 『벚꽃 동산』과 분위기가 비슷한, 전후의 몰락한 일본 사회에 대하여 글을 써보겠다고 대답했다. 여기서 체호프의 『벚꽃 동산』이 주요 영감의 원천이었음을 알 수 있는데, 러시아 귀족 계급의 몰락을 다룬 이 희곡은 대략 이런 줄거리이다.

레나 부인, 17세의 딸, 부인의 오빠는 5년간 파리에서 거주하다가

시골의 영지로 돌아온다. 레나 부인은 과거 귀족의 풍습이 몸에 젖어 있어서 별로 돈이 없는데도 돈을 마구 쓰고 아무런 대책도 없는 여인이다. 그들의 재정 상태는 아주 혼란스럽고 영지는 빚투성이여서 곧 매각되려 한다. 부유한 이웃 로파친은 과거 농노 계급 출신으로서, 그의 할아버지 가 벚꽃 동산에서 농노로 일한 적이 있었다. 이 로파친은 레나 부인을 찾아와 영지를 교외 빌라용 토지로 분할 판매하여 거기서 나오는 수익을 가지고, 장차 사업 운영을 대신해 줄 로파친과 절반씩 나누어 가짐으로써 집안의 재산을 회복하라고 조언한다. 그러나 어릴 적 추억이 가득한 벚나무를 베어내고 저택을 허물어버린다는 것은 이 귀족들로서는 도저 히 생각해 볼 수 없는 신성모독이었다.

레나 부인 가족들은 저마다 돈을 벌 계획을 내놓지만, 그중에 실천 가능한 실용적인 것은 아무것도 없다. 벚꽃 동산을 매각해야 하는 날짜가 다가오지만, 그들은 계속 말만 할 뿐 아무런 행동에 나서지 못한다. 그들을 도와주려 하던 로파친이 결국 그 동산을 사들인다. 부인의 가족들 은 제1막에서 벚꽃이 활짝 핀 5월에 등장했다가 가을이 된 마지막 제4막에서 동산을 매각한다. 아름다운 저택은 해체되고 레나 부인 가족 은 영원히 그곳을 떠나야 한다. 교외 빌라를 짓기 위해 벚나무를 마구 베어 넘기는 도끼 소리가 들려온다. 이제 귀족도 농노도 아닌 자수성가한 옛 농노 계급 출신의 사업가들이 러시아의 새로운 계급을 형성한다.

1947년 초, 다자이는 고향집에서 도쿄로 돌아와 있었는데, 이런 쓸쓸 한 몰락의 배경에 쓰가루 고향집 얘기를 섞어가면서, 사랑에 실패하여 인생에 회의를 느끼다가 자살하는 여자 얘기를 중심으로 『사양』을 집필하려고 했다. 그런데 여기에 하나의 변수가 발생했다. 오타 시즈코 라는 여성의 집을 찾아가 그녀가 쓴 일기장을 입수하게 된 것이었다.

그 일기장을 얻게 되기 이전에도 다자이는 이미 쓰가루의 고향집에서 그 일기의 주인공과 편지 교환을 활발히 했다.

오타 시즈코의 등장

시즈코는 시가현의 의사 딸로서 고향의 여자 고등보통학교(5년제 중학)를 졸업하고 도쿄 짓센여전 가정과를 중퇴했다. 1938년 아버지가 돌아가신 직후에 결혼하여 아이를 낳았으나, 부부 사이에 불화가 잦았기에 아이가 생후 1개월 만에 죽자 이혼하고 1940년 도쿄에서 어머니와 함께 생활했다. 시즈코는 자신이 남편을 정성껏 사랑하지 못해 아이가 죽었다는 죄의식에 사로잡혀 있었는데, 이 무렵 다자이의 한 단편 시작 부분에 나오는 "나는 이 두 손으로 소노를 물에 빠뜨렸다[빠뜨려 죽였다]."전집1/어릿광대의꽃/p.129를 읽고서 충격을 받으며 다자이에게 일기 풍의 노트 몇 장과 함께 소설가가 되고 싶다는 편지를 써서 보냈다. 다자이는 한번 미타카의 집으로 놀러 오라고 했고 시즈코는 친구 두 명과 함께 1941년 9월 다자이의 집을 방문했다. 이때 다자이는 소설을 쓰는 것은 정말 어려운 일이니 보내주신 일기 같은 글을 계속 쓰면 어떻겠냐고 조언했다. 그리하여 시즈코는 죽은 아이에 대하여 속죄하는 마음에서 그 아이의 회상, 어머니와의 생활 등을 고백체 문장으로 일기에다 계속 기록해 나갔다. 그녀는 도쿄에서 같이 살던 어머니가 돌아가시고 난 후에 외로움을 느끼다가, 1945년 말 당시 쓰가루에 있던 다자이에게 구애의 편지를 보내기 시작했다.

이혼 후 사랑의 보상을 받으려는 마음이 강했는지 그녀는 노골적으로 애정 공세를 폈고 다자이는 여자 이름으로 된 편지가 자꾸 쓰가루로 오는 것에 대하여 아내 미치코에게 눈치가 보였기 때문에 남자 이름으로 편지를 보내 달라고 요청했다. 다자이는 이 무렵 아내 모르게 편지 교환을 할 수 있다고 생각한 듯하나 아내가 어떻게 그런 동정을 눈치채지 못하겠는가. 미치코는 다 알면서도 참고 또 참았다. 아무튼 시즈코로서 는 굴욕적인 일이었으나 이미 다자이에게 깊은 애정을 느끼고 있었으므 로 그것도 받아들이고서 계속 편지 교환을 하던 중 급기야는 당신의 아이를 가지고 싶다, 어머니의 추억이 담긴 일기를 보여 주겠다, 라는 식으로 구애의 강도가 높아졌다.

이렇게 하여 쓰가루에서 도쿄로 돌아와 있던 다자이는 1947년 2월 혼자 사는 시즈코의 집을 찾아가게 된다. 그때 문제의 일기장을 입수하여 『사양』의 1장과 2장을 썼고, 그리고 3월 중순 다시 시즈코를 만났을 때 그녀가 임신했다는 사실을 알게 된다. 이 무렵 미타카의 다자이 집 인근에서 야마자키 도미에를 만나기 시작한 다자이는 시즈코를 멀리하기 시작했다. 다자이 사후에 시즈코는 쓰시마 가문으로부터 다자 이와의 일을 일체 외부에 공개하지 않고 또 그녀가 쓴 <사양일기> 원본을 돌려받는다는 조건으로 위자료 10만엔(한화 약 1억 이상)을 받았다. 원래 협의 조건에는 <사양일기>는 발표하지 않는다고 되어 있었으나 생활고 때문에 어쩔 수 없이 출판을 했다. 그 후 시즈코는 어떤 회사의 기숙사에 영양사로 일하면서 4첩 반의 작은 아파트에서 생활하며 유복자 오타 하루코를 씩씩하게 키웠다. 하루코는 다자이의 얼굴을 그대로 빼닮은 아름다운 처녀로 성장했다. 하루코를 만난 사람들은 모두 그 해맑은 얼굴과 순수한 모습을 보고서 다자이를 꼭 빼닮았다면서 마치 현대의 기적이나 본 것처럼 격찬하고 감탄했다. 『사양』의 여주인공이 가졌던 소원, 그러니까 사랑의 혁명은 문자 그대로 완성된 것이었다.

실재 인물 시즈코의 임신은 『사양』의 줄거리를 전개하는 데 큰 영향을 미쳤다. 당초 다자이는 주인공 가즈코가 죽는 것으로 소설을 마무리하려 했으나, 실제 모델인 시즈코가 임신을 했으므로, 임신한 상태에서 애인과 신주한다는 얘기는 우스꽝스러운 것이 되어, 6장 이후 가즈코가 사랑의 혁명을 내세우며 앞으로 굳세게 살아가는 것으로 급속한 방향 전환을 하게 되었다.

이 때문에 평론가들은 가즈코의 성격에 대하여, 기울어지는 해 같은 쓸쓸한 분위기의 여자가 갑자기 씩씩한 여자 혁명가 로자 룩셈부르크처럼 행동하다니 좀 이상하다고 논평했다. 결점이 하나도 없는 완벽한 소설은 소설가의 평생 꿈이자 문학평론가의 이론적 모델이긴 하나, 아무리 훌륭한 작품이라도 다들 결점을 갖고 있다. 사상이 강하면 문체가 약하고, 문체가 아름다우면 내용이 부실하고, 작품의 구조가 훌륭하면 대화 부분이 엉성하고, 인물의 개성이 인상적이면 그가 저지르는 행동이 우스꽝스러운 등 소설은 하나의 거대한 용광로이기 때문에 그 속에서 벌어지는 모든 현상이 완벽한 조화를 이루기가 어렵다.

가령 스탕달의 『적과 흑』은 위대한 소설이지만 그 결말은 엉성하다. 주인공 쥘리앙 소렐은 레날 부인과 마틸드라는 두 여자 사이를 오가며 악랄하게 권력을 추구하는 악당으로 나오다가 소설의 4분의 3지점에 도달하면 갑자기 개과천선하여 자신의 죽음을 받아들이는 순교자 비슷한 모습으로 나온다.

서머싯 몸의 자전적 장편소설 『인간의 굴레』에서 주인공 필립 캐리는 악녀인 밀드레드 로저스와의 피곤한 연애에 지친 나머지 소설의 끝부분에 가서 착한 여자 샐리 애설니와 다소 어설픈(마음에 없는) 결혼을 한다. 그래서 그 결혼의 필연성이 예고되어 있지 않기 때문에 설득력이 부족하다는 얘기가 나온다.

일본의 노벨상 수상 작가(1994) 오에 겐자부로의 『개인적 체험』은 장애아를 둔 아버지의 체험을 기록한 것이다. 주인공은 그 장애인 아들을 보면서, 고뇌하고 절망하고 그래서 소설 전체가 지극히 냉소적이고 회의적인 분위기를 풍긴다. 그런데 끝부분에 가서 돌연한 유턴(방향 전환)을 한다. 그처럼 비관적이고 파괴적이었던 주인공이 자신의 슬픈 운명을 적극적으로 받아들이면서, 미워도 내 아들 고와도 내 아들 식의 신파조로 돌변하여 이 사람이 지금껏 읽어온 그 사람과 같은 사람 맞나, 하는 의아한 생각이 든다.

이처럼 완벽한 소설은 찾아보기 어려우니, 그 불완전한 측면이 왜 나오게 되었는지 살펴보는 것은 중요한 문제이기는 하나 소설의 감상과 평가에 결정적 사안이 되는 것은 아니다.

사랑의 혁명

『사양』에도 그런 성격적 일관성의 문제가 분명 존재한다. 그러나 이것은 앞에서 설명한 의혹의 점과 시간의 점이 동시에 존재하는 것으로 설명해 보면 나름 이해되는 바가 있다.

시즈코의 원래 일기에는 "인간은 사랑과 혁명을 위해 태어난 것이다." 라는 문장이 들어 있었는데, 이것을 다자이는 작품의 결론 부분으로 삼았다. 다자이 자신도 평소 "인생은 색과 욕이다."라는 말을 하기 좋아했고 한 단편에서 등장인물의 입을 통하여 같은 말을 하고 있다.

"인생이란, 한마디로 표현하면 무엇인가요?"
저는 지난밤 큰외삼촌과 함께 반주를 마시며, 장난스러운 투로 물어보 았습니다.

"인생, 그건 몰라. 하지만, 세상은 색과 욕이지."

의외의 명답이라고 생각했습니다. 전집 8 / 타양탕탕 / p. 76

여기서 말하는 색은 곧 사랑이고 욕은 곧 혁명이다. 시즈코는 "사랑과 혁명"이라고 하여 두 가지가 서로 다른 것처럼 서술했으나, 『사양』에서는 하나라고 봐야 한다. 사랑에서 혁명이 나온 것이지 사랑에 대립되는 개념인 혁명이 따로 존재하면서 사랑과 병립하지는 않는 까닭이다.

시즈코의 행동에 존재하는 의혹의 점은, 사랑의 혁명이라는 주장 덕분에 시간의 점으로 전환한다. 『사양』에는 몰락하는 『벚꽃 동산』의 분위기가 분명 존재하지만, 작품의 후반부에서 사랑과 혁명이라는 정반대의 주제가 등장한다는 점에서 체호프와는 다르다.

혁명은 원래 한 왕조가 다른 왕조로 바뀌는 것, 즉 하늘의 명령인 천명을 바꾸는 것을 의미했다. 그래서 『주역』에는 "탕왕은 혁명을 함으로써 하늘에 순명하고 인간에게 선정을 베풀었다."라는 글이 나온다. 또 다른 의미는 헌법에서 벗어난 행위에 의하여 국가의 정체를 바꾸는 것을 의미한다. 군사혁명이라는 말이 여기에 해당한다. 그리고 개인적 차원의 행동인데 어떤 상태가 급격하게 바뀌어서 발전하는 것을 가리켜 "혁명적이다"라는 말을 하기도 한다. 이렇게 볼 때 혁명은 국가 차원과 개인 차원 두 가지로 나누어볼 수 있다.

국가 차원의 혁명으로서 근현대의 주요한 혁명은 1789년의 프랑스 대혁명과 1917년의 러시아 혁명이 있다. 대체로 보아 혁명은 "자유"와 "새로운 시작"이라는 두 가지 과업을 달성해야 하는데, 이 두 혁명은 기존 정권을 무너뜨리고 새로운 시작을 하는 데는 성공했으나 결국에는 나폴레옹이라는 절대 군주와 스탈린이라는 희대의 독재자를 만들어내어 시민들의 자유는 오히려 혁명 이전보다 못한 상태로 퇴보시켰다.

그러나 1776년의 미국 혁명은 역사가들에 의하여 성공한 혁명으로 평가되고 있다. 혁명 이후 미국 국민은 대영제국으로부터 완전히 독립하여 더 많은 자유를 얻게 되었고 식민지 13주가 아메리카 연합 국가를 수립하여 새로운 출발에 성공했기 때문이다. 따라서 혁명은 실패와 성공이 공존하는 것인데, 인간의 사회는 앞으로도 계속 발전하려면 정치적이든 기술적이든 문화적이든 예술적이든 혁명이 있어야 하므로 그 실패의 엄청난 후유증에도 불구하고 인간 사회에서는 계속 벌어질 수밖에 없는 현상이다.

이것은 국가 차원의 혁명이고 개인 차원의 혁명도 중요하다. 그것을 다자이는 사랑의 혁명이라고 명명하고 있는데 이때도 자유와 새로운 시작이라는 기준이 동일하게 적용된다.

감동적인 가즈코의 결단

개인의 차원에서 자유는 기존의 구속이나 제약으로부터 해방되는 것이고, 새로운 시작은 전과는 다른 생활을 영위하게 되는 것을 의미한다. 『사양』의 주인공 가즈코는 '여자는 미혼 상태로 아이를 낳아서는 안 된다'는 기존의 구속과 제약으로부터 이탈했다. 그리고 남편 없는 모녀 가정이라는 새로운 시작을 했다. 하지만 가즈코는 이 새로운 시작에서, 자신이 전남편과의 불화 때문에 어쩔 수 없이 유산해서 잃어버렸던 아이를 진정으로 사랑하는 남자로부터 다시 돌려받았다는 부활 의식을 느꼈다. 그래서 가즈코의 개인적 혁명은 자유와 새로운 시작이라는 두 가지 측면에서 모두 일정한 수준의 성취에 이르렀으므로, 성공한 혁명이라고 할 수 있다. 이렇게 볼 때, 가즈코가 사랑하는 남자의 아이를 가진다는 것은 그 죽은 아이를 소생시키려는 강력한 의지의 발동이었다. 가즈코의 이러한 의지는 죽은 아이의 추억에 대한 적극적인 호응이다. 이것은 오래전 어떤 무명 시인의 영시에서 읽었던, 아이 잃고서 울다 잠든 어머니의 꿈을 연상시킨다.

　　어머니는 꿈속에서 저승에 갔다. 자그마한 아이들이 줄지어 제단 같은
　　곳을 향해 걸어왔다. 거기에는 여섯 개의 굵고 하얀 양초가 있었고 아이들
　　은 나뭇가지 같은 가늘고 긴 불붙이개로 양초에 불을 붙이고 있었다.
　　내 아이도 있었는데 그 아이가 붙이려고 하는 양초는 불이 붙지 않았다.
　　어머니가 아이에게 왜 불이 붙지 않느냐고 묻자, 제단 뒤에서 이런 목소리
　　가 들려왔다. '네 눈물이 촛불을 끄고 있느니라. 너는 그만 우는 것이
　　좋겠구나.' 그 소리를 듣는 순간 어머니는 꿈에서 깨었다.

　가즈코의 혁명은 소생과 새로운 시작을 목표로 하고 있기에 성공할 수 있었다. 그것이 진정으로 새로운 시작이 될 수 있는지 여부는 오로지 그녀의 결단과 의지에 달린 문제였다. 그래서 그녀는 미혼모에다 모녀 가정이라는 남들의 따가운 시선을 개의치 않고 그 아이를 키우겠다는 새로운 시작을 마음먹었다. 가즈코의 결단은 아주 감동적이다. 혁명의 엄청난 회전력과 변화력을 느낄 수 있다. 자신의 잘못된 생애 전반기를 완전 새로이 갈아엎겠다는 의지가 보이는 것이다.

화자이면서 등장인물인 가즈코

　화자narrator는 소설을 써나가는 사람으로서 소설가와 구분이 되는 인물이다. 전지 시점의 소설에서 소설가가 곧 화자일 것처럼 생각되나,

소설적 자유the novelistic freedom라는 기준을 적용해 보면 소설가는 화자와는 엄연히 구분되는 사람이다. 소설적 자유는 등장인물이 그 스스로의 논리를 따라 행동하는 것을 말한다. 용감한 사람이 갑자기 비겁한 행동을 하는 것으로 서술되어 있으면 화자는 그에게 소설적 자유를 부여하지 않은 것이 된다. 이처럼 화자는 작품 속 사건과 인물의 객관적 존재를 보장하며 그 선택과 배열, 구조와 의미의 부여 등을 통하여 그 존재를 드러낸다.

구체적 사례로 발자크(1799~1850)의 소설을 살펴보자. 일찍이 엥겔스는 "발자크 소설의 진정한 주인공은 돈이다"라고 말한 바 있는데, 비록 발자크 자신은 군주제를 옹호했지만, 작품 속 스토리를 말해주는 화자의 예리한 눈은 중산층의 돈에 바탕을 둔 자본주의의 도래를 예고하고 있다. 발자크의 소설 『고리오 영감』은 두 딸을 사랑하는 가난한 아버지의 이야기인데, 뛰어난 화자의 기능 덕분에 러시아 문학평론가 바흐친이 말한 폴리포니아polyphony(다성음악), 즉 등장인물의 여러 목소리가 독립적으로 주장되는 작품이다. 보케 하숙집에 모인 사람들은 저마다 한 가닥 사연을 갖고 있다. 시골에서 막 올라와 출세를 노리는 청년 외젠 라스티냐크, 자신을 상인으로 소개했으나 알고 보니 악명 높은 범죄자 자크 콜랭으로 밝혀진 무슈 보트랭, 경찰이 내건 현상금이 탐나서 보트랭을 경찰에 밀고하는 마드무아젤 미쇼노, 미쇼노를 도와주는 전직 하급 관리 무슈 푸아레, 파리 사교계의 불나방 같은 여성들, 그리고 남루한 방에 자리 잡은 고리오 영감. 이런 사람들이 등장하여 복잡 미묘한 목소리의 교향악을 만들어낸다. 이러한 교향악을 지휘하는 것이 바로 작품 속 화자이다. 나폴레옹의 퇴위 이후에 자본주의가 난만하게 피어나는 파리 사회를 바라보는 화자의 일관된 시각이 잘 드러나 있다.

다자이의 단편소설 「산화」는 '나'라는 화자와 미다 준지라는 주인공, 이렇게 두 사람이 상호 작용하는 과정을 다룬다. 이 소설이 훌륭한 점은 화자가 노련한 암시를 통하여 주인공의 강건한 성품을 잘 드러나게 했다는 것이다.

『사양』도 화자인 가즈코가 소설 속 등장인물, 가령 그녀의 어머니, 소설가 우에무라, 우에무라의 부인, 동생 나오지와 상호 작용하면서, 강한 호소력과 설득력을 얻고 있다. 이러한 상호 작용은 작품의 성공에 큰 기여를 했다.

이렇게 된 데에는 가즈코의 모델이 되는 오타 시즈코의 실제 삶이 소설 속에 잘 반영되었기 때문이다. 소설은 등장인물들의 실제 삶이 어느 정도 밑바탕이 되지 않으면 독자를 설득하기 어렵다. 이것은 다자이가 전쟁 중에 썼던 중국 소설가 루쉰을 주인공으로 내세운 『석별』이라는 소설을 읽어보면 금방 알 수 있다. 다자이는 루쉰을 직접 알지 못하고, 그에 관한 자료를 중심으로 소설을 써나가고 있는데 루쉰이라는 인물이 선명하게 느껴지지 않는다. 이렇게 된 것은 다자이와 루쉰은 전혀 다른 인물이기 때문이다. 그리하여 『석별』의 독자는 작품 속의 루쉰이라는 인물에 쉽사리 동화되지 못한다. 루쉰의 생생한 모습을 말해주는 디테일이 너무 부족하기 때문이다. 디테일이 부족하면 지어내야 하는데, 작가가 아무리 상상력을 발휘해도, 자신과 전혀 다른 인물을 상상하기는 쉽지 않은 것이다.

이에 비해 시즈코의 일기가 밑바탕이 되었다는 『사양』은 가즈코의 파란만장한 삶과 실제 어머니의 우아한 삶이 잘 녹아 들어가 있다. 가령 이런 장면은 아주 파격적인 실감을 안겨준다.

어머니가 갑자기 일어나서서 정자 옆의 싸리 덤불 속으로 들어가시더
니, (…) 살짝 웃으시면서

"가즈코, 엄마가 지금 무얼 하고 있는지 맞춰봐."

라고 하셨다.

"꽃을 꺾고 계세요."

그러자 작게 소리를 내어 웃으시면서,

"쉬 해."

라고 하셨다. 전집 8 / 사양 / p. 196

그러나 이것이 실제 벌어진 일이었는지 어떤지는 단정하지 못한다.
만년의 오스카 와일드(1854~1900)는 동성애 죄목으로 레딩 감옥에서
2년 형기를 마치고 1897년 5월에 출옥하여 그 후 프랑스 파리로 건너가
서 궁핍하게 살았다. 이때 20대 후반의 청년 소설가 앙드레 지드
(1869~1951)가 와일드를 찾아가 소설 창작의 비결을 물었다. 와일드는
소설가가 자신이 목격하거나 체험한 것만으로 소설을 쓰면 크게 성공할
수 없고, 자신이 지어낸 이야기로 독자를 감동케 할 수 있어야 비로소
본격적인 작가가 될 수 있다고 조언했다.

앞에 인용된 가즈코 어머니 이야기도 실화일 수도 있고 아니면 화자가
이야기해 나가는 동안에, 실제 사건을 바탕으로 상상하면서 지어낸
것인지도 모른다. 오스카 와일드는 작가의 체험이 아니라, 지어낸 이야
기가 중요하다고 했지만, 무에서는 무밖에 안 나오고 먼저 무엇이 있어야
그걸 바탕으로 상상도 할 수 있는 것이다. 가령 도스토옙스키가 1850년
에서 1859년까지 8년 반 동안 시베리아 유형 생활을 하지 않았다면,
그의 소설에서 중요한 주제가 되는 악마 혹은 악령을 그처럼 생생하게

묘사할 수 있었을까? 그의 위대한 소설들에 등장하는 사악한 인물들은 모두 유배 생활의 기록인『죽음의 집의 기록』이 밑바탕이 된 것이다. 이러한 상상력의 밑바탕이 되는 원체험을 『사양』은 풍부하게 갖고 있다.

죽음을 위한 변명

『사양』에서 또 하나 중요한 부분은 가즈코의 동생 나오지의 유서이다. 이 유서에는 자살하고 싶어 하는 사람의 심리가 잘 묘사되어 있다. 따라서 나오지의 발언은 곧 다자이의 생각이라고 보아도 무방하다. 왜냐하면 다자이는 이 소설을 펴내고 나서 6개월 후에 나오지처럼 실제로 자살했으니까 말이다.

> 저는, 저라고 하는 풀은 이 세상의 공기와 햇빛 속에서 살기가 힘듭니다.
> 살아가는 데 있어, 뭔가 하나가 부족합니다. 모자랍니다. 이제까지 살아온
> 것, 그것도 벅찬 일이었습니다. 전집 8 / 사양 / p. 322

우리는 앞에서(2장) 다자이를 물방울에 비유한 바 있는데, 이 문장은 그런 가설을 뒷받침해 주고 있다. 세상이 자꾸 자기를 죽이려 든다고 말하고 있다.

> 저는 천박해졌습니다. 천박한 말을 쓰게 되었습니다. 하지만 그 절반은,
> 아니지, 60퍼센트는, 가련한 연기에 불과했습니다. 어설픈 잔꾀였습니다.
> (…) 이제 저의 천박함은, 비록 60퍼센트는 억지 연기라고 할지언정, 나머
> 지 40퍼센트는 진짜 천박함이기 때문입니다. 같은 책 / p. 323

다자이의 단편 「다스 게마이네」, 「로마네스크」는 천박한 인간의 모습을 구체화하고 있다. 우리는 앞에서 죽음 소망의 기표가 광대라고 말했는데, 진짜(슬픔)와 가짜(웃음)를 착종시키는 사람이 광대인 것이다.

> 아아, 서글픈 사람들은 잘 웃지요. 전집 9 / 오상 / p. 23

이와 같은 문장은 이 광대의 곤고한 상태를 잘 말해준다.

> 인간은, 모두, 다 똑같다. 이 얼마나 비굴한 말입니까. (…) 유곽의 호객꾼
> 만이 그런 말을 합니다. "헤헤, 아무리 잘난 척해봤자, 어차피 다 똑같은
> 인간이잖아?" 전집 8 / 사양 / pp. 324~325

이 문장에서 다자이는 섹스의 충동은 모든 사람이 똑같다는 얘기에 거부감을 보인다. 앞에서 몸의 「비」와 다자이의 「비용의 아내」가 서로 다른 것은 결국 다스 게마이네와 우어슈탄트의 차이라고 말했는데, 바로 그 섹스에 대한 다른 태도를 말하고 있다. 여기서 섹스는 슬픔으로 바꾸어 읽어도 무방하다. 우리는 다자이의 슬픔에 대하여 이렇게 지적한 바 있다. 보통 사람들 같았으면 그 슬픔을 인생의 상전으로 여기고 그 비위를 맞추며 살아갔을 텐데, 다자이는 그 슬픔을 상대로 끝까지 1대1로 치열한 대결을 벌였다.

> 누나, 저는 놀면서도 전혀 즐겁지 않았습니다. 쾌락에 불감증이 있는
> 것인지도 모릅니다. 저는 그저, 귀족이라는 자신의 그림자에서 벗어나고

싶은 마음에, 미쳐 날뛰고, 놀고, 황폐한 생활을 했습니다. 같은 책/pp. 325~326

이미 다자이는 한 단편에서 이렇게 말한 바 있다.

밤의 향락을 위해 매춘부를 산 적이 한 번도 없다. 어머니를 찾으러 갔다. 유방을 찾으러 간 것이다. 전집2/HUMAN LOST/p.92

이 모성의 부재와 그에 대한 동경은 다자이 작품을 관통하는 모티프이다. 귀족이라는 것은 실제 귀족이라는 뜻보다는 다자이 자신이 남들과 다른 사람이라는 뜻으로 쓰인 것이다.

인간은, 자유롭게 살 권리가 있음과 동시에, 언제든 멋대로 죽을 권리도 있지만, 전집8/사양/p.326

「비용의 아내」에서 등장인물 오타니(다자이)는 이렇게 말한다.

"모두를 위해서도 죽는 편이 좋아. 그건, 확실해. 그런데도, 도저히 죽을 수가 없어. 이상한, 무서운 신 같은 게, 내가 못 죽게 자꾸 발목을 잡아." 전집8/비용의 아내/p.120

네 번이나 자살에 실패했으니 다자이는 이렇게 말할 만도 하다. 그러니 '자유로이 죽을 권리'라는 발언이 나왔을 것이다.

그러나 그 죽음에 대하여 저항하는 힘도 얻으려 했다. 다자이는 자신이 느끼는 인생의 비참함에 대하여 구원을 얻고 싶은 마음도 있었다. 그래서 3년에 걸쳐서 마태복음 전체 28장을 정밀하게 읽었다. 또 성서 연구 클럽 같은 데도 나가고 성서 해설서도 열심히 읽은 것으로 알려져 있다. 그는 예수의 겸손함을 얻기 위해 수련했다는 말도 했고 그를 배신한 유다라는 인물에 관심이 많았다. 그러나 성서를 많이 아는 것과 그 가르침을 실천하는 것은 다른 문제이다.

다자이는 예수의 겸손함과 구원의 능력에는 관심이 많았다. 가롯 유다는 물론 예수를 배신한 것이 큰 죄이지만, 성 히에로니무스의 해설에 의하면, 자살한 것이 더 큰 죄라는 것이다. 자살은 하느님의 신적 질서인 생명(자연)에 도전하는 행위로서 인간이 저지를 수 있는 최고의 죄악이며, 예수를 배신한 죄악보다 더 죄질이 나쁘다는 것이다.

단편 「타앙탕탕」에서 다자이는 마태복음 10장 28절을 인용했다.

육신을 죽여도 영혼을 죽이지 못하는 자들을 두려워하지 마라. 오히려 영혼도 육신도 지옥에서 멸망시키실 수 있는 분을 두려워하라.

이 구절은 지상의 권력자보다는 천상의 하느님을 더 두려워해야 하고, 나아가 하느님의 질서에 순명해야 한다는 뜻이다. 이런 가르침을 굳건히 믿어야만 그에 따른 행동이 나온다.

고등학교 다닐 때 국사 시간에 임진왜란에 대해서 배운 사람이라면, 거기에 나오는 두 명의 일본군 사령관 구로다 기요마사와 고니시 유키나가의 이름을 기억할 것이다. 구로다는 동부 전선을 맡았고 고니시는 서부 전선을 맡아서 평양까지 올라갔다. 이 두 장군 중 고니시는 독실한 천주교 신자였다. 그래서 조선을 침략할 때 가톨릭 선교사 세스페데스도 함께 데리고 왔지만 포교에 성공하지는 못했다. 이 선교사는 우리나라에 처음 들어온 가톨릭 신부였고 일본에 잡혀간 우리나라 포로들을 많이 구출해 주었다.

도요토미 히데요시가 죽고 임진왜란이 종식되자 일본에 돌아간 두 장군은 서로 반대 진영에 소속되어 싸웠는데 고니시 세력(반 도쿠가와파)은 기후현의 세키가하라 전투(1600)에서 패배했다. 이때 고니시는 산으로 달아나면서도 장군답게 할복자살을 하지 않고 마침내 도쿠가와 군에게 잡혀서 참수되었다. 고니시의 재산은 모두 몰수되어 도쿠가와 편에 붙었던 구로다에게 주어졌다.

구로다는 고니시의 처형 얘기를 듣고서 크게 실망했다고 한다. 고니시는 평생을 사무라이로 살았으므로 적에게 잡힐 지경이 되었다면 무사의 전통에 따라서 할복자살을 하는 것이 마땅했다. 그러나 고니시는 그렇게 하지 않았다. 죽음을 두려워했다거나 할복자살을 무서워해서 그런 행동을 한 건 아니었다. 천주교 교리가 자살은 최악의 대죄라고 가르쳤기 때문에 그렇게 실천한 것이다.

> 당신들은 나의 죽음을 알게 되면 필시 울겠지요. 하지만, 살면서 느끼는 저의 고통과, 그 지긋지긋한 삶에서 완전히 해방될 저의 기쁨을 생각해 보신다면, 당신들의 슬픔은 점차 사그라질 것입니다. 전집8 / 사양 / p. 326

살아 있는 고통은 이미 앞에서 인용된 문장들에서 설명되었고, '완전 해방'은 단편 「아버지」에서 나오는 이런 고통으로부터의 해방을 의미한다.

이제까지 40년 가까이 인생을 살면서, 행복의 예감은 대부분 빗나가는 것이 관례가 되었지만, 불길한 예감은 모조리 적중했다. 자식과의 생이별도, 두어 번은커녕, 최근 수년 동안 거의 하루걸러 하루꼴로, 정말 빈번하게 겪고 있다. 전집8/아버지/p. 148

이 불길한 삶으로부터의 탈출을 다자이는 내심 혁명의 행위라고 생각하는 듯하다. 그래서 자신을 가리켜 "자기혐오에 빠져 십자가를 진 혁명가"라고 말했던 것이다.

그러나 왜 불길한 삶인가?

그건 다자이 자신이 그렇게 만든 것이다. 영어에 self-prophesying fullfillment(스스로 예언하여 성취되는 일)라는 말이 있는데, 스스로 자신의 삶이 불길하다고 미리 생각하고 있으니 그의 언행이 그런 쪽으로 쏠리게 되는 것이다. 이것은 인생의 스토리 메이킹story making(이야기 만들기)과 밀접하게 관련이 되는데, 그 스토리의 주인공은 어디까지나 본인 자신인 것이다. 좋은 스토리든 나쁜 스토리든 자신이 선택하여 그런 결과가 나온 것이지, 이미 나쁜 결과가 정해져 있는 것은 아니다.

저의 이러한 부끄러운 고백으로 인해, 누나만이라도, 지금까지 제 삶이 얼마나 괴로웠을지 더욱 잘 이해해 주신다면, 저는 정말 기쁠 것입니다. 전집8/사양/p. 333

여기서 다자이는 삶의 괴로움을 토로하는 소설을 씀으로써 그 행위로부터 위안을 받고자 했으나 고백만으로는 미흡하고 사랑의 혁명을 해야 한다는 생각을 암시한다.

포기해야겠다고 마음먹고는, 마음의 불꽃을 다른 쪽으로 가져가기 위해, 닥치는 대로, 그 화가조차 어느 날 밤 얼굴을 찡그렸을 정도로, 무척 많은 여자들과 미친 듯이 놀았습니다. 어떻게든 부인의 환상에서 벗어나고, 잊어서, 아무렇지도 않게 살고 싶었습니다. 하지만 틀렸어요. 저는 결국, 한 여자밖에 사랑할 줄 모르는 남자이기 때문입니다. 같은 책/ p. 333

앞에서 이미 나온 모성의 부재와 동경이라는 모티프가 반복되고 있다.

누나가 도쿄에 사는 친구 집에 간다고 하니, 그때 문득, 죽는다면 '지금이 찬스'라는 생각이 든 것입니다. 같은 책/ p. 334, 번역문 일부 가필.

찬스는 곧 죽기 좋은 찬스라는 뜻이다. 다자이 단편에는 '지금이 찬스'라는 그런 뉘앙스를 풍기는 문장들이 가끔 나온다. 왜 지금이 찬스인가? 이것은 미국 남서부 푸에블로 인디언의 지혜를 노래한 낸시 우드의 「오늘은 죽기 좋은 날」이라는 시가 잘 설명해 준다.

오늘은 죽기 좋은 날
모든 생명체가 나와 조화를 이루고
모든 소리가 내 안에서 합창을 하고
모든 아름다움이 내 눈 속에 녹아들고
모든 사악함이 내게서 멀어졌으니

(…)

그래, 오늘이 아니면 언제 떠나가겠나.

다자이가 느낀 찬스는 존재의 슬픔과 불안으로부터 완전히 해방되는 순간을 의미한다. 이렇게 볼 때 다자이는 평생 죽기에 '좋은 찬스!', 혹은 죽기 좋은 날을 찾아서 고군분투해온 사람이었다.

결국, 저의 죽음은 자연사입니다. 인간은 사상만으로는 죽을 수 없는 존재니까요. 전집 8 / 사양 / p. 333

자살과 자연사를 구분하지 않는 다자이의 태도를 보여주는 대목이다. 사상의 동기는 민주주의나 마르크시즘을 위해 죽는 것 등을 의미하는데, 개인은 반드시 그런 사상 때문에 죽지 않고, 그저 죽고 싶어서 죽는 것뿐이라는 얘기이다. 그러나 이것은 「탕탕타앙」의 마지막 부분에서 인용된 마태복음 10장 28절을 인용한 다자이의 창작 의도와는 정반대되는 선언이다.

진정한 사상이란, 지혜보다도 용기를 필요로 하는 법입니다. 마태복음 10장 28절, '몸은 죽여도 영혼은 능히 죽이지 못하는 자들을 두려워하지 말고, 몸과 영혼 모두를 능히 지옥에 멸할 수 있는 이를 두려워하라.' (…) 예수의 이 말에 가슴이 무너지는 느낌을 받을 수 있다면, 당신의 환청은 없어질 것입니다. 전집 8 / 타앙탕탕 / pp. 77~78

이상과 같은 죽음의 사상은 이렇게 요약된다. 누나, 저는 사회 부적응자입니다. 아무리 생각해도 인간 실격이 아닐 수 없습니다. 이런 상황에서 제가 할 수 있는 것이 무엇이겠습니까?

우리는 이러한 죽음의 변명을 검토하면서 인간 합격의 길은 무엇일까, 함께 생각하게 된다.

제10장

『인간 실격』, 인간 합격을 하려면?

『인간 실격』 서문에 등장할 만한 다자이 오사무의 사진 세 장.

이상야릇하면서도 어딘가 추잡한, 묘하게 사람 속을 메스껍게 만드는 사진이다. 나는 여태껏, 이토록 이상한 표정의 아이를 본 적이, 한 번도 없었다.   ―293쪽

1945년 8월 일본이 천황의 무조건 항복 선언으로 패전했을 때, 일본 사람들은 커다란 공황에 빠졌다. 이제 어디로 나아가야 할지 앞길이 보이지 않는 채로 방황했다. 그때 다자이의 『사양』과 『인간 실격』은 그들에게 큰 위로가 되었다. 특히 다자이의 신주 이후에 발간된 『인간 실격』은 폭발적인 반응을 일으켰다. 패전의 충격으로 일본인들이 스스로 자격 미달이 아닐까, 생각하며 상심하고 있을 때, 그보다 더 극심한 케이스를 제시함으로써 "오히려, 지금이 완전 밑바닥은 아니구나" 하는 위안을 받았을 것이다.

　『인간 실격』은 다자이가 죽기 직전인 6월에 1회분이 잡지 「전망」에 게재되었고 이어 다자이 사후인 7월과 8월에 2회와 3회분이 게재되어 완간되었다. 작품 속에 세 개의 수기가 나오는데 각 수기를 3회로 나누어 분재한 것이다. 그가 죽기 직전에 쓴 작품이므로 12년 전의 『만년』(1936)이 미리 써둔 유서였다면 이 작품은 죽음을 목전에 둔 시점의 유서라고 할 수 있다. 그런 만큼 피눈물을 흘리며 호소하는 사람의 절박함이 있는 반면에 소설 기법상의 몇 가지 소홀함이 눈에 띈다. 그러나 세 번째 수기에 착수한 것이 1948년 5월 3일로 죽기 한 달 열흘 전의 시점임을 감안할 때, 작품을 탈고하고 나서 제대로 손 볼 시간이 없어서 그렇게 되었을 것이다.

『인간 실격』은 다자이가 1937년에 발표한 단편 「HUMAN LOST」가 원조이다. 다자이 자신의 설명에 의하면, "파라다이스 로스트를 흉내 내어, 「인간 실격」이라고 해보면 어떨까 하는 심정으로 그런 제목을 붙인 것"전집9/철면피/p.305이었다. 이 단편을 쓸 당시 다자이의 나이가 28세 였으므로 요조와 거의 비슷한 나이이다. 그로부터 10년이 흘러간 1948년 3월 7일에 『인간 실격』의 집필을 시작하여 5월 11일에 완성했다. 이 무렵 다자이는 폐 질환이 많이 진행되어 건강이 좋지 않은 데다 가정의 생활비, 다운 증후군 아들 마사키의 성장 문제, 과도한 술값, 오타 시즈코 사이에 태어난 딸의 양육비 등으로 인해 엄청난 금전적 압박을 받고 있었다. 게다가 엎친 데 덮친 격으로 전년도 고소득에 대한 거액의 과세 고지서가 날아와, 더욱 난처한 처지가 되었다. 그는 글을 많이 써서 원고료와 인세를 많이 올려야 할 필요가 절박했다. 이처럼 돈 때문에 열심히 글을 써야 했던 상황은 도스토옙스키가 돈에 몰려 『도박사』, 『지하생활자의 수기』 같은 작품을 써냈던 상황과 아주 유사했다.

『인간 실격』은 1편이 어린 시절, 2편이 중학 시절과 고교 시절 그리고 마지막 3편이 고교 시절 후반부와 그 이후로 되어 있다. 이 소설에서 가장 중요한 두 사건은 카페 여급 아쓰미와 감행한 가마쿠라 해변에서의 신주와 아내 요시코의 불륜이다. 이 두 사건은 다자이의 실제 생활에서 벌어졌던 일을 연상시키지만, 그 사건들을 그대로 복사한 것은 아니다. 『인간 실격』이라는 작품의 의도에 부합하게 사건의 세부 사항을 변형한 것으로 보인다.

요조는 수기 제1편에서 자신이 태어나지 말았어야 할 사람이라고 고백하고, 2편에서는 여성 편력을 하는 자신을 가리켜 악마가 머릿속에 들어온 사람이라고 말하고, 마지막으로 3편에서는, 그 죄(태어난 죄)에 대한 구원은 어디에서 오느냐고 묻는다. 자신이 삶에서 겪는 여러 가지 고통은 그 죄의 부수적 결과이므로 죄와 벌은 상반되는 반대어가 아니라 동의어라고 생각한다. 그러면서 사람을 신뢰한 것이 죄가 되느냐고 하느님에게 묻는다.

자신을 태어나지 말았어야 할 사람이라고 생각한다는 모티프는 다자이의 단골 주제인데, 이런 문장들이 그런 심리 상태를 보여준다.

애초에 이 세상에 태어난 것이 잘못의 발단임을 알아야 한다. 전집 10 / 생각하는 갈대 / p. 66

마치 저승길 나들이옷을 입은 기분 (…) 그때의 일은 나도 모른다. 죄는, 태어난 시각에 있으니. 전집 2 / 이십세기 기수 / p. 51

살아 있는 것 자체가 죄의 씨앗이다. 전집 9 / 인간 실격 / p. 242

나는 태어날 때부터 지금까지 실로 골치 아픈 큰 병에 걸려 있는지도 모른다. 전집 8 / 아버지 / p. 148

이제까지 40년 가까이 인생을 살면서, 행복의 예감은 대체로 빗나가는 것이 관례가 되었지만, 불길한 예감은 모조리 적중했다. 같은 책 / p. 148

두 명의 화자

『인간 실격』에는 두 명의 화자가 등장한다. 한 화자는 '나'라는 소설가로서 요조의 수기를 우연히 입수하여 앞뒤에 서문과 후기를 붙인 사람이고, 두 번째 화자는 세 편의 수기에서 '나'라는 화자로 등장하는 요조이다. 이런 액자소설의 형식을 취함으로써, 그것을 전하는 소설가는 자신이 요조라는 인물과는 상관이 없다는 포즈를 취한다. 그러나 첫 번째 화자가 교바시 스탠드바의 마담으로부터 입수한 요조의 사진 석 장을 논평한 「서문」을 읽어보면 이 화자가 과연 요조로부터 완전히 독립된 사람인가 하는 의문이 든다.

첫 번째 사진은 요조의 유년 시절을 요약하는 것인데 요조가 어린 시절에 누나들과 남동생과 함께 찍은 것이다. 이 사진은 웬만한 다자이 선집에는 반드시 등장할 정도로 유명하다. 그 사진이 지금 내 앞에 있는데 1920년에 찍은 것으로 총 7명이 등장한다. 왼쪽부터 셋째 누나, 다자이, 사촌 누나, 앉아 있는 둘째 누나(아이를 안고 있음), 넷째 누나, 사촌 동생, 남동생 레이지(중학생 때 사망)이다. 사진 속 인물 중에 유일하게 다자이만 활짝 웃고 있다. 나는 이 사진을 처음 보았을 때, 이렇게 해맑고 순진하게 활짝 웃고 있는 아이가 왜 나중에 커서 그렇게 염세적인 사람이 되었을까, 의아했고 이 사진의 비밀을 알아내기 위해 다자이 전집을 읽게 되었다. 다자이 전집을 통독하고 중요한 작품들은 되풀이하여 읽고 있는 요즘에도 이 사진을 보면 여전히 순진한 미소년이라는 생각이 든다. 요조의 첫 번째 수기에 나온 것처럼, 주변의 식구들을 웃기려고 일부러 광대 짓을 하는 미소, 즉 원숭이의 미소라는 생각이 들지 않는다. 그저 기뻐서 웃는 천사의 얼굴인 것이다. 그런데 이 사진에 대하여 화자인 '나'는 이렇게 논평한다.

> 이상야릇하면서도 어딘가 추잡한, 묘하게 사람 속을 메스껍게 만드는
> 사진이다. 나는 여태껏, 이토록 이상한 표정의 아이를 본 적이, 한 번도
> 없었다. 전집 9 / 인간 실격 / p. 140

열 살짜리 웃고 있는 아이에 대해서 이렇게 적대적인 논평을 하려면
그 아이의 유년 시절을 마치 자기 일처럼 환하게 알아야 하고 또 깊은
혐오감을 갖고 있어야 한다. 이것은 요조가 첫 번째 수기에서 고백한바,
어린 자신에 대한 냉소적이고 자기비하적인 느낌과 전혀 다를 바가
없다. 이렇게 같은 얘기를 하는 화자가 왜 두 명이나 필요할까?
두 번째 사진에 대한 논평은 두 번째 수기의 내용 요약이나 다름없는
것인데, 이 사진 역시 웬만한 다자이 선집에는 반드시 소개되는, 고등학
교 교복을 입고 찍은 것이다. 정면을 초롱초롱한 눈빛으로 바라보고
있는 스무 살가량의 다자이 모습이다. 두보의 시구 여군청안보與君靑眼寶(그
대는 푸른 눈이 보물이었지)의 청안을 생각나게 한다. 머리는 하이칼라가
아니고 짧게 깎은 스포츠 컷이고, 부드럽게 웃고 있는 아주 잘생긴
청년이다. 이 청년에 대해서 화자는 이렇게 말한다.

> 이 수려한 용모의 학생에게서도 어딘가 괴담처럼 꺼림칙한 기운이
> 느껴진다. 나는 여태껏, 이토록 이상한 미모의 청년을 본 적이, 한 번도
> 없었다. 같은 책 / p. 140

인용문에서 말한 '꺼림칙한 기운'은 요조의 두 번째 수기를 읽어보면

왜 그렇게 논평하는지 이해할 수 있다. 요조는 자신의 고교 시절을 아주 혐오 가득한 시선으로 바라보고 있다. 얼굴은 잘생겼는데 하는 짓은 추악하다고 느꼈던 것이다. 여기에 이르면 이 화자가 혹시 요조 아닐까, 하는 생각이 든다.

세 번째 사진은 작은 화로 옆에 앉아 불을 쬐고 있고 이번에는 웃지 않는 사진이다. 이것은 아마도 1940년경 미타카 자택에서 옆에 화분을 두고 손가락 사이에 담배를 끼고 있어서 담배 연기가 수직으로 올라오는 가운데, 원고를 검토하고 있는 사진을 가리키는 듯하다. 아니면 태평양 전쟁 중 피란 시절 쓰가루 고향집의 별채에서 찍은 사진 중 하나일 것이다. 쓰가루 별채에는 화로가 놓여 있고 담배를 즐겨 피우던 다자이가 원고 집필을 하면서 이 화로 위에 꽁초를 수북이 쌓아 올려놓았다. 그러나 우울한 분위기를 가장 잘 보여주는 사진은, 1948년 초 『인간 실격』을 집필할 무렵, 책상 앞에 앉아 왼손으로 턱을 괴고, 오른손을 책상 위에 내려놓았는데 그 옆에 원고 더미가 쌓여 있는 사진이다. 이 사진을 보면 다자이의 머리는 흐트러져 있고 얼굴에는 멍한 수심이 어려 있으며, 가장 특징적인 사항은 웃고 있지 않다는 것이다. 이 세 번째 사진에 대해서도 화자는 "그저 너무 불쾌하고 짜증이 나서, 나도 모르게 눈길을 돌리고 싶어진다."같은 책/p.141라고 말한다. 화자가 사진 석 장에 대해서 갖는 전체적 인상은 아주 역겹고 이상한 남자라는 것인데, 세 번째 수기에서 요조가 도달한 결론과 똑같다. "이제 이곳[정신 병원]을 나가더라도, 제 이마에는 여전히 광인, 아니, 폐인이라는 낙인이 찍히겠지요"같은 책/p.244 게다가 화자는 「후기」에서 이런 모순되는 말을 하고 있다.

나는 누가 쓰라고 준 소재로는 글을 쓰지 못하는 성격이라, 곧바로 돌려줄까 했지만, 어쩐지 그 사진에 마음을 빼앗겨(세 장의 사진, 그 기괴함에 대해서는 서문에 밝혀두었다) 일단 노트를 받아두기로 하고 (…) 아침까지 한숨도 자지 않고 그 노트를 탐독했다. 수기 내용이 꽤 오래된 이야기기는 했지만, 요즘 사람들도 흥미를 느낄 것이 분명해 보였다. 같은 책 / pp. 249~250

인용문은 교바시 마담으로부터 요조의 세 권 수기를 넘겨받는 순간의 기록인데, 여기서는 그 사진에 마음을 빼앗겼다고 했다. 그래서 둥근 괄호 속에 있는 '기괴함'이라는 말은 마음을 빼앗겼다는 말과 모순된다. 이때는 아직 요조의 수기를 읽기 전이므로 매혹되었다면, 사진 속의 순진하고 수려한 얼굴이 미소도 짓지 않는 광인 혹은 폐인 같은 얼굴로 바뀐 것에 매혹되었을 테고, 사진 속 인물의 내면적 기괴함에 매혹된 것은 아니었을 것이다. 이어 그 수기에 매혹되어 밤새 읽었고 또 독자들도 흥미를 느낄 것으로 생각했다.

이 매혹과 흥미는 요조가 마음속에 가진 저 어두운 그림자에 대한 연민과 공포였을 가능성이 크다. 그 인물에 대하여 서문의 논평처럼 기괴한 혐오감을 느꼈다면 밤을 새워가며 읽지도 않았을 것이고 독자에게 원문 그대로 전달하고 싶은 생각도 나지 않았을 것이다. 화자는 이런 우호적 반응과는 다르게, 괄호치고서 세 장 사진의 기괴함을 이미 말한 바 있다고 부언하는데, 「후기」의 전반적인 분위기하고는 어울리지 않는다.

「후기」를 쓴 사람은 분명 요조와 다른 사람처럼 보이지만, 서문을 쓴 사람은 요조 그 자신인 것처럼 보여서, 과연 이 화자가 요조로부터 독립된 인물이냐, 하는 의심이 든다. 게다가 소설의 전체적 효과를 볼 때, 이 첫 번째 화자는 세 권 수기의 전달과 요조에 대한 부정적 평가, 이렇게 두 가지 역할밖에 하는 것이 없다. 작품 속에 등장하여 요조와 상호 작용을 하는 것도 아니고 요조의 심리를 더 깊이 이해하게 해주는 어떤 행위나 언사를 하는 것도 아니다. 단편 「다스 게마이네」에서 화자 '나'(사노 지로)가 바바, 사다케, 다자이 오사무와 상호 작용하는 것을 보라. 장편 『사양』에서 화자 '나'(가즈코)가 어머니, 우에무라, 나오 지, 우에무라의 아내와 상호 작용하는 것을 보라. 이런 상호 작용을 첫 번째 화자는 전혀 하지 못한다. 단지 요조가 수기의 각 단계에서 자신에 대해서 해놓은 판단을 세 장의 사진 해설에서 되풀이하고 있을 뿐이다.

설사 소설의 서문과 후기를 빼버린다 해도, 요조의 세 권 수기가 갖는 압도적 효과는 그대로 유지되었을 것이다. 소설을 다 읽고 나면 요조라는 인물의 실존적 상황에 매혹되어 이 최초의 '나'가 과연 존재했 는지도 흐릿해진다. 그런데도 이 화자를 등장시킨 것은 다자이 나름의 의도가 있었을 것이다. 첫 작품집 『만년』을 냈을 때, 자신에게 퍼부어진 파락호라는 세간의 비난을 의식하여 일부러 이런 형식적 외관을 유지했 을 수도 있고, 아니면 요조는 소설가가 지어낸 인물일 뿐 다자이 바로 그 사람으로 읽어서는 안 된다는 경고의 목적도 있었을 것이다. 또는 독자의 독해력을 믿지 못해 좀 더 자세히 설명하려는 의도도 있었을 것이다. 그러나 이 화자가 요조로부터 완전히 독립된 사람이 아니라는 의심이 들기 때문에 이 서문과 후기는 저자의 그런 의도에 별로 기여하지 못하고 있다.

악마는 무엇인가

두 번째 수기에서 요조는 자기 머릿속에 악마가 들어갔다고 말하는데 그 악마는 무엇인가? 요조가 인생에 대하여 느끼는 불안감을 그렇게 표현한 것이다. 이 어떤 불행한 일이 또다시 벌어질지 모른다는 불안감이고, 그것을 극복하려고 애쓰는데 마음대로 되지 않으니까 불안이 더욱 커지고 그다음부터는 스스로 강화한 그 불안과 줄기찬 투쟁이 벌어지는 것이다. 이 불안의 심리 상태에 대하여 다자이는 한 단편에서 아주 자세히 적어놓고 있다.

> 내 가슴 속의 흰 비단에, 무언가 깨알 같은 글씨가 한가득 적혀 있다. 그 글씨가 무엇인지, 나도 확실히는 읽을 수가 없다.
>
> (…) 그 글씨를 구체적으로 설명하기는, 어려울 뿐만 아니라 위험하다. 잘못하면, 아니꼽고 꼴사나우며 허영 어린 감상 같아 보일 우려도 있고, 혹은 어이없다는 생각밖에 안 드는 뻔뻔한 철면피의 궤변, 혹은 음사사교 淫祠邪教의 붓끝, 혹은 허풍쟁이 양치기의 구국 정치담으로 전락할 위험도 있을 수 있다.
>
> 더러운 이蝨나 다름없는 그들과, 내 가슴 속 흰 비단에 적혀 있는 개미 발자국 같은 글씨는 본질적으로 전혀 다른 것이라고 확신하지만, 그것을 설명할 수는 없다.
>
> (…) 꽃피는 시절이 찾아오지 않는 이상, 그것을 확실히 해명할 수는 없을 것 같다. 전집 8 / 아버지 / pp. 150~151

다자이는 이렇게 복잡하게 서술하고 있지만 실은 그게 인생에 대한 막연한 불안감이고 그 불안감은 아무리 애써도 사라지지 않는다는 고백인 것이다.

그렇다면 요조의 머릿속에 들어갔다는 악마는 구체적으로 무엇인가? 악마는 외부적으로는 요조를 술과 매음의 길로 빠뜨린 6세 연상의 화가 호리키를 가리키나, 내면적으로는 사람을 두려워하고 사람들과 교제할 때 생겨나는 요조 내부의 불안감을 가리킨다.

그 악마의 이름은 무엇인가?

신약성경 마가복음 5장 9절에서 예수는 악령(악마)에게 네 이름이 무엇이냐고 묻는데, 레기오^{legio}라는 대답이 돌아온다. 레기오는 10개 보병 중대와 3개 기병대로 편성된 로마 시대의 군단을 가리키는 명칭이다. 각 보병 중대는 500명이니까 전체 5천 명이고 1개 기병대는 150명이니까 전체 450명이다. 그래서 레기오(로마 군단)의 총 병력 규모는 5,500명 정도이다. 여기서 악령의 이름이 레기오라고 한 것은, 무수히 많은 악령이 무수히 많은 곳에 존재한다는 뜻이다. 그러니까 세상에는 내가 생각하기 싫어하는 어떤 사건, 사물, 사람, 생각이 무척 많이 있는데 그게 모두 악마(악령)가 될 수 있다는 뜻이다.

게다가 인간의 의식은 이상하게 구조화되어 있어서 아침에 잠에서 깨면 제일 먼저 그 불안한 생각이 머릿속에 떠오른다. 그것을 억누르면 그 생각이 더 큰 힘으로 의식 위로 떠오른다. 아무리 눌러도 그 생각은 사라지지 않는다. 그리하여 그 생각이 악마 혹은 악령이 되는 것이다. 요조(다자이)의 슬픔도 아마 이런 형태였을 것으로 보인다. 이것을 병원의 신경정신과에서 통칭 불안 강박증이라고 부른다.

쥐 인간과 요조

심한 불안 강박증을 느끼는 요조는 프로이트의 사례 연구에서 나오는 쥐 인간을 닮았다. 「쥐 인간」의 사례는 이렇게 소개되어 있다.

> 29세의 현역 군 장교인 환자(쥐 인간)가 프로이트를 찾아오게 된 직접적
> 인 계기는, 하계 군사 훈련을 나갔다가 동료 장교로부터 어떤 얘기를
> 듣고서 받았던 충격이 가시지 않았기 때문이다. 그 얘기는 고대 중국에서
> 죄수를 고문할 때, 죄수의 엉덩이에 쥐가 든 항아리를 매달아 놓아,
> 쥐가 죄수의 항문을 파고들게 한다는 것이었다. 그런데 그 후 쥐 인간은
> 일상생활 중에 긴장을 느끼거나 어려움을 당할 때 쥐가 자신의 항문을
> 물어뜯는 황당한 상상을 하게 되었다. 그런데 그 망상은 점점 더 범위가
> 확대되어 자신이 사귀고 있는 여자에게도 그런 처벌이 가해지면 어쩌나
> 하는 생각으로 발전한다.
>
> — 영역 『표준판 프로이트 전집』 제10권 167쪽

쥐 인간은 그런 엉뚱한 생각을 피하려고 자꾸 바보 같은 언행을
한다. 가령 소속 부대의 중대장이 쥐 인간에게 우체국에서 온 소포를
건네주면서, 소포 대금을 동료 장교가 대신 지불했으니 그 돈을 갚으라고
지시했다. 그런데 쥐 인간이 돈을 갚으려는 그 순간, "만약 이 돈을
갚으면 쥐가 자신의(혹은 그녀의) 항문을 물어뜯는 그 생각이 엄습해
올 것"이라는 황당한 생각이 들어, 돈을 건네줄까 말까 주저하면서
아무런 행동도 하지 못한다. 이 황당한 생각이 소위 불안 강박증 환자의
머릿속에 들어온 악마이다.

이랬다저랬다 하는 쥐 인간의 전형적인 사례는 다른 곳에서도 나온다.

> 그의 애인이 떠나는 날, 그는 길바닥에 놓여 있던 돌멩이에 발부리를

채었다. 그래서 그녀가 타고 있는 마차가 몇 시간 내에 같은 길을 지나다가 돌에 부딪혀 혹시 그녀가 다칠지도 모른다는 생각에 의무감을 느껴 그 돌을 길가로 옮겨놓았다. 그러나 잠시 뒤 그는 이것이 바보 같은 짓임을 깨달았다. 그래서 길가에 있는 돌을 다시 길바닥에 올려놓아야 한다는 의무감을 느끼고, 돌을 다시 원래의 자리에 가져다 놓았다.

— 영역 『표준판 프로이트 전집』 제10권 190쪽

이런 강박증은 존재의 불안이 구체화한 것일 뿐, 항문을 파고 들어가는 쥐나 길 위의 돌멩이는 쥐 인간의 불안 의식이 만들어낸 허구적 대상에 불과하다. 결코 쥐나 돌이 불안을 만들어내는 것은 아니다. 그렇지만 불안 강박증으로 고통받아야 하는 사람은 마치 그 쥐나 돌이 문제인 것처럼 느끼는 것이다. 『인간 실격』의 요조에게 그런 엉뚱한 생각 혹은 행동을 하게 만드는 것도 바로 이 불안 강박증이다. 이런 심리는 이미 다자이의 단편 「봄의 도적」과 「여자의 결투」를 검토하면서 살펴본 바 있다. 마음이 불안한 요조는 아내 요시코의 불륜을 목격한 다음에 이런 서술을 하고 있다.

> 요시코를 보고 있으면, 저 녀석은 도무지 의심이란 것을 모르는 여자니, 그 장사치와도 처음이 아닌 게 아닐까? 아니, 어쩌면 호리키와도? 아니, 어쩌면 내가 모르는 남자와? 라는 식으로 의심은 의심을 낳았고, 그렇다고 과감히 캐물을 용기도 없어서, 여느 때처럼 불안과 공포에 몸부림치며, 그저 소주나 들이켜고 취해서는 (…) 요시코에게 지옥의 애무를 가하다, 인사불성이 되어 곯아떨어지곤 했습니다. 전집9 / 인간 실격 / p. 234

이러한 요조의 엉뚱한 상상은 쥐 인간의 행동 패턴을 보여주는 것이다. 요조는 자기가 느끼는 불안의 구체적 이유를 알고 싶어 하고 그것을 황당하게도 아내의 추가 부정에 의탁하고 있다. 만약 추가 부정이 없었다는 걸 확인하면 이번에는 다른 어떤 황당한 것을 생각해 내어 그것만 없다면 나는 이렇게 불안하지 않았을 텐데, 하고 망상하면서 자신의 불안을 진압하려고 애쓸 것이다. 그러나 악마는 언제나 희생자를 역이용하는 법. 그런 불안에서 달아나려는 노력이 오히려 당사자를 더 큰 불안으로 몰아가는 행동이 된다.

요조는 자신이 불안을 열심히 쫓아내고 있다고 생각하지만 실은 불안을 열심히 불러오고 있다. 그러면서 이런 못된 상상을 하는 자기는 고통받아 마땅하다고 추가로 자신에게 고문까지 한다. 그러다 보니 요시코를 안고 있으면서도 "지옥의 애무"가 되는 것이다. 요조는 그런 강박적 생각에 내몰리는 자신을 질책하면서도 그런 자신을 말리지 못한다.

> 아아, 저는 왜 이렇게 생겨먹은 걸까요. 죄인이 되어 포박을 당하면 오히려 안심이 되면서, 느긋하고 침착해집니다. 전집 9 / 인간 실격 / p. 192

> 이 아파트 사람들 모두가 내게 호의를 갖고 있다는 것은 나도 안다, 하지만 정작 나는 그 사람들이 얼마나 두려운지 모른다, 두려워하면 할수록 호감을 얻게 되고, 사람들에게 호감을 얻으면 얻을수록 더 두려워져서, 모두에게서 멀어지지 않으면 안 되는, 이 불행한 병적 습성을,
> 같은 책 / p. 208

서는 남들의 암시에 참 쉽게 걸려드는 사람입니다. 이 돈은 쓰면 안 돼, 라는 말 뒤에, (…) 꼭 금세 그 돈을 써버렸습니다. 같은 책/p. 240

다자이는 물론이고 선배 작가인 아쿠타가와도 정신적으로 너무 괴로울 때 자신의 머릿속에 들어온 악마(악령)가 빠져나가기를 간절히 바랐다. 두 소설가는 성경을 아주 열심히 읽었으므로 그런 괴로움을 느낄 때마다 돼지 떼 속에 들어가 비탈을 내리달려 호수 속에 빠져 죽어버린 악령을 생각하며 그 악령을 물리칠 수 있기를 기원했을 것이다. 평생을 간질환자로 고생했고 악령에 많이 시달렸던 도스토옙스키도 장편소설 『악령』에서 이 성경 고사를 제사로 인용하고 있다.

요조는 그 악령을 쫓아내기 위해 온 힘을 다해 싸우다가 힘에 부쳐서 결국 제풀에 떨어져 버린 경우이다. 앞에서, 슬픔은 형체가 없는 것이므로 그것을 향하여 아무리 많이 돌을 던져도 명중이 되지 않는다고 했는데, 바로 이것이 『인간 실격』의 요조가 처한 상황이었다.

요시코의 캐릭터 빌딩

그런데 세 번째 수기에서 다루어진, 요조가 아내 요시코의 사랑을 잘 이해하지 못하는 문제는 다소 복잡하다. 우선 아내의 사랑에 대해서 회의하게 만드는 요시코의 불륜 사건을 살펴보자. 요시코는 남의 말을 그대로 믿는 순진무구한 여자로 제시되어 있다. 그러나 작가 다자이가 이 요시코라는 인물의 성격 형성character building을 해나가는 데에는 문제가 있다.

요조를 좋아하여 적극적으로 그의 구애를 받아들이고, 요조가 술 안 먹는다고 약속하고 그다음 날 다시 술 먹고 나타나자 전혀 그 사실을 인정하지 않고(빤히 다 알면서도) 오히려 요조에게 이게 웬 거짓말이냐고 반대로 밀어붙이는 능청스러움을 보인다. 여기까지 요시코는 백치인 척하지만 실은 의뭉스럽고 복합적 인물임을 보여준다. 그런 요시코가 느닷없이 외간 남자와 간통을 벌이는 것으로 나온다.

제 방 위쪽에 열려 있는 작은 창문 틈으로 방 안이 보였습니다. 전등불 아래 두 마리 짐승이 있었습니다. 전집9/인간 실격/p. 231

그 외간 남자는 요조에게 만화 일거리를 가져다주고 몇 푼 안 되는 돈을 놓고 가는 장사치라고 서술되어 있다. 요시코는 그 장사치가 아무 짓도 안 할 거라고 신뢰하다가 결국 그렇게 되었다면서, 요조는 그녀가 사람을 잘 신뢰하는 백치이기 때문에 그렇게 당했다는 믿기 어려운 설명을 한다. 그렇다면 그런 백치가 자신의 행위에 대해서는 어떻게, "그날 밤부터 요시코는 제 안색만 살피게 되었습니다."가 될 수 있을까?

요조는 "요시코는 그 여름날의 단 하룻밤 신뢰를 했을 뿐입니다."라면서 그 불륜 행위를 설명하는데, 이렇게 되면 요시코가 요조와 결혼한 것도 신뢰를 잘하는 백치이기 때문이라는 얘기가 되어, 앞에서 요시코가 술 취한 요조를 의뭉스럽게 술 취한 게 아니라고 하며, 이해하고 용납하는 장면이 전혀 무의미하게 되어버린다. 아무 의미(사랑)도 없이 백치이기 때문에 결혼했다는 얘기가 되니까 말이다. 여기서 우리는 요시코가 자기 스스로 생생한 의지를 가진 살아 있는 사람이 아니라, 요조의 관념, 즉 "하느님, 사람을 신뢰한 것이 죄가 됩니까?"라는 질문을 유도하기 위한 도구로 이용되었다는 생각을 떨칠 수가 없다.

요시코 묘사는 두 번째 수기에 나온 아쓰미 묘사와 비교해 보면 세부 사항이 너무나 결여되어 있다. 아쓰미는 실제 살아 있는 인물처럼 느껴지지만, 요시코는 종이 위에 그려 놓은 여자 그림 같다는 생각이 든다. 그 불륜 행위가 정말 사람을 신뢰해서 벌어진 일이라면, 여전히 남편의 눈치 따위는 전혀 보지 않는 백치 같은 여자로 행동해야 캐릭터의 일관성이 있는 것이다. 그러니 이 요시코라는 캐릭터는 첫 번째 아내 오야마 하쓰요의 간통 사건이라는 실화가 뒷받침해 주지 않는다면 믿기 어려운 얘기가 된다. 다자이는 자신이 하쓰요를 한없이 신뢰하다가 그녀에게 배신당한 에피소드를 이 요시코에게 전치轉置하고 있는 게 아닌가, 하는 의심이 드는 것이다.

여기서 다자이를 위해 변명을 해보자면, 충분한 시간이 없어서 이처럼 소홀히 처리된 것일 수도 있다. 자신의 생활 속 경험을 그대로 소설에 갖다 쓰는 작가가 어떻게 예술가냐며 미시마는 다자이를 혹평했는데, 비록 이 사례를 구체적으로 지적하지는 않았지만, 이 요시코 사건이 그런 비난의 암묵적 근거가 되었을지 모른다. 분명 요시코의 그러한 행동 설정은 다소 현실성이 떨어지지만, 그래도 이야기의 강력한 힘 덕분에 용납이 된다. 독자는 정말로 타락한 사람이 얼마나 타락할 수 있는지 그 결말을 보고 싶은 것이다. 그로 인해 우리가 요조에 대해서 갖는 가련하다는 느낌이 더욱 강화되는 것이다. 다시 말해 독자는 "그래서, 그다음은?" 하면서 이야기를 읽으려 하는 것이지 이야기가 만들어지는 이론을 알고 싶은 것은 아니다.

No Longer Human

일본 소설은 아무리 영어로 번역이 잘 되어 있어도 한국어 번역본만 못하다. 『사양』과 『인간 실격』은 각각 *The Setting Sun*과 *No Longer*

*Human*이라는 제목으로 도날드 킨(1922~2019)이 영역했다. 킨은 뉴욕 출신으로 컬럼비아대학에서 프랑스 문학과 동양 문학을 공부했고, 이후 영국 케임브리지대학에서 아더 웨일리 밑에서 일본 문학을 연구했다. 2차 대전 당시에 미 해군의 일본어 교습 학교에 들어가 일본어를 배워 통역 장교로 근무했고, 종전 후에는 컬럼비아대학에서 50년간 일본 문학 교수로 재직했다. 그는 미시마 유키오와 아주 친했고 그래서 미시마 가 할복자살하기 직전 미리 써놓은 소설의 마지막 부분을 킨에게 맡길 정도였다. 한평생 일본과 일본 문학을 사랑해 왔고 그래서 2011년 미국 국적을 버리고 일본으로 귀화했다.

이 영역본과 국역본을 비교해 보면 후자가 원문의 분위기를 더 잘 전달한다는 걸 금방 알 수 있다. 한국어는 일본어와 같은 알타이어족으로 서 문장의 어순이 같고 공통되는 한자어가 많아서, 영어가 따라올 수 없는 의미 전달상의 이점을 갖고 있기 때문이다. 하지만 작품을 다른 시각에서 읽는 데에는 영역본이 도움을 준다. 어족이 다른 언어들의 경우에는 번역이 곧 해석이 되기 때문이다. 가령 소설의 맨 마지막에 나오는 "요조는 신처럼 착한 아이였어요."전집9/인간실격/p.251라는 말을 킨은 이렇게 번역했다. He was a good boy, an angel. 하느님의 이름을 함부로 부르지 말라는 십계명에 익숙한 서양인은 사람에게 '신처럼'이라 는 말을 쓰는 게 어색했으리라. 또 『인간 실격』에서 중요한 문장인, "나는 무요, 바람이요, 허공이다."같은책/p.147를 이렇게 번역했다. I shall be nothing, the wind, the sky. 허공과 sky가 서로 등가 관계가 되겠는지 읽는 사람마다 생각이 다를 것이다. 그러나 만약에 the sky를 쓰지 않고, 허공에 해당하는 the void를 썼다고 하면 영미인들은 아마도 이해하지 못했을 것이다. 너는 이미 몸을 가지고 있는데 어떻게 the void라고 할 수 있겠느냐, 라고 따질 것이다. 그럼 nothing은? 하늘에서 불어오는 바람처럼 구체적 실체가 없는 아무것도 아닌 사람^{nobody}의 비유법으로 이해했을 것이다.

킨이 선택한 영어 제목도 원제목과는 사뭇 다른 느낌을 준다. 킨은 처음에는 원문에 충실하게 The Disqualified(자격 미달자)라고 번역하려 했으나 지금의 제목으로 낙착되었다. 인간 실격이라는 단어는 100점 만점에 60점 이하이지만 그래도 여전히 인간의 모습이 좀 남아 있다는 느낌을 주는 반면에, no longer human은 아예 점수가 없는 빵점이라는 뉘앙스를 풍긴다. 또 no longer라는 비교급은 그 이전의 human은 대체 어떤 의미냐 라는 질문을 던지게 한다.

킨은 역자 해설에서 이 작품을 이렇게 요약한다.

It is the story of a man who is orphaned from his fellows by their refusal to take him seriously. He is denied the love of his father, taken advantages of by his friends and finally in turn is cruel to the women who love him.

이것은 자신을 진지하게 받아들여 주지 않는 사람들로부터 소외된 어떤 남자의 이야기이다. 그는 아버지의 사랑을 거부당했고, 친구들로부터 이용을 당했으며, 그러자 차례로 그를 사랑하는 여자들에게 잔인하게 대했다.

나는 이 해설을 읽으면서 과연 요조가 여자들에게 잔인하게 대한 적이 있었는가, 하는 의문이 들었다. 교바시 스탠드바의 마담은 그를 가리켜 천사라고 하지 않았는가. 그래서 그런 잔인함의 측면에 유의하면서 킨의 영역본을 세심하게 읽었다. 요조가 카페 여급과 신주를 했으나 자신은 죽지 않은 것, 잡지사 여기자를 이용만 하고 자기 편의에 따라 버린 것, 요시코를 용서해 주지 않은 것, 절름발이 약국 아주머니와 추잡한 관계를 맺은 것 등이 서양인이 볼 때 잔인함의 리스트에 들어갈 듯했다. 나는 킨의 영역본을 읽기 전에는 요조의 그런 행위들이 잔인하다는 생각이 들지 않았으나, 서양인의 관점에서 보면 그럴 수도 있겠다 싶었다. 그러나 킨의 해설에서 주목할 만한 부분은 denied the love of his father와 the women who love him이라는 두 군데였다.

아버지는 사회의 법률을 대신하는 존재로서, 아이가 나중에 커서 사회적 인간이 되는 데 결정적인 역할을 한다. 이 아버지의 사랑이 없었다는 점이 작품 끝부분의 "그 사람 아버지가 나쁜 거예요."와 연결된다. 요조가 이 "세상이란 개인이다"라고 생각하게 되는 데에도 영향을 주었다. 요조는 세상을 이렇게 본다.

세상. 아마 저도, 어렴풋이 그것을 이해하게 된 것 같았습니다. 그것은 개인과 개인의 싸움, 더구나 그 자리에 한하는 싸움이며, 심지어 그 자리에서 이기기만 하면 그만이다. 인간은 결코 인간에게 복종하지 않는다. 노예조차 노예다운 비굴한 보복을 하는 법이다. 그러니 인간은 그 자리에서 한판승부를 보는 것 외에 달리 살길이 없다. 대의명분 비슷한 것을 부르짖으면서도, 노력의 목표는 언제나 개인, 개인을 넘어 다시 개인, 세상의 난해함은 개인의 난해함이며, 대양은 세상이 아닌 개인이다.

전집 9 / 인간 실격 / p. 214

요조가 말하는 개인과 개인의 싸움은 뒤이어 요조가 호리키를 향해 "사회는 곧 네가 아니냐?"라고 하는 발언으로 뒷받침된다. 사회는 이기 적인 개인들로 구성되어 있고 문제는 언제나 개인으로 환원된다는 주장이다. 또 개인은 복종하지 않고 노예조차 비굴한 보복을 한다. 요조는 노예의 기능을 부정적으로 봄으로써 개인과 개인의 변증법을 부정한다. 하지만 헤겔의 아우프헤벤(지양. 앞의 3장 참조)은 이 노예와 주인의 갈등 관계를 개인과 사회를 발전시키는 원동력으로 보고 있다. 『정신현상학』(1807) 제4장은 정-반-합의 철학(아우프헤벤)을 주인과 노 예의 비유로 설명한다.

인간의 기본적 욕망은 남의 인정을 받기 위한 욕망이고 이 때문에 주인과 노예의 변증법이 벌어진다. 남의 인정을 받기 위해 사람은 자기 자신의 이미지를 타인에게 강요해야 한다. 그러나 그 타인 역시 자신의 이미지를 인정받아야 하는 처지이기 때문에, 개인은 타자와의 싸움에 돌입하게 된다. 이처럼 인정을 받기 위한 싸움은 죽음을 각오하는 싸움이 된다. 왜냐하면 그가 진정으로 인간임을 증명할 수 있는 길은 타인의 인정을 얻기 위해 목숨을 걸 때뿐이기 때문이다. 그러나 이 싸움은 개인과 타인 중 어느 하나가 죽기 일보 직전에 멈추어야 한다. 왜냐하면 어떤 개인에 대한 인정은 살아 있는 사람만이 해줄 수 있는 것이기 때문이다. 이렇게 하여 이 싸움은 어느 한쪽이 타인에게 복종할 때 끝나게 된다. 이때 패배한 쪽은 승자를 자신의 주인으로 인정하고 그의 노예가 된다. 실제로 인간 사회는 상당수 인간이 결사항전을 포기하고 노예가 되기를 받아들일 때만 성립할 수 있다. 주인만 있는 사회는 불가능하기 때문이다.

승리를 거둔 후에 주인은 노예를 부리게 된다. 노예는 자연을 상대로 일을 하고 주인은 그 일의 결과를 소비하고 향유한다. 그러나 주인의 승리는 겉보기처럼 절대적인 것이 아니다. 주인은 비록 인정을 받기는 했으나 그 인정을 해주는 당사자가 동물에 지나지 않는 노예라는 점에서 불만족스럽다. 이렇게 하여 주인처럼 행세하는 사람은 영원히 만족을 얻지 못한다. 반면에 노예는 자연을 상대로 일하면서 그 자연을 극복함으로써 자기 자신을 격상시킨다. 이 과정에서 노예는 자신을 변화시키고, 노예에 의존하는 주인과는 달리 자신의 운명의 주인이 된다. 이렇게 하여 역사적 발전은 무기력한 주인이 아니라 일하는 노예에 의해 이루어진다.

헤겔은 이 노예와 주인의 관계로 개인과 개인, 혹은 개인과 사회가 서로 갈등하면서 발전하는 변증법의 원형적 모델을 제시했다. 인간은 남에게 복종하지만 동시에 그 복종을 통하여 자신을 상승시킬 수 있기 때문에 위대하다는 것이다. 노예와 주인의 변증법은 아들과 아버지의 변증법으로 바꾸어 읽어도 무방할 것이다. 아들은 영원히 아들로 있는 것이 아니라 그 자신도 언젠가는 아버지가 되는 것이다.

그리고 "그저, 모든 것은 지나갑니다."라는 요조의 마지막 발언은 수동적일 뿐만 아니라 더 심각한 것은 어떤 것이 지나갔다고 해서 문제가 해결된 것은 아니라는 것이다. 그 지나가는 것은, 불안의 대상이 쥐와 돌에서 다른 어떤 것으로(쥐 인간), 요시코의 불륜 대상이 호시키와 그 외의 다른 사람에게 옮겨가는 것과 똑같다. 불안의 대상은 지나가지만 그 뿌리인 불안은 여전히 그대로 마음속에 남아 있는 것이다. 이처럼 계속 지나가면서 다른 대상에 부착되는 불안을 제거하려면 그것을 만들어내는 기계, 즉 마음을 바꾸어야 한다.

이 마음 바꾸기는 민들레의 비유로 충분히 설명된다고 본다. 어떤 사람이 집의 마당에 자꾸 민들레 씨앗이 날아와 그로부터 민들레가 피어나는 것을 싫어했다. 그래서 눈에 보이는 대로 민들레를 뽑아버렸으나 씨앗은 계속 날아왔다. 이럴 경우에 그는 이 고민스러운 민들레를 어떻게 해야 할까? 답은 딱 하나 그 민들레를 사랑하는 것이다. 불안의 심리 기제도 마찬가지이다. 그것을 자기 자신의 일부로 인정해 버리면 거기서 아무리 불안의 대상이 많이 만들어져 나와도 더 이상 당사자를 괴롭히지 못하는 것이다.

세상의 난해함은 곧 개인의 난해함이라는 요조의 또 다른 주장은 그가 아버지의 법률, 즉 조건적 사랑의 원칙을 깨우치지 못한 데서 생겨나는 난해함이다. 자신이 언젠가 아버지가 되리라는 전망이 없는 사람의 생각이다. 요조는 모든 것이 저절로 지나간다는 수동적 자세를 취함으로써 문제를 시원히 해결하지 못하고 결과적으로 자기 자신을 사회로부터 소외시킨다.

두 번째 the women who love him은 요조가 이 소설 속의 모든 여자로부터 사랑을 받는 것을 말한다. 쓰네코, 시즈코, 교바시 스탠드바의 마담, 요시코, 약국 여주인, 요양 가옥의 늙은 하녀. 그리고 그 이전에도 많은 여자가 그에게 연정을 품었다. 그것을 요조는 첫 번째 수기 마지막 부분에서 이렇게 설명한다.

> 그리고 바로 그러한, 누구에게도 호소하지 않는 제 고독의 냄새를, 많은 여성들이 본능적으로 맡게 되면서, 훗날 제가 갖가지 사건에 휘말리게 되는 것 같기도 합니다.
> 요컨대 저는 여성들이 보기에, 사랑의 비밀을 지킬 수 있는 남자였던 것입니다. 전집 9 / 인간 실격 / pp. 153~154

그런데 두 번째 수기에 들어가면 요조는 그런 여자들이 무섭다고 말한다.

쓰네코 역시 하숙집 딸이나 여자고등사범학생과 마찬가지로, 저를 협박하기만 하는 여자일 거라는 생각에, 멀리 있으면서도 밑도 끝도 없이 쓰네코에게 겁을 집어먹었습니다. 같은 책 / p. 184

그리고 세 번째 수기의 뒷부분으로 가면 "나는, 여자가 없는 곳으로 갈 거야." 같은 책 / p. 236 라고 말한다. 여성이 무서워서 피하고 싶다는 이 언사는 에로스와 문명의 길항작용을 가리키는 것이다. 프로이트는 이렇게 말한다.

문화적 공동체는 남녀 두 명을 기본 단위로 하여 이루어진다. 이들은 서로에 의해 리비도가 충족되고 또 공통의 작업과 공통의 관심사에 의해 서로 연결되어 있다. 그러나 문명이 발달하면서 사랑(에로스)과 문명의 관계는 그 명백한 유대 관계를 잃어버리게 된다. 한편으로는 사랑이 문명의 관심사를 반대하게 되고, 다른 한편으로는 문명이 사랑에 상당한 제한을 가하게 된다.

— 영역 『표준판 프로이트 전집』 제21권 / p.103, 108

프로이트의 리비도 충족은 남녀 간의 성적 결합을 의미한다. 그러나 인간 공동체는 문화적(사회적) 목적에 봉사해야 하기 때문에 여자와의 사랑에 소요되는 정력을 다른 곳으로 전환시킨다. 이렇게 하여 문화는 남녀 간의 에로스를 상당 부분 빼앗아간다. 당초 문명의 가장 기본 단위인 가족이 형성된 것은 남녀 간의 성적 결합에 의한 것이었으나, 남자가 바깥에 나가서 일하게 되면서, 다른 남자들과 어울리게 되고 또 문화적 목적에 봉사하면서 여자와의 성생활을 상당히 소홀히 하게 된다. 그 결과 남자는 남편과 아버지의 의무를 충실히 하지 못하게 된다. 이렇게 하여 여자는 문명의 요구로 뒷전에 밀려나게 되고 결국 에로스는 문명에 대해서 적대적인 태도를 보이게 된다. 그러니까 남녀 간의 개별적 사랑이 사회 내의 보편적 사랑으로 확대되어야 문명이 발전하는데, 오로지 자신에게만 사랑을 집중시키려는 여자의 무제한적 에로스(완전한 사랑의 점유)는 그것을 막는다는 것이다. 위의 첫 번째 인용문에서 나온 "사랑의 비밀"은 바로 아무런 제약이나 희생이 없는 에로스를 암시한다. 텍스트 내에서는 이 사랑의 비밀을 설명하는 문장이 두 군데에서 나온다.

> 이미 제게는, 그 '여자를 잘 다루는 냄새'가 배어버려서, 여자들이,
> (…) 본능적으로 그 냄새를 맡으며 따라붙는다. 전집 9 / 인간 실격 / p. 171

> 어쩐지 여자들로 하여금 꿈을 꾸게 만드는 듯한 분위기가 제 어딘가에
> 들러붙어 있다는 것, 같은 책 / p. 172

요조는 여자들의 사랑을 잘 받아주고 또 여자들도 자신이 요조의 사랑을 쉽게 독점할 수 있음을 금방 알아본다. 이 에로스의 점유가 요조에게 아주 부정적으로 작용하는 힘이다. 『인간 실격』의 세 번째 수기에서 호리키와 요조는 동의어-반의어 놀이를 하면서 이렇게 말한다.

"(…) 아아, 죄다 동의어네. 죄의 대의어는 뭘까."

"죄의 대의어는 꿀이지." 같은 책/ p. 229

  이것은 일본어 쓰미(죄)를 미쓰(꿀)로 뒤집어 말한 것으로서, 일종의 언어유희이다. 그러나 요조가 에로스에 완전히 점유되는 『인간 실격』의 상황에서 꿀은 전혀 다른 의미를 획득한다. 꿀은 호메로스의 『오디세이아』 제13장에서 아름다운 비유로 등장한다. 오디세우스가 고향 이타카로 돌아가기 직전 들르게 되는 한 동굴에서 벌들이 부지런히 꿀을 만들어내고 있다. 이 꿀을 가리켜 '생성의 꿀'이라고 하는데, 동굴은 세상의 상징이요, 꿀은 남녀 간의 사랑이 만들어내는 자식의 상징이다. 천상에서 유배 온 인간의 영혼은 고향(이타카, 곧 천상의 상징)으로 돌아가기 전에 반드시 동굴을 거쳐야 하는데, 그 동굴의 답답함을 견디게 해주는 것이 곧 생성의 꿀이라는 것이다. 다시 말해 꿀은 남녀 간의 에로스이면서 동시에 자식이라는 것이다.

  이렇게 볼 때 꿀(에로스)은 자신이 태어난 죄를 상쇄해 주는 힘이므로 충분히 죄의 반대어가 될 만하다. 그러나 에로스는 사람을 살려주기도 하고 동시에 파괴하기도 한다. 문명화한다는 것은 곧 호모 에로티쿠스homo eroticus(사랑하는 인간)가 호모 소키에타스homo societas(사회적인 인간)로 발전한다는 뜻이다. 인간은 누구나 처음에는 호모 에로티쿠스로 시작한다. 자궁 속 태아는 어머니와 한 몸이 되어 에로스 그 자체이다. 그러나 태어난 이후에는 아버지의 법률에 의해 어머니와 일정한 거리를 두면서 서서히 그 자궁의 상태로부터 멀어진다. 작품 속 수많은 여자와 성적 관계를 맺는 요조는 이 자궁 속 태아로 돌아가려는 무의식적 충동이 있다. 하지만 그렇게 되면 그것은 곧 죽음을 의미하는 것이므로 에로스(여자들)를 무섭다고 말하는 것이다. 에로스는 그 에너지를 잘 조절하면서 승화시키면 훌륭한 사회인으로 성장하지만, 그냥 내버려 두면 결국 자기 파괴로 내달리게 된다. 이때 필요한 것이 여자의 희생적 에로스다. 로마 황제 네로 같은 절대 권력이 견제되지 않으면 결국 살인적·파괴적 행위(가령 크리스천 박해)로 나아가듯이, 무제한의 에로스는 요조를 퇴행시켜 사회 부적응자로 만든다. 헤겔의 명제(개인과 사회의 변증법)와 프로이트의 명제(에로스와 문명화)는 요조와 호리키 사이에 오간 다음과 같은 대화로 구체화된다.

"그나저나 자네, 여자 갖고 노는 건 그쯤 해둬. 세상이 더는 용서하지 않을 테니." (…)
(그것은 세상이 용서하지 않을 것이다.)
(세상이 아니라 당신이 용서하지 않겠다는 거겠죠?) 전집 9 / 인간 실격 / p. 210

호리키의 말은 무제한의 에로스는 사회의 변증법이 용납하지 않는다는 뜻이다. 그런데 요조는 그에 반박하여 사회는 없고 오로지 개인만 있을 뿐이라고 주장한다. 사회를 무시하는 자는 무시당하게 되어 있다. 겉으로 보면 언제나 개인이 사회를 대표하는 것처럼 보이지만, 그 둘은 엄연히 다른 것이다. 개인과 사회를 언어에 비유해서 말해 보자면 전자는 단어이고 후자는 문법이다. 우리가 사용하는 말이나 대화 속에 문법은 보이지 않지만 철저히 준수되는 것처럼, 개인들의 집단에서도 사회는 보이지 않지만 그 배후에 엄연히 존재하는 것이다. 사회를 대표하는 개인 또한 그 불문율의 지배를 받고 있다. 이것을 다자이와 시가 나오야의 언쟁을 가져와 설명해 보자.

다자이가 만약 사회적 페르소나가 굳건히 정립된 사람이었다면 시가의 비판을 애써 무시하거나 아니면 꾹 참아 넘겼을 것이다. 페르소나는 사람이 살아나가면서 자연스럽게 갖게 되는 외면적 얼굴을 말한다. 가령 여기에 중년의 여성이 있다고 하면, 그녀는 직업인으로서, 딸로서, 친구로서, 아내로서, 어머니로서 다양한 사회적 역할을 하면서 살고 있다. 그 역할을 통칭 페르소나라고 한다. 그녀는 자기 자식들 앞에서는 결코 직업인의 페르소나를 내보이지 않을 것이다. 만약 다자이가 문단의 중견작가라는 페르소나를 철저히 유지했다면 시가 같은 대선배에게 덤비는 일은 하지 않았을 것이다. 일본처럼 위계 제도가 철저한 사회에서 후배가 대선배랑 싸우면 사회의 불문율은 일방적으로 대선배 편을 든다. 여기서 다자이는 개인 대 개인이 아니라 실제로는 개인 대 사회의 싸움을 벌이는 것이다. 그 사회를 개인으로 환원시키려 하는 것은 사회의 존재를 무시하는 것이고 그런다고 해서 사회가 물러가 주지도 않는다. 자기 존재를 무시당한 사회는 당연히 그 개인을 억압하게 된다. 지금껏 해온 얘기를 모두 종합하면 no longer human 이전의 휴먼(인간)은 개인과 사회의 변증법에 적응하고 에로스와 문명의 길항작용을 수용하려고 애쓰는 사람으로 정의될 수 있다.

『인간 실격』의 요조는 미치코를 만나기 전의 다자이와 똑같다. 만약 미치코의 영향력이 없는 상태로 계속 살아갔더라면 다자이는 무제한적 에로스의 힘(바기나 덴타타)에 고스란히 노출되어 요조같이 되었을 것이다. 이것은 막연한 추측이 아니라 다자이의 한 단편에 나오는 문장에 의해 뒷받침된다.

오늘은 11월 13일. 사 년 전 오늘, 나는 어느 불쾌한 병원에서 퇴원을 허락받았다. 오늘처럼 이렇게 추운 날은 아니었다. 청량하게 갠 가을날로, 병원의 정원에는 아직 코스모스가 피어 있었다. 그 무렵의 일은 앞으로 오륙 년이 지난 후 조금 더 안정이 되면 정성을 들여 찬찬히 써보려고 한다. 제목은 '인간 실격'이라고 지을 생각이다. 전집3/세속의 천사/p. 170

4년 전이라는 것은 스승 이부세와 친지 그리고 아내 하쓰요가 설득하여 다자이를 입원시킨 때를 말하는데, 다자이는 1936년 10월 13일부터 한 달간 도쿄 이타바시 구의 무사시노 정신병원에 입원했었다.『인간 실격』의 요조는 정신병원에 들어갔다가 요양 가옥으로 가는 것으로 끝나는데, 1936년 10월 무렵의 다자이 모습과 정확하게 일치한다.

다자이와 도스토옙스키

요조는 호리키와 동의어-반의어 놀이를 하다가 호리키가 요조를 가리켜 죄인이라고 하는 말을 듣는다. 호리키는 요조처럼 여자를 죽게 하거나 여자를 등쳐먹는 남자는 아니니까 자기는 죄인이 아니라고 말한다. 그러자 요조는 내가 죄인? 하고 의문을 표시하면서 죄의 반대말을 알면 죄의 실체도 파악할 수 있을 텐데, 하고 생각한다. 요조는 죄의 반대말을 찾다가 신, 구원, 사랑, 빛 등을 생각하며 신-사탄, 구원-고뇌, 사랑-증오, 빛-어둠이라는 대립 관계가 이미 있으므로, 그런 말들은 죄의 반대말이 될 수 없다고 생각한다. 이어 죄와 기도, 죄와 참회, 죄와 고백, 이렇게 열거하다가 죄와 벌에 도달하여 이 둘 또한 동의어라고 결론 내린다.

죄와 벌. 도스토옙스키. 퍼뜩 그 생각이 뇌리를 스쳐, 흠칫했습니다. 만일 저 도스토 씨가 죄와 벌을 동의어가 아니라 반의어로 생각하고 나란히 놓은 것이라면? 죄와 벌. 결코 상통하지도 않고, 얼음과 숯처럼 섞이지도 않는다. 죄와 벌을 안트로 여긴 도스토 씨의 마음은 일렁이는 해캄, 썩은 연못, 혼돈의 깊은 곳, 전집 9 / 인간 실격 / p. 230

이 문장에서 우리는 요조와 도스토옙스키의 전혀 다른 입장을 보게 된다. 요조는 죄와 벌을 동의어라고 보는 반면에 러시아 소설가는 반의어 라고 보는 것이다. 요조는 왜 죄와 벌을 동의어라고 생각할까? 그는 태어난 게 죄이고 "살아 있는 것 자체가 죄의 씨앗"전집 10 / p. 242이라고 말한다. 자신은 광대 짓을 하면서 살아가야 하는 천벌을 받고 태어났다며 살아있는 것=광대 짓으로 보면서, 죄와 벌 사이에 격렬한 갈등이 벌어질 근거를 없애 버린다. 그러나 죄는 벌이라는 고통스러운 죗값을 치러야 비로소 방향 전환을 할 수 있다. 다시 말해 인간은 심한 고통을 견디어야 만 신, 구원, 사랑, 빛에 가까이 다가갈 수 있다. 요조의 죄와 벌은 비유적으로 말해서 지하철 동일 노선의 역들일 뿐이고 그리하여 벌은 환승(방향 전환)역이 되지 못한다.

저의 불행은, 오롯이 제가 저지른 죄악에서 비롯된 것이니, 누구에게 하소연할 수도 없고 (…) 어쨌든 죄악으로 똘똘 뭉쳐진 인간인 모양이니, 어디까지나 스스로를 점점 더 불행하게 만들 뿐, 어떻게 막아볼 도리가 없는 것입니다. 같은 책 / p. 238

그러나 전당포 집 노파를 살해한 후의 라스콜리니코프는 까마득한 높이에서 떨어지는 폭포수가 바닥에 이르러 맹렬한 소용돌이를 일으키는 일대 혼란의 심연을 체험했고, 자신의 죄를 벌로 갚았기 때문에 비로소 구원의 빛을 볼 수 있었다. 지하철 비유를 다시 써본다면 환승역에서 아예 열차를 바꿔 탄 것이다.

요조와 라스콜리니코프는 하느님을 향하여 비슷한 질문을 던지나 두 사람이 도달한 결론은 확연히 다르다.

'신께 묻나니 신뢰가 죄이나이까?'(요조)

'하느님, 인류의 향상을 위해 벌레 같은 전당포 노파를 죽이는 것이 과연 죄가 됩니까?'(라스콜리니코프)

요조는 소설이 끝날 때까지 그 질문에 대한 답을 얻지 못하고 점점 더 추락하여 '인간 실격'이 된다. 반면에 라스콜리니코프는 소냐를 통하여 하느님으로부터 명확한 답을 얻었다. 그것은 죄가 되며 그 죗값을 치러야 비로소 구원으로 나아갈 수 있다는 것이었다. 실제로 그는 깊은 고뇌와 소냐의 사랑을 통해 구원의 빛을 보게 된다. 깊은 어둠을 향해 추락하다가 자신을 두 손으로 떠받치는 하느님의 손바닥을 느낀다. 범행 이전의 라스콜리니코프는 태어난 것이 죄라는 생각을 하는 게 아니라, 일단 태어났으니 인류의 삶을 더 좋게 만들기 위해 노력해야 하고, 사람을 루저와 위너로 나누어서 자신이 반드시 위너가 되어야 한다는 초인의 사상을 갖고 있었다. 인류의 대의를 위한 것이라면 벌레 같은 전당포 노파를 살해하는 것은 죄가 될 수 없다고 보았다. 그런 오만한 생각을 쳐부수는 도끼가 바로 고통(죗값)이었다.

요조는 라스콜리니코프에 비하면 아주 허약한 사람처럼 보이나 그래도 우리는 그에게서 깊은 감동을 느낀다. 아니, 사실을 말해보자면 요조에게 더 친근감을 느낀다. 요조 속에 있는 저 충동적이고 깊고 어두운 그림자가 우리의 내면에서도 어른거린다고 공감한다. 우리 중에는 내가 혹시 루저가 아닐까, 하고 불안하게 생각하는 사람들이 많고 또 제아무리 크게 성공한 사람이라도 마음속 깊은 곳에는 언제나 자신이 앞으로 루저가 될지도 모른다는 불안 의식이 도사리고 있는 것이다. 그 불안 의식을 『인간 실격』은 잘 묘사하여 마치 자기 일인 것처럼 느끼게 해준다. 그리하여 이런 위로를 얻게 된다.

> 스스로 별 볼 일 없는 패배자가 되고 말았다고 느낄 때마다 울상을
> 짓고 있는 베를렌의 얼굴이 떠올라 힘을 얻곤 했다. 살아보자는 생각이
> 들었다. 그의 나약함이 오히려 내게 삶의 희망을 주었다. 전집4/복장에대하여
> / p. 180

지하 인간과 요조

이제껏 죄와 벌이라는 문제로 다자이와 도스토옙스키의 작품을 서로 비교해 보았는데 『인간 실격』은 도스토옙스키의 또 다른 작품 『지하생활자의 수기』와 여러모로 유사하다. 이 소설은 2부로 구성되어 있는데 1부는 지하생활자의 철학을 적은 것이고, 2부는 그의 구체적 생활을 기록한 것이다. 1부에서 화자인 '나'는 내가 왜 지하 인간인지 설명한다. 사람들은 모두 수정궁 같은 화려한 지상의 건물에 살기를 바라지만 자신은 지하에 사는 것을 좋아하기 때문에 지하 인간이라고 말한다. 여기서 수정궁은 합리주의의 상징이고 지하 인간은 비합리주의의 상징이다. 지하 인간은 2 곱하기 2는 언제나 4가 되는 것이 아니고, 때로는 5나 6이 될 수 있다고 말한다. 다시 말해 인간은 자신의 이익만을 위해서 살아가는 것이 아니라 '아름답고 고상한 것'을 추구하기 때문에

그 과정에서 이성으로는 설명되지 않는 자유의지가 작동하여 비합리적인 행동을 한다는 것이다.

2부에서 지하 인간은 친구들 사이에서 따돌림을 당하고 또 리자라는 창녀를 동정하는 척하다가 실은 그녀와 성관계를 맺고는 매정하게 차버린다. 지하 인간은 이런 행동을 통하여 양극단을 오가는 인물임이 밝혀진다. 그는 자신이 진실을 말하고 있다고 하다가 곧바로 돌아서서 실은 거짓말을 했다고 말한다. 리자를 사랑한다고 했다가 곧 뒤이어서 증오한다고 말한다. 그녀에 대한 동정은 그녀에 대한 멸시가 반대로 표현된 것이라고 하고, 친구들에 대해서도 자신이 무시당하는 것이 싫어서 일부러 오만한 태도를 보인다. 이처럼 지하 인간은 열등의식과 과대망상증, 자기비하와 자만심, 겸허와 오만의 양극단을 무시로 오간다.

어떤가? 이 지하 인간은 『인간 실격』의 요조와 아주 비슷하지 않은가? 디테일을 많이 제시한다는 점에서는 『인간 실격』이 도스토옙스키 작품보다 더 뛰어나다. 『인간 실격』과 지하 인간을 딱 두 개만 떼어놓고 1대1로 비교해 보면, 오히려 다자이의 작품이 세부 사항이나 핍진성의 측면에서 더 우수하다는 느낌이 든다. 실제로 유럽인이나 영미인들은 다니자키, 가와바타, 미시마 등의 소설을 읽으면 일본다운 독특한 분위기를 느끼지만, 다자이의 『인간 실격』을 읽으면 작가가 일본인이라는 사실을 잊어버리고 마치 자기의 일이 쓰여 있는 것 같은 절실한 문학적 감동에 사로잡히게 된다는 논평을 많이 했다.

『인간 실격』과 『지하생활자의 수기』의 차이는 그 후의 문학적 발전의 차이이다. 후자는 도스토옙스키의 5대 소설 즉 『죄와 벌』, 『악령』, 『백치』, 『미성년』, 『카라마조프가의 형제들』을 이해하는 열쇠가 된다. 가령 초인 정신을 발휘하여 전당포 노인을 살해한 라스콜리니코프(『죄와 벌』의 주인공), 소아성욕에 자살자의 기질을 가진 자유의지의 실험자 스타브로긴(『악령』의 주인공), 아주 아름다운 인물이되 간질을 앓고 있는 백치이며 신성한 바보인 미시킨 공작(『백치』의 주인공), 이율배반적인 생각으로 의식에 분열을 일으키는 베르실로프(『미성년』의 주인공), 대심문관 스토리의 창작자인 이반 카라마조프(『카라마조프가의 형제들』의 주요 인물) 등은 모두 이 지하 인간이 원조이다.

『인간 실격』의 요조도 작가가 이른 나이에 세상을 떠나지 않고 좀 더 복합적인 인물로 발전시켰다면 더욱 뛰어난 자손들을 생산했을 가능성이 큰 인물이다. 이 부분은 정말로 다자이의 때 이른 죽음이 아쉬워지는 지점이기도 하다. 실제로 다자이는 한 단편에서 이렇게 말하기도 했다.

> 『카라마조프 형제』 같은 걸, 나는 아직 쓸 수가 없다. 그건 이제, 확실히 말할 수 있다. 절대로 쓸 수 없다. (…) 나는 오래 살아볼 생각이다. 해볼 생각이다. 전집 2 / 게으름뱅이 카드놀이 / p. 240

다자이의 문학은 초기, 중기, 말기 이렇게 3단계로 나누는데, 만약 이 3단계를 종합하여 그다음 단계로 넘어섰더라면 『카라마조프가의 형제들』 같은 대작을 쓸 수도 있었을 것이라는 생각도 든다. 이처럼 훌륭한 발전의 씨앗을 가졌기 때문에 『인간 실격』을 읽을 때마다 감동하면서 다른 한편으로는 아쉬운 느낌이 드는 것이다. 우리는 프로이트의 사례 연구 「쥐 인간」을 읽을 때는 정신분석의 정보를 얻을 수 있지만 문학적으로 감동하지는 못한다. 그러나 『인간 실격』을 읽을 때는 실제로 쥐 인간을 만나서 이야기하는 느낌이 드는 것이다.

인물을 직접 만난 것 같은 느낌이 왜 그리 중요한가? 왜냐하면 다자이는 인간성의 신비와 심연을 프로이트처럼 이론적으로 설명하는 것이 아니라, 아주 구체적 행동과 상황을 통해 제시하기 때문이다. 쥐 인간 같은 사람을 만나고, 느끼고, 대화하고, 연민하게 해주는 것이다. 글을 논리적으로 잘 쓰는 사람은 많다. 그러나 독자에게 뭔가 구체적으로 보여주는 것, 독자를 사로잡는 능력, 자신의 슬픔을 이해시키는 기술, 자신이 말하고자 하는 것을 그대로 느끼게 해주는 것, 그리고 어딘가 한구석 빈 데가 있어서 연민과 측은함을 느끼게 해주는 것, 이런 것들을 잘하기는 어렵다.

다자이를 읽으면 우리는 잠시 쥐 인간 혹은 지하 인간이 되어 보는 느낌이 있다. 그런 유형의 사람들이 갖는 마음의 동요를 온전히 느끼는 것이다. 소설가와 신문기자의 차이는, 기자는 사건을 객관적으로 보도하기만 하면 되지만 소설가는 그 사건을 독자가 직접 목격한 것처럼 느끼도록 해주어야 하는 것이다. 이것이 문학이 주는 효과 즉 연민과 공포의 효과이다. 그런 삶의 비극을 잠시 겪어봄으로써 우리의 슬픔 혹은 악을 씻어내고, 털어내고, 극복할 수 있는 것이다.

『인간 실격』의 모태가 되는 「HUMAN LOST」에서 다자이는 꽃한 송이와 그 꽃에 대한 동경을 말했다. 요조는 결과적으로 그 꽃을 얻지 못했다. 역설적으로 그 꽃에 대한 동경 때문에 그렇게 인간 실격자가 되었다.

요조가 진정으로 원했던 것은 무엇일까? 거짓과 참말의 구분을 뛰어넘고, 꿈과 현실의 간격을 허물고, 그리하여 나와 나 아닌 것의 구분을 초월하여 완전한 자유(하늘이 나에게 내려준 선함)를 획득하는 것이었다. 요조의 이런 심정을 오래전 스페인 시인 루이스 데 레온(1527~1591)이 잘 표현해 놓았다.

> 나는 나와 함께 살고 싶어.
> 하늘이 나에게 내려준 선함을 즐기고 싶어.
> 나 혼자서, 아무런 증인도 없이.
> 사랑도, 질투도, 증오도, 희망도, 공포도 없이.

「타양탕탕」을 관통하는 아포리아

『인간 실격』은 "하느님, 신뢰도 죄입니까?"라고 질문하면서, 하느님의 구원이라는 문제를 정면으로 다루고 있다. 그러나 기독교의 가르침에 대한 다자이의 태도는 일종의 아포리아^{aporia}(이도 저도 아닌 불확정성의 상태)이다. 기독교의 가르침은 무엇인가? 예수 자신이 말한바, 네 이웃을 네 몸처럼 사랑하고 온 힘을 다 바쳐 하느님을 사랑하라는 것이다. 앞은 지상의 사랑이고 뒤는 천상의 사랑으로서, 하느님의 질서에 순명하는 것이다. 그 질서란 무엇인가? 내 목숨의 주인이 내가 아니라 하느님이고, 내 인생의 결정적 계획은 내가 짜는 게 아니라, 하느님이 짜는 것이라고 믿는 것이다.

천상의 사랑은 비유적으로 사형수에 빗대어 말해 볼 수 있다. 내가 지금 사형을 선고받고 감옥에 들어와 있다. 그러나 내가 언젠가 사형 집행 전에 사면을 받을 것으로 확신한다면 나는 마음 편히 감옥에서 독서도 하고, 편지도 쓰고, 면회도 할 것이다. 그러나 사면의 가능성 없다면 내 목을 옥죄어올 밧줄만 눈앞에 삼삼하게 보여서 감옥 생활을 제대로 할 수 없음은 물론이고 내가 사형수라는 생각에만 몰두하게 될 것이다. 그리하여 나의 감옥 생활은 아주 울적하고 비참할 것이다.

우리 인간은 누구나 다 죽어야 하는 운명이므로 비유적 의미의 사형수이다. 그리고 이 세상은 감옥이다. 그 감옥에서 마음 편하게 생활할 수 있는 사형수는 사면의 가능성을 믿는 사람뿐이다. 바로 이 사면이 천상의 사랑에 해당한다.

이 두 가지 사랑 중에서 다자이는 지상의 사랑에 관심이 많고 천상의 사랑에 대해서는 침묵한다. 그래서 아포리아가 생겨나는 것이다. 이 아포리아를 엿볼 수 있는 것이 「타앙탕탕」이라는 작품이다. 이 단편은 1947년 1월에 발표되었는데, 그 시점은 다자이가 죽기 1년 반 전쯤이었다.

다자이의 동향 청년이 1945년 8월 15일 근무하던 일본 내 부대에서 천황의 항복 성명을 들었을 때, 부대 뒤쪽에서 타앙탕탕 하고 뭔가 대못을 박는 듯한 커다란 환청을 듣는다. 이 대못 박는 소리는 망해버린 일본 군대의 대문에다 엑스 자로 나무 빗장을 지르며 못을 박는 소리일 수도 있고, 관뚜껑에 못 박는 소리일 수도 있고 아니면 영 다르게 해석하여 십자가에 사람을 못 박는 소리일 수도 있다. 동향 청년은 그 후 작은 마을의 간이 우체국에서 근무하는데, 이 세상의 무슨 일이든 다 시시하고 계속 타앙탕탕 하는 환청을 듣는다. 이런 쫓기는 심리를 작가인 다자이에게 토로하면서 어떻게 하면 이 환청을 없앨 수 있겠는가, 하고 묻는데 다음은 다자이의 대답이면서 소설의 끝이다.

답장 드립니다. 허세로 가득 찬 고민이네요. 별로 동정심이 안 생깁니다. 열 손가락이 가리키는바, 열 개의 눈이 지켜보는바, 어떠한 변명도 통하지 않는 추태를, 당신은 아직도 피하고 있는 모양이군요. 진정한 사랑이란, 지혜보다도 용기를 필요로 하는 법입니다. 마태복음 10장 28절, '몸은 죽여도 영혼을 능히 죽이지 못하는 자들을 두려워하지 말고, 몸과 영혼 모두를 능히 지옥에 멸할 수 있는 이를 두려워하라.' 이 경우 '두려워하다'라는 말은, 경외라는 뜻에 가까운 것 같습니다. 예수의 이 말에 가슴이 무너지는 느낌을 받을 수 있다면, 당신의 환청은 없어질 것입니다. 그럼, 이만. 전집 8 / 타앙탕탕 / pp. 77~78

이 짧은 대답은 많은 것을 생각하게 만든다. 먼저 '열 손가락이 가리키는바, 열 개의 눈이 지켜보는바'에 대한 설명이 필요하다. 이것은 『대학』에 인용된 증자曾子의 말씀, "열 눈이 지켜보고 있으며, 열 손이 손가락질하고 있으니, 그것이 두렵구나."를 그대로 가져다 쓴 것이다. 『대학』은 이와 관련하여 소인의 행동을 지적하고 있는데, 우리의 문맥에서 소인은 곧 다자이의 동향 청년을 가리키는 것이 된다.

『대학』에 의하면, 소인은 혼자 한적하게 있을 때는 좋지 않은 짓을 멋대로 하다가도, 군자를 만나면 자기가 언제 그랬느냐는 듯이 슬쩍 시침을 떼고 그 좋지 못한 것을 감추려고 할 뿐만 아니라 거기서 한술 더 떠서 자신의 소행이 잘한 행동인 양 꾸미려고 한다. 남들이 빤히 다 꿰뚫어 보고 있는데도 남들이 그 거짓말에 속아 넘어간다고 잘못 생각한다는 것이다. 속에 들어 있는 마음은 겉으로 다 드러나니까 감추려 해봐야 소용없다는 얘기이다. 그러면서 자기 뜻을 겉과 속이 일치되게 하려는 사람은 절대로 자기 자신을 속이려고 해서는 안 된다고 말한다. 이 때문에 군자는 혼자 있을 때 자기 자신을 가장 경계하며 조심한다는 것이다. 다시 말해 자기 자신의 잘못된 행동을 자기를 상대로 변명하거나 합리화하거나 오히려 잘한 행동이었다고 자기기만을 해서는 안 된다는 것이다. 이러한 계명을 유교에서는 신독愼獨이라고 한다.

이 신독이라는 계명은 마태복음 6장 1절과 18절의 권유와 똑같다.

　　너희는 사람들에게 보이려고 그들 앞에서 의로운 일을 하지 않도록
　　조심하여라. (…) 네가 단식한다는 것을 사람들에게 드러내 보이지 말고,
　　숨어 계신 네 아버지께 보여라. 그러면 숨은 일도 보시는 네 아버지께서
　　너에게 갚아주실 것이다.

　다자이는 장편소설 『정의와 미소』에서 이 성경 구절의 뜻을 취하여,
보지 않는다고 하더라도 마치 누가 보고 있는 것처럼 똑바른 자세를
유지하며 살아가라고 권유한다. 즉 미소 지으며 정의를 행하라는 것이다.
　이어 다자이가 「탕탕타앙」에서 언급한, '진정한 사랑은 지혜보다도
용기가 필요하다'라는 말은, 작품 중에서 동향 청년이 어떤 여성을
사랑하는데, 그 사랑을 끝까지 밀고 나가지 못한 것을 지적한 부분이다.
정말로 사랑한다면 매춘부 행위로 돈을 버는 것으로 의심되던 그 여자가
자신의 결백을 고백한 이후에는 적극적으로 그 여자에게 구애하면서
사랑을 완성해야지 그처럼 미지근한 자세를 보여서는 안 된다는 이야기
이다.
　다자이 답변 속의 예수 말씀은 성서 주석서에 의하면 몸은 죽여도
영혼을 능히 죽이지 못하는 자는 이 세상의 권세 있는 자를 의미하고,
몸과 영혼 모두를 능히 지옥에 멸할 수 있는 이는 하느님을 의미한다.
동향 청년은 패전 이후 일본 사회의 혼란을 개탄하는데, 다자이는 그것은
세상의 권력이 일으키는 일시적 현상일 뿐이고, 하느님의 질서는 곧
회복될 것이라는 희망을 말하고 있다.
　그리하여 다자이 대답의 메시지는 이런 것이다. 개인의 사랑과 사회의

단결이라는 측면에서 자기 자신을 속이지 않고 하느님의 사랑을 따라가면 「타앙탕탕」의 환청은 자연 사라지게 된다는 것이다. 망상은 그 이름을 부르면 저절로 사라진다, 라는 말은 망상의 원인을 명확히 파악하면 더 이상 망상하지 않게 된다는 뜻인데, 다자이는 그 사랑하는 처녀를 향해 달려가 사랑을 고백하라고 촉구한 것이다. 또 비록 패전 후의 불안정한 일본 사회이기는 하나 그 사회의, 있는 바 그대로 상황에 적극적으로 가담하여 개선을 위해 노력한다면 파괴, 종말, 어두운 운명의 환청은 저절로 사라질 것이라는 조언이다.

다자이의 이런 조언을 읽으면, 다자이는 자기 문제에 대하여 과연 그렇게 적극적인 사랑의 용기를 발휘했는가, 하는 의문이 든다. 여기서 우리는 연극에서 말하는 극적 아이러니를 보게 된다. 연극에서 어떤 등장인물이 모르는 상황을 다른 등장인물들과 관중은 알고 있어서, 그 등장인물의 반응과 추후 행동을 짐작하면서 드라마의 전개 상황을 더 잘 파악하게 되는 것, 이것이 극적 아이러니이다. 간단히 말해서 작중인물은 어떤 사건이 앞으로 어떻게 진행되는지를 모르는 데 반하여, 다른 등장인물들과 독자는 그 결말을 알고 있는 경우이다.

예를 들어서 셰익스피어의 『십이야』에서 여러 다른 등장인물들은 올리비아의 집사이며 코믹한 악당인 말볼리오를 놀리려고 간단한 편지를 써서 말볼리오가 발견할 만한 곳에다 미리 놓아둔다. 그 편지는 여주인 올리비아가 직접 쓴 것처럼 꾸민 것인데, 그녀가 말볼리오를 은밀하게 사랑하고 있다고 고백하면서 그 사랑을 받아준다면 노란색 양말과 촌스러운 바지를 입고서 그녀 앞에 나타나 계속 실실 미소를 지어달라고 요구한다. 그 가짜 사랑의 고백을 읽고서 너무나 기쁜 나머지 말볼리오는 즉시 그 괴상한 복장을 하고서 여주인 올리비아 앞에 나타나 계속 실실 미소를 짓는다. 올리비아는 그런 행동을 하는 말볼리오가 정신이 돌아버렸다고 생각하여 그를 어두운 방에 감금하도록 지시를 내린다. 이 상황에서 다른 등장인물들과 관중은 그런 말볼리오의 코믹한 행동을 보면서 그 결과가 앞으로 어떻게 전개될지 미리 내다볼 수 있다.

다자이의 충고를 받는 등장인물(동향 청년)과 우리 독자 사이에서 다자이는 말볼리오 같은 극적 아이러니 상황을 만들어낸다. 『십이야』에서 다른 등장인물들은 말볼리오의 태도를 우스꽝스럽다고 생각하고 관중도 그것이 잘못된 행동임을 알아본다.

좀 더 구체적으로 말해서 동향 청년에게 내린 환청의 치유책이 과연 그 청년에게 통할 것이며, 좀 더 심각한 문제는, 우리 독자에게 그런 조언을 납득시킬 수 있는가 하는 의문이다. 다자이는 환청을 극복하려면 예수의 사랑을 실천하는 용기가 있어야 한다고 말한다. 그렇지만 정작 다자이 본인은 자신의 슬픔과 불안에 대해서는 그런 사랑의 실천을 안 하고 있지 않은가.

다자이가 기독교의 성경 문구를 인용하고 또 소재로 삼은 작품으로는 『정의와 미소』, 「신랑」, 「유다의 고백」과 「타앙탕탕」 등이 있다. 이 중 앞의 두 작품은 성경 문구를 인용하기는 했으나, 그것은 작중인물의 심리나 행동을 설명하기 위한 것으로서 종교적 문제를 정면에서 다룬 것이라고 보기 어렵다. 그러나 뒤의 두 작품은 본격적으로 종교적 문제를 다루고 있다. 이 작품들은 예수(사랑)와 유다(악령)라는 엄청나게 큰 주제를 맞세우고 있는데, 그 두 주제 사이에서 다자이가 느끼는 아포리아는 안타깝게도 잘 종합이 되지 않는다. 「유다의 고백」은 유다의 악마 같은 성격을 주로 다루고 「타앙탕탕」은 예수의 사랑만 일방적으로 강조하는

데, 사랑과 악령이 종합되지는 못하는 것이다. 다시 말해 온전한 해결책은 사랑을 통하여 악마를 이기는 방식으로 제시되어야 하는데 그렇지가 못한 것이다.

지상의 사랑과 죄의 용서

다자이가 지상의 사랑에 대하여 깊은 관심을 표명한 작품은 「겨울의 불꽃놀이」(1946년 6월 발표)라는 희곡이다. 전후에 가즈에라는 여성이 겪는 생활상의 어려움을 묘사하면서 죄의 악업을 딛고 더 밝은 미래를 향해 나아간다는 내용이다. 죄업은 가즈에와 어머니 아사에게 벌어진 성적 수치의 사건을 가리키는데, 이러한 죄를 지었기에 오히려 더 큰 사랑을 향해 나아갈 수 있다는 메시지를 전하고 있다. 다자이는 자작 해설에서 이 작품의 주제는 누가복음 7장 47절에 나오는 말씀, "적게 용서받은 사람은 적게 사랑한다"를 구체화한 것이라고 했다.전집 7 / p. 302 그러나 작품 속에서는 성경 말씀이 직접 인용되지는 않는다.

다자이는 비슷한 시기에 발표한 작품(1946년 9월)에서 등장인물 노나카의 대사를 통하여 이런 말을 한다.

성서에 이런 말이 있다. 용서받을 일이 적은 자는 적게 사랑하느니라. 이 말을 뜻을 알겠어? 잘못된 일을 하지 않는다고 자신하는 녀석일수록 인정이 박하다는 뜻이지. 죄 많은 사람은 애정이 깊은 법이야. (…)

난 지금 죄인이다. 사람을 가르칠 자격 같은 게 없는데도, 오랜 시간 교원 노릇을 하다 보니 교단 의식이 몸에 배서 큰일이야. 전집 7 / 봄의 낙엽 / p. 374

죄에 대한 용서는 예수가 가르친 지상의 사랑을 말한다. 요한복음 8장에서, 바리새인들은 예수를 시험하기 위하여 간음하다 붙잡힌 여자를 끌고 와서 예수에게 묻는다. 모세는 율법에 따라 이런 여자를 돌로 쳐서 죽이라고 했는데 당신의 생각은 어떤가? 예수가 율법에 위배되는 대답을 하면 그것을 구실로 고소할 계획이었다. 예수가 허리를 굽혀 손가락으로 땅에 무엇인가 쓰면서 대답을 하지 않자 바리새인들은 어서 대답하라고 재촉했다. 그러자 예수가 몸을 일으키며 말했다. "너희 중에 죄 없는 자가 먼저 저 여자에게 돌을 던져라." 그리고 다시 몸을 굽혀서 땅에다 무엇인가 썼다. 바리새인들은 그 말을 듣자 하나씩 떠나갔다. 마침내 여자와 예수, 이렇게 둘만 남게 되었다. "여인아, 그자들은 어디 있느냐? 너를 단죄한 자가 아무도 없느냐?" "선생님, 아무도 없습니다." "나도 너를 단죄하지 않는다. 가거라. 그리고 이제부터 다시는 죄짓지 마라."

예수는 율법만 가지고는 세상의 모순과 갈등을 극복할 수 없음을 이 에피소드를 통하여 보여준다. 자기가 잘못했는데도 용서받아 본 적이 있는 사람은, 그 용서의 훈훈한 기억을 잊지 못하고 이어 다른 사람을 용서함으로써 그 용서의 빚을 갚고 싶어 한다. 이때의 용서는 곧 사랑이며 그 호소력과 전염력은 아주 강력하다. 이것이 죄의 용서를 통한 사랑의 실천, 즉 지상의 사랑이다. 이 용서야말로 저절로 부패하려는 경향이 있는 인간 사회를 정화하는 가장 강력한 힘이다.

예수는 죄와 용서라는 문제를 채무와 채권에 빗댄 채권자의 비유로 다시 설명한다. 어떤 채권자가 500데나리온을 빚진 사람과 50데나리온을 빚진 사람에게 동시에 부채를 탕감해 주었다면, 이 중 누구를 더 사랑한다고 보아야겠느냐, 더 많이 사랑하기 때문에 더 많이 용서해

준다. 이 말씀을 뒤집어서 생각해 보면 죄를 지었는데도 더 많이 용서받으면 더 많이 사랑하게 된다는 것이다. 예수의 용서를 받은 간음한 여인은 그 후 틀림없이 그렇게 하면서 살아갔을 것이다.

이 지상의 사랑은 그리스도가 가르친 복음의 핵심이었고 마태복음 5장에 나오는 "행복하여라, 마음이 가난한 사람들!"로 시작되는 8복으로 완결되었다. 그리스도는 이것을 말로만 가르친 것이 아니라 인류의 죄를 모두 뒤집어쓰고 스스로 십자가형을 당함으로써 직접 실천했다. 가장 비참하고 가장 무기력하게 죽은 사람의 모범이 지난 2천 년 동안 로마제국, 신성로마제국, 대영제국 그리고 오늘날의 미국을 정신적으로 지배하는 성령의 제국을 형성했다. 이 역설에 대하여 사도 바울은 고린도 전서에서 이렇게 말했다. "여러분 가운데 자기가 이 세상에서 지혜로운 이라고 생각하는 사람이 있으면, 그가 지혜롭게 되기 위해서는 어리석은 이가 되어야 합니다. 이 세상의 지혜가 하느님에게는 어리석음이 되기 때문입니다." 그러니까 그리스도가 가르치는 지혜 즉 지상의 사랑은 이 세상이 가르치는 지혜와는 다르다는 것이다. 실제로 기독교는 세상이 가르치는 것과 정반대 방향을 지향했기 때문에 위대한 성령의 제국을 구축했다.

이러한 가르침의 역설은 인간의 본성을 날카롭게 지적한다. 인간은 물건이든 생각이든 사람이든 자기 것에 대한 소유욕이 아주 강해서 자기가 소중히 여기는 것을 빼앗기면 그것을 두고두고 잊지 못한다. 걸핏하면 그 잃어버린 것의 필요성을 느끼며 설혹 필요성이 없더라도 일부러 그것을 만들어내어 빼앗아간 사람들에 대한 원한이 깊어진다. 이것은 사람들이 사랑보다는 원한으로 기울어지는 경향이 더 강하다는 것을 보여준다. 그런데 그 원한을 사랑으로 풀어야 한다는 얘기는 세속인이 보기에는 정말로 바보 같은 교훈인 것이다.

바로 이 바보 같은 교훈이 기독교가 가르치는 지상의 사랑이다. 그것을 기독교는 홀리 풀holy fool이라는 개념으로 설명한다. 고린도 전서 4장 10절은 홀리 풀을 이렇게 설명한다. "우리는 그리스도를 위하여 바보가 되었고 여러분은 그리스도를 믿어 현명한 사람이 되었습니다." 홀리 풀은 서방 교회보다 동방 교회에서 더 널리 실천되었는데, 이 전통이 러시아정교회로 흘러들었다. 러시아 문학에서 홀리 풀을 아주 아름답게 구현한 인물은 도스토옙스키의 『백치』에 나오는 미시킨 공작이다. 공작은 악인 로고진과 악녀 나타샤를 악으로 대하지 않고 선으로 대한다. 그는 사랑의 마음으로 악인들을 대하며 그들의 잘못을 대신 뒤집어쓰려 한다. 미시킨 공작은 도스토옙스키 소설의 등장인물 중에서 가장 그리스도를 닮은 인물이다.

이 홀리 풀은 다자이가 한평생 세상의 지혜대로 살아가지 않은 사람이었다는 생각을 해보면 그에게도 해당하는 개념이다. 그러나 다자이가 한 말, "네 이웃을 네 몸과 같이 사랑하라. 이것이 저의 최초의 모토이자, 최후의 모토입니다."다자이 전접 10 / 답신 / p. 362를 생각하면 우리는 이런 질문을 던지지 않을 수 없다. "다자이가 말한 이웃에는 그의 가슴 속 깊이 자리 잡은 슬픔은 포함되지 않는 것일까? 지상의 사랑에 그토록 관심이 많았으면서도 왜 있는 그대로의 자기 자신은 용서해 주지 않았을까?"

인간 합격을 하려면?

생애 만년에 도달한 다자이는 자신을 가리켜 인간 실격이라고 말했는데, 그렇다면 그의 생애와 소설을 감안할 때, 우리가 얻어낼 수 있는 인간 합격의 길은 무엇일까?

그 길은 먼저 육체를 학대하지 말아야 한다는 것이다. 다자이는 생애 만년에 지나치게 술을 많이 마셨다. 이것이 그의 지병인 폐결핵을 더욱 악화시켰다. 생활상의 스트레스와 금전적 필요 그리고 인생에 대한 허무한 느낌이 갈마들면서 자신의 육체를 학대하여 그 시름을 잊고자 했다. 그리하여 폐 침윤이 재발했고 생애 마지막 순간에는 각혈을 하기에 이르렀다. 도저히 생의 의욕이 생겨날 수 없는 막다른 골목으로 자신을 몰아넣은 것이었다.

인간의 육체는 정신과는 달라서 의식의 흐름이라는 것이 없다. 육체는 말을 하지 못한다. 그래서 육체의 언어로 신호를 보내는 것이다. 느닷없는 짜증, 온몸의 두드러기, 얼굴 틱크 현상, 가슴 두근거림, 속이 메스꺼움, 갈증, 배고픔, 불면, 기면 등은 모두 지금 내 몸이 아프다, 혹은 정상적으로 작동하지 않는다, 라는 신호인 것이다. 이 육체의 언어에 귀를 기울여야 하고 그 신호를 경멸하지 말아야 한다. 육체는 언제나 정신이 시키는 대로 해야 한다는 생각은, 백인은 언제나 흑인보다 우월하다는 주장처럼 고리타분한 얘기이다. 그러니 정신이 주인이고 육체는 종이다, 라는 상하 관계를 너무 고집하지 말고, 그것을 수평적 관계로 재정립해야 한다. 편안한 육체가 느긋한 정신을 유도하고 그럴수록 정신의 명령을 더 잘 받아들이는 것이다.

이어 우리는 자신의 어려운 상황에 대하여 인내할 줄 아는 참을성과 놀이 정신을 가져야 한다. 인내하는 사람 혹은 견디는 사람을 뜻한 라틴어 호모 파티엔스homo patiens는 바로 호모 루덴스homo ludens, 즉 놀이하는 사람의 동의어이다. 우리는 호모 파티엔스의 마음가짐으로 자신의 운명에 맞서며 놀이할 줄 알아야 한다.

마지막은, 자기 내면에 있는 어두운 그림자를 자기의 것으로 인정하는 것이다. 셰익스피어는 생애 마지막 작품으로 「템페스트」라는 드라마를 썼는데, 주인공 프로스페로가 5막 1장에 이런 말을 하고 있다. "이 어둠의 것을 나 자신의 것으로 받아들입니다.This thing of darkness I acknowledge as mine." 이 악을 받아들인다는 것은 자신의 결점을 파악하는 것이다. 그러니까 비록 내가 내 안의 악을 완전히 제거하지는 못하지만 그렇다고 해서 그 때문에 생활 속에서 벌어지는 자그마한 행복까지 누리지 못하는 건 아님을 깨닫는 것이다. 우리는 이 작은 행복을 하나의 교두보로 삼아서 더 많은 행복의 영역으로 나아갈 수 있다. 이러한 생활의 여유를 얻는 첫걸음은 자기의 내부에 남아 있는 악, 그러니까 아무리 제거하려고 애써도 없어지지 않는 악을 자기의 한 부분으로 인정하는 것이다. 그런데 완벽주의자 다자이는 이것을 하지 못했다.

내 마음의 악마(다자이의 경우에는 슬픔)에 힘을 실어주지 않으려면 그 악마가 아무리 괴롭혀도 아예 상대하지 않는 것이 최선의 방법이다. 이처럼 자기 자신에 대하여 측은의 마음을 가지면 비로소 자기 자신의 악을 용서할 수 있다. 그 악을 인정하고 용서해 버리면 인생의 큰길에는 앞을 가로막는 문이 없게 된다.

지금까지 인간 실격과 인간 합격의 추상적 명제에 대해서 길게 말해 왔다. 그러면 이제 실격과 합격의 미묘한 경계를 구체적 인물을 통하여 알아보기로 하자.

제11장

미다 준지와 미시마 유키오

미다 준지(三田循司, 1917~1943)와 미시마 유키오(三島由紀夫, 1925~1970)

어리석은 것은 미시마의 그런 생각이었다. 열등감은 받을 값을 다
받을 때까지는 결코 물러가지 않는 것이다. —343쪽

이 책의 제사에서 미다 준지의 엽서를 소개한 바 있는데, 그것은 지금 이 장에서 말하고자 하는 바를 예고해 준다. 다자이의 단편 「산화」에 의하면 미다 준지는 이와키현 하나마키초 출신이고 센다이의 제2고등학교를 거쳐서 도쿄대학 국문과에 진학한 수재였다. 대학 재학 시절에 다자이를 자주 찾아와 문학 얘기를 많이 나누었고 시를 열심히 쓰는 문학청년이었다. 삭발한 머리에 안경을 썼고 언제나 진지한 철학자 스타일의 과묵한 학생이었다. 도쿄 외곽 미타카에 있는 다자이 집에 찾아오면 소설가는 미타카역 앞의 어묵집이나 초밥집 같은 곳에 미다를 데리고 가서 함께 술을 마셨는데 주사라고는 전혀 없는 얌전한 청년이었다. 대학을 졸업하고 곧바로 전쟁터로 떠났는데, 그는 1942년 말에 신체검사를 받고 1943년 초에 입대한 것이다.

미다와 미시마는 도쿄대학 동문

미다는 1942년에 졸업했고 소설가 미시마 유키오(1925~1970)는 1944년에 입학했으니, 두 사람은 비슷한 시기에 도쿄대학을 다닌 동문이었다.

그의 엽서에 나오는 "근무지에 무사히 도착"이라는 말은 일본 북쪽에 있는 애타섬에 주둔한 부대에 전입한 것을 가리킨다. 일본에서 보면 북해에 있는 이 섬은 미국령으로서 알래스카의 최서단, 동경 173도 지점에 있고 알류산 열도의 한 섬이다. 넓이는 900제곱 킬로미터이고 섬의 남동쪽에 비행장이 있지만 현재는 무인도이다. 미드웨이 해전에서 패한 일본은 1942년 6월 소련의 남하를 견제하고 동시에 미 본토 공략의 양동 작전을 펴기 위해 이 섬에다 병력을 주둔시켰다.

미국은 이 섬을 탈환하기 위하여 공격에 나섰고 애타섬 전투는 2차 대전 중 미국 영토 내에서 벌어진 유일한 지상전이었다. 1943년 5월 29일, 미군에 맞서 싸우다가 일본군 약 2,600명이 전부 죽었다. 이것은 일본군이 최초로 전멸한 사건이었는데, 일본 대본영은 전멸이라는 말이 국민에게 안겨줄 충격을 조금이라도 완화하기 위해 정책적으로 옥쇄라는 말을 사용했다. 다자이는 자기 소설의 제목을 원래 '옥쇄'로 정하려 했으나, 이 말은 자신의 시시한 소설 제목으로 쓰기에는 너무나 황송한 말이므로 '산화'라고 썼다고 말했다. 옥쇄는 옥이 부서져서 흔적조차 없게 되는 것을 말하는데 공명을 세우거나 절의를 지켜서 죽는 행위에 대한 비유이다. 그래서 예전부터 대장부는 옥처럼 깨끗이 부서지는 한이 있더라도 공명과 절개를 지켜야지, 지저분한 기왓장처럼 깨어지고 때가 묻은 상태로 구질구질하게 오래 살아서는 안 된다는 말이 전해져 온다. 또 옥은 깨뜨릴 수 있어도 그 흰색을 바꿀 수 없고 대나무는 불태울 수 있어도 그 마디를 휘어지게 할 수는 없다, 라는 대구도 있다.

옥쇄에 비하여 산화는 원래 불교 용어로 부처님에게 공양하기 위하여 꽃을 뿌린다는 뜻이었으나 여기에서 발전하여 꽃다운 목숨이 전장에서 깨끗이 죽는 것을 가리키게 되었다. 다자이는 제자나 다름없는 청년의 죽음을 일간신문에 실린 전몰자 명단에서 확인하고 깊이 감동하여 「산화」라는 단편소설을 썼고 그 소설에서 미다의 엽서야말로, 자신이 알고 있는 최고의 시詩라고 칭송했다. 시는 보통 언지言志(뜻을 말하는 것)라고 정의되는데, 미다의 엽서가 인생의 의미를 최고로 멋지게 밝힌 글이라는 뜻이었다.

사람은 누구나 살기를 바라지 죽고 싶어 하지 않는다. 그런데도 미다는 엽서에서 기꺼이 죽겠다고 말했다. 부서지는 한이 있더라도 옥이 되어야지 구질구질한 기왓장 같은 졸장부가 되지는 않겠다, 라는 뜻이었다. 맹자는 뭐라고 했는가. 목숨도 의리도 선비가 바라는 바지만, 둘 다 취할 수 없다면 목숨을 버리고 의리를 취해야 한다고 하지 않았는가. 삶도 선비가 바라는 것이지만, 선비가 지켜야 하는 것 중에는 삶보다 더 중요한 것이 있기에 구차히 살려고 하지 않는 것이다. 미다는 자신의 인생 스토리가 이렇게 끝나야 비로소 한 편의 멋진 이야기가 완성된다면 죽음의 카드도 마다하지 않겠다고 한 것이다.

미다는 도쿄대학에 다니면서 많은 독서를 한 지식인이었다. 충분히 그 나름대로 일본의 전쟁 상황에 대하여 의견이 있었을 것이다. 당시 여러 지식인이 그렇게 생각했듯이, 소위 태평양 전쟁이 일본으로서는 이길 수 없는 전쟁이라는 것도 알았을 테고, 자신이 전사한다면 그것이 허무한 죽음이 될지도 모른다는 것도 알았을 것이다. 그런데도 그는 기꺼이 죽겠다고 했다.

왜? 일찍이 소크라테스가 말했듯이 악법도 법이며, 그 법을 지키지 않으면 국가가 유지될 수 없고 좀 더 구체적으로 내 부모, 내 형제가 온전히 살 수가 없기 때문이다. 게다가 미다 자신도 스스로 자신의 인생 스토리가 기왓장이 아니라 옥이 되기를 바랐기 때문이다. 만약 그가 비겁한 남자였다면 도피하거나 무슨 수를 써서라도 병역을 피해보려 했을 것이다. 그러나 그에게는 아르주나 같은 결연함이 있었다. 미시마 유키오는 단편소설 「우국」에서 우국이라는 말은 애국보다 시끄럽지 않아서 좋다, 라고 했는데 미다의 죽음은 정말 시끄럽지 않은 조용한 죽음이었다.

미다 준지의 선택

아르주나는 기원전 6세기경에 집필된 인도의 서사시 『바가바드 기타』의 주인공 이름이다. 이 제목은 "주님의 노래"라는 뜻인데, 종교적 내용을 담은 대화 형식의 시로서 대서사시인 『바하바라타』의 제6권으로 후대에 삽입되었다. 『바가바드 기타』는 인간의 생존 조건은 어디에서나 똑같다고 말하는 텍스트로서 그 내용은 왕위를 두고 싸우는 두 사촌 형제 가문의 골육상쟁이 막 벌어지려 하는 찰나에, 한쪽 군대의 사령관인 아르주나와 사령관 전차의 운전사로 화신한 최고신 크리슈나 사이의 대화로 구성되어 있다.

전사 아르주나는 사촌 형제를 죽여야 하는 처참한 전투의 현장 앞에서 갑자기 낙담하여 싸우지 못할 것 같은 느낌이 들어 전차 바닥에 주저앉는다. 비폭력을 추구하는 자신이 폭력에 앞장서야 하는 모순되는 상황이 도무지 감당되지 않았다. 이러한 딜레마 앞에서 아르주나의 전차를 찾아온 최고신 크리슈나는 아르주나가 전사라면 그에 합당하게 행동하는 것이 전사의 의무라고 일깨워 준다.

그리고 크리슈나는 그 싸움의 결과가 어떤 것이 되었든 그 결과를 하느님(즉 크리슈나)에게 봉헌 예물로 바치라고 말한다. 다시 말해, 지금 눈 앞에 펼쳐진 하느님의 세상에 적응하라는 것이다. 진정한 행위자는 하느님뿐이며 인간은 그의 도구이니, 결과에 집착하지 말고 주어진 상황에 최선을 다하여 하느님을 기쁘게 하라는 것이다. 아르주나는 크리슈나의 권면에 힘을 얻어 화살을 다시 집어 들고 싸움에 나서려 하고 이제 막 전투가 시작되려는 순간 『바가바드 기타』는 끝난다.

미다 준지는 아르주나처럼 전쟁을 위해 죽는 것이 자신의 의무라고 생각했다. 일본이라는 사회의 질서, 그리고 자신이 신봉하는 철학 속에서는 마땅히 그렇게 행동해야 한다고 보았다. 미다는 생사의 기로에서 아르주나처럼 있는 그대로의 세상에 순응하기로 마음먹었다. 그렇기 때문에 이 전쟁을 위하여 죽겠다고 엽서에 쓸 수 있었다. 삶과 죽음의 갈림길에서 구차한 삶보다는 떳떳한 죽음을 선택한 것이다.

구차한 삶이란 미다 시절의 일본 사회에서 무엇이겠는가? 그것은 병역을 도피한 비겁자라는 낙인일 것이다. 삶도 내가 바라는 것이지만 삶보다 더 중요한 것은, 내가 써나가야 하는 인생의 스토리, 기승전결의 네 단계에서 앞의 두 단계(기승)에 걸맞은 '전'의 행동을 보여주어야 한다. 미다는 자신이 일본 최고의 지식인이라는 자부심이 있었기 때문에 자신의 목숨보다 국가의 생명이 더 중요하다고 믿었다. 그런데 일본 지식인들이 다 미다 준지같이 생각하고 행동했는가? 아니다.

미시마 유키오의 수치심

미시마 유키오는 1945년 초 아버지의 권유로 도쿄가 아니라 선조의 고향인 히로시마현으로 내려가 입대 신체검사를 받았다. 그가 태어나고 자란 도쿄에서는 허약한 아이들이 많았기 때문에 미시마의 병약한 모습은 주목의 대상이 되지 못했으나 히로시마의 농촌 청년들 사이에서 단연 눈에 띄는 것이었다. 게다가 미시마는 검사 당일에 감기를 앓고 있었다. 미숙한 젊은 군의관이 미시마에게 언제나 그렇게 몸에 열이 나고 기침을 많이 하느냐고 묻자 그는 아무 말 없이 고개를 끄덕였다. 그리하여 군의관은 감기를 수종으로 오진하여 귀향 조처했다. 미시마는 원칙대로 한다면 제2을종으로 현역 입대가 마땅했지만 그 오진으로 인해 군 복무 불가 판정을 받아 그날로 도쿄로 돌아왔다.

그와 함께 신검을 받았던 장병들은 그 후 필리핀 전선에 투입되어 모두 전사했다. 바로 이 행동이 미다와 미시마가 완전히 갈라지는 지점이다. 생과 사의 갈림길이었지만, 동시에 옥과 기와, 명예와 비겁의 분수령이 되었다. 비록 그 순간은 모면했을지 몰라도, 지식인 미시마로서는 엄청난 수치가 아닐 수 없었다. 종전되고 세월이 흘러갈수록 그 거짓말하고 도망친 심적 트라우마가 되살아났다. 억압된 것은 잠시 모습을 감추었을 뿐 죽은 것은 아니었고 어두운 밤중의 자객처럼 상대방이 가장 취약한 시기에 귀환하여 그의 목을 노리는 것이다. 이것을 가리켜 프로이트는 억압된 것의 귀환$^{Return\ of\ the\ Repressed}$이라고 했다.

우리는 앞의 제4장에서 어떤 정신적 충격을 값으로 따져 1,000이라고 할 때, 그 충격을 당하는 주체의 충격 수용 능력이 300밖에 되지 않으면 그 나머지 700은 대금 청구를 위해 자꾸만 기억 속에서 되풀이되는데(충격적 사건의 반복적 회상) 이것이 반복이고 정신의 수력학이라고 말한 바 있다. 미시마는 전쟁 후에 그 대금 청구에 맞서서 1950년대 중반부터 자신의 지식인 얼굴을 혐오하면서 보디빌딩을 열심히 해서 단단한 신체를 가꾸기 시작했다. 지식인의 병약한 몸을 내버리고 근육질의 남성미를 키움으로써 자신의 용감함으로 그 트라우마에 맞서는 전략을 폈다.

미시마는 「보디빌딩의 철학」(1956)이라는 에세이에서 이런 말을 하고 있다.

보디빌딩을 시작하고 나서 오는 9월로 1년이 된다. 감기에 걸려 3주 정도 쉰 것 이외에는, 대체로 열심히 해왔다. 원래 육체적인 열등감을 불식하기 위하여 시작한 운동이지만, 엷은 종이를 벗기듯이 그 열등감은 나아져서 지금은 완쾌에 가깝다. 이러한 열등감을 30년이나 짊어지고 온 것이 무슨 이익이 있었는가를 생각하면, 정말로 어리석게 여겨진다.

어리석은 것은 미시마의 그런 생각이었다. 열등감은 받을 값을 다 받을 때까지는 결코 물러가지 않는 것이다. 미시마는 1960년대 일본에서 미일 동맹 조약의 수정과 관련하여 반미 시위가 거세지면서, 천황을 국가의 정점으로 삼는 전통적 우익 사상으로 기울어지기 시작했다. 이와 동시에 에로스=죽음=아름다움이라는 자기 파괴의 문학 사상을 굳건히 구축했다. 이것이 가장 잘 드러나는 소설이 단편 「우국」이고 대표작 『금각사』도 이 삼위일체가 전제된 것이다. 「우국」은 앞에서 이미 언급한 바 있으므로 여기서는 후자에 대해서 좀 더 알아보자.

『금각사』(1956)는 패전 후의 일본에서 미조구치라는 청년이 금각사의 아름다움에 너무 집착하다가 마침내 그 사찰을 불태운다는 이야기이다. 실제로 벌어진 금각사 방화 사건을 바탕으로 한 소설이며 미시마는 방화범 하야시 요켄이 있는 감옥으로 찾아가 방화 이유를 물었으나 하야시는 횡설수설하며 잘 대답하지 못했다고 한다. 그냥 불 지르고 싶어서 불 지른 것뿐인데 거기에 객관적 이유를 대라고 하니 그런 반응을 보일 수밖에 없었을 것이다. 이 작품은 "새끼 고양이를 베다"라는 불가의 화두를 이야기 전개의 모티브로 삼는다.

이 화두를 간략히 소개하면 이러하다. 한번은 절의 동쪽, 서쪽에 따로 거처하는 승려들이 고양이 새끼 한 마리를 서로 차지하려고 말다툼을 벌였다. 남전 선사가 이 광경을 보고 고양이를 움켜잡고 말했다. "너희 중 누구든지 바른말 한마디를 하면 이 고양이를 살려주고, 그렇지 않으면 죽여 버리겠다." 승려들이 아무 말도 하지 못하자 남전은 고양이를 둘로 베어버렸다. 마침 외출 중이었던 조주가 저녁에 돌아오자 남전은 그에게 사건의 전말을 알려주었다. 조주는 그 말을 듣고서 아무 대꾸도 하지 않고 신발을 벗어 머리 위에 이고 밖으로 걸어 나갔다. 남전이 탄식하며 말했다. "자네가 그곳에 있었더라면 고양이를 살렸을 텐데…."

화두의 주인공 남전 선사는 "세상은 꽃 한 송이"라는 화두로 유명한 고승으로서, 승려들이 고양이에 집착하는 것을 보고서 집착을 끊어버려야 한다는 교훈을 가르치기 위해 고양이를 단칼에 베었고, 남전의 제자인 조주는 진리[道]의 세계에서는 이 세상의 가치가 뒤바뀌어 있으며 어떤 대상에 집착하여 옳으니 그르니 하는 것은 허망한 행동임을 보여주기 위해 신발을 머리에 얹었다. 화두에서 다 큰 고양이가 아니라 새끼 고양이를 내세운 것은, 번뇌든 집착이든 막 생기기 시작할 때 그것을 없애버려야 한다는 뜻이다.

미시마는 금각사 방화 사건에 대하여 아름다움이 너무 괴로운 것이어서 그 아름다움을 파괴한다는 논리 전개를 위해서 이 불가의 화두를 원용했다. 여기서 아름다움 대신 수치심을 대입해도 공식은 유지될 것이다. 그러면서 방화범 미조구치의 사악한 친구인 가시하기는 고양이가 아름다움의 상징이라고 해석한다. 또 가시하기는 아름다움을 치통에 비유하면서 그 아름다움에 몰두하여 그것을 계속 추구하다 보면 악행을 저지르게 된다는 논리를 내세운다.

마르셀 프루스트의 『잃어버린 시간을 찾아서』 제1권 "스완의 집 쪽으로" 제2부는 '스완의 사랑'이라는 제목을 달고 있는데, 주인공 스완의 오데트(여자)에 대한 지나친 집착을 언급하다가 문득 오스만 제국의 술탄 얘기를 소개한다. 그 술탄은 어떤 아름다운 여자를 너무나 사랑한 나머지 아무것도 할 수가 없었다. 낮이나 밤이나 그 여자 생각만 하는 바람에 도무지 술탄 노릇을 할 수가 없었다. 그래서 마침내 그 여자를 죽여 버렸다는 것이다.

금각사 방화범 미조구치의 심리 상태는 바로 이 술탄의 비상식적 논리와 같은 것이다. 아름다움에 대한 강박 증세 때문에 아름다움을 파괴한다는 것은, 죽음을 기다리는 두려움을 없애고자 자살한다는 얘기와 똑같다. 죽음=성적 만족=아름다움이라는 미시마의 철학은 『금각사』의 등장인물인 가시하기가 말한바, "나에게는 아름다움이 너무나 큰 고통이기 때문에 그것을 제거하기 위해 나를 파괴한다."라는 논리와 동일하다. 나는 이 부분을 읽을 때마다, "나에게는 비겁함과 수치심이 너무나 큰 고통이기 때문에 그것을 제거하기 위해 나를 파괴한다."라고 고쳐 읽게 된다.

억압된 것의 귀환

『금각사』는 아름다운 작품이다. 그러나 작품의 이면에는 전쟁 중에 자신이 저질렀던 비겁한 행동에 대한 심적 트라우마를 완전히 해소하고 싶은 타나토스의 반복적 충동이 무의식적으로 작동하고 있다. 여기서 "무의식적으로"라고 말한 것은 미시마 자신은 이런 사실을 의식하지 못했을 뿐만 아니라, 설사 누가 그것을 지적한다고 해도 철저히 부인할 것이기 때문이다. 무의식은 왜 무의식인가? 당사자 본인이 의식하지 못하기 때문에 무의식인 것이다. 만약 이 사실을 분명하게 의식했더라면 아름다움을 불태우는 방식에 의해 그 아름다움에서 벗어나려는 행동은 하지 않았을 것이다. 바꾸어 말하면 자신의 비겁함을 속죄하는 방식으로 자기 자신을 파괴하지는 않았을 것이라는 얘기이다.

미시마는 이미 할복자살하기 전부터 곧 자결할 것이라는 소문이 나돌았다. 이런 점에서 미시마의 첫 장편 『가면의 고백』(1949)은 가면이 아니라 본 얼굴의 고백이었다. 미시마는 후일 이 소설을 쓴 것은 "자신의 마음속 악마"를 퇴치하려는 목적이었다고 말했는데 그 악마는 무엇이었을까? 이 작품을 읽기에 따라 여러 해석이 나오겠지만 미시마 자신의 성적 경향(동성애) 혹은 그 자신의 비겁한 과거(병역 도피)가 상위 순번을 차지할 것이다.

루스 베네딕트가 『국화와 칼』에서 설파한 바 있듯이, 일본은 수치심의 문화가 지배하는 사회이다. 미시마의 입장에서 보면 전쟁은 오래전에 끝난 일이었으나 자신의 과거 소행에 대하여 느끼는 수치심은 마음속 깊은 곳에 그대로 머물면서 어디로 가지 않았다. 계속 대금 지불을 요청하는 청구서가 날아왔다. 그런 반복적 충동의 심리 상태가 미시마의 글쓰기에 무의식적으로 반영되었다. 그리고 그처럼 심하게 억압된 것은 언젠가 그럴듯한 외피를 쓰고 밖으로 튀어나오게 되어 있다. 그게 곧 자위대 사령관실을 점거하고 스스로 할복자살한 사건이었다.

미시마는 과거 전통 사회에서 자결했던 일본인을 찬미하는 글을 많이 썼다. 하도 자살 운운하니 일본인 독자들은 그가 언제 자결할까 하고 궁금하게 여기기까지 했다. 한번은 이런 일도 있었다. 1970년 2월 어떤 광팬 고교생이 그의 집을 찾아와 세 시간 이상 문전에서 만나 달라며 버텼기 때문에 미시마는 할 수 없이 그 학생을 5분간 만나 주었다. 미시마는 그 학생에게 말했다. "시간이 별로 없으니 아무거나 자네 좋은 질문을 하나만 하게." 고교생은 잠시 침묵을 지키다가 마침내 그를 말끄러미 쳐다보면서 이렇게 물었다. "선생님은 언제 자살하실 예정입니까?"

자위대 사건은 1970년 11월 25일에 벌어진 일이다. 그러한 극적 연기 혹은 행동은 미시마의 단편 「우국」(1961)에서 이미 예고되었다. 미시마는 죽기 몇 년 전부터 방패회라는 사조직을 만들어 회원들에게 군복을 입히고 행진시키는 등 준군사단체처럼 운영했다. 사실 이런 미시마의 행동은 반동 형성의 전형적 사례였다. 과거 비겁했던 자신의 태도를 보상하려는 심리가 결정적으로 작용했다고 판단된다. 이 열등심리는 미시마의 무의식 속에 가라앉아 있었고 그리하여 겉으로는 정반대로 강인한 사람이라는 이미지로 투사되었다.

미시마는 그 이미지의 강화를 위해서 열심히 소설을 썼지만, 소설은 언제나 자신이 노리는 것만큼의 시원한 심적 해소와 발산을 가져다주지 못했다. 바로 이 미진한 어떤 느낌, 그것으로부터 타나토스의 충동이 생겨나는 것이다. 자신의 수치감을 없애기 위해서는 그와 함께 신체검사를 받고 그 후 필리핀 전선에 투입되어 전사한 장병들처럼 죽어야만 했다. 그가 소설 속에서 아무리 여러 번 죽음을 연기해도 실제 죽음만큼 시원하다는 느낌이 들 수가 없었다. 그리하여 미시마는 『금각사』의 미조구치가 아름다움의 대상인 금각사를 불태워버렸듯이, 자기 자신을 파괴하기로 결심했다.

다자이가 제1회 아쿠타가와상을 놓치고서 엄청난 좌절감을 느꼈다는 것을 앞에서 말했는데 미시마 유키오는 노벨문학상을 두고서 스승 가와바타 야스나리와 다투다가 탈락하여 아주 큰 좌절감을 맛보았다.

1968년의 노벨상 발표가 있기 몇 달 전만 해도 미시마가 더 유력한 후보라는 소문이 나돌았다. 유엔 사무총장 다그 함마슐드(1905~1961)가 미시마의 『금각사』 영역본을 읽고서 크게 감명을 받아 노벨상 위원회의 위원 한 사람에게 이런 뛰어난 작가가 반드시 노벨상을 받아야 한다는 내용의 편지를 보냈다. 함마슐드의 아버지는 스웨덴 총리를 지낸 잘마 함마슐드로서 1927~1942년까지 노벨상 재단의 이사장을 지낸 인물이었다.

그리하여 1968년 스웨덴 한림원은 미시마에게 상을 주기로 거의 마음을 굳혀가고 있었고 미시마 자신도 이런 사실을 어렴풋이 알고 있었다. 그러다가 마지막 순간에 결정이 뒤집혔는데, 당시의 사회적 분위기와 관련이 있었다. 당시 서구에서는 일본의 청년들에 대하여 모두 공산주의자라고 의심스러운 눈초리로 바라보는 경향이 있었는데, 가와바타보다 26년 아래인 미시마는 좌파일 것이고, 그런 좌파 인사가 국제적으로 떠오르는 것을 막기 위해 가와바타에게 상을 주기로 했다는 것이다.

이러한 미시마의 배경을 알고서 미다 준지와 한번 비교해 보자.

미시마는 다자이의 「산화」를 틀림없이 읽었을 것이다. 다자이에 대하여 그렇게 심한 혹평을 하려면 그의 작품에 대하여 속속들이 알지 않으면 안 된다. 미시마는 미다의 죽음에서 무엇을 느꼈을까? 당연히 수치심을 느꼈을 것이다. 그런 심리가 반동 형성되어 과거의 아픈 기억을 상기시켰고, 그런 반응이 다자이의 작품에 대한 혐오감으로 전이되었을 것이다. 아픈 기억으로부터 완전히 회복하는 방법은 그것을 있는 그대로 인정하고 참회하는 방법이 하나 있고, 다른 하나는 그것을 애써 부인하면서 그런 기억을 일으킨 사람이나 대상을 필요 이상으로 증오하는 것이 있다. 요즘 자주 쓰이는 말로서, 메시지를 반박할 수 없으면 메신저를 공격하는 것이다. 그리하여 미시마 유키오는 다자이를 아주 경멸하며 우습게 보았다. 그것은 동시에 미시마 자신에 대한 경멸이면서 조소이기도 했다.

반동심리와 혐오감

사람이나 사물은 서로 비슷하지만 다른 것을 함께 제시하면 더 잘 그 본질을 파악할 수 있다. 가령 갈색 물체들을 수백 개 보여주면서 갈색이 무엇인지를 가르치면 학생들은 갈색의 의미를 파악하지 못한다. 그러나 갈색과 적색, 갈색과 주황색, 갈색과 회색, 갈색과 노란색, 갈색과 흑색 등을 같이 보여주면 학생들은 갈색이 무엇인지 금방 알아차린다. 이것은 어떤 사물이나 사람은 남들과 다름으로써 그 본질이 규정된다는 걸 보여준다. 다시 말해 다자이는 미시마가 아니기 때문에 다자이인 것이다. 그래서 다자이를 더 잘 이해하기 위해 미시마가 왜 다자이를 싫어하는지 그 이유를 살펴볼 필요가 있다. 미시마는 다자이에 대하여 지나치다고 할 정도로 가혹하게 비평했다. 그 비판은 미시마의 책 『소설가의 휴가』(1955)에 실려 있는데 요약하면 이런 내용이다.

다자이는 신주를 했는데, 그런 경박한 사람이 자살을 하다니 말이 안 된다. 다자이의 성격적 결함은 냉수마찰, 기계 체조, 규칙적 생활 정도로 고칠 수 있는 것들이다. 생활로 해결 가능한 문제를 예술에다 끌어들이는 건 좋지 않다. 다자이는 교활하여 피해자 연기를 하며 수난의 표정을 짓는다. 다자이는 세속적인 것이 예술가에게 상처를 입힌다고 했는데 세속적인 것은 예술가 따위는 거들떠보지도 않는다. 다자이는 그 피해망상 때문에 사물의 본 모습을 제대로 보지 못했다. 돈키호테는 작중인물에 불과하다. 세르반테스는 돈키호테가 아니다.

미시마의 이러한 비판은 여러 면에서 다시 비판을 받을 수 있다. 가령 다자이의 슬픔은 보건 체조 정도로 고쳐질 수 있다고 한 지적은 다자이가 한 단편에서 이렇게 말한 것을 패러디한 것으로 보인다.

나는 [신체검사가] 병종이다. 열등한 체격을 가지고 태어났다. 철봉에 매달려도 그저 매달린 상태일 뿐 그 어떤 묘기도 부릴 수 없다. 라디오 체조조차도 만족스럽게 할 수 없을 정도다. 전집 3 / 갈매기 / p. 197

이것은 어디까지 패러디일 뿐, 미시마는 다자이의 슬픔에 대하여 잘 이해하지 못한 것으로 보인다. 다자이의 슬픔은 결코 체력이 허약하여 생겨난 것이 아니다. 그리고 다자이 소설에 나오는 인생과 예술 사이의 관계도 너무 단정적으로 말하고 있다. 예술이 인생을 거울처럼 비추지만 동시에 인생도 예술에 영향을 주는 것이다. 또한 미시마는 돈키호테와 세르반테스를 구분해야 하는데 그렇게 하지 않았다고 하면서, 소설 속 다자이와 실제 다자이를 같은 사람이라고 단정하고 있다.

아무리 소설 속에 작가의 자전적 내용이 많이 들어가 있다 하더라도, 소설 쓰기는 사실의 객관적 기록이 아니라 미메시스(모방)이다. 미메시스는 플라톤의 『국가』 제10권에 나오는 말로서, 플라톤이 시인을 경멸하면서 쓴 말이다. 이데아가 있고 그 이데아를 구현한 대상이 있고, 다시 그 대상을 노래한 작품이 있는데, 좀 더 구체적으로 말해보면 아름다움이라는 추상개념이 있고, 아름다운 여인이 있고, 아름다운 여자 초상화가 있다. 가령 아름다운 초상화 속의 실물을 찾아가서 직접 만나보면 그 실물이 초상화와 똑같지 않다. 이것은 미메시스의 과정에서 예술가가 그 자신의 감정을 표현할 뿐만 아니라 대상을 자신과 동일시하여 거기에 동화하기 때문에 그렇다. 다시 말해 화가가 그린 여자는 실물 바로 그 사람이 아니라 그의 해석이 들어간 여자라는 것이다. 마찬가지로 소설의 이야기는 실제 벌어진 일을 밑바탕으로 하기는 하지만 소설가가 일정한 목적에 맞추어 재해석해 놓은 것이다.

따라서 일상생활의 사건을 있는 그대로 묘사해서는 그 생활의 재창조가 되지 않는 것은 물론이고 아주 지루한 얘기가 되고 만다. 만약 미시마의 지적대로라면 신문기자가 곧 소설가라는 우스꽝스러운 결론에 도달한다. 이것은 신문기자와 소설가 양쪽을 모독하는 언사가 될 것이다.

죽음에 대한 태도에서도 미시마는 다자이와는 다르다. 자기도 자살할 사람이 왜 자살한 다른 사람을 그렇게 비난했을까? 그것도 자살하는 사람은 좀 더 엄숙한 얼굴을 해야 한다면서 혹평했다. 이것은 전장에서 오십 보 도망치던 탈주병이 백 보 도망친 사람을 비웃는 것과 무엇이 다른가. 벽장 속에 숨은 게이가 커밍아웃한 게이를 비웃는 꼴이 아니고 무엇인가. 물론 미시마는 자신의 자살과 다자이의 그것은 종류와 성질이 다르다고 할 것이다. 다자이든 미시마든 그리고 미시마에 이어 2년 뒤에 자살한 미시마의 스승 가와바타 야스나리든 그들은 에로스와 타나토스의 문학적 전통에서 완전히 자유롭지 못하기는 마찬가지였다.

가와바타의 죽음 사상

일본 문학 속에서 발견되는 에로스와 타나토스의 복합적 전통은 위의 세 일본 작가들에게 강력한 영향을 미쳤다. 단지 다자이는 공개적으로 언제나 죽고 싶다고 말했던 반면에 미시마와 가와바타는 적어도 겉으로는 좀 더 엄숙한 얼굴을 가진 사람이라야 한다, 죽음을 생각하면서 죽는다는 것은 안 좋다, 운운하면서 자살 생각이 없는 것처럼 겉꾸밈을 했다. 특히 가와바타는 작품 속에서 일관되게 죽음의 소망을 말했으면서도 대외적으로는 자살을 부정하는 태도를 취했다. 그러나 그런 가와바타 또한 에로스와 타나토스의 길항작용을 피해 가지 못했다.

가와바타 야스나리는 1972년 4월 16일 저녁, 도쿄의 외곽지대인 즈시에 소재한, 하야마 바다를 내려다보는 이즈 마리나 맨션 4층의 집필실에서 사망한 채 발견되었다. 즈시는 그의 집이 있는 도쿄 교외의 가마쿠라시에서 미우라 반도 해안을 따라 아래쪽에 있는 이웃 도시이다. 발견 당시 욕실의 가스 온수기가 틀어져 있었으나 점화는 되어 있지 않아 자살한 것으로 추정되었다. 자살 당시만 하더라도 가와바타가 목욕탕 물을 데우다가 가스 마개를 잘못 뽑아 사고로 죽은 것이 아닌가, 하는 얘기도 나돌았다. 가와바타의 부인 히데코는 그가 죽은 이유에 대해서 "모르겠어요, 정말 모르겠어요."라고 말했다. 현장에 제일 처음 도착한 사람은 가와바타가 행복한 죽음을 맞이한 사람의 얼굴을 하고 있었다고 전했다. 그는 유서를 남기지 않았고, 일본인 대부분은 그의 자살을 자연사와 별반 다르지 않다고 생각하면서 그런 돌발 사태에 대하여 별로 놀라지 않았다.

우리는 가와바타의 대표작 『산의 소리』에 나오는 어떤 자살자의 유서로 그 원인을 추측해 볼 수 있다. 이 작품은 미카사노미야 비의 부친이며 일본조정협회 부회장 다가키 자작 부부의 자살과 그들의 유서를 전한다.

다만 살아 있을 뿐으로, 세상으로부터는 이미 망각된 그 비참한 모습을 상상하면 그렇게 될 때까지 살고 싶지 않습니다. 사람은 누구나 모든 사람으로부터 사랑을 받고 있을 때 사라지는 게 제일 좋다고 봅니다. 집안사람들의 깊은 애정과, 많은 친구, 동년배, 후배의 우정에 파묻혀서 사라지는 게 좋다고 생각했습니다.

가와바타의 또 다른 장편소설 『도쿄 사람들』의 등장인물 시라이 게이코도 비슷한 말을 한다. 그녀는 10세 연하의 내연 남자에게 매달리면서 이런 말을 하는 것이다. "흉하게 나이 들어 당신한테 버림받기 전에 죽어버리겠어요."

가와바타의 주요 작품들을 면밀히 읽어보면 거기에는 죽음의 주제가 언제나 어른거린다. 특히 여자는 아름다움과 슬픔의 구현체이면서 동시에 죽음을 유혹하는 악마적 존재로 제시된다. 가와바타는 잇큐一休 선사(1394~1481)의 '부처의 세계는 들어가기 쉬우나 악마의 세계는 들어가기 어렵다'라는 화두를 가져와 여자의 마성魔性을 설명한다. 여성은 이해하기 어려운 존재, 두려운 존재, 늘 죽음을 안겨주는 존재라는 것이다. 우리는 앞의 제4장에서 바기나 덴타타라는 개념을 설명한 바 있는데, 가와바타의 마성은 이것과 상당히 비슷한 점이 있다.

이러한 문학적 주제는 대표작 『설국』에서도 분명하게 드러난다. 이 소설의 인상적인 첫 문장은 이러하다.

국경의 기다란 터널을 빠져나오니 설국이었다. 밤의 밑바닥이 하얗게 되었다.

여기서 국경은 현실과 비현실의 관문이다. 설국은 비현실적인 아름다움의 세계이고 그 아름다움을 구현한 인물은 두 여자 고마코와 요코이다. 고마코는 아름다움의 육체이고 요코는 정신이다. 두 여자는 산을 덮은 눈의 따뜻함과 누에고치 공장을 불태우는 불의 서늘함을 동시에 구현하는 모순적인 인물이다. 그런데 이런 아름다운 여자들이 있는 설국으로 들어가려면 국경에 있는 기다란 터널을 통과해야 한다. 여기서 국경은 이승과 저승의 경계로서, 기다란 터널은 곧 죽음의 그림자 혹은 죽음으로 들어가는 문이 된다. 이처럼 죽음과 원활하게 소통하니까 비로소 밤의 밑바닥이 하얗게(아름답게) 보인다. 그리하여 아름다움은 죽음의 그림자 아래에서 생겨나는 마성의 물건이 된다.

가와바타는 작품 속에서 마치 내일 죽을 듯한 사람처럼 사람과 사물을 쳐다보는 자세를 유지한다. 소설가는 여자, 아름다움, 슬픔, 죽음이 그냥 따로따로 가만히 있는 것이 아니라 서로 영향을 미치면서 변해간다고 보았다. 그래서 이 넷의 움직임을 하나의 춤이라고 생각하여 "여자의 아름다움은 무용에서 완성된다."라고 말했다. 단편 「금수」에서 여자 무용수 찌하코가 10대 후반의 백치 같은 아름다움을 뽐내다가, 육체의 슬픔(남편 아닌 다른 남자를 알게 된 일)을 알게 되면서 야만스러운 퇴폐로 이동하고, 그다음에는 속된 미태媚態를 내보이는 춤을 춘다고 지적하는데, 곧 아름다움이 여자의 춤을 통하여 죽음으로 이행하는 과정을 상징한다.

『산의 소리』는 시작 부분에서 산의 소리는 곧 "사기死期의 고지告知"라고 규정한다. 산에서 들려오는 소리가 죽을 때를 알려주는 소리라는 것이다. 그 소리는 주인공 오가타 신고가 젊은 시절에 연모했으나 일찍 죽었으며, 현재 아내 야스코의 언니이기도 한 여자(이미 죽은 여자이므로 이름은 나오지 않는다)가 자꾸 부르는 소리이다. 쉽게 말하면 산 너머 죽음의 세계에 있는 아름다움 혹은 아름다운 여인이 주인공 오가타 신고를 자꾸 이리로 오라고 부르는 것이다.

가와바타는 일찍이 "인간은 삶보다 차라리 죽음에 대하여 알고 있는 것같이 느끼기 때문에 살아 있을 수 있다."라고 썼다. 이것은 애스 이프As if(~인 것처럼)라는 가와바타의 페르소나이다. 그러니까 곧 죽을 사람처럼 세상을 관찰하면서 글을 쓰는 사람, 이게 소설가라는 것이다. "곧 죽을 사람처럼"은 "죽은 셈 치고"라는 일본 관용어와도 일맥상통하는데, 일찍이 루스 베네딕트는 『국화와 칼』에서 이것을 일본의 중요한 사회적 현상으로 파악하여 이런 지적을 한 바 있다.

일본에서 '죽은 셈 치고' 살아간다는 것은 숙달의 경지에서 산다는 뜻이다. 이것은 일상생활에서도 널리 쓰이는 표현이다. 중학교 입학시험을 걱정하는 학생에게 동네 어른이 말한다. '죽은 셈 치고 시험을 치르도록 해. 그러면 쉽게 합격할 거야.' 아주 중요한 사업 건을 앞에 두고 있는 사업가에게 그의 친구가 말한다. '죽은 셈 쳐.' 중대한 영혼의 위기를 겪고 있는 어떤 사람은 전방에 출구가 보이지 않으면 '죽은 셈 치고' 살아갈 결심을 한다.

가와바타는 이러한 죽음 사상을 수필 「마지막 눈길」(1933)에서 좀 더 자세히 서술하고 있다. 그는 먼저 35세에 자살한 아쿠타가와를 언급하면서, 아쿠타가와의 '어느 오랜 친구에게 보내는 수기'의 한 단락을 인용한다. 이 수기는 아쿠타가와가 유서로 남긴 다섯 통의 편지 중 하나로서 도쿄대 동창생인 구메 마사오에게 남긴 것이었다.

내[아쿠타가와]는 엠페도클레스의 전기를 읽고 스스로를 하느님으로 만들고 싶은 욕망이 얼마나 오래된 건가를 느꼈다. 내 수기는 인간이 깊이 생각하는 한 스스로를 하느님이라고 주장하게 된다, 라고 말하는 게 아니다. 아니, 스스로를 아주 평범한 사람들의 하나로 자처하는 것이다. 자네는 그 보리수 밑에서 에토나의 엠페도클레스를 논했던 20년 전을 기억하고 있겠지. 나는 그 시대에는 스스로를 하느님으로 만들고 싶었던 사람들 중 하나였었지.

인용문에서 언급된 엠페도클레스는 고향 에토나에서 기적 같은 일을 더러 행하여 사람들로부터 하느님이라는 소리를 들었던 고대 그리스의 철학자이다. 아쿠타가와는 자살 충동을 하느님이 되고 싶은 욕망과 연결하고자 이 철학자를 언급한 것으로 보인다. 이러한 소망을 잘 보여주는 인물은 도스토옙스키의 장편소설 『악령』에 나오는 키릴로프이다. 그는 자신이 하느님이라는 것을 증명하기 위하여 자살하는 인물이다. 키릴로프는 '죽음에 대한 공포'의 상징인 신을 제거해야 한다고 주장한다. 신이란 없으며, 다만 그를 두려워하는 고통이 있을 뿐이라는 것이다. 그리하여 인간은 생사의 문제에서 아무런 차이를 느끼지 않을 때 진정한 자유를 얻는다고 주장한다. 따라서 감히 자신을 죽일 수 있는 자는 마침내 신이 되어 진정한 자유를 얻는다. 아무튼 가와바타는 이렇게 아쿠타가와의 자살을 소개한 다음에, 자연사와 자살을 구분하는 발언을 한다. 현재의 생활을 아무리 혐오한다고 하더라도 자살은 깨달음의 자세가 아니라는 것이다. 아무리 덕행이 높다 해도 자살하는 사람을 어떻게 성인 혹은 대덕大德이라고 볼 수 있겠는가, 하고 의문을 표시한다.

그러면서 자신이 자살을 싫어하는 이유의 하나는 죽음을 생각하면서 죽는다는 점에 있다고 말한다. 부드럽게 찾아오는 잠처럼 자연스럽게 죽어야지 일부러 혹은 억지로 죽어서는 안 된다는 얘기이다.

가와바타는 아쿠타가와의 죽음을 1968년의 노벨상 수상 연설에서도 다시 언급한다.

아쿠다가와는 1927년 35세의 나이로 자살했습니다. 나는 아쿠타가와 나 소설가 다자이 오사무의 자살을 찬미하거나 공감하거나 하는 것은 아닙니다. (…) 나는 고가 하루에古賀春江의 자연사에 대한 견해는 서양에서의 죽음에 대한 사고방식과는 달랐을 것이라고 추측했습니다.

고가 하루에는 화가 겸 시인으로 자살하겠다는 말을 입에 달고 다녔으나, 불교 사찰에서 태어나고 불교 종단에서 세운 학교를 다녀서 결국에는 자연사를 좋은 죽음이라고 생각하며 병으로 죽은 사람이었다. 가와바타는 그것이 고가 하루에의 원래 소망이었을 것으로 추측하면서 자연사가 자살보다 훨씬 인간다운 죽음이라고 말한다.

이런 글들을 종합해 보면 노벨상을 타던 그 시점까지도 가와바타는 자살에 대하여 부정적 인식을 갖고 있었다. 생애 최고의 순간에 발언한 것이었으니 아마도 진심이었을 것이다. 그렇지만 그가 노벨상을 타고 3년 반 만에 자살을 한 것은 갑작스러운 일이 아니라 어느 정도 예고된 것이었다. 그가 아무리 의식적으로 또 대외적으로 자살을 부정해도 일본 문화 속에 연면히 흐르고 있는 에로스와 타나토스 전통을 피해 가지 못한 것이다.

미시마는 왜 다자이를 혐오했을까?

다시 미시마의 다자이 혹평으로 돌아가, 그가 다자이를 오독한 결정적인 부분은 다자이가 스스로를 속이면서 피해자 코스프레(특정한 역할의 연기)를 했다고 말한 것이다. 이러한 미시마의 해석에 동의하는 평론가들도 있다. 다자이의 허약해 보이는 모습은 일종의 연기일 뿐, 실제로 허약한 사람인지 어쩌는지는 알 수 없다는 것이다. 그러나 다자이는 소설 속에서든 수필 속에서든 일관되게 자기 자신을 속인 적이 없다고 말해 왔다. 어느 시기가 되었든 그는 자기 자신이 관찰하고 이해한 인생의 모습, 보다 구체적으로 슬픔의 모습을 정직하게 묘사하려고 애써왔다.

다자이는 작가의 일정한 관점 아래에서 이처럼 정직하게 자신이 보고 느낀 삶을 선택하여 작품 속에 그대로 적어놓았다. 미시마가 말한 것처럼 피해자 코스프레를 하지 않았다. 만약 그것이 사실이라면 『인간 실격』을 읽고서 많은 독자가 느꼈던 저 강력한 흡인력을 설명할 길이 없게 된다. 아무리 비판적으로 이 작품을 읽으려고 해도 결국에는 이 작품 속에 끌려 들어가 스스로를 잊어버리게 된다. 소설의 옴니버스식 소루한 구성이라든지, 캐릭터 빌딩character building(성격의 일관성)의 문제라든지, 액자소설의 형식이라든지, 표현상의 여러 결점 등을 모두 잊어버리게 되는 것이다.

따라서 미시마의 다자이 혐오는 일종의 반대로 말하기가 아닌가 생각된다. 미시마는 자신의 비겁한 과거에 대한 트라우마 때문에, 그런 비겁함을 연상시키는 다자이를 그처럼 혹평한 게 아닌가, 하는 생각이 드는 것이다.

병역은 인생의 중대한 고빗길이다. 특히 전장에 나가서 죽을지 모르는 상황이라면 더욱 그러하다. 이 인생의 고비에서 미다와 미시마는 전혀 다른 인생 스토리를 작성했다. 말하자면 스토리의 기승전결에서 전을 다르게 구사한 것이다. 그러나 미시마는 자신의 죽음 카드를 스토리의 후반부, 그것을 맨 나중에다 설정했다. 인간이 세상에 올 때는 하나의 문을 통과해서 나오지만, 그 세상을 빠져나가는 방법은 수천 가지이고, 어떤 사람의 경우 그 빠져나가는 방법이 그 자신의 지나온 생애와 합치되지 않기도 한다. 그러다가 마지막 순간에 그런 합치를 회복하기도 한다.

미시마의 이 카드는 절묘한 한 수였다. 포커 게임에서 투 페어^{two} ^{pair}는 그리 높은 패가 아니다. 그러나 일곱 번째 마지막 라운딩에서 똑같은 숫자를 가진 카드가 손에 들어오면 그 패는 풀하우스^{full house}라는 아주 높은 패가 된다. 나는 미시마의 자발적 죽음에서 스토리를 위하여 혹은 문학을 위하여 죽은 구체적 사례를 본다.

우리는 마태복음에 나오는 포도원의 비유를 알고 있다. 아침 아홉 시에 온 노동자나 12시에 온 노동자나 오후 3시에 온 노동자나 똑같은 임금을 받았다는 비유. 이 포도원은 하느님의 은총에 대한 비유인데, 아무리 늦게 포도원에 나타난 사람이라도 일단 하느님을 영접하면 그 은총은 똑같이 주어진다는 뜻이다. 스토리의 포도원도 마찬가지이다. 미시마는 죽음의 카드를 써서 자신이 작품 속에서 줄기차게 해왔던 말을 증언했다. 이런 배경을 다 알고서 그의 『금각사』를 다시 읽어보면 정말로 재미가 있다. 아는 만큼 보인다고 했는데, 소설 또한 아는 만큼 읽는 것이다.

다자이의 삶에서 병역 문제는 중대한 전환점이 아니었다. 2차 대전이 격화되던 1941년 11월 17일, 다자이는 문인 징용 대상자로 도쿄의 혼고구청에서 신체검사를 받았다. 그는 과거 폐병을 앓았기 때문에 폐침윤이라는 병명으로 현장에서 병종 판정으로 병역 면제를 받았다. 아내 미치코의 회상에 의하면 "다자이의 가슴에 청진기를 갖다 댄 군의관은 그 자리에서 바로 면제 판정을 내렸다." 이 폐침윤은 숨어 있는 복병처럼 다자이 내부에 잠복했다가 1948년 6월 신주 직전에는 각혈할 정도로 심하게 나빠졌다. 그리고 다자이는 자신의 인생 스토리에서 죽음이라는 카드를 아주 다르게 사용했다. 인생의 마지막 고빗길에 오른 다자이는 이제 "어떻게 죽어야 할까?"를 깊이 생각하게 되었다.

제12장

문학을 위해 죽다

1948년, 다자이 오사무가 1939년 9월부터 1948년 6월까지 살았던 미타카의
과선교에서.

"당신이 싫어져서 죽는 것이 아닙니다. 소설이 쓰기 싫어져서 죽는
것입니다." −378쪽

앞 장에서 미다 준지와 미시마 유키오가 죽음에 이르는 과정을 알아보았다. 그러면 다자이는 어떻게 죽음에 이르게 되었을까? 다자이는 한 장편소설에서 화자 '나'의 입을 통하여 이런 발언을 한다.

인간은 죽음으로 완성되는 거야. 살아 있는 동안은 모두 미완성이지. (…) 인간에게는 죽어서 가장 인간다워진다는 모순도 성립하는 것 같아.

전집 7 / 판도라의 상자 / p. 45

다자이의 죽음이 겉으로 드러난 건 야마자키 도미에와 신주를 감행한 것이었으나, 내면적으로는 가장 인간다워지는 모순을 실천하기 위해 실행한 사건이었다. 그러니까 다자이는 문학을 위해서 죽은 것이었다.

세 가지 속으로 태어나기
우리는 이 세상에 올 때 아무것도 없는 진공상태로 태어나는 것이 아니라 미리 정해져 있는 다음 세 가지 속으로 태어난다.

첫째는 언어이다. 우리는 "나는 밥을 먹는다."라고 말해야지 "밥은 나를 먹는다."라고 말해서는 아무도 우리의 말을 이해하지 못한다. 모국어를 말하는 사람은 그것을 의식하지 못하지만 아주 어릴 때부터 어머니의 품속에서 그 말을 배워서 철저하게 그 문법을 내면화하고 있으며 그 규칙을 어기는 일이 없다.

둘째는 사회이다. 사람은 저 혼자서 살아갈 수가 없다. 따라서 싫든 좋든 그 사회의 제도를 습득하고 적응해 가며 살아야 한다. 이렇게 하지 않으면 사회에서 자연 도태된다. 우리가 어릴 때부터 학교에 가는 건 무엇 때문일까? 지식 습득을 위한 공부도 있지만 동시에 비좁은 공간(교실)에 가만히 앉아 있는 방법을 배우기 위해서이다. 교실의 책상에 가만히 오래 앉아 있는 것은 곧 어떤 일을 근면하게 열심히 수행하는 자세의 예고편이 된다. 이렇게 볼 때 교실은 곧 자신이 멋대로 행동했다가는 제재를 받고 사회의 규율을 지킬 때만 보상이 돌아온다는 불문율의 상징이기도 하다. 그런 것을 모두 습득해야만 비로소 원만한 사회인이 되는 것이다.

셋째는 이야기이다. 사람들은 내 인생 경험을 모두 말하면 장편소설 한 권은 너끈히 될 거야, 하고 말들 한다. 그리하여 우리는 태어나는 순간부터 인생 이야기를 쓰는 것이다. 이야기는 곧 기승전결이라고 할 수 있는데, 인생의 전환점에서 어떤 행동이나 역할을 하느냐에 따라 그 사람의 인생 스토리가 크게 달라진다.

미다 준지는 자신의 목숨이 이길 수 없는 전쟁에 헛되이 바쳐진다는 것을 알았다. 그렇지만 자신의 의무를 다하기 위하여 그 죽음을 받아들였다. 그가 써온 이야기의 흐름이 그 방향을 가리켰기 때문이다. 그리하여 미시마도 다자이도 자신이 지금껏 써온 이야기에서 벗어나지 못한다.

그것은 누구나 언어와 사회의 틀을 싫든 좋든 받아들여야 하는 것처럼, 자신이 써온 이야기의 흐름을 그대로 따라가야 하기 때문이다.

이야기란 무엇인가

다자이는 「추풍기」라는 단편의 제사로 "가만히 서서, 생각에 잠겨 보니, 세상 모든 것이 이야기더라."라는 이쿠다 초코의 하이쿠를 인용했다. 이것은 초코가 처음 한 얘기는 아니고 오래전부터 많은 사람이 이런 생각을 해왔다. 가령 연암 박지원은 문장에 대해서 이렇게 말했다.

> 우주 만물은 단지 문자나 글월로 표현되지 않았을 뿐 그것 자체로 하나의 문장(이야기)이다. 어린아이들이 나비를 잡는 것을 보면 『사기』를 쓸 때 사마천의 마음을 간파해 낼 수 있다. 앞 다리를 반쯤 꿇고, 뒷다리는 비스듬히 발꿈치를 들고서 두 손가락을 집게 모양으로 만들어 다가가는데, 잡을까 말까 망설이는 사이에 나비가 그만 날아가 버린다. 아이는 사방을 둘러보아도 사람이 없기에 어이가 없이 웃다가 얼굴을 붉히기도 하고 성을 내기도 한다.

다자이도 이야기를 써내는 것이 나비를 잡는 것과 비슷하다는 서술을 했다.

> 손도 닿지 않는 먼 하늘을 날던 물빛 나비를 잠자리채로 겨우 붙잡아, 두세 개, 그것들이 덧없는 언어라는 것을 알고는 있지만, 일단 거머쥐었다. 전집 I / 장님 이야기 / p. 344

우리는 보통 이야기라고 하면 소설가가 써낸 소설이나 극작가가 지어낸 연극을 먼저 생각한다. 그러나 고대 로마의 수사학자들은 이야기를 3가지로 분류했다. 첫째는 실제로 발생한 사건들만 보고하는 것으로서 그것을 히스토리아historia라고 했다. 둘째는 실제로 벌어졌는지는 알 수 없으나 발생의 개연성이 높고 히스토리아와 마찬가지로 객관적 사실을 어느 정도 공유하는 줄거리로서 아르구멘툼argumentum이라고 했다. 셋째는 객관적 진실성이나 개연성이 없는 것으로서 특히 비극의 무대에서 벌어지는 사건들, 가령 오이디푸스나 프로메테우스 스토리 등이 여기에 해당하는데 이를 가리켜 파블라fabula라고 했다.

우리는 매일 개인 차원의 히스토리아를 써나가고 있지만 동시에 우리가 머릿속에 구상하는 우리 자신만의 아르구멘툼 혹은 파블라를 만들어내기 위해 살아가고 있다. 이렇게 볼 때 우리의 인생은 아직 고정되지 않은 3개의 층위를 가진 복잡한 이야기이다.

이야기라고 하면 가장 인상적인 이야기꾼은 『아라비안나이트』의 여주인공 셰에라자드이다. 그녀는 자신을 죽이려는 포악하고 불행한 왕에게 매일 밤 이야기를 들려주면서 목숨을 하루하루 연장해 나간다. 셰에라자드에게 이야기는 상대방이 행복하기를 바라면서 동시에 자신도 불행한 상태에서 탈출하는 수단이다. 실제로 날마다의 이야기 덕분에 그녀는 목숨을 건졌을 뿐만 아니라 불행한 왕과 결혼하여 아이를 낳아주기까지 한다.

여기서 이야기의 본질을 알 수 있는데 그것은 아무리 어려운 상황이라도 이야기로 풀어낼 수 있다면 극복 가능하다는 것이다. 이것의 좀 더 비근한 사례를 들어보면 이렇게 된다. 가령 뭐든지 하는 일이 안 된다고 생각하는 사람이 있다고 해보자. 늘 불평불만인 이 사람은 뭐가 문제일까? 그는 자신이 이 세상의 피해자라는 이야기의 틀을 짜놓고 거기에 맞춰서 삶을 살아가고 있다. 그런 틀을 바꾸지 않는 한, 그의 인생은 계속 그런 식으로 흘러가게 되어 있다.

반면에 그가 이렇게 스토리를 바꾼다면 어떻게 될까? "아니야, 문제가 있는 건 나 자신이야. 세상은 가끔 고장이 나기는 하지만 그래도 아주 정밀한 저울이야. 얹은 것만큼 무게가 나가고 덜어낸 만큼 빠지게 되어 있어. 불평만 하고 살다니 그런 인생은 너무 시시하잖아? 이제 뭔가 다르게 살아보고 싶어." 그러면 그는 다른 이야기를 써나갈 수 있고 자신이 피해자라는 고정관념에서 탈피하게 된다.

우리는 다자이를 읽을 때 왜 그런 이야기 틀의 전환을 시도하려고 하지 않았을까? 하고 질문을 던지게 된다. 이 질문은 아래 다자이 문학의 발전 단계에서 다시 다루어지는데 그 전에 인생과 예술은 별개의 것인지, 혹은 서로 일치해야 하는지 하는 문제를 먼저 검토해 보자.

인생과 예술의 관계

인생의 이야기를 일정한 양식, 가령 그림, 음악, 문학 등에 고정시켜 놓은 것이 예술이다. 그렇다면 예술과 인생은 어떤 관계일까?

숲속에서 혼자 2년간 생활한 기록인 『월든』의 저자 헨리 데이비드 소로는 이런 말을 했다. "나의 생애는 내가 쓰고자 했던 시였으나 나는 그 시를 생활하지도 제대로 표현하지도 못했다." 누구나 다 자신의 삶이 한 편의 아름다운 시가 되기를 바라나, 실제로 그렇게 되기에는 어려움이 많다는 뜻이다. 즉 인생과 예술의 일치가 너무 어렵다는 점을 말한 것이다.

일본의 소설가 아쿠타가와는 「문학적인, 너무도 문학적인」(1927)이라는 평론에서 인간으로서 실패했으나 예술가로서 성공한다면 그래도 절반의 성공이 된다고 하면서 인간으로서 실패하고, 예술가로서도 성공하지 못한다면 그것은 큰 비극이라고 말했다. 이 말은 뒤집어 보면 예술가로서 성공한 사람치고 인간적인 면모가 뛰어난 사람은 별로 없다는 반어법처럼 들린다.

실제로 예술가들은 인간적인 면모가 빵점인 경우가 많다. 화가 고흐는 그 아름다운 그림으로 사람들의 찬사를 받지만 실은 동생 테오에게 기대어 기생충 같은 삶을 살아온 사람이었다. 피카소는 여성 편력이 심했는데, 여성에게서 예술적 영감을 얻을 때는 그 여성과 사이가 좋았으나, 매력 없어지면 아무런 영감도 얻지 못하므로 그 여자를 헌신짝처럼 내버렸다.

미국의 소설가 어니스트 헤밍웨이 부부는 1948년 이탈리아를 방문하여 1차 대전 당시 부상당했던 격전지를 둘러보았는데 이때 헤밍웨이는 베네치아에서 18세의 아드리아나 이반치치를 만났다. 아내 메리가 절묘한 견제를 하지 않았더라면 이반치치는 그의 다섯 번째 부인이 될 뻔했다. 헤밍웨이는 네 번째 부인 메리 이전에도 세 번이나 결혼과 이혼을 반복하면서 여자들로부터 문학적 영감을 얻지 못하면 차버리는 비정한 행동을 했다.

미국의 건축가 프랭크 로이드 라이트도 20대 초반에 결혼하여 자신에게 아이를 다섯이나 낳아둔 조강지처를, 다른 여자가 생겼으니 이제 그만 이혼하자, 어차피 부부라는 것은 서로 좋아야 부부 생활을 유지할 수 있는 것이 아니냐, 라면서 첫 번째 부인과 억지로 이혼했다. 그랬는데 두 번째 부인은 그가 시카고 사무실에 나가 있던 동안에 산중의 전원 저택에서 정신이상의 자메이카 하인에게 살해되었다.

인생과 예술 중 하나를 선택하라면 후자를 선택하는 것이 진정한 예술가일까? 그러나 더러는 생활과 예술, 두 분야에서 동시에 성공하는 경우도 있다.

셰익스피어의 생애는 다른 예술가들과는 다르게 과도한 음주, 도박, 마약, 섹스, 범죄, 정신이상 등 생활상의 일탈이 전혀 없었다. 극단에서 배우로 일하다가 극작가로 전직하여 공연 수입에서 돈을 벌고 돈이 모이면 고향 마을에다 땅을 사두고 은퇴한 이후에는 고향에 내려가 편안히 살다가 천수를 다했다. 그리하여 그런 평범한 생활을 영위한 극작가가 어떻게 그런 위대한 드라마들을 써낼 수 있었는가 하고 다들 의심했다. 인생의 쓰디쓴 경험이 없이 어떻게 그런 사랑, 질투, 열정, 광기, 의심이 가득한 인물들을 창작해낼 수 있었냐는 것이다. 그래서 셰익스피어가 아니라 다른 사람이 쓴 게 아니냐는 의문도 나왔다. 우리가 셰익스피어에게서 얻는 인생의 교훈은 직업과 생활 사이에 뛰어난 균형을 잡았다는 것이다.

그러나 여기에 대해서도 의문이 없는 것은 아니다. 여러 셰익스피어 학자들, 가령 토머스 타일러나 프랭크 해리스 등은 셰익스피어의 14행시인 소네트에서 제시된 자그마한 단서를 가지고 그의 사생활을 역추적했다. 그중에서 대표적인 것이 소네트 시집을 헌정한 W. H.와 소네트 147에서 나오는, 셰익스피어가 운명처럼 사랑했다고 고백한 다크 레이디dark lady가 주된 단서이다.

W. H.는 윌리엄 허버트의 약자인데 나중에 펨브로크 백작이 되는 인물이다. 다크 레이디는 메리 피턴으로서 엘리자베스 여왕의 호위 시녀였다. 시녀라고 해서 신분 낮은 여인은 아니고 지체 높은 귀족이었다. 셰익스피어 소속 극단이 여왕 앞에서 연극 공연을 하는 과정에서

극작가는 메리를 알게 되어 서로 사랑하게 되었다. 두 사람이 열렬한 사랑을 나눈 것은 1597년에서 1600년까지 약 3년간이었다. 그런데 1600년에 펨브로크 백작이 이들 사이에 끼어들어 메리는 그의 유혹에 넘어가고 말았다. 그녀는 펨브로크의 아이를 가졌으나 그가 결혼을 거부하는 바람에 아이를 유산하고 왕궁에서도 떠나게 되었고 런던으로 다시 돌아온 것은 1605년 무렵이었다.

메리 피턴이 런던을 비운 이 부재의 5년 동안에 셰익스피어는 그의 위대한 비극들을 집필했다. 『로미오와 줄리엣』의 첫사랑, 『안토니와 클레오파트라』에 나오는 성숙한 사랑, 『오셀로』의 질투, 『햄릿』의 의심, 『맥베스』의 불안 강박증, 『리어왕』의 광기가 모두 메리 피턴을 빼앗기고 그 사랑을 되찾지 못해 안타까워하던 극작가의 실제 생활을 반영하고 있다는 주장이 여기서 나온다. 그러니까 그가 창작해낸 멋진 캐릭터들은 모두가 그 자신의 부분적 초상화라는 얘기이다. 하지만 이런 추정을 결정적으로 뒷받침하는 증거들이 없다는 게 문제이다.

또 다른 인생과 예술의 일치는 낭만주의의 선구자 바이런(1788~1824)에게서 찾아볼 수 있다. 그는 문학적으로 후대 작가들에게 폭넓은 영향을 미쳤는데 프랑스의 발자크과 스탕달, 러시아의 푸시킨과 도스토옙스키, 미국의 허먼 멜빌 등이 대표적이고 화가로는 들라크루아, 음악으로는 베토벤과 베를리오즈에게 영향을 미쳤다. 특히 바이런의 열정적인 삶은 널리 칭송을 받아서 그런 삶을 살아가는 사람들은 "바이런적 영웅"이라고 했다. 이 영웅은 에밀리 브론테의 『폭풍의 언덕』의 히스클리프, 허먼 멜빌의 『모비딕』의 에이허브 선장, 푸시킨의 서사시 『오네긴』의 주인공 등이 대표적이다.

바이런은 평소 그리스 독립운동에 관심이 많았고 그런 쪽으로 글을 많이 썼기에 평소의 소신대로 그리스 현지에 가서 독립운동을 지원했고 그리스 독립 운동군을 훈련시키다 병을 얻어 그곳에서 죽었다. 그래서 오늘날까지 그리스에서는 바이런을 민족의 영웅으로 떠받들고 있다. 바이런은 평소 자신이 아주 변덕스러운 사람이라서 한순간에는 이런 사람이었다가, 다른 순간에는 표변하여 다른 사람이 되어버린다고 말했다. 그는 자신이 모든 사람인가 하면 그 어떤 사람도 아니라고 말했다. 하지만 자신이 본바, 진실을 있는 그대로 말하려는 결단력만큼은 대단한 사람이라고 자부했다.

바이런의 문학은 이야기이고 꿈이다. 그런데 우리는 날마다 바이런처럼 이야기하고 꿈을 꾼다. 우리의 이야기는 어떤 결말을 향해 달린다. 누구나 자신이 가치 있다고 생각하는 삶을 언명하고 그대로 실천한다면 그는 인생에서든 예술에서든 성공한 사람이다.

그렇다면 다자이 문학에서 인생과 예술은 어떤 함수관계일까? 이를 알아보기 위해 그의 문학이 발전한 단계를 더듬어 보기로 하자.

다자이 소설의 발전 단계

다자이의 문학은 3단계로 나눈다. 그는 1932년에서 1948년까지 대략 15년 동안 작가 생활을 했다. 보통 작가들 같으면 초기에 해당될 정도의 기간이지만 다자이의 경우는 이 시기를 보통 초기(1932~36년), 중기(1937~45년), 후기(1946~48년)의 3기로 나눈다. 우선 초기의 대표적 작품은 단편집 『만년』에 들어 있는 15편의 단편과 「다스 게마이네」 그리고 「HUMAN LOST」 같은 단편들이다. 이것들은 자신의 인생을 그대로 옮겨놓은 듯한 부분이 많다. 그래서 문학과 인생을 일치시키려는 노력이 돋보인다. 영어로 말해 보자면 life as it is(있는 그대로의 삶)이다.

고민이 있을 때 누군가에게 말을 하면 그 고민이 좀 덜어지듯이 마음속 깊은 슬픔을 완화하려는 목적으로 이런 글들을 썼다.

중기는 『정의와 미소』와 『석별』 같은 장편과 「달려라 메로스」, 「나의 사이카쿠」 같은 작품들로 인생에 대한 자신의 관점은 그대로 유지하되, 인생의 여러 사람이나 사건에 대하여 자신의 인생관을 투영하여 글을 쓴 시기이다. 즉 개인과 사회, 인생과 문학 사이에서 균형을 잡으면서 어떤 비전을 제시하려 한 때이다. 영어로 표현한다면 life as it ought to be(마땅히 그렇게 되어야 할 삶) 정도가 되겠다.

후기는, 「오상」, 「아버지」, 「비용의 아내」, 「앵두」 같은 단편과 『사양』과 『인간 실격』의 두 장편소설이 집필된 시기이다. 일반적으로 말해서 소설가의 초, 중, 후기를 1단계 2단계 3단계라고 한다면 간단한 수식으로 표현할 때 1+2는 3이 되어야 한다. 즉 life as it is와 life as it ought to be가 합쳐져서 앞의 두 가지와는 전혀 다른 어떤 것이 나와야 한다. 이상적인 발전이라면 그 3단계는 life for its own sake(예술 작품으로서의 삶)이 되어야 한다. 그러나 다자이 문학은 이런 식으로 발전이 되지 않았다.

예술작품으로서의 삶은 좀 추상적인 명제이다. 그래서 1+2=3이 실현된 경우를 좀 더 구체적으로 설명하기 위해 도스토옙스키의 『카라마 조프가의 형제들』을 간략히 살펴보기로 하자. 이 장편소설은 드미트리, 이반, 알로샤, 스메르쟈코프라는 4형제가 나온다. 아버지를 살해하고 싶은 소망, 형제들과 부자가 같은 여자를 두고서 벌이는 사랑의 미끄러 짐, 애욕과 충동의 반복적 행동 등이 줄거리를 형성하는데 대체로 말해서 드미트리는 야성, 이반은 지성, 알로샤는 영성, 간질 환자 스메르쟈코프 는 악령을 상징한다. 그리고 이 네 형제는 모두 도스토옙스키의 분신들이다. 작가는 각 형제는 자신이 겪은 신앙 여정의 여러 단계를 상징한다고 말했다. 앞에서 「다스 게마이네」를 언급하면서 거짓말쟁이 바바, 실연한 청년 사노 지로, 화가 지망생 사다케 이렇게 세 명이 다자이의 분신이라고 말한 것과 비슷하다. 네 아들이 각자 아버지의 죽음에 대하여 일부 책임을 느끼는 것처럼, 악령은 네 형제 모두에게 손을 뻗친다. 그러나 결국 알로샤가 사랑(영성)으로 그 악령을 극복한다. 즉 사랑과 사탄이 잘 종합되어 있는 life for its own sake(예술작품으로서의 삶)이 제시되어 있는 것이다. 도스토옙스키는 알로샤의 사랑이 더욱 구체화된 『카라마조프가의 형제들』 제2부를 쓰려고 했으나, 제1부를 완성하고 3개월 후에 사망함으로써 집필하지 못했다.

알로샤의 이런 승리에 앞서서, 사랑과 사탄(악령) 사이에는 일대 결전이 벌어진다. 16세기 스페인 종교 심판의 사령탑인 추기경과 지상에 다시 나타난 예수를 묘사한 대심문관 스토리가 그것이다. 『카라마조프가의 형제들』은 이 대결에서 발전하여 결국 사랑이 이긴다는 행복한 결말을 향해 나아간다. 우리는 작품을 읽는 동안에는 이런 형이상학적 사건들과 등장인물들의 환상적 · 초현실적 심리가 모두 합리적인 필연성을 갖고 있다는 느낌을 받는다. 그러나 일단 그 작품의 세계를 떠나면 거기 묘사된 사건이나 인물이 과연 러시아라는 구체적 현실에서 그대로 가져온 것이라고는 도저히 생각하기가 어렵다. 바로 이러한 삶을 가리켜 예술작품으로서의 삶이라고 말하는 것이다.

이렇게 도스토옙스키 얘기를 해놓고 보니, 다자이의 제3기가 더욱 아쉬워진다. 그는 3기에서 유턴하여 다시 1기로 돌아갔기 때문이다. 다자이는 소설 속에서 일관되게 어머니의 부재에 대해서 언급했는데, 이에 맞서서 짝을 이룰 것으로 기대되는 아버지에 대한 증오는 별로 언급을 하지 않는다. 『인간 실격』의 제1수기 중 어린 시절에 아버지를 어려워한 태도가 묘사되어 있지만, 그것을 가지고는 아버지를 증오했다고 보기 어렵다. 제3수기에서는 이런 말도 한다.

> 아버지가 죽었다는 소식을 들은 뒤로, 저는 점차 얼빠진 사람이 되어갔습니다. 아버지는, 이제 없다, 내 가슴 속에서 한시도 떨어지지 않았던 그 그립고도 두려운 존재는, 이제, 없다, 제 고뇌의 항아리가 텅 빈 느낌이었습니다. 제 고뇌의 항아리가 유난히 무거웠던 것도, 아버지 탓이었는 게 아닐까 하는 생각마저 들었습니다. 전집 9 / 인간 실격 / p. 245

고등학교 시절 아버지의 부도덕한 성생활을 비판한 습작을 썼고 또 집안의 지주 입장을 부끄럽게 여겼다는 사실, 그리고 어머니의 부재를 아버지 탓으로 보았을 가능성 등을 감안하면 분명 아버지에 대한 어떤 증오심이 있었을 텐데, 거기에 대해서는 구체적으로 다루어지지 않는 것이다. 단지 『인간 실격』의 맨 마지막 부분에서 교바시의 스탠드바 마담이 이런 말을 한 게 있다. "그 사람 아버지가 나쁜 거예요." 그러나 어떻게 나빴는지는 설명이 없다.

왜 이렇게 아버지 증오에 대해서 말하는가 하면, 다자이의 문학적 배경이 도스토옙스키의 그것과 상당히 비슷하기 때문이다. 보라. 어머니의 부재, 아버지에 대한 증오, 형제간의 경쟁, 사랑의 미끄러짐, 다스게마이네와 우어슈탄트, 전통의 계승, 사랑의 혁명, 하느님의 존재에 관한 의문, 예수와 유다의 대비, 사랑과 사탄의 갈등, 이런 것들이 이미 다자이 작품에서 발견된다. 그리고 이런 소재들을 모두 종합한 것이 『카라마조프가의 형제들』인 것이다. 실제로 다자이 자신도 아직 『카라마조프가의 형제들』 같은 대작을 쓸 실력은 안 되지만 그래도 앞으로 한번 해보겠다고 결의를 밝힌 바도 있었다. 이런 것을 생각하면 다자이의 제3기와 때 이른 죽음이 정말 아쉬워지는 것이다.

도스토옙스키의 소설에서 얻을 수 있는 또 다른 교훈은 이런 것이다. 작가가 대작을 써내려면 자신이 직접 체험한 얘기만을 가지고는 안 된다. 다른 얘기, 가령 심오한 사상이나 기발한 사건을 가져와서 내 얘기인 것처럼 종합할 수 있어야 한다. 사랑과 사탄을 맞세워서 그로부터 어떤 결론을 유도해야 한다. 이러한 작가의 태도를 가리켜 고대 로마에서 는 라르바투스 프로데오larvatus prodeo(나는 내 가면을 가리키며 걷는다)라고 했다.

이 라틴어 성구는 가면과 본 얼굴 사이에서 적당한 거리를 유지하라는 뜻이다. 라르바투스larvatus는 동사 라르보larvo의 과거분사형으로 '현혹되 다, 가면으로 놀라게 되다'라는 뜻을 갖고 있다. 프로데오prodeo는 현재 시제 일인칭 단수형 동사로서, 앞으로 나아가다, 진행하다 등의 뜻이다. 이 격언은 고대 로마의 코미디 작가인 플라우투스가 처음으로 쓴 말로서, 극작가와 등장인물의 관계를 가면으로 표현한 것이다. 영어로는 보통 Pointing to my mask, I proceed(나의 가면을 가리키며 나는 나아간다)로 번역된다. 즉 작가는 자신이 쓰고 있는 가면이 임시방편일 뿐 자신의 본 모습은 아니라는 것을 언제나 명심해야 한다는 뜻이다.

다자이와 오르페우스

다자이는 1+2=3과, 소설가의 가면이 정말로 필요한 제3기에 제1기 로 되돌아가는 과거 회귀적 모습을 보였다. 이러한 다자이의 모습은 그리스 신화 속의 오르페우스를 연상시킨다.

오르페우스는 뮤즈 칼리오페의 아들인데 뱀(시간의 상징)에 물려 죽은 아내 유리디케를 되찾아오기 위해 명부冥府로 내려가 자신의 아름다운 노래로 신들을 감동시켜, 아내를 지상으로 데려가도 좋다는 허락을 받는다. 그러나 귀환 도중에 절대로 뒤를 돌아보면 안 된다는 신들의 당부에도 불구하고, 저승에서 올라와 이승에 거의 다 도달한 지점에서, 아내가 잘 따라오는지 걱정이 되어 뒤돌아보다가 아내를 다시 명부에 빼앗긴 인물이다. 여기서 주목되는 점은 이승과 거의 가까이 다가올 무렵에 정말로 따라오는지 불안감을 느껴서 뒤돌아보았다는 것이다. 이 되돌아보기는 과거의 회상 혹은 추억의 소생을 의미한다. 절대 그렇게 하면 안 된다고 신들이 당부했는데도 다시 돌아보았다.

왜 그랬을까?

여기에는 여러 가지 해석이 있다. 어떤 평론가는 오르페우스를 시인과 연인이라는 두 가지 역할로 나누어보면서 시인의 역할에는 성공했으나 연인의 역할에는 실패했다고 해석했다. 오르페우스 신화는 당초 시인의 아름다운 노래에 대해서 말하려는 것이었지, 유리디케의 귀환에 대해서는 관심이 없었다는 것이다. 만약 그가 반드시 유리디케를 살려야 한다는 연인의 역할에 충실하여 아내와 함께 돌아왔다면 이 사건은 신화 리스트에 끼지 못했을 거라는 해석이다. 죽은 사람이 어떻게 되살아나느냐, 라는 세간의 조롱만 받았을 것이라는 얘기다.

또 다른 해석은 다소 세속적인데 뒤돌아보기를 과거 캐기로 해석하는 것이다. 남녀는 일단 결혼하면 서로의 결혼 전 과거를 절대로 물어보면 안 된다. 만약 남자가 여자를 향해 그녀의 남성 편력을 물어본다거나 반대로 여자가 남성을 향하여 그런 식으로 캐기 시작한다면 그 결혼은 파탄에 이를 뿐만 아니라 상대방을 죽음으로 몰고 갈 수도 있다는 것이다.

세 번째 해석은 오르페우스 신화의 텍스트 안에는 들어 있지는 않은, 텍스트 바깥에서 벌어진 일을 가져오는 해석이다. 오르페우스의 뒤에서 힘들게 따라오던, 아직 완전히 인간의 몸을 획득하지 못한 유령 상태의 유리디케가 너무 힘들어서 "좀 돌아봐 주세요"라고 속삭였다는 것이다. 나는 바로 이 세 번째 해석이 다자이에게 해당한다고 본다.

다자이도 1단계와 2단계를 거쳐서 3단계로 들어오면서 과거와의 단절이 절실히 필요한 시기였는데, 결국 그렇게 하지 못했다. 뒤돌아보아 달라는 유리디케의 속삭임에 그만 넘어가고 만 것이었다. 대표작 『인간 실격』은 「HUMAN LOST」와 「어릿광대의 꽃」이라는 초기의 세계를 더 정밀하게 심화한 것일 뿐, 초기로부터 완전히 절연한 작품은 아니다.

여기서 오르페우스가 뒤돌아본 지점이 이승과 저승의 경계 지점이었다는 것도 의미심장하다. 다자이가 문학 발전의 3단계로 진입하려던 시기는 일본이 패전하고 평화로 돌아가던 시기, 군국주의가 멸망하고 민주주의가 살아나던 시기, 전통 사회가 붕괴하고 현대 사회가 시작되려는 시기, 한 번도 외세의 점령을 받아본 적이 없는 나라가 GHQ(맥아더 점령 사령부)의 지배를 받아야 하는 아주 엄중한 경계의 시점이었다. 다자이 문학의 발전 단계에서 보아도, 결연히 과거와 헤어져야 하는 경계의 시점이었다. 한번 죽었던 여자(유리디케)가 다시 이승으로 돌아오려 하는데 어떻게 두려움이 없을 수 있겠는가. 간신히 억눌렀던 허랑방탕한 과거, 그 과거의 추억이 이제 영원히 과거지사가 되려 하는데, 어떻게 그 추억이 순순히 물러가 주겠는가? 이 절체절명의 경계 선상, 이 최대의 승부처에서 다자이는 안타깝게도 그만 뒤돌아보고 말았다. 악마와의 싸움에서 그만 눈을 깜빡거리고 말았다. 일단 경계가 허물어지자, 마치 그동안의 금욕을 모두 벌충하겠다는 듯이 술과 여자의 유혹에 허랑방탕하게 몸을 내맡기고 말았다.

다자이는 아내 미치코에게 남긴 유서에서 "당신이 싫어져서 죽는 것이 아닙니다. 소설이 쓰기 싫어져서 죽는 것입니다."라는 말을 했다. 이 말은 아무리 소설을 써도 슬픔이 사라지지 않는 것에 대한 한탄이었을 것이다. 그러나 따지고 보면 그건 자업자득이었다. 소설 쓰기가 싫어진 것은 제3기에 다시 초기의 작품 세계로 돌아간 것이 크게 작용한 것이다. 같은 상황의 반복은 아무리 심화한다고 하더라도 그 전망에는 한계가 있는 것이다. 제1기와 제2기의 창작 활동에서 가속도를 얻지 못하고 다시 속도가 줄어들어 제1기로 유턴한 것은 정말 안타까운 일이 아닐 수 없다.

다자이 소설을 읽는 이유

인생을 즐겁게 해주는 것은 언제 어디서나 똑같다. 독서, 여행, 음악회, 미술 전람회, 강연회, 스포츠 경기, 자연 풍경 감상, 남녀 간의 교제, 육체적 쾌감을 가져오는 각종 취미 활동, 자녀들의 일취월장, 사회에서의 출세, 세상에 이름이 알려지기. 그러나 이 중 그 어떤 것도 독서처럼 안정적인 즐거움을 제공하지는 못한다.

우리는 마음이 답답할 때 그 사정을 누군가에게 말을 하면 좀 마음이 시원해지는 것을 느낀다. 그처럼 말의 위력은 강력하다. 비록 말하는 것만큼 시원하지는 않으나 남의 말, 특히 진솔한 말을 들으면 감동을 느끼면서 "저렇게 사는 사람도 있는데, 나는 이거 뭐, 너무 내 생각만 하면서 살아가는 거 아니야?"하고 자신의 답답한 마음을 되돌리게 된다.

남의 얘기를 들으면서 자기의 현실을 이리저리 바꿔서 받아들이려 하는 것이다. 이러한 바꾸기가 바로 개인이 그 스스로의 이야기를 만들어 나가는 배경이다.

이렇게 하여 우리는 인생 스토리를 지어낸다기보다는, 기존에 이미 있는 스토리를 잘 포착하여 자신의 구도에 맞추어 그 스토리를 변경해 나간다. 현실에 이미 있지만 언어로 표현되지 않아 아무도 모르는 얘기를 현실 속에서 가져와 우리 자신의 언어로 다시 조립하는 것이다.

바로 이런 배경이 우리가 다자이 소설을 즐겨 읽는 이유가 된다. 이와 관련하여 다자이 자신이 아주 흥미로운 답변을 내놓고 있다. 다자이는 1938년 29세 때, 자신의 창작집 『만년』에 대하여 수필을 썼다. 이 글에서 그의 소설을 읽는다고 해서 독자의 생활이 편해지지도 않고 좋아지지도 않으며 도움도 안 된다고 말한다. 이어 『만년』 속에서 숨어 있는 아름다움을 한번 찾아보라고 권한다. 그러더니 곧바로 작가 특유의 변덕이 발동하여, 그렇지만 별로 찾아보라고 추천하고 싶지 않다고 말한다. 이어 그다음이 포인트인데, "이해하지 못하는 녀석은 아무리 두들겨 패줘도 절대 모를 테니까"라며 독자 모독을 하고 있다.전집10 /『만년』에 대하여 / p. 138 이런 말을 한 번만 한 것이 아니라 다른 곳에서도 반복하고 있다.

　　아무 의미도 없는 무척 훌륭한 글이지만, 이해 못 하는 녀석들은 죽을 때까지 모를 것이다. 어쩔 수 없는 일. 전집 10 / 달리지 않는 명마 / p. 119

나는 이런 수필들을 읽으면서 나의 어릴 때가 생각났다. 초등학교 4~5학년 정도 되었을 때였는데 방학 중에 우리 집에 놀러 온 사촌 형이 내게 산수를 가르쳐준다며 2 빼기 3은 얼마냐, 라고 물었다. 나는 우선 그 질문을 이해할 수가 없었다. 여기 사과가 두 알이 있다. 그것을 사촌 형과 내가 한 알씩 먹어버렸다. 다시 말해 빼기 2를 한 것이다. 그러면 사과는 한 알도 없다. 어린 내가 볼 때 2 빼기 2는 되지만, 3을 뺀다는 건 없는 걸 빼겠다는 것으로 전혀 말이 안 되는 얘기였다. 그래서 나는 형에게 "없다"라고 대답했다. 형은 아주 답답해 하면서 답은 마이너스 1인데 너는 왜 이렇게 쉬운 것도 모르냐고 했다.

어린아이는 "나"라는 추상 언어를 모른다. 그래서 처음 말을 배울 때 "종인은 봅니다." "종인은 걸어갑니다."라고 말한다. 2라는 숫자도 사과 두 알, 나무 두 그루는 금방 이해가 되지만 그런 구체적 사물이 결부되지 않은 순수한 숫자 2의 추상적 상태는 이해하기 어려운 것이다. 가령 선과 악, 사랑과 사탄은 모두 숫자상으로는 둘이지만 그게 뭐냐고 물으면 명확하게 대답하기 어려운 것이다. 거기다가 마이너스라는 개념까지 붙었으니 어린 초등학생이 더욱 알 리가 없다.

형이상학적 아름다움도 마찬가지이다. 우리는 앞에서 바쇼의 개구리 시를 살펴본 바 있다. 이 시를 처음 대하는 사람은 "아니, 이게 어떻게 하이쿠의 대표적 작품이라는 거지?" 하고 반문하게 된다. 심지어 개구리가 연못에 뛰어들 때 과연 소리가 나기는 해? 하고 의문을 표시하는 사람도 있다. 연못, 개구리, 소리는 달을 가리키는 손가락일 뿐, 달이 아니다. 이 시의 아름다움을 이해하려면 불가의 화두에 조예가 깊어야 하고, 객관적 상관물이라는 용어를 알아야 하고, 무엇보다도 일상생활 중에 이런 영원의 순간을 찰나에 느껴본 일이 있는 사람이어야만 가능하다. 형이상학적 아름다움은 볼 수 있는 사람에게만 보이는 것이다. 사람들은 어렵고 복잡한 문학 작품을 만나면 "이거 좀 간단하게 설명안 되나?" 하고 말들 한다. 그러나 아름다움의 전제를 알지 못하는 사람들은 바쇼의 개구리 시처럼 아주 간단하게 설명해 주어도 모르기는 여전히 마찬가지인 것이다.

이렇게 본다면 "이해하지 못하는 녀석은 아무리 두들겨 패줘도 절대 모를 테니까"라는 다자이의 말은 모독이 아니라 사실을 말한 것이다. 숫자 2나 마이너스가 추상개념이듯이, 아름다움 또한 형이상학적 단어여서 구체적인 것만 아는 사람에게 추상적인 것을 설명하는 것은 아무리 쉽게 설명해 주어도 안 되는 것이다.

다자이는 이런 교묘한 독자 모독을 수필에서만 하는 것이 아니라 소설 속에서도 하고 있다. 그가 여러 작품에서 묘사한 '의혹의 점'이 바로 그것이다. 그러나 사람들은 "이건 너무 어려워서 너는 알지 못할 거야."라는 얘기를 들으면 오히려 오기가 발동하여 그것에 대해서 더 알고 싶어진다. 나는 이런 의혹의 점에 대해서 이렇게 생각한다. 다자이는 자기가 본 것을 있는 그대로 정확하게 묘사하는 것이 작가의 임무라고 여러 번 말했는데, 인생에는 그런 의혹의 점들이 분명 있기 때문에 정직하게 서술한 것뿐이고, 그가 문학청년 시절에 세례를 받았던 모더니즘의 문학 사상도 어느 정도 영향을 끼친 것이다.

그리하여 우리는 다자이 소설을 읽으면서, 인간의 모순적 상황에 대하여 그 원인을 알아보라는 권유를 받는다. 또 다자이 소설의 역설과 부조리 앞에서 이런 질문을 던지게 된다. 나라면 다자이같이 행동했을까? 다자이와 다르게 행동할 길은 없을까?

미치코의 소설적 현전

나는 다자이의 아내 미치코가 나오는 단편소설들을 아주 좋아한다.

이처럼 그녀 애기를 즐겨 읽다 보니 미치코의 고향 야마나시현의 고후시도 은근히 좋아하게 되어 다음번 일본 여행을 하게 되면 이 도시를 꼭 찾아가 보려 한다. 우선은 다자이가 고후시를 묘사한 이런 문장들로 만족할 수밖에 없다.

> 고후는 분지다. 사방이 모두 산이다. (…) 굉장히 작고 활기찬 곳이다. 종종 사람들은 고후를 '절구통 바닥'이라 평하는데, 그건 아니다. 고후는, 더 세련됐다. 실크 모자를 뒤집어서 그 모자 바닥에 아주 작은 깃발을 세우고, 그게 고후라고 생각하면 된다. 깔끔한 문화가 스며들어 있는 동네다. 전집 2 / 푸른 나무의 말 / p. 275

> 고후는 숨어서 공부하기에 좋은 곳인 듯하다. 아주 평범한 곳이기 때문이다. 강렬한 지방색이 없다. 사투리도 도쿄 말과 크게 다르지 않다. 묘하게 마음이 놓이는 곳이다. 그러나 하숙집 방안에 혼자 오도카니 앉아 있으면, 역시 도쿄에 있는 듯한 느낌은 들지 않는다. 햇볕이 강하기 때문일까? 때때로 기차의 기적소리가 희미하게 들려오기 때문일지도 모른다. 전집 10 / 9월, 10월, 11월 / p. 172

단편 「아버지」에는 2차 대전 종전 후 추운 겨울날 쌀 배급을 타기 위해 어린아이들과 배급소 앞에서 긴 줄로 기다릴 때, 아버지가 외간 여자와 그 옆을 지나가고, 큰애가 멀끔히 쳐다보는 것을 막는 아내 모습이 그려진다. 나는 이 부분을 읽을 때마다 미치코가 배급소 앞에 맨발로 서 있는 게 아닐까, 착각하게 되고 동시에 박수근의 여러 그림을 내 눈앞에 떠올리게 된다.

정신적 아름다움은 눈에 보이지 않는 것이지만 미치코를 묘사한 문장들에서는 그 아름다움이 내 책상 위에 있는 책들처럼 분명하게 보이고 만져진다. "거짓말, 거짓말하지 말아요." "상대를 하겠어요." "다만 가끔이나마 소중히 여겨줘요." 이런 대사를 읽으면 나는 가슴이 미어지는 것처럼 아프다.

두 번째 말과 맨 마지막 말은 단편 「오상」에 나온다. 이 단편은 신주를 떠난 남편을 바라보는 아내가 그 죽음을 어떻게 보는가를 다룬 작품이다. 이 소설 중에는 전후戰後 배급품 맥주가 두 캔 나와서 부부가 서로 대작하는 장면이 묘사되어 있다. 외간 여자를 만나느라고 며칠 밤 외박을 하고 돌아온 남편(다자이)이 아내에게 미안하여 같이 술을 마시자고 한다. 이때 아내(미치코)는 남편에게 "상대를 하겠어요."라고 하며 대작에 나서는데, 그 술이 아까워서 자기는 한 잔만 마시고 나머지는 남편이 다 마시도록 배려해준다.

나는 "상대를 하겠어요."라는 미치코의 대답을 읽을 때마다 너무 가슴이 시리고 눈자위가 붉어진다. 남편은 이미 자기혐오가 극도에 도달하여 외간 여자와 신주를 감행하기로 마음먹은 상태이다. 그런 남편을, 아이가 셋 달린 아내가 어떻게 상대를 할 수 있겠는가? 그렇지만 아내는 남편과 이런 대화를 나눈다.

"어머, 정말. 당신 온몸이 새빨개요."
그때 언뜻, 저는 보았습니다. 남편의 턱 밑에 보랏빛 나방 한 마리가 들러붙어 있는 것을, (…) 저는 애써 모르는 척하며,
"마사코도 아빠하고 같이 있으니 맘마가 맛있나 보네." 전집 9 / 오상 /
P. 15

"당신이야말로 마른 것 같아. 쓸데없는 걱정을 해서 그런 거야."

"아니요, 그러니까 제가 그랬잖아요, 전 아무렇지도 않다고. 괜찮아요. 전 영리하니까요. 다만 가끔이나마 소중히 여겨줘요." 같은 책/pp. 20-21 번역문 일부 가필.

그러면서 아내(미치코)는 어린 시절 할아버지와 할머니가 부부 싸움을 하고 화해를 한 후에는 할머니가 꼭 소중히 여겨달라는 말을 했다고 회상한다. 아내는 여기서 아주 작은 목소리로 말하고 있다. 사실 외간 여자 같은 건 만나지 말고, 백 퍼센트 나만을 사랑해 달라고 요구해도 시원치 않을 판국에, 마치 자기의 것이 아닌 어떤 것을 요구하는 사람처럼, 아주 작은 목소리로 속삭이듯 하소연한다.

부부 싸움에 대해서는 다자이가 지인에게 보낸 편지에 이런 내용이 나온다.

오늘은 부부 싸움을 했다네. 일을 하다가 너무 배가 고파서 '밥은 아직 멀었나?'라고 물었더니, 아내는 그게 마음에 들지 않았던 모양이야. '당신도 일을 독촉당하면 기분 나쁘지 않아요?' 하더군. '아니, 난 기분 좋기만 한걸. 화를 내는 건 당신이 이상한 거야. 나중에 깨닫게 될 거야'라고 언성을 높여 아내를 역습, 아내를 울려버리고 말았네. 사소한 싸움이었어.

전집 10 / p. 328

대체로 말해서 부부 싸움은 기억의 은유이다. 은유는 지금의 상황과는 상관없는 어떤 것을 가리킨다. 평범한 부부들은 싸움을 벌이면 지금의 상황이나 문맥과는 관계없는 예전의 섭섭한 일들을 소환하면서 언쟁을 벌인다. 다자이처럼 지금 이 순간의 문맥, 즉 왜 밥을 안 주나에 집중하는 것은 은유가 아니라 직설이다.

미치코가 독촉당하면 기분 좋겠느냐고 한 것은, 바꾸어 말하면 지금의 식사 독촉과는 상관없는 어떤 것으로 기분이 나쁜 것이다. 당신이야말로 과거에 섭섭한 일을 무수히 많이 하지 않았느냐, 당신의 비행에 비하면 지금 이것은 사소한 일이 아니냐, 라는 것이다. 하지만 그것들을 다 말할 수는 없고 그래서 눈물이 나온다. 결코 남편의 질책에 대한 슬픔이 아니다.

그렇지만 미치코는 자존심이 강한 여자이고 그래서 자기 남편을 자랑스럽게 여긴다. 물자가 귀하던 전쟁 중에 다자이는 어떤 집에 초대받아 갔는데 그 집의 저녁 식사가 산해진미였고 특히 소고기 스테이크는 너무 맛있었다. 그래서 곤란해하는 그 집 하녀에게 신신당부해서 스테이크 한 조각을 얻어 집으로 가지고 와서 미치코에게 먹어보라고 한다.

> "하녀한테 세 번이나 고개 숙여 인사했어. 아주 힘들게 가져온 거야. 오랜만이지? 소고기야." 나는 순수하게 내가 한 일을 뽐냈다.
>
> "약 같기도 하고 뭔가 다른 것 같다는 기분이 들어서." 집사람은 머뭇머뭇 젓가락을 대며 그런 말을 했다. "식욕이 전혀 안 돌아요."
>
> "자, 먹어봐? 맛있지? 모두 먹어봐. 나는 많이 먹고 왔어."
>
> "체면이 걸린 문제예요, 이건." 집사람은 작은 목소리로 의외의 말을 했다. "전 이런 거 그렇게까지 먹고 싶지 않으니까, 앞으로는 하녀에게 머리를 숙이는 일 같은 건 하지 마세요." 전집 5 / 신랑 / pp. 25~26

미치코는 다자이가 어느 날 미타카 집을 찾아온 잡상인을 쩔쩔매면서 겨우 물리치자 이렇게 반응한다.

옆방에서 바느질하고 있던 아내가 잠시 후에 나오더니, 내 대응방식의 졸렬함을 비웃었다. 장사꾼 앞에서는 부자인 척하지 않으면 바로 저렇게 무시한다고요, 사 엔이 뼈아팠다느니 어쩌니 하는 그런 품위 없는 말은 앞으로 하지 마세요, 라고 아내는 말했다. 전집 10 / 시정 논쟁 / p. 194

이처럼 평소에 자존심 강한 미치코도 남편의 애정에 대해서만은, 다자이가 집안의 가장이고 애들 아버지니까 고개를 숙이고 자존심도 없는 여자인 양 하소연하고 있다. 슬픈 얘기를 희미하게 웃으면서 말하면 더 슬프듯이, 미치코의 작은 목소리는 우리 독자의 귀에 엄청난 태풍처럼 호소해 온다. 나는 그렇게 말하는 미치코에게서 그녀의 표정, 몸짓, 어조, 숨결, 눈빛, 눈썹의 꿈틀거림, 머리카락의 미세한 움직임까지 모두 읽어낼 수 있다. 일상생활 중에 그 어떤 사람을 만나도 이처럼 생생하게 상대방의 현전現前을 느낄 수가 없다.

문학을 위하여 죽다

'문학을 위하여 죽는다.'라는 말은 다자이의 단편 「산화」에서 나온다. 이런 말을 다자이에게 한 사람은 오로지 미다뿐이었고, 여간해서는 하기 어려운 말인데 어떻게 보면 무례하게 들릴 수도 있는 말을 시원하게 했으니, 다자이는 미다야말로 제대로 된 최고의 시인이라고 높이 평가했다. 그는 순수한 시인이란 자의식이 전혀 없는 천사이므로, 천사도 못되면서 천사인 척하는 자들과는 종류가 다르다고 칭찬한 다음, 그런 천사의 말에는 마땅히 귀를 기울여야 한다고 적었다. 천사는 언제나 이처럼 밝고 단순한 표현을 쓴다면서, 다자이는 이런 말을 덧붙인다.

순수한 헌신이 이 세상에서 가장 아름다운 것이라 여기며 노력한다는 점에서는 군인이나 시인, 혹은 나처럼 평범한 작가도 전혀 다를 바가 없는 것이다. 전집6 / 산화 / p. 61

이것은 다자이 자신도 그런 헌신을 위하여 죽어야 한다면 기꺼이 죽겠다는 뜻을 말한 것이다. 즉 계기가 주어진다면 자신도 산화하고 싶다는 것이다.

우리는 제3장에서 『만년』의 가장 중요한 작품은 제일 처음 나오는 「잎」이고, 그 작품의 끝에서 낙화, 개화, 산화의 개념이 암시되어 있다고 말한 바 있다. 또 다자이는 자신의 죽음이 자기혐오에 지친 나머지 십자가를 메고 가는 사랑의 혁명이라고 정의했다. 혁명의 두 가지 목적은 자유와 새롭게 시작하기이다. 다자이가 간절히 바란 자유는 가슴 속 그리움을 지울 수 있다는 희망을 말한다. 그것은 다자이를 그토록 오래 따라다녔던 저 지겨운 불안과 슬픔으로부터 해방되는 것을 의미했다. 그러나 세상을 떠나버린다면 새롭게 시작하기는 기대할 수 없는 것이므로 그는 절반의 혁명을 수행했다.

소설가가 자신의 소설 속에서 줄기차게 해온 소신 발언과 실제의 행동이 서로 다르다면 그 소설에 대해서 우리는 신뢰하기가 어렵다. 다자이의 경우, 다섯 차례의 자살 시도와 쓰가루 고향집과의 갈등, 여자들과의 만남과 헤어짐 등은 그 자체로 하나의 소설이다. 이런 우여곡절과 예측 불가한 삶이 뒷받침되었기에 그의 소설들은 처음서부터 심상치 않은 분위기와 강력한 흡인력을 갖고 있다. 과연 이런 생애의 뒷받침이 없었다면 다자이 소설이 지금과 같이 큰 호응을 불러일으킬 수 있었을까? 그의 죽음 또한 그가 써낸 소설의 자연스러운 결말처럼 받아들여지는 것이다.

그리고 결말은 정말 중요하다. 우리는 낮에는 이야기를 써나가고 밤에는 그 이야기에 대한 꿈을 꾼다. 이렇게 하여 밤중에 꿈으로 확인한 이야기가 낮에 다시 행동으로 나온다. 우리의 삶이 무제한 계속되는 것이 아니기 때문에 그 이야기 속의 사건, 사람, 생각, 행동은 모두 어떤 결론을 향해 달린다. 형사 사건에는 공소시효가 있고 이야기에는 멋진 끝이 있어야 한다. 이야기의 끝을 의미 있는 것으로 만들기 위해 우리는 주어진 시간 안에 뭔가 보람 있는 일을 해내려 한다. 죽음의 카드가 필요하다면 그것도 마다하지 않는다.

다자이의 선배 작가인 가와바타도 그렇고 후배 작가인 미시마도 그렇게 했다. 앞에서 이미 말했지만, 두 소설가는 자신들이 창작한 에로스와 타나토스의 스토리를 몸소 구현했다. 그렇게 한 것은 모두 그들의 작품 속 이야기가 그런 방향을 가리켰기 때문이다. 그래서 다자이는 "아름다운 임종이야말로 인간이 누릴 수 있는 최고의 영예"라고 말했다.전집6/신화/p. 49

그리하여 마지막 작품 『인간 실격』을 탈고한 후에, 다자이의 최후 카드는 자기 인생의 이야기를 어떻게 완성시키느냐, 하는 것이었다. 스토리의 기승전결에서 그 앞의 기승전은 신주라는 결말을 가리키고 있었다. 이미 그 전 네 번의 자살 시도는 그런 결말을 예고했다. 무엇보다도 자기가 진 죽음의 빚을 갚아야 했다. 그런 부채 의식과 죽음에의 동경을 다자이는 여러 작품에서 다양하게 변주해 왔다.

자신의 이야기를 믿었고 그 이야기를 위해서 살았던 다자이는 그렇게 하여 문학이 가리키는 길로 걸어갔다. 그는 자신이 소설 속에서 써왔던 것이 거짓이 아니라 참말이고, 연기가 아니라 실제이며, 극적 아이러니가 아니라 극적 결말임을 증명하고 싶어 했다. 다스 게마이네를 통하여 우어슈탄트를 구현함으로써 마침내 자유를 얻으려 했다. 그 때문에 그의 소설은 피눈물을 흘리며 호소하는 사람의 절박함이 있다.

  인생과 문학의 상호관계는 미메시스 이론이나 가족 로맹스 이론으로는 충분히 설명되지 않는 밀접한 관계가 있다. 문학만 인생을 비추는 것이 아니라, 인생도 문학을 비춘다. 다자이의 한평생은 그의 문학을 거울처럼 비추고 있다. 그러므로 그가 자신의 문학을 위해 죽었다고 말해도 조금도 과장이 아니다. 그는 말했다.

  애타는 가슴 속 그리움만은 깨끗이 사라진다는 미신을 굳게 믿고, 레우카디아 절벽에서 성난 파도를 향해 몸을 던졌다. 전집 1 / 잎 / p. 26

  다자이는 이 말을 스물넷에 썼고 서른아홉에 실천했다.

다자이 오사무 연표

1909년 출생	• 6월 19일, 아오모리현 북쓰가루 군 가나기에서 아버지 쓰시마 겐에몬津島源 右衛門과 어머니 다네タ치의 열 번째 아이이자, 여섯 번째 아들로 태어났다. 호적상 이름은 쓰시마 슈지津島修治.
1916년 7세	1월, 함께 살던 이모이자 숙모인 기에キェ 가족이 고쇼가와라로 이사하면서, 슈지도 2개월가량 그곳에서 함께 산다. 4월, 가나기 제1소학교에 입학한다.
1922년 13세	3월, 가나기 제1소학교 졸업. 4월, 메이지고등소학교 입학. 아버지가 귀족원의원에 당선된다.
1923년 14세	3월, 아버지 사망. 4월, 아오모리중학교 입학. 아쿠타가와 류노스케, 기쿠치 간 등의 소설을 탐독. 이부세 마스지井伏鱒二의 「도롱뇽」을 읽고, '가만히 앉아서 읽을 수 없을 만큼 흥분'한다.
1925년 16세	8월, 친구들과 함께 잡지 『성좌星座』를 창간하나 1호만 발행하고 폐간. 그해 「추억」의 등장인물인 미요의 모델이 된 미야기 도키宮城トキ가 쓰시마 집안에 하녀로 들어온다. 11월, 동인지 『신기루』 창간한다.
1926년 17세	9월, 동인지 『아온보青시ぼ』를 창간하나 2호까지 발행하고 폐간. 도키에게 함께 도쿄로 가서 살자고 제안하지만 도키는 신분의 차이가 너무 많이 난다면서 쓰시마 집안을 떠난다.
1927년 18세	2월, 동인지 『신기루』 12호까지 발행하고 폐간. 3월, 아오모리중학교 졸업. 4월, 히로사키고등학교 문과 입학. 7월, 아쿠타가와 류노스케의 자살에 충격을 받는다.
1928년 19세	5월, 동인지 『세포문예』 창간, 9월, 4호까지 발행하고 폐간. 12월, 히로사키고교 신문잡지부 위원에 임명된다.
1929년 20세	• 창작 활동을 하는 한편, 게이샤 오야마 하쓰요小山初代를 만난다. 12월, 수면제 과다복용으로 의식불명 상태에 빠진다.

1930년 21세	3월, 히로사키고등학교 졸업.
	4월, 도쿄제국대학교 불문과 입학.
	5월, 이부세 마스지를 찾아가 이후 오랫동안 스승으로 삼는다. 적극적으로 사회주의 운동에 가담한다.
	10월, 고향에서 하쓰요가 다자이를 만나기 위해 상경.
	11월, 하쓰요의 일로 큰형 분지^{文治}와 다투다가 호적에서 제적당한다.
	11월 26일, 긴자의 술집 여종업원 다나베 시메코^{田部シメ子}를 만나 이틀 동안 함께 지내다가, 28일 밤 가마쿠라 고유루기미사키^{小動岬} 절벽에서 함께 자살을 시도한다. 시메코는 죽고 슈지는 요양원 게이후엔^{惠風園}에서 치료 를 받는다.
	12월, 자살 방조죄로 기소유예. 아오모리 이카리가세키^{碇ヶ関} 온천에서 하쓰요 와 혼례를 올린다.
1931년	12월, 동료의 하숙집에서 마르크스의 『자본론』 스터디를 시작한다.
1932년 23세	7월, 큰형과 함께 아오모리 경찰서에 출두하여 좌익운동에서 손을 뗄 것을 맹세한다. 창작에 전념하면서 낭독 모임을 갖는다.
1935년 26세	3월, 대학 졸업시험에 낙제. 미야코 신문사 입사시험에도 떨어진다. 가마쿠라 에서 목을 매지만 자살미수에 그친다.
	4월, 급성맹장염으로 입원, 진통제 파비날에 중독된다.
	5월, 잡지 『일본낭만파』에 합류.
	8월, 「역행」이 제1회 아쿠타가와상 후보에 오르나 차석에 그친다. 사토 하루오^{佐藤春夫}를 찾아가 가르침을 받는다. 크리스트교 무교회파 학자 쓰카모토 도라지^{塚本虎二}와 접촉, 잡지 『성서 지식』을 구독한다.
	9월, 수업료 미납으로 학교에서 제적당한다.
1936년 27세	2월, 파비날 중독 치료를 위해 병원에 입원했다가 10일 후 퇴원.
	6월, 첫 창작집 『만년』을 출간한다.
	8월, 제3회 아쿠타가와상 낙선.
	10월, 중독증세가 심해져 도쿄 무사시노병원에 입원했다가 한 달 뒤 퇴원한다.
1937년 28세	• 다자이와 사돈 관계이자 가족과 다름없이 지냈던 화가 고다테 젠시로^{小館善四郎}와 부인 하쓰요의 간통 사실을 알고 분노.
	3월, 다니가와다케^{谷川岳}산에서 하쓰요와 둘이서 수면제를 먹고 동반자살을 시도하나 미수에 그친 후 이별한다.
	6월, 작품집 『허구의 방황』, 7월, 단편집 『이십세기 기수』를 출간한다.

1938년 29세	9월, 후지산 근처에 있는 여관 덴카차야^{天下茶屋}에서 창작 활동을 하던 중, 이부세 마스지의 소개로 이시하라 미치코^{石原美知子}를 만난다.
1939년 30세	1월, 미치코와 혼례를 올린 후 안정적으로 작품 활동에 전념한다. 7월, 『여학생』을 출간한다.
1940년 31세	5월, 「달려라 메로스」 발표. 6월, 작품집 『여자의 결투』 출간. 12월, 『여학생』으로 기타무라 도코쿠 상 부상을 수상한다.
1941년 32세	5월, 『동경 팔경』 출간. 6월, 장녀 소노코^{園子}가 태어난다. 8월, 10년 만에 쓰가루로 귀향한다.
1942년 33세	1월, 사비로 『유다의 고백』 출간. 6월, 『정의와 미소』 출간. 어머니가 위독하다는 소식에 귀향. 12월, 어머니 사망.
1943년	1월, 『후지산 백경』, 9월 『우대신 사네토모』를 출간한다.
1944년	5월, 고야마서방에서 소설 『쓰가루』를 의뢰하여 쓰가루 여행, 11월 출간한다.
1947년 38세	1월, 옛 연인이었던 작가 오타 시즈코^{太田静子}를 찾아가 소설 『사양』의 소재가 될 일기장을 넘겨받는다. 4월, 큰형이 아오모리 지사로 당선. 12월, 『사양』 출간. 몰락한 귀족을 그린 이 작품이 패전 후 혼란에 빠진 젊은이들 사이에서 '사양족'이라는 유행어를 낳을 정도로 큰 호응을 얻으면서 인기작가가 된다.
1948년 39세	6월 13일 밤, 연인인 야마자키 도미에^{山崎富栄}와 함께 무사시노 다마가와 상수원^{玉川上水}에 몸을 던진다. 6월 19일, 만 서른아홉 번째 생일에 사체가 발견된다. 7월, 『인간 실격』, 『앵두』 출간.
1949년	• 6월 19일, 다자이의 친구들이 그의 무덤을 찾아(미타카 젠린지^{禪林寺}) 기일을 앵두기^{桜桃忌}라고 이름 짓고 애도한다. 앵두기는 그를 사랑하는 독자들에 의해 현재까지 매년 행해지고 있다.

『다자이 오사무 전집』 한국어판 목록

제1권 만년
잎 I 추억 I 어복기 I 열차 I 지구도 I 원숭이 섬 I 참새새끼 I 어릿광대의 꽃 I 원숭이를 닮은 젊은이 I 역행 I 그는 예전의 그가 아니다 I 로마네스크 I 완구 I 도깨비불 I 장님 이야기 I 다스 게마이네 I 암컷에 대하여 I 허구의 봄 I 교겐의 신

제2권 사랑과 미에 대하여
창생기 I 갈채 I 이십세기 기수 I 한심한 사람들 I HUMAN LOST I 등롱 I 만원 I 오바스테 I I can speak I 후지산 백경 I 황금 풍경 I 여학생 I 게으름뱅이 카드놀이 I 추풍기 I 푸른 나무의 말 I 화촉 I 사랑과 미에 대하여 I 불새 I 벚나무 잎과 마술 휘파람

제3권 유다의 고백
팔십팔야 I 농담이 아니다 I 미소녀 I 개 이야기 I 아, 가을 I 데카당 항의 I 멋쟁이 어린이 I 피부와 마음 I 봄의 도적 I 세속의 천사 I 형 I 갈매기 I 여인 훈계 I 여자의 결투 I 유다의 고백 I 늙은 하이델베르크 I 아무도 모른다 I 젠조를 그리며 I 달려라 메로스 I 고전풍 I 거지 학생 I 실패한 정원 I 등불 하나 I 리즈

제4권 신햄릿
귀뚜라미 I 낭만 등롱 I 동경 팔경 I 부엉이 통신 I 사도 I 청빈담 I 복장에 대하여 I 은어 아가씨 I 치요조 I 신햄릿 I 바람의 소식 I 누구

제5권 정의와 미소
부끄러움 I 신랑 I 12월 8일 I 리쓰코와 사다코 I 기다리다 I 수선화 I 정의와 미소 I 작은 앨범 I 불꽃놀이 I 귀거래 I 고향 I 금주의 마음 I 오손 선생 언행록 I 꽃보라 I 수상한 암자

제6권 쓰가루
작가수첩 I 길일 I 산화 I 눈 내리던 밤 I 동경 소식 I 쓰가루 I 지쿠세이 I 석별 I 맹인독소

문학을 위해 죽다

초판 1쇄 발행 2023년 1월 30일

지은이 이종인
펴낸이 조기조

펴낸곳 도서출판 b | 등록 2006년 7월 3일 제2006-000054호
주 소 08772 서울특별시 관악구 난곡로 288 남진빌딩 302호
전 화 02-6293-7070(대) | 팩시밀리 02-6293-8080
이메일 bbooks@naver.com | 홈페이지 b-book.co.kr
ISBN 979-11-89898-88-5 03810
값 18,000원